RACHEL GIBSON

Das muss Liebe sein

Buch

Dem Kartoffelkönig von Idaho wird ein wertvolles Gemälde gestohlen, und Polizist Joe Shanahan soll den Fall aufklären. Die Spur führt ihn zu einem kleinen Antiquitätenladen, doch obwohl Joe Gabrielle, die junge Inhaberin des Ladens, nun schon seit einigen Tagen beschattet, ist ihm außer ihrer äußerst attraktiven Figur nichts Verdächtiges an ihr aufgefallen. Leider blieb sein Einsatz von Gabrielle nicht unentdeckt, und ihr gelingt es schließlich, den lästigen Verfolger mit einer Dose Haarspray zu überwältigen. Sie hielt ihn für einen Sittenstrolch und ist sprachlos, als er sie des Raubes verdächtigt und aufs Polizeirevier abführt. Gabrielle kann die Beamten zwar von ihrer Unschuld überzeugen, aber die Polizei will weiter gegen ihren Geschäftspartner ermitteln. Joe arbeitet nun getarnt als Aushilfe in ihrem Laden und gibt sich zu allem Überfluss auch noch als ihr Liebhaber aus. Die Ermittlungen gestalten sich schwieriger als angenommen, denn nach Joes Ansicht vereint Gabrielle alles in sich, was er an Frauen nicht ausstehen kann: zu viel Temperament, zu wenig Logik und ein Mundwerk, das selbst einen Polizisten, der mit zwei Schwestern aufgewachsen ist, noch erschüttern kann. Gabrielle wiederum hat im Moment einfach keine Zeit für einen gut aussehenden, muskulösen Polizisten, der nicht einmal an Karma, Aura und Aromatherapie glaubt. Sex-Appeal hin, Muskeln her, Joe und Gabrielle haben einfach keine Zeit für Gemeinsamkeiten – oder gar die Liebe …

Autorin

Seit sie sechzehn ist, erfindet Rachel Gibson mit Begeisterung Geschichten. Damals allerdings brauchte sie ihre Ideen vor allem dazu, um sich für ihre Eltern alle möglichen Ausreden einfallen zu lassen. Ihre Karriere als Autorin begann viel später und mittlerweile hat sie nicht nur die Herzen ihrer Leserinnen erobert, sie wurde auch mit dem *Golden Heart Award* der Romane Writer's of America ausgezeichnet. Rachel Gibson lebt mit ihrem Ehemann, drei Kindern, zwei Katzen und einem Hund in Boise, Idaho. Weitere Titel der Autorin sind bei Goldmann in Vorbereitung.

Rachel Gibson

Das muss Liebe sein

Roman

Aus dem Amerikanischen
von Elisabeth Hartmann

GOLDMANN

Die Originalausgabe erschien 2000 unter dem Titel
»It Must Be Love« bei Avon Books, Inc.,
Imprint of Harper Collins Publishers, New York

Umwelthinweis:
Alle bedruckten Materialien dieses Taschenbuches
sind chlorfrei und umweltschonend.

Deutsche Erstausgabe Februar 2002

Umschlaggestaltung: Design Team München
Umschlagfoto: Mauritius/Stock Image
Satz: deutsch-türkischer fotosatz, Berlin
Druck: Elsnerdruck, Berlin
Verlagsnummer: 45126
AL · Herstellung: Katharina Storz/Str
Made in Germany
ISBN 3-442-45126-4
www.goldmann-verlag.de

3 5 7 9 10 8 6 4 2

Dieses Buch ist in großer Liebe
meinen Brüdern und Schwestern gewidmet:

Mary Kae Larson
Ein großes Herz in einem zierlichen Körper,
eine geübte Fahrerin und Einparkerin.
Du hattest die besten Ohrringe,
die eine jüngere Schwester je klauen konnte.

Keith Reed
Danke für die 25 Doller für die Kosmetikbehandlung 1977,
nach der ich wie Farrah aussah.
Als du fortgingst, blieb eine Leere in meinem Herzen,
du fehlst mir jeden Tag.

Terry Rogers
Ein innerlich wie äußerlich schöner Mensch,
eine begabte Sängerin und Musikerin,
mit einem besonderen Talent für »Chicken Songs«.

Al Reed
Ein begeisterter Jäger und ein guter Mensch.
Ich bin seit jeher stolz, dich meinen Bruder nennen zu können,
außer damals, als ich Malibu Barbie mit Nadeln in den Augen
von der Decke hängend fand.

Mit euch allen an der Resseguie Street aufzuwachsen
war das absolut Größte.

1. KAPITEL

Detective Joseph Shanahan hasste Regen. Er hasste Regen fast genauso sehr wie niederträchtige Kriminelle, aalglatte Verteidiger und dumme Gänse. Die Ersten waren Abschaum, die Zweiten Schlammwühler und die Dritten eine Schande für die Familie der Vögel im Allgemeinen.

Er setzte den Fuß auf die vordere Stoßstange eines beigefarbenen Chevy, neigte sich nach vorn und dehnte die Muskeln. Er brauchte nicht zu den silbergrauen Wolken aufzublicken, die über dem Ann Morrison Park aufzogen, um zu wissen, dass ihm ein gehöriger Regenguss bevorstand. Der dumpfe Schmerz in seinem rechten Oberschenkel verriet ihm auch so, dass dieser Tag ihm nichts Gutes bringen würde.

Als er das vertraute Ziehen in seinen Muskeln spürte, wiederholte er die Dehnübung mit dem anderen Bein. Meist erinnerte ihn nur die zehn Zentimeter lange Narbe an seinem Oberschenkel daran, dass eine Neunmillimeterkugel sein Fleisch aufgerissen und sein Leben verändert hatte. Neun Monate und zahllose Stunden intensiver Physiotherapie später war er in der Lage, Schiene und Knochennagelung zu vergessen. Außer wenn es regnete und der veränderte Barometerdruck die Narbe zum Pochen brachte.

Joe streckte sich, rollte wie ein Preisboxer den Kopf von einer Seite zur anderen, griff dann in die Tasche seiner

Baumwollhose, die er zu Shorts gekürzt hatte, und zog eine Packung Zigaretten heraus. Er zündete sich mit seinem Zippo eine Zigarette an. Nach einem kurzen Blick auf die Flamme kniff er die Augen zusammen und beäugte die propere weiße Gans, die ihn aus nicht ganz zwei Meter Entfernung anstarrte. Der Vogel näherte sich watschelnd, reckte den langen Hals und zischte mit wütend aufgerissenem orangefarbenem Schnabel und herausgestreckter rosa Zunge.

Mit lässiger Handbewegung klappte Joe das Feuerzeug zu und schob Zigarettenpackung und Feuerzeug in die Tasche zurück. Genussvoll stieß er den Rauch aus, während die Gans den Kopf senkte und mit ihren Knopfaugen Joes Fußknöchel fixierte.

»Wenn du das tust, spiel ich mit dir Fußball.«

Mehrere Sekunden lang starrten sie sich kampflustig an, dann zog die Gans den Kopf ein, drehte sich auf ihren Schwimmfüßen um, watschelte davon und warf noch einen letzten Blick in Joes Richtung, bevor sie auf den Bordstein hüpfte und den übrigen Gänsen zustrebte.

»Schwächling«, murmelte er und löste den Blick von der zurückweichenden Bedrohung. Noch mehr als Regen, Luftdruckveränderungen und aalglatte Anwälte verabscheute Joe Polizeispitzel. Er kannte höchstens einen oder zwei von dieser Sorte, die nicht ihre Frau, ihre Mutter oder ihren besten Freund verraten hätten, um den eigenen Hintern zu retten. Das Loch im Bein verdankte er seinem letzten Zuträger, Robby Martin. Robbys Betrügereien hatten Joe einen Klumpen Fleisch und Knochen und den Job, den er liebte, gekostet. Der junge Drogendealer hatte mit einem höheren Preis bezahlt – mit seinem Leben.

Joe lehnte sich gegen die Seite des Chevy und nahm einen tiefen Zug aus seiner Zigarette. Rauch brannte in seiner

Kehle und füllte seine Lungen mit Teer und Nikotin. Das Nikotin stillte seine Sucht wie die beschwichtigende Zärtlichkeit einer liebenden Frau. Was ihn betraf, gab es nur eines, was besser war als eine Lunge voller Toxine.

Dieses eine hatte er leider nicht mehr gehabt, seit er mit Wendy, seiner letzten Freundin, Schluss gemacht hatte. Wendy konnte recht passabel kochen, und in figurbetonten Stretchhosen sah sie geradezu verblüffend gut aus. Aber er konnte einer Zukunft mit einer Frau, die ausflippte, weil er das zweimonatige Jubiläum ihres Kennenlernens vergessen hatte, nicht ins Auge sehen. Sie hatte ihm vorgeworfen, *unromantisch* zu sein. Zum Teufel, er war genauso romantisch wie jeder andere auch. Er stellte sich deswegen nur nicht schmalzig und bescheuert an.

Joe inhalierte noch einmal tief den Rauch seiner Zigarette. Selbst wenn diese Jubiläumsscheiße nicht gewesen wäre, hätte seine Beziehung zu Wendy zu nichts geführt. Sie konnte nicht verstehen, dass er so viel Zeit für Sam aufwenden musste. Sie war eifersüchtig gewesen, aber wenn Joe Sam nicht genügend Beachtung geschenkt hätte, dann hätte Sam sämtliche Möbel angeknabbert.

Joe atmete langsam aus und betrachtete die Rauchfahne, die vor seinem Gesicht stehen blieb. Das letzte Mal hatte er das Rauchen drei Monate lang aufgegeben und er würde wieder aufhören. Aber nicht heute. Morgen wohl auch nicht. Captain Luchetti hatte gerade gehörig auf die Sahne gehauen, und wenn man ihm schon das Messer an die Kehle setzte, wollte er verdammt noch mal hinterher wenigstens eine rauchen.

Durch den Rauch hindurch erspähte er aus schmalen Augen eine Frau mit einer rotbraunen Lockenmähne, die ihr über den halben Rücken hing. Ein Windstoß hob ihr Haar und wehte es um ihre Schultern. Joe brauchte das Gesicht nicht zu sehen, um zu wissen, wer da mitten im Ann Morrison Park stand und die Arme in die Höhe streckte wie eine Göttin, die den grauen Himmel anbetete.

Ihr Name war Gabrielle Breedlove und ihr gehörte zusammen mit ihrem Geschäftspartner Kevin Carter ein Kuriositätenladen im historischen Hyde-Park-Bezirk. Beide standen im Verdacht, den Laden als Tarnung für ihre anderen, bedeutend lukrativeren Geschäfte zu benutzen – den Handel mit gestohlenen Antiquitäten.

Keiner der beiden Ladenbesitzer hatte ein Strafregister und wäre der Polizei wohl nie aufgefallen, wenn sie sich weiterhin auf Kleinkram beschränkt hätten, aber sie strebten nach Höherem. Einem der vermögendsten Männer im Staat, Norris Hillard, besser bekannt als der Kartoffelkönig, war in der vorangegangenen Woche ein berühmtes impressionistisches Gemälde gestohlen worden. In Bezug auf Macht und Einfluss im Staate Idaho kam er gleich nach Gott. Nur jemand mit einem hohen Maß an Tollkühnheit würde den Monet des Kartoffelkönigs stehlen. Bislang waren Gabrielle Breedlove und Kevin Carter die Hauptverdächtigen in diesem Fall. Ein Gefängnisspitzel hatte der Polizei ihre Namen gesteckt, und als die Hillards ihren Zeitplaner konsultierten, stellten sie fest, dass Carter sechs Monate zuvor in ihrem Haus gewesen war, um eine Sammlung von Tiffanylampen zu schätzen.

Joe zog an seiner Zigarette und stieß den Rauch langsam aus. Dieses kleine Antiquitätengeschäft im Hyde Park war eine perfekte Tarnung für Hehlerei, und er wettete sein linkes Ei darauf, dass Mr. Carter und Ms. Breedlove den Monet der Hillards versteckt hielten, bis sich die Wogen geglättet hatten und sie ihn für ein Bündel Scheine an einen Hehler weitergeben konnten. Die beste Chance für die Lösung des Falls bestand darin, das Gemälde aufzuspüren, bevor es in die Hände des Hehlers überwechselte und im Untergrund verschwand.

Der Kartoffelkönig machte Chief Walker die Hölle heiß, der wiederum heizte Captain Luchetti und den Beamten vom Raubdezernat ein. Stress führte bei einigen Polizisten dazu, dass sie zur Flasche griffen. Nicht so Joe. Er war kein großer Trinker, und er nahm einen weiteren beruhigenden Zug aus seiner Zigarette, während er die Verdächtige musterte. Im Kopf ging er die hastig zusammengestellte Akte über Ms. Breedlove durch.

Er wusste, dass sie in einer Kleinstadt im Norden Idahos geboren und aufgewachsen war. Ihr Vater war gestorben, als sie noch klein war, und sie hatte mit ihrer Mutter, einer Tante väterlicherseits und einem Großvater zusammen gewohnt.

Sie war achtundzwanzig, einssiebzig groß und wog ungefähr einhundertundzwanzig Pfund. Ihre Beine waren lang. Ihre Shorts nicht. Er sah zu, wie sie sich vornüberbeugte und mit den Fingern den Boden zu ihren Füßen berührte, und er genoss den Anblick genauso wie seine Zigarette. Seit er den Auftrag hatte, sie zu beschatten, hatte er die süßen Formen ihrer Kehrseite schätzen gelernt.

Gabrielle Breedlove. Ihr Name klang wie der eines Pornostars. Joe hatte noch nie mit ihr gesprochen, aber er hatte sie nah genug vor Augen gehabt, um zu wissen, dass sie an genau den richtigen Stellen entzückende Kurven aufwies.

Und auch ihre Familie war im Staate Idaho nicht unbekannt. Die Breedlove Mining Company hatte etwa neunzig Jahre lang oben im Norden gearbeitet, bevor sie Mitte der Siebziger verkauft wurde. Die Familie war einmal unermesslich reich gewesen, aber Fehlinvestitionen und Missmanagement hatten das Vermögen um ein Beträchtliches schrumpfen lassen.

Joe sah zu, wie sie auf einem Bein irgendwelche Jogadehnübungen ausführte, bevor sie langsam davonjoggte. Er schnippte seine Zigarette ins taufeuchte Gras und stieß sich von dem Chevy ab. Er folgte ihr quer durch den Park bis zu dem schwarzen Asphaltweg, der den Namen Grüngürtel trägt.

Der Grüngürtel folgt dem Fluss Boise und windet sich durch die Hauptstadt, wobei er auf seinem Weg acht größere Parks miteinander verbindet. Der würzige Geruch von Wasser und Pappeln erfüllte die Morgenluft, kleine Fetzen Pappelwolle trieben im Wind und blieben an Joes T-Shirt kleben.

Er kontrollierte seine Atmung, atmete locker und langsam, während er das gleiche Tempo hielt wie die etwa fünfzehn Meter vor ihm laufende Frau. Seit einer Woche, seit dem Diebstahl, beschattete er sie, machte sich mit ihren Gewohnheiten vertraut – suchte die Art von Informationen zusammen, die er weder von privaten noch von öffentlichen Aufzeichnungen bekommen konnte.

Soweit er wusste, joggte sie immer die gleiche Zweimeilenschleife und trug immer dieselbe schwarze Gürteltasche. Ständig schaute sie sich in ihrer Umgebung um. Zuerst hatte er vermutet, sie suche irgendetwas oder irgendjemanden, aber sie traf sich mit keiner Menschenseele. Außerdem fürchtete er, dass sie etwas von seiner Überwachung ahnte, doch er achtete streng darauf, täglich etwas anderes anzuziehen, den Parkplatz zu wechseln und ihre Verfolgung von verschiedenen Ausgangspunkten her aufzunehmen. An manchen Tagen stülpte er sich eine Baseballkappe übers dunkle Haar und zog ein flottes Jogging-Outfit an. An diesem Morgen trug er ein rotes Schweißband um die Stirn und ein graues Sweatshirt.

Zwei Männer in leuchtend blauen Trainingsanzügen joggten den Grüngürtel entlang auf ihn zu. In der Sekunde, als sie an Ms. Breedlove vorbeiliefen, verrenkten sie sich die Hälse und erfreuten sich an dem Schwingen ihrer weißen Shorts. Als sie sich wieder umwandten, trugen beide den gleichen Ausdruck lächelnder Wohlgefälligkeit auf dem Gesicht. Joe konnte es ihnen nicht verübeln, dass sie sich noch ein letztes Mal nach ihr umdrehten. Sie hatte tolle Beine und einen tollen Hintern. Pech, dass das Schicksal Gefängniskleidung für sie vorgesehen hatte.

Joe folgte ihr über die Fußgängerbrücke hinaus aus dem Ann Morrison Park und achtete sorgfältig darauf, Distanz zu halten, als sie weiter dem Verlauf des Boise River folgten.

Ihr Persönlichkeitsprofil entsprach nicht dem des typischen Diebs. Im Gegensatz zu ihrem Geschäftspartner war sie nicht bis über beide Ohren verschuldet. Sie spielte nicht und musste auch keine Drogensucht finanzieren. Für die Beteiligung an einem Verbrechen blieben dieser Frau also nur zwei mögliche Motive übrig.

Das eine Motiv ist der Nervenkitzel, und Joe verstand sehr gut, wie reizvoll ein Leben auf Messers Schneide ist. Adrenalin ist eine mächtige Droge. Er selbst liebte sie, weiß Gott. Er liebte die Art und Weise, wie sie über die Haut kroch, sie prickeln ließ und ihm die Nackenhaare sträubte.

Das andere Motiv ist schon gewöhnlicher – Liebe. Die Liebe neigt dazu, Frauen in Schwierigkeiten zu bringen. Joe hatte mehr als genug Frauen kennen gelernt, die alles tun würden für irgendeinen nichtsnutzigen Typen, der sie selbst ohne zu zögern ans Messer liefern würde, um die eigene Haut zu retten. Joe wunderte sich längst nicht mehr über das, was manche Frauen aus Liebe taten. Es wunderte ihn längst nicht mehr, im Knast Frauen anzutreffen, die für ihre Männer Strafen absaßen und tränenüberströmt Quatsch absonderten wie: »Ich kann nichts Schlechtes über Soundso sagen, ich *liebe* ihn.«

Die Baumkronen über Joes Kopf wurden dichter, als er der Frau in einen anderen Park folgte. Der Julia Davis Park war üppiger, grüner und bot zudem noch Attraktionen wie die Museen für Kunst und Geschichte, den Boise Zoo und natürlich die Tootin'-Tater-Bimmelbahn.

Einen Sekundenbruchteil bevor er einen leisen Aufprall auf dem Pflaster hörte, spürte er, wie sich etwas aus seiner Hosentasche löste. Er griff sich an die leere Tasche, wandte den Kopf und sah sein Zigarettenpäckchen auf dem Weg liegen. Erst zögerte er einige Sekunden, dann ging er zurück. Ein paar Zigaretten rollten über den Asphalt, und eilig bückte er sich, um sie einzusammeln, bevor sie in einer Pfütze landeten. Sein Blick wanderte zu der Verdächtigen hinüber, die in ihrem üblichen gemäßigten Tempo weiterjoggte, und kehrte dann zurück zu seinen Zigaretten.

Joe schob die Zigaretten in die Packung, sorgfältig darauf bedacht, sie nicht zu beschädigen. Er hatte keine Angst, die Verdächtige aus den Augen zu verlieren. Sie lief ungefähr so schnell wie ein arthritischer alter Hund, ein Umstand, den er am heutigen Tag begrüßte.

Als er wieder den Weg entlang blickte, hielt seine Hand in der Bewegung inne, dann schob er die Zigarettenschachtel langsam zurück in die Tasche. Alles, was sich seinen gut geschulten Augen darbot, war der schwarze, sich zwischen dichten, hohen Bäumen und Gras hindurch schlängelnde Weg. Ein Windstoß rüttelte an den dicken Ästen über ihm und drückte ihm das T-Shirt platt an den Oberkörper.

Sein Blick schoss nach links, und da entdeckte er sie, wie sie über den Rasen in Richtung Zoo und Kinderspielplatz lief. Er nahm die Verfolgung auf. So weit er es überblicken konnte, war der Park menschenleer. Wer auch nur über ein bisschen Verstand verfügte, hatte längst schleunigst den Heimweg angetreten, bevor das drohende Unwetter losbrach. Allerdings musste die Tatsache, dass der Park anscheinend verlassen war, nicht bedeuten, dass sie sich nicht mit jemandem traf.

Wenn ein Verdächtiger von einem festen Verhaltensmuster abwich, hieß das gewöhnlich, dass etwas im Busch war. Der Geschmack von Adrenalin betäubte seine Kehle und trieb ein Lächeln auf seine Lippen. Verdammt, so lebendig hatte er sich nicht mehr gefühlt, seit er letztens einen Drogendealer in einer Gasse im North End verfolgt hatte.

Er verlor sie erneut aus den Augen, als sie an den Toilettenhäuschen vorbeilief und dahinter verschwand. Jahrelange Erfahrung verlangsamte seine Schritte; er wartete darauf, dass sie wieder auftauchte. Als das nicht der Fall war, griff er unter sein Sweatshirt und löste den Verschluss an seinem Pistolenhalter. Er drängte sich flach an den Backsteinbau und lauschte.

Eine liegen gelassene Plastiktüte flog über den Rasen, doch Joe hörte nichts außer dem Wind und dem Rascheln der Blätter über ihm. Von seinem Standpunkt aus hatte er keinen Überblick, und ihm wurde klar, dass er ein Stück hätte zurückbleiben sollen. Er bog um die Ecke des Baus und fand sich in Augenhöhe mit der Düse einer Haarspraydose wieder. Ein Sprühstoß traf ihn voll ins Gesicht, und sofort verschwamm ihm alles vor den Augen. Eine Faust packte ihn am Sweatshirt, ein Knie bohrte sich zwischen seine Schenkel und verfehlte seine Eier nur um Haaresbreite. Der Muskel in seinem rechten Schenkel verkrampfte sich, und Joe wäre zusammengeklappt, wenn ein gehöriger Schulterstoß gegen seine Brust das nicht verhindert hätte. Der Atem entfloh hörbar aus seiner Lunge, als er wie ein gefällter Baum rücklings auf den harten Boden stürzte. Ein Paar Handschellen aus Chrom, das er in den Bund seiner Shorts gesteckt hatte, grub sich ihm in den Rücken.

Mit von Miss Clairol benebeltem Blick sah er zu Gabrielle Breedlove auf, die zwischen seinen gespreizten Beinen stand. Er ließ den Schmerz, der sein rechtes Bein verkrampfte, ungehindert zu und zwang sich, gleichmäßig zu atmen. Sie hatte ihn reingelegt und versucht, ihm die Eier bis in die Kehle hinaufzurammen.

»Himmel«, stöhnte er. »Was für ein verrücktes Weib.«

»Ganz recht, gib mir nur einen Grund, dir die Kniescheiben zu zerschießen.«

Joe blinzelte ein paar Mal, und sein Blick klärte sich. Langsam löste er sich von ihrem Gesicht, wanderte ihre Arme entlang bis zu ihren Händen. *Scheiße*. In einer Hand hielt sie das Haarspray, den Finger auf der Düse, in der anderen aber hielt sie etwas, was aussah wie eine Derringer. Diese zielte nicht auf seine Knie, sondern direkt auf seine Nase.

Joe erstarrte. Er hasste es wie die Pest, wenn man Handfeuerwaffen auf ihn richtete. »Nehmen Sie die Knarre weg«, befahl er. Er wusste nicht, ob die Derringer geladen oder auch nur funktionstüchtig war, aber er wollte es auch nicht herausfinden. Einzig seine Augen bewegten sich, als er wieder in ihr Gesicht aufsah. Sie atmete hastig und flach, ihre grünen Augen blickten wild. Sie wirkte verteufelt unberechenbar.

»Ruft die Polizei!«, begann sie verzweifelt zu schreien.

Joe sah sie finster an. Nicht genug damit, dass sie es geschafft hatte, ihn flach zu legen, jetzt schrie sie auch noch aus

Leibeskräften. Wenn sie so weitermachte, musste er sich womöglich zu erkennen geben, und das wollte er nun wirklich nicht. Die Vorstellung, mit der Hauptverdächtigen im Fall Hillard auf dem Polizeirevier aufzukreuzen, mit der Verdächtigen, die nichts davon wissen sollte, dass sie verdächtigt wurde, und dann noch erklären zu müssen, dass diese Frau ihn mit einer Haarspraydose zu Fall gebracht hatte, erfüllte ihn mit einer Brechreiz erregenden Angst, die ihm den Nacken versteifte. »Nehmen Sie die Waffe weg!«, wiederholte er.

»O nein! Bei der geringsten Bewegung pumpe ich Sie mit Blei voll, Sie Mistkerl.«

Er vermutete, dass sich im Umkreis von fünfzig Metern keine Menschenseele außer ihnen aufhielt, war sich jedoch nicht sicher, und das Letzte, was er brauchte, war ein heldenhafter Zivilist, der ihr zu Hilfe eilte.

»Hilfe – bitte, hilf mir doch jemand!«, brüllte sie so laut, dass es bestimmt weit und breit zu hören war.

Joe biss die Zähne zusammen. Darüber würde er nie hinwegkommen, und er mochte nicht einmal daran denken, Walker und Luchetti unter die Augen treten zu müssen. Joe hatte wegen des Streits nach der Schießerei mit Robby Martin beim Chef immer noch schlechte Karten. Es fiel ihm nicht schwer, sich vorzustellen, was der Chef sagen würde. »Sie haben das Ding vermasselt, Shanahan!«, würde er brüllen, bevor er Joe zum Streifendienst degradierte. Und dieses Mal hätte der Chef sogar Recht.

»Jemand muss die Polizei rufen!«

»Hören Sie auf zu schreien«, befahl Joe in seinem besten Gesetzeshüter-Tonfall.

»Die Polizei muss kommen!«

»*Verdammt*, Lady«, knirschte er zwischen den Zähnen hervor, »ich *bin* Polizist.«

Ihre Augen wurden schmal, als sie auf ihn herabblickte. »Genau, und ich bin der Gouverneur.«

Joe wollte in seine Tasche greifen, doch Ms. Breedlove vollführte eine drohende Bewegung mit ihrer kleinen Waffe, und er unterließ es lieber. »Meine Dienstmarke steckt in der linken Tasche.«

»Keine Bewegung«, warnte sie ihn noch einmal.

Die rotbraunen Locken flatterten ihr um den Kopf, wild und unbändig. Das Haarspray hätte ihrer Frisur wohl eher gut getan als seinem Gesicht. Mit zitternder Hand schob sie sich das Haar auf einer Seite hinters Ohr. Joe hätte sie in Sekundenschnelle zu Boden bringen können, aber dazu musste er sie erst einmal ablenken, wenn er nicht riskieren wollte, dass sie auf ihn schoss. Und dieses Mal würde der Schuss ihn so treffen, dass er sich nicht wieder davon erholte. »Sie können mir selbst in die Tasche greifen. Ich rühre keinen Finger.« Er hasste es, Frauen anzugreifen. Er hasste es, sie niederzustrecken. Doch in diesem Fall würde es ihm wohl nicht so viel ausmachen.

»Ich bin doch nicht blöd. Auf den Trick bin ich schon seit meiner Schulzeit nicht mehr reingefallen.«

»Herrgott noch mal!« Mühsam kämpfte er um seine Beherrschung. »Haben Sie die Genehmigung zum Tragen einer Schusswaffe?«

»Hören Sie doch auf«, antwortete sie. »Sie sind kein Bulle, Sie sind ein Spanner! Aber ich wollte, es wäre tatsächlich ein Bulle in der Nähe, denn dann könnte ich *Sie* verhaften lassen, weil Sie mich schon die ganze Woche verfolgen. In diesem Staat gibt es ein Gesetz gegen so etwas, kapiert?« Sie sog scharf den Atem ein und stieß ihn langsam wieder aus. »Möchte wetten, Sie haben längst ein Strafregister wegen irgendeiner Art von Perversität. Wahrscheinlich sind Sie einer von diesen Psychopathen, die obszöne Anrufe machen und dabei schwer atmen und stöhnen. Möchte wetten, Sie sitzen wegen sexueller Belästigung und sind nur auf Kaution draußen.« Sie atmete noch ein paar Mal tief durch und schüttelte die Haarspraydose. »Vielleicht sollten Sie mir doch Ihre Brieftasche geben.«

In den ganzen fünfzehn Jahren seiner Karriere war er nicht ein einziges Mal so unvorsichtig gewesen, dass ihn ein Verdächtiger – geschweige denn eine weibliche Verdächtige – hätte übertölpeln können.

Seine Schläfen pochten, sein Oberschenkel schmerzte. Seine Augen brannten, und seine Wimpern waren verklebt. »Lady, Sie sind verrückt«, sagte er in relativ ruhigem Tonfall und griff in seine Tasche.

»Ach ja? Von meinem Standpunkt aus betrachtet sind eher Sie der Verrückte.« Ihr Blick ließ ihn nicht eine Sekunde los, während er nach seiner Brieftasche griff. »Ich benötige Ihren Namen und Ihre Anschrift für die Anzeige, aber ich möchte wetten, Sie sind der Polizei längst kein Unbekannter mehr.«

Sie wusste ja nicht, wie Recht sie hatte, aber Joe vergeudete keine Zeit mehr mit Reden. In dem Moment, als sie die Brieftasche aufklappte und die Dienstmarke erblickte, nahm er mit den Beinen ihre Waden in die Schere. Sie schlug zu Boden, er warf sich über sie und drückte sie mit seinem Gewicht nieder. Sie wand sich nach allen Seiten, stemmte sich gegen seine Schultern und brachte die Derringer gefährlich nahe an sein linkes Ohr. Er packte ihre Handgelenke und zwang sie hinter ihren Kopf, während er sie mit seiner gesamten Körperlänge zu Boden drückte.

Er lag ausgestreckt auf ihr, ihre Brüste pressten sich an seinen Oberkörper, ihre Hüften drängten sich gegen seine. Er hielt ihre Hände über ihrem Kopf fest, und ihre Gegenwehr erlahmte, doch sie weigerte sich, sich vollends zu ergeben. Sein Gesicht schwebte kaum einen Zentimeter über ihrem, und zweimal stießen sie mit den Nasen zusammen. Mit geöffneten Lippen sog sie Luft in ihre Lungen, und ihre grünen Augen, riesengroß und panikerfüllt, starrten ihn an, während sie darum kämpfte, ihre Handgelenke freizubekommen. Ihre langen, wohlgeformten Beine verschränkten sich mit seinen und der Saum seines T-Shirts war ihm bis unter die Achselhöhlen gerutscht. An seinem Bauch spürte er die weiche, warme Haut ihres Unterleibs und den Nylonstoff ihrer flachen Gürteltasche.

»Sie sind tatsächlich Bulle!« Ihre Brüste hoben und senkten sich unter ihren Bemühungen, zu Atem zu kommen.

Er wollte aufstehen, sobald er ihre Derringer sichergestellt hatte. »Ganz recht, und Sie sind verhaftet wegen unerlaubten Tragens einer Schusswaffe und tätlicher Bedrohung.«

»Oh, Gott sei Dank!« Sie holte tief Luft, und er spürte, wie sie sich entspannte, wie sie unter ihm weich und biegsam wurde. »Ich bin ja so froh. Ich hatte gedacht, Sie wären ein perverser Psychopath.«

Mit einem strahlenden Lächeln blickte sie zu ihm auf. Er hatte sie gerade verhaftet, und sie schien tatsächlich glücklich darüber zu sein. Aber es war nicht die Art von verzückter Glückseligkeit, die er gewöhnlich auf das Gesicht einer Frau rief, wenn er sich in eben dieser Stellung befand, sondern eher eine irregeführte Erleichterung. Sie war nicht nur eine Diebin, sie war eindeutig verrückt. »Sie haben das Recht zu schweigen«, sagte er, während er die Derringer aus ihren Fingern löste. »Sie haben das Recht …«

»Das ist doch nicht Ihr Ernst, oder? Sie wollen mich doch nicht wirklich verhaften?«

»... auf einen Anwalt«, fuhr er fort und hielt mit einer Hand immer noch ihre Handgelenke über ihrem Kopf fest, während er die Waffe ein Stück von sich warf.

»Aber es ist eigentlich gar keine Pistole. Na ja, ursprünglich schon, aber im Grunde doch nicht. Es ist eine Derringer aus dem neunzehnten Jahrhundert. Eine Antiquität, und deshalb glaube ich nicht, dass sie als *echte* Waffe gelten kann. Außerdem ist sie nicht geladen, und selbst wenn sie geladen wäre, würde sie kein sonderlich großes Loch schlagen. Ich hatte sie nur bei mir, weil ich solche Angst hatte und weil Sie mich ständig verfolgt haben.« Sie unterbrach sich und zog die Brauen zusammen. »*Warum* haben Sie mich eigentlich verfolgt?«

Statt einer Antwort machte er sie weiterhin auf ihre Rechte aufmerksam und wälzte sich dann zur Seite. Er hob die kleine Pistole auf und kam dann vorsichtig auf die Füße. Joe dachte nicht daran, ihre Fragen zu beantworten. Nicht, so lange er nicht wusste, was er mit ihr anfangen sollte. Nicht, nachdem sie ihn als perversen Psychopathen bezeichnet und versucht hatte, ihn zum Eunuchen zu machen. Er schenkte sich selbst nicht allzu viel Vertrauen, falls er mehr als das unbedingt Notwendige mit ihr redete. »Haben Sie noch mehr Waffen bei sich?«

»Nein.«

»Reichen Sie mir ganz langsam Ihre Gürteltasche und kehren Sie dann das Innere Ihrer Taschen nach außen.«

»Ich habe nur meine Autoschlüssel dabei«, sagte sie leise. Sie hob die Schlüssel hoch und ließ sie in seine Handfläche fallen. Er schloss die Hand und schob die Schlüssel in seine Brusttasche. Dann nahm er die kleine Gürteltasche entgegen und stülpte das Innere nach außen. Sie war leer.

»Hände an die Wand.«

»Wollen Sie mich etwa durchsuchen?«

»Genau«, antwortete er und deutete auf die Backsteinmauer.

»So?«, fragte sie über die Schulter hinweg.

Sein Blick wanderte über ihren hübschen wohlgeformten Po und an ihren langen Beinen hinunter, während er die Pistole in den Bund seiner Shorts stopfte. »Genau«, antwortete er wieder und legte die Hände auf ihre Schultern. Als er sie jetzt aus der Nähe betrachtete, stellte er fest, dass sie größer als einssiebzig war. Joe war einsachtzig, und ihre Augen befanden sich fast auf gleicher Höhe. Er strich mit den Händen an ihren Seiten hinab, über ihre Taille und ihren Unterleib. Er schob die Hand unter den Saum ihres Hemds und betastete den Bund ihrer Shorts. Er spürte ihre weiche Haut und das kühle Metall ihres Bauchnabelrings. Dann ließ er eine Hand hinauf zwischen ihre Brüste gleiten.

»Hey, lassen Sie das!«

»Lassen Sie sich dadurch nicht erregen«, empfahl er. »Ich tu's auch nicht.«

Als Nächstes klopfte er ihr Hinterteil ab, dann kniete er sich hin und überprüfte ihre Sockenbündchen. Die Mühe, zwischen ihren Schenkeln zu suchen, ersparte er sich. Nicht etwa, weil er ihr vertraute, sondern vielmehr, weil er nicht annahm, dass sie mit einer Waffe im Slip hätte joggen können.

»Wenn wir auf der Wache sind, kann ich dann meine Geldstrafe zahlen und nach Hause gehen?«

»Wenn der Richter die Kaution festgesetzt hat, dürfen Sie gehen.«

Sie wollte sich zu ihm umdrehen, doch seine Hände an ihren Hüften hinderten sie daran.

»Ich bin noch nie verhaftet worden.«

Das wusste er bereits.

»Ich werde doch nicht richtig verhaftet, mit Fingerabdrücken und Fotos für die Verbrecherkartei, oder?«

Joe tastete ein letztes Mal ihren Hosenbund ab. »Doch, Madam, mit Fingerabdrücken und Fotos.«

Sie drehte sich um, kniff die Augen zusammen und funkelte ihn böse an. »Bis eben habe ich nicht geglaubt, dass es Ihr Ernst wäre. Ich dachte, Sie wollten es mir heimzahlen, dass ich das Knie hochgezogen und Sie in … im Genitalbereich getroffen habe.«

»Sie haben nicht getroffen«, informierte er sie trocken.

»Sind Sie sicher?«

Joe stellte sich gerade hin, griff nach hinten in seine Shorts und zog die Handschellen heraus. »In dem Punkt kann man sich nicht irren.«

»Oh.« Es klang aufrichtig enttäuscht. »Aber ich kann immer noch nicht glauben, dass Sie mir das wirklich antun. Wenn Sie nur einen Funken Anstand im Leib hätten, würden Sie zugeben, dass alles allein Ihre Schuld ist.« Sie hielt inne und holte tief Luft. »Sie schaffen sich ein ausgesprochen schlechtes Karma, und ich bin sicher, dass es Ihnen noch gründlich Leid tun wird.«

Joe sah ihr in die Augen und ließ die Handschellen an ihren Gelenken zuschnappen. Ihm tat jetzt schon einiges Leid. Es tat ihm Leid, dass er sich von einer eines Verbrechens verdächtigten Frau hatte aufs Kreuz legen lassen, und es tat ihm aufrichtig Leid, dass seine Tarnung aufgeflogen war. Und er wusste, dass seine wahren Probleme jetzt erst anfingen.

Die ersten dicken Regentropfen trafen seine Wange, und er hob den Blick zu der Gewitterwolke über seinem Kopf. Drei weitere Tropfen schlugen auf seine Stirn und auf sein Kinn. Er lachte freudlos. »Fantastisch, verdammt noch mal.«

2. KAPITEL

Aus einem unerfindlichen Grund kam Gabrielle jedes Mal, wenn sie an ein Polizeiverhör dachte, Dustin Hoffman in *Marathon Man* in den Sinn. Sie stellte sich einen dunklen Raum vor, das Spotlight, und einen wahnsinnigen Nazi-Kriegsverbrecher mit einem Zahnarztbohrer.

Der Raum, in dem sie sich jetzt befand, war ganz anders. Die Wände waren schlicht weiß, es gab keine Fenster, die den Junisonnenschein hereingelassen hätten. Metallstühle und ein Tisch mit einer Holzimitatplatte. An einem Ende stand ein Telefon. Ein einziges Poster, das vor der Drogengefahr warnte, schmückte die geschlossene Tür.

In einer Ecke war eine Videokamera aufgestellt, deren rotes Kontrolllämpchen leuchtete und anzeigte, dass sie in Betrieb war. Gabrielle hatte sich mit der Aufzeichnung ihres Verhörs einverstanden erklärt. Was kümmerte es sie? Sie war unschuldig. Sie war der Meinung, wenn sie sich kooperativ zeigte, würde das Verhör rasch beendet sein und sie könnte nach Hause gehen. Sie war müde und hungrig. Außerdem waren der Sonntag und der Montag ihre einzigen freien Tage, und sie hatte vor dem Coeur Festival am Wochenende noch eine Menge zu erledigen.

Gabrielle tat ein paar tiefe Atemzüge und kontrollierte die Sauerstoffaufnahme, aus Angst, sie könnte umkippen oder hyperventilieren. *Atme die Spannung weg*, ermahnte sie sich. *Du bist ruhig*. Sie hob die Hand und fuhr sich mit den Fingern durchs Haar. Ruhig fühlte sie sich durchaus nicht, und sie wusste auch, dass sich das nicht ändern würde, bevor sie entlassen war und nach Hause gehen durfte. Erst dann wäre sie in der Lage, ihre ruhige Mitte wieder zu finden und das statische Rauschen in ihrem Kopf abzuschalten.

Ihre Fingerkuppen waren schwarz, und sie spürte noch immer den Druck der Handschellen, die sie längst nicht mehr an den Gelenken trug. Detective Shanahan hatte sie veranlasst, im Regen und gefesselt wie eine Verbrecherin durch den ganzen Park zu gehen, und ihr einziger Trost bestand darin, dass er den Spaziergang ebenso wenig genossen hatte wie sie selbst.

Keiner von beiden hatte ein Wort gesprochen, doch Gabrielle fiel auf, dass er mehrmals seinen rechten Oberschenkel massierte. Sie nahm an, dass die Schuld an seiner Verletzung bei ihr lag, und vielleicht hätte es ihr Leid tun sollen – aber es tat ihr nicht Leid. Sie hatte Angst, war völlig durcheinander, und ihre Kleidung war immer noch feucht. Und das alles war seine Schuld. Deshalb sollte er wenigstens mit ihr zusammen leiden.

Nachdem sie wegen ihres schweren tätlichen Angriffs auf einen Polizeibeamten und wegen unerlaubten Tragens einer Schusswaffe vermerkt worden war, führte man sie in den kleinen Vernehmungsraum. Jetzt saßen Shanahan und Captain Luchetti am Tisch gegenüber. Beide Männer wollten von ihr etwas über gestohlene Antiquitäten wissen. Ihre dunklen Köpfe waren über ein schwarzes Notizbuch geneigt und sie waren in ein Gespräch vertieft. Gabrielle verstand nicht, was gestohlene Antiquitäten mit schwerem tätlichen Angriff zu tun hatten. Offenbar glaubten die Männer, beide Delikte stünden in einem Zusammenhang, doch keiner von ihnen machte Anstalten, ihr etwas zu erklären.

Schlimmer als ihre Ratlosigkeit war das Wissen, dass sie nicht einfach aufstehen und sich verabschieden konnte. Sie war von Detective Shanahans Gnade abhängig. Zwar kannte sie ihn erst etwas länger als eine Stunde, aber immerhin doch gut genug, um zu wissen, dass er keine Gnade walten ließ.

Als sie ihn vor einer Woche zum ersten Mal gesehen hatte, stand er unter einem Baum im Ann Morrison Park. Sie war an ihm vorbeigelaufen und hätte ihn vielleicht gar nicht bemerkt, wenn sein Kopf nicht in eine Wolke von Tabaksqualm gehüllt gewesen wäre. Wahrscheinlich hätte sie ihn auch gleich wieder vergessen, doch am nächsten Tag hatte sie ihn bei Albertson's gesehen, wo er eine tiefgefrorene Pastete kaufte. Dieses Mal fiel ihr auch auf, wie seine muskulösen Oberschenkel seine Shorts ausfüllten und wie sein Haar sich in kleinen Kringellocken um den Rand seiner Baseballkappe legte. Seine Augen waren dunkel, und der durchdringende Blick, mit dem er sie ansah, hatte ihr einen gefährlich wohligen Schauer über den Rücken gejagt.

Schon vor Jahren hatte sie blendend aussehenden Männern abgeschworen – sie bewirkten nichts als ein gebrochenes Herz und Chaos im Gleichgewicht von Körper, Geist und Seele. Sie waren wie Schokoriegel – sie sahen gut aus, und sie schmeckten gut, konnten aber niemals als ausgewogene Mahlzeit gelten. Gelegentlich meldeten sich noch Gelüste, doch neuerdings interessierte sie die Seele eines Mannes bedeutend mehr als sein Sexappeal.

Ein paar Tage später entdeckte sie ihn in einem Wagen vor dem Postamt, dann noch einmal ein Stück weit entfernt von Anomaly, ihrem Kuriositätenladen. Zuerst sagte sie sich, dass sie sich das alles nur einbildete. Warum sollte ein dunkler, attraktiver Mann sie wohl verfolgen? Doch im Verlauf der Woche sah sie ihn mehrmals, zwar nie nah genug, um ihn ansprechen zu können, aber auch nicht allzu weit von ihr entfernt.

Trotzdem versuchte sie, ihre Besorgnis auf ihre ausschweifende Fantasie zurückzuführen – bis gestern, als sie ihn bei Barnes and Noble gesehen hatte. Sie hatte die Buchhandlung aufgesucht, um sich weiteres Material über ätherische Öle zu besorgen, und als sie einmal den Blick hob, sah sie ihn in der Frauenbuchabteilung lauern. Mit seinem dunklen, grüblerischen Gesicht und den Muskeln, die sein T-Shirt dehnten, war er schlicht und einfach nicht der Typ, der das Grauen von PMS nachempfinden konnte. In diesem Augenblick gestand sie sich schließlich ein, dass er sie verfolgte wie ein psychopathischer Serientäter. Sie hatte die Polizei angerufen und wurde aufgefordert, auf die Wache zu kommen und eine schriftliche Beschwerde gegen den »unbekannten rauchenden Jogger« einzureichen, doch da er sich bisher nichts hatte zu Schulden kommen lassen, konnte sie kaum etwas gegen ihn unternehmen. Die Polizei erwies sich nicht als hilfreich, und so hatte sie nicht einmal ihren Namen hinterlassen.

In der vergangenen Nacht hatte sie nur wenig geschlafen. Die meiste Zeit hatte sie wach gelegen und sorgfältig an ihrem Plan gefeilt. Zu diesem Zeitpunkt hielt sie ihre Strategie noch für gut. Sie wollte ihn an einen gut besuchten Ort locken. Das Stück Park beim Spielplatz, vor dem Zoo, nur eine kurze Strecke von der Haltestelle der Tootin'-Tater-Bahn entfernt. Dort würde sie ihren Verfolger niederstrecken und dann wie verrückt um Hilfe rufen. Sie hielt den Plan auch jetzt noch für gut, aber unglücklicherweise hatte sie zwei ausgesprochen wichtige Einzelheiten nicht voraussehen können. Aufgrund des Wetters waren sämtliche Attraktionen geschlossen, und dann war ihr Verfolger freilich gar kein Spanner. Er war ein Bulle.

Anfangs, als sie ihn unter dem Baum stehen sah, hatte sie

geglaubt, einen Typen aus dem Muskelmann-Kalender ihrer Freundin Francis vor sich zu sehen. Jetzt, da er ihr gegenüber am Tisch saß, fragte sie sich, wie sie ihn jemals mit einem Muskelmann des Monats hatte verwechseln können. In dem Schlabber-T-Shirt, das er noch immer trug, und mit dem roten Schweißband auf der Stirn sah er vielmehr aus wie ein ausgeflippter Motorradrocker auf dem Weg zur Hölle.

»Ich weiß nicht, was Sie von mir wollen«, stellte Gabrielle fest, und ihr Blick wechselte von Shanahan zu dem anderen Mann. »Ich dachte, ich wäre wegen der Sache, die vorhin im Park passiert ist, hierher gebracht worden.«

»Haben Sie das hier früher schon mal gesehen?«, fragte Shanahan und schob ihr ein weiteres Foto zu.

Genau das Foto hatte Gabrielle in der Tageszeitung gesehen. Sie hatte vom Diebstahl des Hillard-Monets gelesen und in den regionalen wie auch den überregionalen Nachrichten davon gehört.

»Sie erkennen es?«

»Einen Monet erkenne ich auf Anhieb.« Sie lächelte kläglich und schob das Foto zurück über den Tisch. »Und ich habe im *Statesman* darüber gelesen. Das ist das Gemälde, das Mr. Hillard gestohlen wurde.«

»Was können Sie mir darüber berichten?« Shanahan sah sie an, als könnte er die Antwort auf seine Frage von ihrer Stirn ablesen.

Gabrielle wollte sich nicht einschüchtern lassen, doch sie wehrte sich vergebens. Sie war eingeschüchtert. Er war so ein großer Mann, und sie saß in einem so kleinen Raum mit ihm fest. »Nur das, was jeder andere auch über den Diebstahl gehört oder gelesen hat.« Und das war nicht eben wenig, denn es war eine heiße Story. Der Bürgermeister hatte öffentlich seiner Empörung Ausdruck verliehen. Der Besitzer des

Gemäldes war außer sich, und die Polizei von Boise wurde in den landesweiten Nachrichtensendungen als Haufen zurückgebliebener Hinterwäldler dargestellt. Was Gabrielles Meinung nach ein Fortschritt war im Vergleich zu der Art, wie Idaho den anderen Bundesstaaten gewöhnlich als Land der Kartoffel liebenden, weißen extremistischen Waffenfetischisten präsentiert wurde. Tatsache war aber, dass nicht jeder Kartoffeln liebte, und neunundneunzig Prozent der Bevölkerung hatten nichts mit der *Aryan Nation* oder verwandten Gruppierungen zu schaffen. Und der Großteil der Mitglieder solcher Gruppen bestand ohnehin nicht aus Bürgern Idahos.

Die Sache mit den Waffenfetischisten allerdings entsprach wahrscheinlich der Wahrheit.

»Interessieren Sie sich für Kunst?«, fragte Shanahan, und seine tiefe Stimme schien jeden Winkel des Raums zu füllen.

»Natürlich, ich selbst bin Künstlerin.« Nun, sie war wohl eher jemand, der gern malte, aber keine echte Künstlerin. Zwar schaffte sie es, einigermaßen naturgetreu zu malen, aber die Feinheiten von Händen und Füßen wollten ihr einfach nicht gelingen. Doch sie liebte die Malerei, und das allein war wichtig.

»Dann verstehen Sie sicher, dass Mr. Hillard sein Bild gern zurück hätte«, sagte Shanahan und schob das Foto zur Seite.

»Das kann ich mir vorstellen.« Sie verstand aber noch immer nicht, was das alles mit ihr zu tun haben sollte. Norris Hillard war einmal ein Freund der Familie gewesen, aber das lag schon sehr lange zurück.

»Haben Sie diesen Mann schon mal gesehen oder getroffen?«, fragte Shanahan und reichte ihr ein anderes Foto. »Er heißt Sal Katzinger.«

Gabrielle betrachtete das Foto und schüttelte den Kopf. Der Mann auf dem Foto trug nicht nur die stärksten Brillengläser, die sie je gesehen hatte, sondern zudem wirkte sein Gesicht fahl und kränklich. Natürlich war es möglich, dass sie dem Mann schon mal begegnet war und ihn auf diesem Foto nur nicht erkannte. Es war unter nicht gerade günstigen Bedingungen aufgenommen worden. Ihre eigenen Karteifotos sahen vermutlich ähnlich grässlich aus.

»Nein. Ich glaube nicht, dass er mir je begegnet ist«, antwortete sie und schob das Foto über den Tisch zurück.

»Hat Ihr Geschäftspartner Kevin Carter seinen Namen schon einmal erwähnt?«, fragte der andere Mann.

Gabrielle wandte sich dem älteren Mann mit angegrautem schwarzem Haar zu. Der Name auf seinem Ausweis lautete Captain Luchetti. Im Kino wie auch im Fernsehen hatte sie genug Krimis gesehen, um zu wissen, dass er den »Guten« spielte, während Shanahan die Rolle des »bösen Bullen« übernommen hatte – was Shanahan gewiss nicht sonderlich schwer gefallen war. Aber Captain Luchetti schien auch in Wirklichkeit der Nettere von beiden zu sein. Er erinnerte sie irgendwie an ihren Onkel Judd, und seine Aura war nicht so feindselig wie die des Detectives. »Kevin? Was hat Kevin mit dem Mann auf dem Foto zu schaffen?«

»Mr. Katzinger ist ein professioneller Dieb. Er ist ausgesprochen clever und stiehlt nur vom Feinsten. Vor gut einer Woche wurde er wegen des Diebstahls von Antiquitäten im Wert von über fünfundzwanzigtausend Dollar verhaftet. Noch während der Untersuchungshaft deutete er an, dass er vielleicht wüsste, wer Mr. Hillards Gemälde hat«, erklärte Captain Luchetti und wies mit einer Handbewegung auf einen Stapel Fotos. »Er ließ uns wissen, dass man ihm den Job, den Monet zu stehlen, angeboten hätte, aber er hätte abgelehnt.«

Gabrielle verschränkte die Arme unter der Brust und lehnte sich zurück. »Warum sprechen Sie mit mir über diese Sache? Sie sollten sich doch besser an *ihn* wenden.« Sie deutete auf das Karteifoto auf dem Tisch.

»Das haben wir getan, und im Verlauf seines Geständnisses hat er seinen Hehler in die Pfanne gehauen.« Luchetti hielt inne und sah sie an, als erwarte er irgendeine Reaktion.

Sie vermutete, dass mit dem Hehler eine Person gemeint war, die gestohlene Ware in Empfang nahm und verkaufte. Allerdings verstand sie nicht, was sie das alles anging. »Vielleicht sollten Sie mir mal ganz genau erklären, was Sie eigentlich wollen.« Sie nickte in Shanahans Richtung. »Und warum wurde ich von diesem Erzengel der Verdammnis tagelang verfolgt?«

Shanahans Stirnfurchen glätteten sich um keinen Deut, während der Captain weiterhin eine unbeteiligte Miene zeigte. »Nach Mr. Katzingers Worten kauft und verkauft Ihr Partner wissentlich gestohlene Antiquitäten.« Captain Luchetti hielt inne, bevor er hinzufügte: »Außerdem steht er in dem Verdacht, beim Hillard-Raub den Mittelsmann gespielt zu haben. Das bedeutet, dass er sich eine ganze Menge zu Schulden hat kommen lassen, einschließlich schweren Diebstahls.«

Sie rang nach Luft. »Kevin? Ausgeschlossen. Dieser Mr. Katzinger lügt!«

»Aber warum sollte er?«, fragte Luchetti. »Im Gegenzug zu seiner Kooperation ist ihm Strafminderung zugesagt worden.«

»Kevin würde so etwas niemals tun«, beteuerte sie. Ihr Herz klopfte heftig, und selbst ihre Atemübungen vermochten nicht, ihre Nerven zu beruhigen oder ihren Verstand zu klären.

»Woher wollen Sie das wissen?«

»Ich weiß es eben. Ich weiß, dass er sich nie auf illegale Geschäfte einlassen würde.«

»Tatsächlich?« Der Ausdruck in Shanahans Augen verriet ihr, dass seine Erregung echt war. »Wieso?«

Gabrielle warf Shanahan einen kurzen Blick zu. Einige dichte braune Locken waren unter seinem Schweißband hervor auf seine Stirn gekrochen. Er griff nach einem kleinen Notizbuch und kritzelte etwas hinein. Negative Energie umgab ihn wie eine schwarze Wolke und schwängerte die Luft. Offensichtlich hatte er Probleme damit, seinen Zorn im Zaum zu halten. »Nun«, begann sie und blickte von einem zum anderen, »zunächst einmal kenne ich Kevin seit mehreren Jahren. Ich wüsste es, wenn er gestohlene Antiquitäten verkaufen würde. Wir arbeiten fast täglich zusammen, und ich würde es merken, wenn er ein derartiges Geheimnis vor mir hätte.«

»Wie denn?«, fragte Captain Luchetti.

Er sah nicht aus wie einer, der an Auren glaubte, also erwähnte sie nicht, dass sie in letzter Zeit keine schwarzen Flecken in Kevins Umfeld wahrgenommen hatte. »Ich würde es eben merken.«

»Sonst noch Gründe?«

»Ja, er ist Wassermann.«

Der Stift flog hoch in die Luft, überschlug sich mehrmals und landete dann irgendwo hinter dem Detective. »Ach du liebes Jesulein«, stöhnte er, als hätte er Schmerzen.

Gabrielle sah ihn böse an. »So ist es nun mal. Wassermänner verabscheuen Lügen und Betrügen. Sie hassen Heuchelei und Hinterhältigkeit. Abraham Lincoln war auch Wassermann, wissen Sie?«

»Nein. Das wusste ich nicht«, antwortete Captain Luchetti und griff nach dem Notizbuch. Er legte es vor sich bereit und zog einen silbernen Kugelschreiber aus seiner Brusttasche. »Aber ich fürchte, Sie sind sich nicht bewusst, wie ernst die Situation ist. Auf schweren tätlichen Angriff gegen einen Polizeibeamten stehen maximal fünfzehn Jahre.«

»Fünfzehn Jahre! Ich hätte ihn ja nie im Leben angegriffen, wenn er mich nicht ständig verfolgt hätte. Außerdem war es gar kein richtiger Angriff. Ich bin Pazifistin.«

»Pazifisten tragen keine Waffen«, erinnerte Shanahan sie.

Gabrielle ignorierte den mürrischen Detective absichtlich.

»Ms. Breedlove«, fuhr der Captain fort. »Zusätzlich zu dem Vorwurf des tätlichen Angriffs sind Sie auch noch des schweren Raubs angeklagt. Sie stecken gehörig in der Patsche, Ms. Breedlove.«

»Schweren Raubs – *ich*?« Sie legte die Hand aufs Herz. »Was soll ich denn geraubt haben?«

»Den Monet der Hillards.«

»Sie glauben, *ich* hätte etwas mit dem Gemälde zu tun, das Mr. Hillard gestohlen wurde?«

»Sie sind Mittäterin.«

»Warten Sie«, befahl sie und legte die Handflächen auf die Tischplatte. »Sie glauben, ich hätte Mr. Hillards Monet gestohlen?« Sie hätte gelacht, wenn die Situation nicht so ausgesprochen ernst gewesen wäre. »Ich habe in meinem ganzen Leben noch nie gestohlen.« Ihr kosmisches Gewissen beschloss ausgerechnet in diesem Moment, ihr zu widersprechen. »Na ja, es sei denn, Sie wollen den Schokoriegel mitzählen, den ich mit sieben Jahren geklaut habe, aber ich hatte ein so schlechtes Gewissen, dass er mir dann nicht mal geschmeckt hat.«

»Ms. Breedlove«, fiel Shanahan ihr ins Wort. »Wie viele Schokoriegel Sie mit sieben Jahren geklaut haben, interessiert mich nicht.«

Gabrielles Blick huschte zwischen den beiden Männern hin und her. Captain Luchetti wirkte benommen, während Shanahans Stirn und Mundpartie von tiefen Furchen durchzogen waren.

Jedweder Hauch von Heiterkeit und innerem Frieden hatte sich längst verflüchtigt, und ihre Nerven lagen bloß. Sie konnte nicht verhindern, dass ihr die Tränen in die Augen stiegen; sie stützte die Ellbogen auf den Tisch und vergrub das Gesicht in den Händen. Vielleicht hätte sie ihr Recht auf einen Anwalt doch wahrnehmen sollen, aber bis zu diesem Zeitpunkt hatte sie nicht *wirklich* geglaubt, dass sie einen benötigen würde. In der Kleinstadt, in der sie geboren und aufgewachsen war, hatte sie jeden gekannt, einschließlich der Polizeibeamten. Die hatten immer ihre Tante Yolanda nach Hause gebracht, wenn sie mal wieder versehentlich anderer Leute Eigentum hatte mitgehen lassen.

Freilich gab es in ihrer Heimatstadt auch nur drei Polizisten, aber die stellten mehr dar als nur drei Männer, die in Benzin schluckenden Automobilen umherfuhren. Die waren wahre Freunde und Helfer.

Sie ließ die Hände in den Schoß sinken und hob unter Tränen den Blick. Captain Luchetti starrte sie immer noch an und sah genauso müde aus, wie sie sich fühlte. Shanahan war verschwunden. Wahrscheinlich holte er die Daumenschrauben.

Gabrielle seufzte und wischte sich die Tränen aus den Augen. Sie steckte bis zum Hals in Schwierigkeiten. Noch vor einer Stunde war sie sicher gewesen, nichts Böses getan zu haben – nichts wirklich Böses. Die Derringer hätte sie nie im Leben mitgenommen, wenn sie sich nicht durch Detective Shanahan bedroht gefühlt hätte. Und außerdem bekam in Idaho kein Mensch *echte* Schwierigkeiten wegen unerlaubten Tragens von Schusswaffen. Doch jetzt wurde ihr klar, dass man sie der Beteiligung an einem Verbrechen verdächtigte, mit dem sie nichts zu tun hatte, und Kevin auch nicht. Sie kannte ihn zu gut, um etwas anderes zu glauben. Ja, Kevin betrieb noch andere Geschäfte außer dem Kuriositätenladen; er war ein erfolgreicher Unternehmer. Er verdiente eine Menge Geld, und zugegeben, er war vielleicht ein bisschen habgierig und egozentrisch, und er interessierte sich entschieden mehr für Geld als für seine Seele, aber das war eindeutig kein Verbrechen.

»Schauen Sie sich die doch mal an«, schlug Captain Luchetti vor und schob ihr über den Tisch hinweg zwei schriftliche Gutachten zu und einen Stapel Polaroidfotos.

Sie zitterte am ganzen Körper und hatte jetzt noch mehr Angst als zuvor.

Die Antiquitäten auf den Fotos waren größtenteils orientalischen Ursprungs; ein paar waren auch Staffordshire. Falls es sich um echte Stücke, nicht um Reproduktionen handelte, waren sie immens wertvoll. Sie wandte sich den Gutachten der Versicherung zu. Es waren keine Reproduktionen.

»Was können Sie mir zu diesen Stücken sagen?«

»Ich würde sagen, diese Ming-Schale bewegt sich eher um die Siebentausend, nicht Achttausend. Aber das Gutachten ist in Ordnung.«

»Verkaufen Sie so etwas in Ihrem Laden?«

»Ich könnte, aber ich tu's nicht«, antwortete sie, während sie die Gutachten einiger weiterer Stücke durchlas. »Solche Ware verkauft sich im Allgemeinen besser auf Auktionen oder in Geschäften, die ausschließlich mit Antiquitäten handeln. Kein Mensch würde in unserem Laden Staffordshire suchen. Falls einer meiner Kunden dieses Sahnekännchen in Form einer Kuh in die Hand bekäme und das Preisschildchen läse, würde er einen Schock bekommen und es sofort wieder ins Regal zurückstellen, wo es dann wohl jahrelang stehen bliebe.«

»Haben Sie diese Dinge vor dem heutigen Tag schon mal gesehen?«

Sie schob die Papiere zur Seite und blickte den Captain über den Tisch hinweg an. »Wollen Sie mich beschuldigen, sie gestohlen zu haben?«

»Wir wissen, dass sie vor drei Monaten aus einem Privathaus an der Warm Springs Avenue gestohlen wurden.«

»Ich war's nicht!«

»Ich weiß.« Luchetti lächelte, langte über den Tisch und tätschelte ihre Hand. »Sal Katzinger hat schon gestanden. Hören Sie, wenn Sie nicht in irgendwelche illegalen Geschäfte verwickelt sind, haben Sie auch gar nichts zu befürchten. Aber wir wissen mit Sicherheit, dass Ihr Freund bis zum Ar ... bis über beide Ohren drinsteckt. Er verkauft gestohlene Ware.«

Gabrielle furchte die Stirn. »Mein Freund? Kevin ist nicht mein Freund. Eine Beziehung mit einem Geschäftspartner ist in meinen Augen keine gute Idee.«

Der Captain neigte den Kopf zur Seite und musterte sie, als müsste er Puzzleteile ordnen, die nicht recht zusammenpassten. »Sie sind also nie mit ihm gegangen?«

»Doch, ein paar Mal sind wir zusammen ausgegangen«, erklärte Gabrielle mit einer abwinkenden Handbewegung. »Daher weiß ich ja, dass es keine gute Idee ist, aber das liegt auch schon ein paar Jahre zurück. Wir haben festgestellt, dass wir einfach nicht zueinander passen. Er ist Republikaner. Ich wähle die Unabhängigen.« Das entsprach der Wahrheit, aber es war nicht der eigentliche Grund. Der eigentliche Grund war entschieden zu persönlich, als dass sie ihn dem Mann ihr gegenüber hätte erklären wollen. Wie konnte sie Captain Luchetti verständlich machen, dass Kevin sehr schmale Lippen hatte und dass sie ihn deswegen körperlich wenig ansprechend fand? Kevins erster Kuss bedeutete das Ende jeden Gefühls von Verliebtheit, das sie vielleicht einmal für ihn empfunden hatte. Aber nur weil Kevin schmale Lippen hatte, war er doch nicht notgedrungen irgendwelcher Verbrechen schuldig oder überhaupt ein schlechter Mensch. Shanahan hatte wundervolle Lippen, was bewies, dass Äußerlichkeiten trügen können, denn er war ein Mistkerl.

»Würden Sie einem Lügendetektor-Test zustimmen, Ms. Breedlove?«, fragte Luchetti und unterbrach damit Gabrielle in ihren stillen Betrachtungen über Männer und deren Lippen.

Gabrielle rümpfte angewidert die Nase. »Ist das Ihr Ernst?« Allein der Gedanke, sich einem Test zur Feststellung einer Lüge unterziehen zu müssen, war ihr zuwider. Warum sollte sie beweisen müssen, dass sie die Wahrheit sagte? Sie pflegte nicht zu lügen. Nun ja, jedenfalls nicht mit Absicht. Manchmal umging sie die Wahrheit oder wich ihr aus, aber das war bei weitem nicht das Gleiche. Lügen schufen schlechtes Karma, und sie glaubte an Karma. Sie war so aufgewachsen, dass sie daran glauben musste.

»Falls Sie uns die Wahrheit sagen, haben Sie von so einem Test ja nichts zu befürchten. Betrachten Sie ihn als Möglichkeit, Ihre Unschuld unter Beweis zu stellen. Wollen Sie denn nicht beweisen, dass Sie unschuldig sind?«

Bevor sie antworten konnte, wurde die Tür aufgestoßen, und ein Mann, den Gabrielle noch nie gesehen hatte, betrat den Raum. Er war groß und dünn und hatte sein spärliches weißes Haar quer über den glänzend rosa Schädel gekämmt. Unter einem Arm trug er einen braunen Hefter. »Guten Tag,

Ms. Breedlove«, sagte er und reichte ihr die Hand. »Ich bin Jerome Walker, Polizeichef. Ich habe gerade mit Staatsanwalt Blackburn gesprochen, und er ist bereit, Ihnen vollständige Immunität anzubieten.«

»Immunität wogegen?«

»Die gegen Sie erhobenen Klagen lauten bisher auf unerlaubtes Tragen einer Schusswaffe und schweren tätlichen Angriff gegen einen Beamten der Staatsgewalt.«

Dass ihr schwerer tätlicher Angriff sich gegen einen Beamten der Staatsgewalt gerichtet hatte, bereitete ihr Sorgen. Offensichtlich waren sie nicht der Meinung, dass sie einen berechtigten Anlass hatte, die Derringer bei sich zu führen, ganz gleich, ob sie es glaubte oder nicht. Die Höchststrafe betrug fünfzehn Jahre. Sie fragte sich, auf wie viele Jahre sich wohl die Mindeststrafe belief, dachte sich dann aber, dass sie es doch lieber nicht wissen wollte.

Ihr blieben zwei Möglichkeiten. Sie konnte sich einen Anwalt nehmen, vor Gericht gehen und die Klage abwehren, oder aber sie konnte mit der Polizei kooperieren. Nichts von beidem sagte ihr auch nur annähernd zu, aber sie konnte sich das Angebot ja mal anhören. »Was müsste ich tun?«

»Sie würden eine Erklärung unterschreiben, dass Sie als unsere geheime Informantin arbeiten, und dann schleusen wir einen Undercover-Beamten in Ihren Laden ein.«

»Als Kunden?«

»Nein, wir dachten, er könnte sich als Verwandter von Ihnen ausgeben, der Arbeit sucht.«

»Kevin lässt meine Verwandten nicht mehr im Laden arbeiten.« Spätestens, seit sie ihre Kusine dritten Grades, Babe Fairchild, hatte feuern müssen, weil sie die Kunden mit ihren Geschichten über Levitation und Gedankenübertragung vergraulte. »Und außerdem glaube ich nicht, dass ich Ihnen eine große Hilfe wäre. Diesen Freitag und Sonnabend bin ich gar nicht im Laden. Da bin ich auf dem Coeur Festival im Julia Davis Park.«

Polizeichef Walker zog einen Stuhl unter dem Tisch hervor und setzte sich ihr gegenüber. Er legte den Hefter vor sich. »Coors Festival?«

»Coeur. Wie Herz. Ich habe dort einen Stand und verkaufe meine ätherischen Öle und Aromatherapien.«

»Ist Carter im Laden, wenn Sie auf diesem Herz-Dingsda verkaufen?«

»Ja.«

»Gut. Nun, wie wär's, wenn Sie eine Aushilfe einstellen, die Sie bei Ihrer Arbeit entlastet?«

»Ich weiß nicht.« Allerdings hatten Kevin und sie darüber gesprochen, jemanden einzustellen, der das Regalsystem an einer größeren Wandfläche anbringen und im Hinterzimmer zusätzliche Lagergestelle bauen sollte. Und hinten brauchten sie auch neue Verkaufstresen, aber das Geschäft hatte während der vergangenen Urlaubssaison nicht so viel abgeworfen, wie sie sich erhofft hatten, und Kevin hatte das Projekt als unnötige Ausgabe verworfen.

»Kevin ist im Augenblick knapp bei Kasse«, erklärte sie.

Walker entnahm dem Hefter zwei Papiere. »Und wenn Sie ihm anbieten, selbst für die Kosten aufzukommen? Die Auslagen würden Ihnen natürlich erstattet.«

Vielleicht betrachtete sie diese Informantengeschichte vom falschen Blickwinkel her. Kevin war unschuldig, aber möglicherweise half sie ihm sogar, wenn sie sich bereit erklärte, der Polizei zu helfen. Sie war überzeugt, dass die Polizei in ihrem Laden nichts Belastendes finden würde. Also warum sollte sie sich gegen eine Durchsuchung sträuben? Wenn sie geschickt vorging, könnte sie die gewünschten Renovierungsarbeiten von der Regierung bezahlen lassen. »Kevin stellt nicht gern Leute über Zeitungsannoncen oder von der Straße weg ein. Ich müsste so tun, als würde ich diese Aushilfe kennen.«

Die Tür öffnete sich, und Detective Shanahan trat ein. Er hatte sich umgezogen, trug keine Shorts und auch kein Schweißband mehr. Sein Haar war nass zurückgekämmt, bis auf eine Locke, die sich gelöst hatte und ihm in die Stirn fiel.

Er trug einen Schulterhalfter über einem taillierten weißen Oberhemd, das sich über seinem breiten Oberkörper spannte und in eine khakifarbene Hose gestopft war. Die Ärmel hatte er bis zu den Ellbogen aufgekrempelt, am Handgelenk trug er eine silberne Uhr. Er hatte seine ID-Karte an die Brusttasche neben die blau-beige gemusterte Krawatte geklemmt. Während er Walker ein drittes Blatt Papier reichte, starrte er Gabrielle aus seinen braunen Augen an.

Der Captain warf einen Blick auf das Papier, kam dann um den Tisch herum und reichte Gabrielle einen Stift.

»Was ist das?« Sie konzentrierte sich auf das Papier und versuchte, Detective Shanahan zu ignorieren.

»Ihre Erklärung, dass Sie als geheime Informantin für uns tätig werden wollen«, antwortete Walker. »Wie wär's mit einem Freund?«

»Nein.« Sie schüttelte den Kopf, ohne den Blick von dem Dokument zu lösen. Seit geraumer Zeit hatte sie keine ernsthafte Beziehung mehr gehabt. Einen erleuchteten *und* körperlich anziehenden Mann zu finden erwies sich als extrem schwierig. Wenn Geist und Seele ja sagten, sagte ihr Körper gewöhnlich ausgeschlossen. Oder umgekehrt. Sie fuhr sich mit den Fingern durchs Haar und studierte die Erklärung. »Ich habe keinen.«

»Aber jetzt haben Sie einen. Begrüßen Sie Ihren neuen Freund.«

Eine schreckliche Vorahnung kroch Gabrielle wie eine Gänsehaut über den Rücken, und ihr Blick streifte Joe Shanahans blütenweiße Hemdbrust, wanderte über die Streifen seiner Krawatte zu seinem braunen Hals, über sein Kinn zu seinem schön geschnittenen Mund. Seine Mundwinkel hoben sich langsam zu einem sinnlichen Lächeln. »Hallo, Sternchen.«

Gabrielle richtete sich auf und legte den Kuli beiseite. »Ich verlange einen Anwalt.«

3. KAPITEL

Gabrielle rief ihren Firmenanwalt an, der ihr den Namen eines Strafverteidigers nannte. Sie stellte sich jemanden wie Jerry Spence vor, einen Mann im Wildledermantel, der für sie in die Bresche sprang. Sie bekam Ronald Lowman, einen frechen jungen Typen mit Stoppelhaar im Brooks-Brothers-Anzug. Er traf sich auf zehn Minuten mit ihr in einer Besucherzelle, dann ließ er sie wieder allein. Als er zurückkam, war er nicht mehr so selbstsicher.

»Ich habe mit dem Staatsanwalt gesprochen«, begann er. »Sie gehen mit schwerwiegenden Klagen gegen Sie vor Gericht. Sie denken, Sie wüssten etwas über den gestohlenen Monet der Hillards, und sie werden Sie nicht so einfach hier rauslassen.«

»Ich weiß überhaupt nichts von dem blöden Gemälde. Ich bin unschuldig«, sagte sie und sah den Mann, den sie zur Verteidigung ihrer Interessen angeheuert hatte, böse an.

»Hören Sie, Ms. Breedlove, ich glaube Ihnen ja, dass Sie unschuldig sind. Aber wir treten gegen Staatsanwalt Blackburn an, gegen Polizeichef Walker, gegen Captain Luchetti und mindestens einen Detective, die alle nicht von Ihrer Unschuld überzeugt sind.« Er atmete heftig und verschränkte die Arme vor der Brust. »Sie werden es Ihnen nicht leicht machen. Schon gar nicht, nachdem Sie jetzt wissen, dass Sie und Ihr Partner unter Verdacht stehen. Wenn wir uns weigern, sie bei ihren Ermittlungen zu unterstützen, gehen sie mit dem Vorwurf des schweren tätlichen Angriffs vor Gericht. Aber das wollen sie eigentlich nicht. Sie wollen Mr. Carter, seine private Buchführung, seine Kontakte. Sie wollen, wenn möglich, Mr. Hillards Gemälde zurückbekommen. Sie wollen Ihre Kooperation.«

Gabrielle wusste, was sie wollten, das brauchte ein frisch von der Uni gekommener Anwalt ihr nicht zu erzählen. Um ihre eigene Haut zu retten, musste sie an den Undercover-Ermittlungen der Polizei mitwirken. Sie musste Kevin überzeugen, dass sie ihren *Freund* als Aushilfe für den Laden eingestellt hatte. Sie musste den Mund halten und wegschauen, während der Detective der Verdammnis Beweismaterial sammelte, um ihren guten Freund und Geschäftspartner als Gesetzesbrecher verhaften zu können.

Zum ersten Mal in ihrem Leben fielen ihre Überzeugungen und Wünsche überhaupt nicht ins Gewicht. Es interessierte niemanden, dass das, was sie von ihr verlangten, im Widerspruch zu ihren Moralvorstellungen stand, zu diesem Flickwerk von Moral, das sie sich im Lauf ihres Lebens aus verschiedenen Religionen und Kulturen zusammengebastelt hatte. Sie verlangten von ihr, dass sie mit Prinzipien brach, die auf Ehrlichkeit beruhten, sie wollten, dass sie einen Freund verriet.

»Ich glaube nicht, dass Kevin was gestohlen hat.«

»Ich bin nicht hier, um Ihren Partner zu vertreten. Ich bin

hier, um Ihnen zu helfen, aber wenn er schuldig ist, hat er Sie in ein schweres Verbrechen hineingezogen. Sie könnten Ihren Laden verlieren oder zumindest Ihren Ruf als ehrliche Geschäftsfrau. Und wenn Kevin unschuldig ist, haben Sie nichts zu verlieren und überhaupt nichts zu fürchten. Stellen Sie sich doch einfach vor, dass Sie ihm helfen, seine Unschuld zu beweisen. Natürlich können wir auch vor Gericht gehen. Wenn wir ein Schwurgerichtsverfahren beantragen, müssen Sie wahrscheinlich gar nicht einsitzen. Aber dann sind Sie wegen eines Kapitalverbrechens vorbestraft.«

Sie blickte zu ihm auf. Die Vorstellung, vorbestraft zu sein, erschütterte sie mehr, als sie jemals geglaubt hätte. Natürlich hatte sie sich selbst nie als Schwerverbrecherin betrachtet. »Und wenn ich ja sage, und sie kommen in meinen Laden, stellen ihn auf den Kopf und gehen wieder?«

Er stand auf und warf einen Blick auf seine Uhr. »Lassen Sie mich mit dem Staatsanwalt reden und versuchen, noch ein paar Konzessionen rauszuschlagen. Sie sind ziemlich versessen auf Ihre Mitarbeit, also kann es durchaus sein, dass sie sich kooperativ zeigen.«

»Sie meinen also, ich soll diese Erklärung unterschreiben?«

»Das ist Ihre Entscheidung, aber es wäre die beste Lösung. Lassen Sie sie ein paar Tage undercover arbeiten, dann sind sie weg. Ich werde dafür sorgen, dass sie Ihren Laden im selben Zustand verlassen, wie sie ihn vorgefunden haben, oder sogar in besserem. Sie behalten Ihr Wahlrecht, Sie behalten sogar das Recht, eine Waffe zu besitzen. Allerdings würde ich Ihnen empfehlen, eine Genehmigung zum Tragen von Schusswaffen einzuholen.«

Es schien so einfach und doch so schrecklich. Letztendlich aber unterschrieb sie dann die Erklärung, durch die sie zur geheimen Informantin wurde. Gleichzeitig erklärte sie sich durch ihre Unterschrift einverstanden mit der Hausdurchsuchung, und sie fragte sich, ob sie nun auch einen Codenamen verpasst bekam wie ein Bond-Girl.

Als sie entlassen war, ging sie nach Hause und versuchte, sich ganz an das Vergnügen zu verlieren, das sie gewöhnlich im Mischen von ätherischen Ölen fand. Ihr Basilikum-Bergamotte-Massageöl musste noch vor dem Coeur Festival fertig sein, doch als sie versuchte, die kleinen blauen Fläschchen zu füllen, ging einiges von der Flüssigkeit daneben, und sie musste aufhören. Auch beim Etikettenkleben hatte sie nicht viel mehr Erfolg.

Geist und Seele divergierten, und sie musste versuchen, sich zu entspannen, um die Harmonie wieder herzustellen. Sie setzte sich im Schneidersitz in ihrem Schlafzimmer nieder und suchte nach ihrer ruhigen Mitte, um zu verhindern, dass ihr Kopf explodierte. Doch Joe Shanahans mürrisches Gesicht tauchte immer wieder vor ihrem inneren Auge auf und störte sie in ihrer Meditation.

Detective Shanahan war das exakte Gegenteil von einem Mann, der eventuell für sie in Frage käme. Er hatte dunkles, ungebändigtes Haar, einen dunklen Teint und durchdringende braune Augen. Volle Lippen, ohne Lächeln. Breite Schultern und große, unpersönliche Hände. Er war ein echter Atavismus … Doch es hatte auch Tage gegeben, bevor sie zu dem Schluss kam, dass er ein Spanner war, in denen seine düster-brütende Erscheinung auf verrückte Art ihre sinnliche Begierde weckte und sie, wenn er sie unter seinen schwarzen Wimpern hervor ansah, unter seinem Blick regelrecht dahinschmolz. Seine Größe und sein Auftreten ließen Stärke und Selbstvertrauen erahnen, und ganz gleich, wie oft in ihrem Leben sie versucht hatte, große, muskelbepackte Macho-Männer zu ignorieren, es gelang ihr nicht immer.

Es lag an ihrer Größe. Aufgrund ihrer Größe schweiften ihre Blicke stets unversehens zum größten Mann weit und breit. Sie war einsachtzig groß, hätte aber niemals zugegeben, die Einssiebzig-Marke zu übersteigen. So lange sie denken konnte, schlug sie sich mit Problemen wegen ihrer Größe herum. In der Schule war sie immer die Klassengrößte gewesen. Sie war unbeholfen und knochig gewesen und von Tag zu Tag größer geworden.

Sie hatte jeden Gott, der ihr einfiel, um sein Einschreiten angefleht. Sie hatte sich gewünscht, eines Morgens aufzuwachen und zierlich zu sein, mit kleinen Brüsten und zartgliedrigen Füßen. Das war natürlich nie eingetroffen, aber bis zum letzten Schuljahr hatten die Jungen sie eingeholt, und ein paar von ihnen überragten sie gerade um so viel, dass sie es wagten, mit ihr auszugehen. Ihr erster Freund war der Kapitän der Basketball-Mannschaft gewesen. Doch nach drei Monaten tauschte er sie gegen die Leiterin der Cheerleader-Truppe ein. Gegen die einsfünfundsechzig große Mindy Crenshaw.

Gabrielle musste sich stets ermahnen, keine krumme Haltung einzunehmen, wenn sie neben kleinen Frauen stand.

Sie gab die Suche nach ihrer inneren Balance auf und ließ sich stattdessen ein warmes Bad einlaufen. Sie setzte dem Wasser eine besondere Ölkombination aus Lavendel, Ylang-Ylang und Rose absolute zu. Diese ätherische Mischung sollte entspannend wirken. Gabrielle wusste nicht, ob es funktionierte, aber zumindest duftete es hinreißend. Sie ließ sich ins Wasser gleiten und legte den Hinterkopf auf den Wannenrand. Wärme umfing sie, und sie schloss die Augen. Die Ereignisse des Tages rasten ihr durch den Kopf, und allein die Erinnerung an Joe Shanahan, der atemlos und mit verklebten Wimpern zu ihren Füßen am Boden lag, brachte ein Lächeln auf ihre Lippen. Diese Erinnerung gewährte ihr endlich die Entspannung, die eine Stunde der Meditation ihr versagt hatte.

An dieser Erinnerung hielt sie sich fest, und an der Hoffnung, dass sie vielleicht eines Tages, falls sie ein wirklich guter Mensch wurde und ihr Karma beschließen sollte, sie zu belohnen, die Chance bekäme, ihn noch einmal mit einer Dose Haarspray *extra stark* zu traktieren.

Joe betrat das Haus seiner Eltern ohne anzuklopfen durch die Hintertür und stellte den Vogelkäfig auf den Küchentresen. Aus der Richtung des Wohnzimmers zu seiner Rechten hörte er den Fernseher. Eine Schranktür stand an den Herd gelehnt, neben der Spüle lag ein Bohrer. Noch so ein Projekt, das vor seiner Fertigstellung in Vergessenheit geraten war. Joes Vater, Dewey, hatte seiner Frau und seinen fünf Kindern mit seinem Einkommen als Bauunternehmer ein angenehmes Leben beschert, doch in seinem eigenen Haus schien er nie etwas zu Ende zu bringen. Aus jahrelanger Erfahrung wusste Joe, dass seine Mutter erst damit drohen musste, einen Handwerker zu bestellen, bevor die Arbeit dann plötzlich erledigt war.

»Ist jemand zu Hause?«, rief Joe, obwohl er beide Autos seiner Eltern schon in der Garage gesehen hatte.

»Bist du das, Joey?« Über den Lärm von Tenderlokomotive und Gewehrfeuer hinweg war Joyce Shanahans Stimme kaum zu vernehmen. Joe platzte mitten in eine der liebsten Freizeitbeschäftigungen seines Vaters hinein: John-Wayne-Filme.

»Ja, ich bin's.« Er griff in den Käfig, und Sam kletterte seinen Arm hoch.

Joyce kam in die Küche. Ihr schwarzes, weiß gesträhntes Haar wurde von einem elastischen roten Haarband aus dem Gesicht gehalten. Sie warf einen Blick auf den dreißig Zentimeter großen Afrikanischen Papagei auf Joes Schulter und blieb wie angewurzelt stehen. Sie kniff den Mund zusammen und runzelte verstimmt die Brauen.

»Ich konnte ihn nicht zu Hause lassen«, begann Joe, bevor sie ihren Ärger zum Ausdruck bringen konnte. »Du weißt doch, wie er sich aufführt, wenn er nicht genug Aufmerksamkeit bekommt. Ich habe ihm das Versprechen abgenommen, dass er sich dieses Mal benimmt.« Er zuckte mit den Achseln und warf seinem Vogel einen schnellen Blick zu. »Sag's ihr, Sam.«

Der Papagei blinzelte mit seinen schwarzgelben Augen und trat von einem Fuß auf den anderen. »Ja, gib's mir«, schrie Sam mit schriller Stimme.

Joe wandte sich seiner Mutter zu und lächelte wie ein stolzer Vater. »Siehst du, ich habe seine Jerry-Springer-Kassette durch Clint Eastwood ersetzt.«

Joyce verschränkte die Arme vor ihrem Betty-Boop-T-Shirt. Sie war kaum einssechzig groß, war aber seit jeher Königin, König und Diktatorin im Haushalt der Shanahans. »Wenn er wieder nur Schimpfwörter sagt, muss er gehen.«

»Die Enkel haben ihm diese Kraftausdrücke beigebracht, als sie zu Ostern hier waren«, sagte er und meinte mit den Enkeln die Gesamtheit seiner zehn Nichten und Neffen.

»Wag es nicht, meine Enkel für das schlechte Benehmen dieses Vogels verantwortlich zu machen.« Joyce seufzte und ließ die Hände sinken. »Hast du schon zu Abend gegessen?«

»Ja, ich habe mir nach der Arbeit auf dem Heimweg was geholt.«

»Sag nichts: fettiges Brathähnchen und diese grauenhaften

Pommes frites.« Sie schüttelte den Kopf. »Ich habe noch einen Rest Lasagne und einen schönen grünen Salat. Davon nimmst du dir was mit nach Hause.«

Wie in vielen Familien üblich, bewiesen auch die Shanahan-Frauen ihre Liebe und Fürsorge durch Bekochen. Gewöhnlich störte es Joe nicht – es sei denn, alle zugleich hatten beschlossen, ihm ihre Liebe zu zeigen. Oder wenn sie über seine Essgewohnheiten sprachen, als ob er zehn Jahre alt wäre und von Kartoffelchips leben würde. »Das wäre prima.« Er wandte sich Sam zu. »Grandma hat dir Lasagne gemacht.«

»Hmph. Da er vermutlich das einzige Wesen ist, das ich von dir als Enkel zu erwarten habe, soll er mir willkommen sein. Aber ich hoffe wirklich, du hast dafür gesorgt, dass er sich die schmutzige Sprache abgewöhnt hat.«

Die Erwähnung von Enkeln war Joes Stichwort für den Rückzug. Er wusste, dass sich die Unterhaltung, sofern er jetzt nicht die Flucht ergriff, zwangsläufig den Frauen zuwenden würde, die angeblich in ständigem Wechsel in seinem Leben kamen und gingen. »Sam ist bekehrt«, sagte er, schlüpfte an seiner Mutter vorbei und ging ins Wohnzimmer, das mit den jüngsten Flohmarkt-Schnäppchen seiner Mutter dekoriert war – mit einem Paar eiserner Fackelhalter an der Wand und einem dazu passenden Wappenschild. Joe fand seinen Vater entspannt in einem braunen Liegesessel vor, die Fernbedienung in der einen, ein hohes Glas Eistee in der anderen Hand. Eine Schachtel Zigaretten und ein Feuerzeug lagen auf dem Lampentischchen zwischen Sessel und Sofa. Dewey befand sich in den späten Sechzigern, und kürzlich war Joe aufgefallen, dass mit dem Haar seines Vaters etwas Merkwürdiges vorging. Es war immer noch dicht und völlig weiß, doch seit dem letzten Jahr fing es an, gerade nach vorn zu wachsen, was aussah, als hätte Dewey ständig starken Rückenwind.

»Solche Filme machen sie heute nicht mehr«, sagte Dewey, ohne den Blick von der Fernsehkonsole zu wenden. Er reduzierte die Lautstärke, bevor er hinzufügte: »All diese Spezialeffekte, die sie heute bringen, sind einfach nicht so gut wie das Echte. John Wayne verstand es zu kämpfen, und zwar so, dass es auch noch gut aussah.«

Kaum hatte Joe sich hingesetzt, hüpfte Sam von seiner Schulter und krallte seine schuppigen schwarzen Füße in die Sofalehne. »Geh nicht zu weit weg«, ermahnte Joe seinen Vogel, dann griff er nach einer Zigarette, zündete sie aber nicht an. Sam sollte so wenig wie möglich passiv rauchen.

»Du hast das Rauchen wieder angefangen?«, fragte Dewey und riss sich schließlich doch von John Wayne los. »Ich dachte, du hättest aufgehört. Was ist passiert?«

»Norris Hillard«, sagte Joe nur. Ausführlichere Erklärungen waren nicht nötig. In der freien westlichen Welt wusste inzwischen jeder Bescheid über den geraubten Monet. Er wollte, dass jeder es wusste. Er wollte, dass die an dem Raub Beteiligten nervös wurden. Nervöse Menschen machen Fehler. Und wenn es so weit war, würde er zur Stelle sein, bereit, sie einzulochen. Aber Gabrielle Breedlove würde er nicht einlochen. Auch dann nicht, wenn sie bis zu ihrem süßen kleinen Hintern in der Sache drinsteckte. Nicht einmal dann, wenn sie eigenhändig das Bild aus dem Rahmen geschnitten haben sollte. Man hatte ihr vollständige Straffreiheit gewährt – nicht nur in Bezug auf den tätlichen Angriff und alle eventuellen Klagen im Zusammenhang mit dem Fall Hillard, nein, man würde sie nicht einmal wegen des Raubs von Antiquitäten strafrechtlich verfolgen. Dieser Anwalt, der sie vertrat, war vielleicht jung, aber schlau wie ein Wiesel.

»Irgendwelche Spuren?«

»Ein paar.« Die nahe liegenden Fragen stellte sein Vater nicht, und Joe gab auch von sich aus keine weiteren Erklärungen ab. »Ich muss mir deinen Bohrer und ein paar Werkzeuge ausleihen.« Selbst wenn er es gedurft hätte, wollte Joe doch nicht von seiner geheimen Informantin berichten. Ganz allgemein traute er Informanten nicht über den Weg, und seine derzeitige war zudem noch völlig ausgeflippt, und ihr Theater mit der Derringer hätte ihm um ein Haar eine weitere Degradierung eingebracht. Und dieses Mal hätten sie nicht um den heißen Brei herumgeredet, sondern seine Versetzung eingeleitet. Nach dem albtraumhaften Vorfall im Park an jenem Morgen musste er Carters Kopf auf einem Silbertablett servieren. Er musste seinen Ruf wieder herstellen. Wenn ihm das nicht gelang, dann, so fürchtete er, würden sie ihn zum allerletzten Streifendienst verdonnern, und seine Karriere wäre beendet. Er hatte ja nichts gegen uniformierte Polizisten. Sie waren die Jungs an vorderster Front, und ohne sie hätte er seine Arbeit gar nicht leisten können, doch er war schon zu lange im Job und hatte schon zu viel erlebt, um sich von einer Pistolen schwingenden Rothaarigen die Karriere ruinieren zu lassen.

»Joe, ich habe dir letztes Wochenende etwas mitgebracht«, sagte seine Mutter, als sie auf dem Weg durchs Wohnzimmer an ihm vorbeischwirrte.

Das letzte »Etwas«, das seine Mutter ihm »mitgebracht« hatte, war ein Pfauenpärchen aus Aluminium, das man an die Wand hängen konnte. Im Augenblick lag es neben einer riesigen Makramee-Eule unter seinem Bett. »O Gott«, stöhnte er und warf die unangezündete Zigarette auf den Lampentisch. »Wenn sie das doch endlich lassen würde. Ich hasse diesen Flohmarkt-Krempel.«

»Wehr dich nicht dagegen, mein Sohn, es ist krankhaft«, sagte sein Vater und richtete seine Aufmerksamkeit wieder auf den Fernseher. »Das ist eine Krankheit wie Alkoholismus. Gegen ihre Abhängigkeit ist sie machtlos.«

Joyce Shanahan kam mit einem Sattel zurück, der der Länge nach durchgeschnitten war. »Den hab ich für fünf Dollar bekommen«, prahlte sie und legte den Sattel auf den Boden. »Sie wollten zehn, aber ich hab sie runtergehandelt.«

»Ich hasse diesen Flohmarkt-Krempel«, wiederholte Sam und fügte, um seinen Worten Nachdruck zu verleihen, noch ein schrilles »Braa-ck« hinzu.

Joyces Blick wanderte von ihrem Sohn zu dem Vogel auf der Lehne ihres Sofas. »Er soll sich hüten, mein Sofa schmutzig zu machen.«

Joe konnte nichts versprechen. Er deutete auf den Sattel. »Was soll ich damit? Ein passendes halbes Pferd dazu suchen?«

»Du kannst ihn an die Wand hängen.« Das Telefon klingelte, und sie fügte, schon auf dem Weg zur Küche, hinzu: »An einer Seite sind so kleine Haken angebracht.«

»Dübel ihn am besten an einen Träger, mein Sohn«, riet ihm sein Vater. »Sonst reißt dir das Ding die Trockenmauer ein.«

Joe betrachtete den Sattel mit seinem einen Steigbügel. Unter seinem Bett wurde es allmählich reichlich eng. Aus dem Nebenraum ertönte das Lachen seiner Mutter und schreckte Sam auf. Er schlug mit den Flügeln, zeigte dabei die roten Federn unterhalb seines Schwanzes, flog dann zum Fernseher und setzte sich auf ein Vogelhäuschen aus Holz mit einem künstlichen Nest und darin eingeklebten Plastikeiern. Er legte den grauen Kopf auf die Seite, hob den Schnabel und imitierte täuschend echt das Klingeln des Telefons.

»Sam, lass das«, warnte Joe den Bruchteil einer Sekunde bevor der Vogel Joyces Lachen so perfekt imitierte, dass es schon geradezu unheimlich war.

»Dein komischer Vogel wird eines Tages im Mixer enden«, weissagte sein Vater.

»Wem sagst du das.« Joe konnte nur hoffen, dass Sam nicht vorhatte, mit seinem Schnabel das kleine Vogelhäuschen zu zerfetzen.

Die Haustür wurde mit lautem Knall aufgestoßen, und Joes sieben Jahre alter Neffe Todd kam ins Haus gerannt, gefolgt von der dreizehnjährigen Christy und der zehnjährigen Sara, Joes Nichten.

»Hi, Onkel Joe«, grüßten seine Nichten wie aus einem Munde.

»Hey, ihr zwei.«

»Hast du Sam mitgebracht?«, wollte Christy wissen.

Joe wies mit einer Kopfbewegung auf den Fernseher. »Er wird langsam ein bisschen nervös. Seid nicht so laut in seiner Nähe, und macht keine abrupten Bewegungen. Und bringt ihm keine schmutzigen Wörter mehr bei.«

»Bestimmt nicht, Onkel«, versprach Sara, und ihre Augen waren ein bisschen zu groß, ein bisschen zu unschuldig.

»Was ist das?«, fragte Todd und deutete auf den Sattel.

»Das ist ein halber Sattel.«

»Wieso?«

Gute Frage. »Willst du ihn haben?«

»Cool!«

Joes Schwester Tanya kam als Nächste und schloss die Tür hinter sich. »Hi, Daddy«, sagte sie, dann wandte sie sich ihrem Bruder zu. »Hi, Joey. Wie ich sehe, hat Mom dir den Sattel geschenkt. Kannst du glauben, dass sie ihn für fünf Dollar bekommen hat?«

Offenbar hatte sich auch Tanya mit der Flohmarktkrankheit angesteckt.

»Wer hat gefurzt? Braa-ck.«

»Hey, ihr da«, ermahnte Joe die beiden Mädchen, die sich vor Lachen auf dem Boden wälzten.

»Was ist so lustig?«, fragte seine Mutter, als sie ins Zimmer kam, doch bevor jemand antworten konnte, klingelte erneut das Telefon. »Du liebe Zeit.« Kopfschüttelnd verschwand sie wieder in der Küche, nur um nach wenigen Sekunden wieder kopfschüttelnd zurückzukommen. »Es wurde aufgelegt, bevor ich mich melden konnte.«

Joe warf seinem Vogel einen skeptischen Blick zu, und sein Verdacht bestätigte sich, als Sam den Hals zur Seite reckte und das Telefon zufällig im selben Moment schon wieder schrillte.

»Du liebe Zeit.« Seine Mutter eilte in die Küche.

»Mein Dad hat einen Käfer gegessen«, berichtete Todd und zog damit Joes Aufmerksamkeit auf sich. »Wir haben Hot Dogs gegrillt, und da hat er einen Käfer gegessen.«

»Ja, Ben ist mit ihm Zelten gegangen, weil er glaubt, die Mädchen und ich machen ein Muttersöhnchen aus ihm«, erklärte Joes Schwester und setzte sich zu ihm aufs Sofa. »Er sagt, er müsste Todd öfter mal rausholen und Männersachen mit ihm machen.«

Joe verstand das völlig. Er war mit vier älteren Schwestern aufgewachsen, die ihn in ihre Kleider gesteckt und ihm die Lippen angemalt hatten. Im Alter von acht Jahren überzeugten sie ihn, dass er als Hermaphrodit auf die Welt gekommen und Josephine genannt worden wäre. Was ein Hermaphrodit ist, erfuhr er erst, als er zwölf war und selbst im Lexikon nachschlagen konnte. Danach hatte er ein paar Jahre mit der Angst gelebt, dass ihm große Brüste wachsen würden, wie seiner ältesten Schwester Penny. Glücklicherweise ertappte sein Vater ihn dabei, wie er seinen Körper nach merkwürdigen Veränderungen absuchte, und er versicherte Joe, dass er kein Hermaphrodit war. Dann hatte er ihn zum Zelten und zum Fischen mitgenommen, und er hatte eine Woche lang nicht baden müssen.

Seine Schwestern hielten zusammen wie Kletten und vergaßen nie etwas. Als Heranwachsende machte es ihnen Spaß, ihn zu ärgern, und sie waren die Hölle für seine Psyche. Doch falls er je den Verdacht gehabt hätte, dass die Männer, mit denen seine Schwestern zusammen waren, sie nicht anständig behandelten, hätte er sie ohne mit der Wimper zu zucken zusammengeschlagen.

»Und dann ist wohl ein Käfer auf Todds Hot Dog gelandet, und er hat geweint und wollte nicht mehr essen«, fuhr Tanya fort. »Was vollkommen verständlich ist, und was ich ihm in keiner Weise verübeln kann, aber Ben wollte zeigen, dass er ein ganzer Kerl ist, hat den Käfer genommen und ihn aufgegessen. Er hat gesagt: ›Wenn ich den verdammten Käfer essen kann, kannst du auch den verdammten Hot Dog essen.‹«

Klang vernünftig. »Hast du den Hot Dog gegessen?«, fragte Joe seinen Neffen.

Todd nickte, lächelte und zeigte dabei seine fehlenden Schneidezähne. »Dann hab ich auch einen Käfer gegessen. Einen schwarzen.«

Joe blickte in das sommersprossige Gesicht seines Neffen und sie teilten ein verschwörerisches Lächeln. Das »Ich-kann-im-Stehen-Pinkeln«-Jungs-Cliquen-Lächeln. Ein Lächeln, das Mädchen nie verstehen würden.

»Schon wieder aufgelegt«, verkündete Joyce den im Zimmer Versammelten.

»Du brauchst ein Display«, riet Tanya. »Wir haben eins, und ich schau immer erst nach, wer anruft, bevor ich abhebe.«

»Vielleicht besorg ich mir eins«, sagte Joes Mutter und ließ sich in einen alten, bunt gestrichenen Schaukelstuhl nieder, doch kaum berührte ihr Hintern den Sitz, setzte das Klingeln schon wieder ein. »Der Witz ist allmählich alt«, seufzte sie und stand auf. »Da spielt jemand mit dem Telefon.«

»Lass den letzten Anruf noch mal wiederholen. Komm, ich zeig dir, wie.« Tanya stand ebenfalls auf und folgte ihrer Mutter in die Küche.

Die Mädchen kugelten sich erneut vor Lachen, und Todd schlug die Hand vor den Mund.

»Ja«, sagte Dewey, ohne den Blick von John Wayne zu wenden, »dieser Vogel spielt tatsächlich mit seinem Leben.«

Joe flocht hinter seinem Kopf die Finger ineinander, kreuzte die Fußknöchel und entspannte sich zum ersten Mal seit dem Raub von Mr. Hillards Monet. Die Shanahans waren ein großer, lauter Haufen, und wenn er mitten im Tumult auf dem Sofa seiner Mutter saß, hatte er das Gefühl, zu Hause zu sein. Es erinnerte ihn auch an sein eigenes leeres Zuhause in der Stadt.

Bis vor ungefähr einem Jahr hatte er sich keine großen Sorgen gemacht, eine Frau zu finden und eine Familie zu gründen. Er hatte immer geglaubt, noch viel Zeit zu haben, doch wenn man angeschossen wird, betrachtet man das Leben aus einer anderen Perspektive. Das rief einem Mann ins Bewusstsein, was im Leben wirklich zählt. Eine eigene Familie.

Sicher, er hatte Sam, und mit Sam zusammenzuleben war kaum anders, als einen ungezogenen, aber äußerst unterhaltsamen Zweijährigen um sich zu haben. Aber mit Sam baute er kein Lagerfeuer und grillte auch keine Würstchen. Er konnte keine Käfer essen. Die meisten Polizeibeamten in seinem Alter hatten Kinder, und als er zu Hause herumlag und auf seine Genesung wartete und mehr Zeit zur Verfügung hatte, als ihm lieb war, hatte er angefangen, sich zu fragen, wie es wohl wäre, beim Little-League-Spiel auf der Tribüne zu sitzen und seine Kinder auf dem Baseballfeld zu sehen. Sich seine eigenen Kinder bildlich vorzustellen war einfach. Sich eine Ehefrau vorzustellen war schon ein bisschen schwieriger.

Er glaubte nicht, dass er zu wählerisch war, aber er wusste, was er wollte und was nicht. Er wollte keine Frau, die wegen jeder Kleinigkeit, zum Beispiel wegen eines Monatsjubiläums, ausflippte oder die Sam nicht mochte. Er wusste aus Erfahrung, dass er keine Vegetarierin wollte, die sich wegen eines Gramms Fett zu viel und wegen ihrer zu dünnen Oberschenkel übermäßig aufregte.

Er wollte eine Frau haben, die auf ihn wartete, wenn er von der Arbeit nach Hause kam. Er wollte zur Haustür hereinkommen, ohne sein Abendessen in einer Tüte in der Hand zu tragen. Er wollte ein vernünftiges Mädchen, eine Frau, die mit beiden Beinen fest auf der Erde stand. Und natürlich wollte er eine Frau, die Sex auf die Art mochte wie er. Heiß, eindeutig heiß. Manchmal sogar richtiggehend versaut, manchmal auch nicht, aber immer hemmungslos. Er wollte eine Frau, die sich nicht scheute, ihn anzufassen oder von ihm angefasst zu werden. Er wollte sie anschauen und ein heftiges Verlangen verspüren. Er wollte sie anschauen und wissen, dass sie das Gleiche empfand.

Er stellte sich vor, er würde die richtige Frau auf Anhieb erkennen, wenn sie seinen Weg kreuzte. Wie das geschehen sollte, wusste er nicht, aber so würde es sein. Es würde ihn mitten zwischen die Augen treffen wie ein K.-o.-Schlag oder ein Blitz, und dann würde er es wissen. So einfach war das.

Tanya kam mit gerunzelter Stirn zurück ins Wohnzimmer. »Die Nummer des letzten Anrufers ist die von Moms Freundin Bernese. Warum sollte Bernese ihr Telefonstreiche spielen?«

Joe hob die Schultern und beschloss, Tanya von der Fährte des wahren Schuldigen abzulenken. »Vielleicht langweilt sie sich. Als ich bei der Polizei noch neu war, rief etwa einmal pro Monat eine alte Dame an, um anzuzeigen, dass ständig jemand in ihre Wohnung einbrach und versuchte, ihre unbezahlbaren Afghan-Teppiche zu stehlen.«

»Und das stimmte nicht?«

»Zum Teufel, nein. Du hättest diese Teppiche sehen müssen – leuchtend grün und orange und violett. Man wurde fast blind, wenn man die ansah. Wie auch immer, sie hielt jedes Mal Vanillewaffeln und Limonade für uns bereit. Manchmal fühlen sich alte Menschen schrecklich einsam, und dann kommen sie auf die seltsamsten Ideen, nur um jemanden zum Reden zu finden.«

Tanya starrte ihn mit ihren braunen Augen an, die Linien auf ihrer Stirn vertieften sich. »Genauso wird es dir ergehen, wenn du nicht bald jemanden findest, der für dich sorgt.«

Die Frauen aus seiner Familie nörgelten seit jeher über sein Liebesleben, doch seit er angeschossen worden war, bemühten sich seine Mutter und seine Schwestern noch nachhaltiger darum, ihn glücklich zu verheiraten. Sie setzten Ehe mit Lebensglück gleich. Sie wollten, dass er sich in ihrer Vorstellung von einem schönen, bequemen Leben einrichtete, und wenn er auch Verständnis für ihre Besorgnis aufbrachte, trieben sie ihn damit doch zum Wahnsinn. Er wagte nicht, sie wissen zu lassen, dass er tatsächlich ernsthaft darüber nachdachte. Wenn sie das wüssten, würden sie über ihn herfallen wie Elstern über einen Tierkadaver auf der Straße.

»Ich kenne eine richtig nette Frau, die …«

»Nein«, fiel Joe ihr ins Wort, nicht bereit, eine der Freundinnen seiner Schwester auch nur in Betracht zu ziehen. Er konnte sich zu gut vorstellen, wie jedes kleinste Detail seines Privatlebens dann seiner Familie zugetragen würde. Er war fünfunddreißig, doch seine Schwestern behandelten ihn immer noch wie einen Fünfjährigen. Als könnte er seinen eigenen Hintern nicht finden, wenn sie ihm nicht sagten, dass er am Ende seiner Wirbelsäule begann.

»Warum nicht?«

»Ich mag keine netten Frauen.«

»Genau das ist ja dein Problem. Dich interessiert die Busengröße viel mehr als der Charakter.«

»Ich habe kein Problem. Und auf die Busengröße kommt es nicht an. Die Form ist viel wichtiger.«

Tanya schnaufte durch die Nase, und er konnte sich nicht entsinnen, von einer Frau schon einmal ein solches Geräusch vernommen zu haben.

»Wie bitte?«, fragte er.

»Du wirst einmal ein sehr einsamer alter Mann sein.«

»Sam kann mir Gesellschaft leisten, und er wird mich wahrscheinlich überleben.«

»Ein Vogel zählt nicht, Joey. Hast du im Moment eigentlich eine Freundin? Ein Mädchen, das du vielleicht einmal deiner Familie vorstellen möchtest? Das du eventuell sogar heiraten würdest?«

»Nein.«

»Warum nicht?«

»Ich habe die richtige Frau noch nicht gefunden.«

»Wenn Männer auf dem Sterbebett noch Frauen zum Heiraten finden, kann es doch eigentlich nicht so schwer sein.«

4. KAPITEL

Der kleine historische Bezirk Hyde Park schmiegt sich an den Fuß des Boise-Vorgebirges. In den Siebzigern war die Gegend durch die Abwanderung der Einwohner in die Vorstädte und die Beliebtheit von Einkaufszentren etwas heruntergekommen. Doch in den vergangenen Jahren haben die Geschäfte ein Lifting und einen frischen Anstrich bekommen, und nun profitieren sie von der Rückkehr des Lebens in die Stadt.

Hyde Park umfasst drei Gebäudekomplexe und liegt inmitten eines der ältesten Wohngebiete der Stadt. Die Bewohner selbst bilden eine bunte Mischung aus Boheme und Wohlstand. Reich, arm, jung und auch alt und bucklig wie die rissigen Gehsteige. Ums Überleben kämpfende Künstler und erfolgreiche Yuppies leben Seite an Seite. Abgewirtschaftete violette Häuser mit orangefarbenen Markisen vor den Fenstern stehen neben restaurierten viktorianischen Gebäuden, komplett mit pockennarbigem Kutschenblock am Kantstein.

Die Geschäfte sind genauso zusammengewürfelt wie die Bewohner. Die Schusterei gibt es in der Gegend schon länger, als irgendjemand denken kann, und eine Straße weiter kann man noch einen Herrenschnitt für sieben Dollar bekommen. Man bekommt Tacos, Pizza, Espresso oder essbare Unterwäsche aus der Wäscheboutique Naughty or Nice. Man kann vor dem 7–11 parken und nach dem Volltanken des Wagens was zu trinken und den *National Enquirer* kaufen oder aber einen halben Block weitergehen und Bücher, Fahrräder oder Schneeschuhe erstehen. In Hyde Park gibt es alles. Gabrielle Breedlove und ihr Laden Anomaly passten perfekt hierher.

Die Morgensonne ergoss sich über den Stadtteil, durch die Schaufenster von Anomaly und erfüllte den Raum mit Licht. Die großen Fenster waren voll gestellt mit orientalischen Porzellantellern und Waschschüsseln. Ein halbmetergroßer Goldfisch warf mit seiner Schwanzflosse wirre Schatten auf den Berberteppich.

Gabrielle stand in ihrem abgedunkelten Laden und gab ein paar Tropfen Patchouli in eine zierliche Kobalt-Duftlampe. Seit über einem Jahr schon experimentierte sie mit verschiedenen ätherischen Ölen. Der Prozess bestand aus einem unaufhörlichen Zyklus von Versuchen, Misslingen und erneutem Versuchen.

Wenn sie die chemischen Eigenschaften studierte, die Öle in den kleinen Flaschen unter Zuhilfenahme von Bunsenbrenner und Mörser mischte, fühlte sie sich immer ein wenig wie eine verrückte Wissenschaftlerin. Die Schöpfung wundervoller Düfte befriedigte ihren künstlerischen Schaffensdrang. Sie glaubte fest, dass gewisse Aromen über Heilkräfte für Körper, Geist und Seele verfügten, sei es dank ihrer chemischen Eigenschaften oder durch das Freisetzen warmer, angenehmer Erinnerungen, die der Seele wohl tun. Erst letzte Woche hatte sie mit Erfolg die Kreation ihrer eigenen, einzigartigen Mischung abgeschlossen. Sie hatte sie in wunderhübsche roséfarbene Fläschchen gefüllt und dann den Laden, als Teil ihrer Werbekampagne, in den sanften Duft von Zitrusfrüchten und üppigen Blumen gehüllt. Am ersten Tag hatte sie ihren gesamten Vorrat verkauft. Sie hoffte, auf dem Coeur Festival genauso erfolgreich zu sein.

Die heutige Mischung war nicht einzigartig, stand aber in

dem Ruf, beruhigend zu wirken. Sie schraubte den Tropfer zurück auf die braune Patchouli-Flasche und stellte sie wieder in die Holzkiste zu den anderen Ölen. Sie nahm das Salbeiöl heraus und fügte behutsam zwei Tropfen hinzu. Beide Öle wirkten angeblich entspannungsfördernd und lindernd gegen Stress und nervöse Erschöpfung. An diesem Morgen, da in zwanzig Minuten ein Undercover-Bulle in ihren Laden einfallen würde, brauchte Gabrielle dringend etwas Derartiges.

Die Hintertür des Ladens wurde geöffnet und wieder geschlossen, und Unbehagen machte sich in Gabrielles Seele breit. Sie warf einen Blick über die Schulter in den hinteren Teil des Ladens. »Guten Morgen, Kevin«, rief sie ihrem Geschäftspartner zu. Ihre Hände zitterten, als sie das Fläschchen mit dem Salbeiöl zurück in die Kiste stellte. Es war erst halb zehn Uhr morgens, aber ihre Nerven waren bereits zum Zerreißen gespannt, und sie war erschöpft. Sie hatte die ganze Nacht über keinen Schlaf gefunden, sondern versucht, sich selbst davon zu überzeugen, dass sie Kevin belügen musste. Dass sie, indem sie Detective Shanahan undercover im Laden arbeiten ließ, im Grunde Kevin dabei half, seine Unschuld zu beweisen. Doch dabei ergaben sich diverse schwerwiegende Probleme: Sie war eine ausgesprochen schlechte Lügnerin, und sie glaubte nicht, dass sie tatsächlich so tun könnte, als würde sie den Detective mögen, und noch viel weniger, dass sie sich als seine Freundin würde betrachten können.

Sie verabscheute Lügen. Sie verabscheute es, schlechtes Karma zu schaffen. Aber was bedeutete schon eine Lüge mehr oder weniger, wenn sie im Begriff war, ihr Karma zu Strafmaßnahmen von seismischem Ausmaß herauszufordern?

»Hallo«, grüßte Kevin aus dem Flur und schaltete das Licht an. »Was braust du denn heute zusammen?«

»Patchouli und Salbei.«

»Dann wird's hier wohl duften wie auf einem Grateful-Dead-Konzert?«

»Wahrscheinlich. Ich habe es für meine Mutter gemacht.« Abgesehen von der Entspannungshilfe weckte der Duft auch angenehme Erinnerungen, zum Beispiel an den Sommer, als ihre Mutter und sie der Band Grateful Dead durchs ganze Land gefolgt waren. Gabrielle war zehn Jahre alt gewesen und hatte die Übernachtungen in ihrem VW-Bulli, die Tofu-Gerichte und den Batikwahn, dem ihre gesamte Kleidung anheim fiel, über alles geliebt. Ihre Mutter hatte diese Zeit den Sommer des Erwachens getauft. Gabrielle war nicht so sicher, was ihr eigenes Erwachen betraf, aber zu dieser Zeit hatte ihre Mutter zum ersten Mal ihre übersinnlichen Kräfte proklamiert. Vorher waren sie Methodisten gewesen.

»Wie gefällt deiner Mutter und deiner Tante der Urlaub? Hast du schon von ihnen gehört?«

Gabrielle schloss den Deckel der Holzkiste und sah Kevin an, der unter der Tür zu ihrem gemeinsamen Büro stand. »Seit ein paar Tagen nicht mehr.«

»Bleiben deine Mutter und deine Tante, wenn sie zurückkommen, noch eine Weile in ihrem Stadthaus, oder fahren sie zu deinem Großvater in den Norden?«

Sie vermutete, dass Kevins Interesse an ihrer Mutter und ihrer Tante nicht in erster Linie echter Neugier entsprang, sondern viel mehr mit dem Umstand zu tun hatten, dass sie ihn nervös machten. Claire und Yolanda waren nicht nur Schwägerinnen, sondern auch beste Freundinnen, und sie lebten zusammen. Und manchmal las die eine die Gedanken der anderen, was ziemlich unheimlich wirken konnte, wenn man es nicht gewöhnt war. »Ich weiß nicht genau. Wahrscheinlich landen sie zunächst hier in Boise, um Beezer abzuholen, und fahren dann raus, um nach meinem Großvater zu sehen.«

»Beezer?«

»Die Katze meiner Mutter«, antwortete Gabrielle, und vor Schuldbewusstsein krampfte sich ihr Magen zusammen, als sie in die vertrauten blauen Augen ihres Freundes blickte. Er war gerade dreißig geworden, sah jedoch aus wie zweiundzwanzig. Er war ein paar Zentimeter kleiner als Gabrielle, und sein blondes Haar war von der Sonne ausgebleicht. Von Beruf war er Buchhalter, in seinem Innersten jedoch Antiquitätenhändler. Er hatte die geschäftlichen Angelegenheiten von Anomaly übernommen, damit Gabrielle frei war, ihrer Kreativität zu frönen. Er war kein Krimineller, und sie glaubte nicht eine Sekunde lang, dass er ihren gemeinsamen Laden als Tarnung für den Verkauf von Hehlerware benutzen würde. Schon öffnete Gabrielle den Mund, um die Lüge auszusprechen, die sie auf dem Polizeirevier eingeübt hatte, doch die Worte blieben ihr in der Kehle stecken.

»Ich arbeite heute Morgen im Büro«, sagte Kevin und verschwand hinter der Tür.

Gabrielle griff nach einem Feuerzeug und zündete das Teelicht in der kleinen Duftlampe an. Erneut versuchte sie sich einzureden, dass sie Kevin im Grunde nur half, wenngleich er es nicht wissen würde. Sie lieferte ihn nicht *wirklich* Detective Shanahan aus.

Sie konnte sich nicht dazu bringen, das zu glauben, aber es war egal. In weniger als zwanzig Minuten würde der Detective den Laden betreten, und sie musste Kevin glaubhaft machen, sie hätte ihn für die nächsten paar Tage als Aushilfe eingestellt. Sie steckte das Feuerzeug in die Tasche ihres hauchdünnen Flatterrocks und ging am vorderen, mit Kaufanreizen übersäten Tresen vorbei zum Büro. Sie betrachtete Kevins blonden, über die Papiere auf seinem Schreibtisch geneigten Kopf und holte tief Luft. »Ich habe jemanden eingestellt, der diese Regale von der Schmalwand im Laden ab- und an der hinteren Wand wieder aufbauen soll«, sagte sie, wenngleich die Lüge ihr schwer über die Lippen kam. »Erinnerst du dich, darüber hatten wir mal geredet?«

Kevin hob den Blick und furchte die Stirn. »Soweit ich mich erinnere, hatten wir beschlossen, bis zum nächsten Jahr damit zu warten.«

Nein, das hatte er ganz allein beschlossen. »Ich finde, so lange können wir nicht mehr warten, und deshalb habe ich jemanden eingestellt. Mara kann ihm helfen«, sagte sie und bezog sich auf die junge Studentin, die als Teilzeitkraft am Nachmittag im Laden arbeitete. »Joe dürfte in wenigen Minuten hier sein.« Ihren schuldbewussten Blick nicht von Kevin zu lösen gehörte zu den schwersten Aufgaben, vor denen sie je gestanden hatte.

Mehrere quälende Sekunden lang, während derer Kevin sie finster ansah, hing Schweigen im Raum. »Dieser Joe ist ein Verwandter von dir, nicht wahr?«

Die Vorstellung, dass Detective Shanahan aus demselben Genpool stammen sollte wie sie, störte sie fast noch mehr als ihre Rolle als seine Freundin. »Nein.« Gabrielle rückte einen Stoß Rechnungen zurecht. »Ich kann dir versichern, dass Joe nicht zur Familie gehört.« Sie täuschte Interesse an dem vor ihr liegenden Papier vor. Dann stieß sie die schwierigste von allen Lügen hervor. »Er ist mein Freund.«

Seine Stirn glättete sich, er sah jetzt nur noch verwundert aus. »Ich wusste gar nicht, dass du einen Freund hast. Warum hast du mir nie von ihm erzählt?«

»Ich wollte nicht eher darüber reden, bevor ich mir meiner Gefühle sicher war«, sagte sie und häufte Lüge auf Lüge. »Ich wollte kein schlechtes Juju heraufbeschwören.«

»Ach so. Nun, wie lange kennst du ihn schon?«

»Nicht lange.« Das entsprach wohl immerhin der Wahrheit.

»Wie hast du ihn kennen gelernt?«

Sie dachte an Joes Hände an ihren Hüften, Schenkeln und zwischen ihren Brüsten. An seinen Unterleib, der sich an ihren presste, und vom Hals her stieg ihr die Glut in die Wangen. »Beim Joggen im Park«, sagte sie und wusste, dass ihre Stimme genauso schuldbewusst klang, wie sie sich fühlte.

»Ich glaube nicht, dass wir uns das in diesem Monat leisten können. Wir müssen die Baccarat-Lieferung bezahlen. Nächsten Monat sähe es besser für uns aus.«

Nächsten Monat mochte es vielleicht für sie besser aussehen, aber nicht für die Polizei von Boise. »Es muss diese Woche erledigt werden. Ich bezahle es aus eigener Tasche. Dann kannst du doch keine Einwände mehr haben.«

Kevin lehnte sich zurück und verschränkte die Arme vor der Brust. »Du hast es ziemlich eilig mit den Regalen. Warum gerade jetzt? Was liegt an?«

»Nichts.« Eine bessere Antwort fiel ihr nicht ein.

»Was verschweigst du mir?«

Gabrielle blickte in Kevins forschende blaue Augen und überlegte nicht zum ersten Mal, ob sie ihm alles gestehen sollte. Dann könnten sie beide zusammen daran arbeiten, Kevins Unschuld zu beweisen. Sie dachte an die Erklärung, mit deren Unterzeichnung sie sich zu geheimer Informantentätigkeit verpflichtet hatte. Das Abkommen zu brechen würde ernste Folgen haben, aber zum Teufel mit den Folgen. In erster Linie schuldete sie Kevin Loyalität, und er hatte ihre Aufrichtigkeit verdient. Er war ihr Geschäftspartner, mehr noch, er war ihr Freund.

»Du wirkst so erhitzt und besorgt.«

»Aufsteigende Hitze.«

»Du bist nicht alt genug für Hitzewallungen. Dahinter steckt mehr, als du verrätst. Das ist nicht deine Art. Bist du in deine Aushilfskraft verliebt?«

Gabrielle konnte nur mit Mühe verhindern, dass sie entsetzt nach Luft schnappte. »Nein.«

»Dann kann es nur Lust sein.«

»Nein!«

Die Hintertür erbebte unter einem Klopfen. »Da kommt dein Freund«, sagte Kevin.

Sein Gesicht verriet ihr, dass er tatsächlich glaubte, sie wäre heiß auf ihre *Aushilfskraft*. Manchmal dachte Kevin, er wüsste alles, obgleich er meistens keine Ahnung hatte. Aber ihre Erfahrungen mit Männern hatten sie gelehrt, dass das gewöhnlich bei allen so war. Sie legte die Rechnungen auf ihren Schreibtisch und verließ den Raum. Die Vorstellung, Joes Freundin zu spielen, beunruhigte sie. Sie durchquerte den hinteren Lagerraum, der gleichzeitig eine kleine Küche beherbergte, und öffnete die schwere Holztür.

Und da stand er in abgetragenen Levi's, weißem T-Shirt und schwarzer Aura. Er hatte sich das schwarze Haar schneiden lassen, eine Flieger-Sonnenbrille verbarg seine Augen. Seine Miene war undeutbar.

»Sie sind pünktlich«, sagte Gabrielle zu ihrem Spiegelbild in seiner Brille.

Er zog eine schwarze Braue hoch. »Bin ich immer.« Mit einer Hand ergriff er ihren Arm, mit der anderen schloss er die Tür hinter ihr. »Ist Carter da?«

Nur etwas dünne Luft trennte ihre Bauernbluse von seiner

Brust, und ihr Kopf war eingehüllt von einem Duft nach Sandelholz und Zeder und von etwas so Faszinierendem, dass sie gern gewusst hätte, wie es hieß, damit sie es in Flaschen füllen konnte.

»Ja«, sagte sie und löste ihren bloßen Arm aus seinem Griff. Sie schlüpfte an ihm vorbei und die Gasse entlang bis hinter den Abfallcontainer. Den Druck seiner Finger spürte sie immer noch auf ihrer Haut.

Er folgte ihr. »Was haben Sie ihm gesagt?«, fragte er leise.

»Was ich ihm sagen sollte.« Ihre eigene Stimme war kaum mehr als ein Flüstern, als sie fortfuhr: »Ich habe gesagt, ich hätte meinen Freund eingestellt, damit er ein paar Regale umbaut.«

»Und er hat es geglaubt?«

Es machte sie nervös, zu ihrem eigenen Spiegelbild sprechen zu müssen, und sie senkte den Blick von seiner Sonnenbrille auf den Bogen seiner Oberlippe. »Natürlich. Er weiß, dass ich niemals lüge.«

»Aha. Gibt's noch was, was ich wissen müsste, bevor Sie mich Ihrem Geschäftspartner vorstellen?«

»Ja, gewissermaßen.«

Er presste leicht die Lippen zusammen. »Und was?«

Sie wollte höchst ungern zugeben, dass Kevin glaubte, sie sei in ihn, Shanahan, verliebt, deshalb verdrehte sie seine Behauptung geringfügig. »Er denkt, Sie wären total verliebt in mich.«

»Wie kommt er denn darauf?«

»Weil ich es ihm gesagt habe«, erklärte sie und fragte sich, seit wann Lügen solch einen Spaß machte. »Seien Sie also besser besonders nett.«

Seine Lippen bildeten noch immer einen schmalen Strich. Er fand die Sache keineswegs lustig.

»Vielleicht sollten Sie mir morgen Rosen schenken.«
»Ja, und vielleicht sollten Sie jetzt mal die Luft anhalten.«

Joe kritzelte eine falsche Adresse und Versicherungsnummer auf ein Formular, ließ seine Umgebung auf sich wirken und nahm alles wahr, ohne irgendetwas anzusehen. Seit fast einem Jahr hatte er nicht mehr undercover gearbeitet, aber damit verhielt es sich genauso wie mit dem Fahrradfahren. Er hatte nicht vergessen, wie man einen Verbrecher überführt.

Er lauschte dem leisen Klappern von Gabrielles Sandalen, als sie aus dem Raum ging, und dem entnervenden Klicken des Montblanc-Kugelschreibers, dessen Druckknopf Kevin Carter unablässig mit dem Daumen traktierte. Als Joe hereingekommen war, hatte er zwei Aktenschränke, zwei schmale zimmerhohe Fenster auf Gabrielles Seite und jede Menge aussortierter Ware auf ihrem Schreibtisch bemerkt. Auf Kevins Schreibtisch sah er einen Computer, einen Drahtkorb für die eingehende Post und eine Lohnliste. In Kevins Teil des Raums wirkte alles wie nach strategischen Prinzipien ausgemessen und mit dem Lineal ausgerichtet. Ein echt verklemmter Kontroll-Freak.

Als er das Formular ausgefüllt hatte, reichte Joe es dem Mann, der ihm am Schreibtisch direkt gegenübersaß. »Normalerweise fülle ich so was nicht aus«, erklärte er Kevin. »Gewöhnlich werde ich bar auf die Hand bezahlt, und das Finanzamt braucht nichts davon zu wissen.«

Kevin überflog das Formular. »Hier machen wir alles schön legal«, sagte er, ohne den Blick zu heben.

Joe lehnte sich auf seinem Stuhl zurück und verschränkte die Arme vor der Brust. Dieser verlogene kleine Mistkerl. Er hatte etwa zwei Sekunden benötigt, um zu dem Schluss zu kommen, dass Kevin Carter verdammt was auf dem Kerbholz hatte. Er hatte zu viele Verbrecher verhaftet, um die Anzeichen nicht zu erkennen.

Kevin lebte selbst für die Konsum versessenen neunziger Jahre entschieden über seine Verhältnisse. Er fuhr einen Porsche, und alles an ihm war Designer-Kram, vom Hemd bis zu den italienischen Straßenschuhen. Hinter seinem Schreibtisch hingen zwei Drucke von Patrick Nagel, und er schrieb mit einem Zweihundert-Dollar-Stift. Zusätzlich zu Anomaly und seiner Gutachtertätigkeit führte er noch mehrere Unternehmen in der Stadt. Er wohnte in einem Teil des Vorgebirges, wo der Wert eines Menschen nach der Aussicht über die Stadt, von seinem Wohnzimmerfenster aus gesehen, bemessen wurde. Im letzten Jahr hatte er der Steuerbehörde ein Einkommen von fünfzigtausend Dollar gemeldet. Nicht annähernd genug, um diesen Lebensstil zu ermöglichen.

Falls es überhaupt einen allgemeingültigen Hinweis auf kriminelles Verhalten gab, dann war es sein übertriebener Lebensstil. Früher oder später sind alle Ganoven frech genug, süchtig genug oder verschuldet genug, um jedes Maß zu verlieren.

Kevin Carter war ein Paradebeispiel für einen Kriminellen, der über seine Verhältnisse lebt, und trug das typische Verhalten geradezu zur Schau. Wie viele andere vor ihm, war er dumm genug, mit seinem Überfluss anzugeben, und frech genug zu glauben, dass er nicht erwischt würde. Doch dieses Mal steckte er bis über die Ohren drin und stand wahrscheinlich längst unter gehörigem Druck. Antike Kerzenleuchter und Saucieren zu verscherbeln war nun mal nicht ganz das Gleiche, wie einen Monet zu hehlen.

Kevin legte das Formular zur Seite und blickte Joe an. »Wie lange kennen Sie Gabrielle?«

Nun, Gabrielle Breedlove war etwas anderes. In diesem Augenblick war es nicht wichtig, ob sie schuldig war oder so unschuldig, wie sie behauptete. Zunächst einmal wollte er wissen, was für ein Typ sie war. Sie war bedeutend schwerer festzulegen als Kevin, und Joe wusste nicht, was er von ihr halten sollte – abgesehen davon, dass sie vollkommen ausgeflippt war. »Ziemlich lange.«

»Dann wissen Sie wahrscheinlich auch, dass sie viel zu vertrauensselig ist. Um Leuten, die sie mag, zu helfen, würde sie ihr letztes Hemd geben.«

Joe hätte gern gewusst, ob diese Hilfe für Leute, die sie mochte, sich auch auf die Hilfe beim Verkauf von Hehlerware erstreckte. »Ja, sie ist ein echter Schatz.«

»Ja, das ist sie, und ich ertrage es nicht, wenn jemand sie ausnutzt. Ich bin ein ziemlich guter Menschenkenner, und ich weiß, dass Sie der Typ sind, der gerade genug arbeitet, um über die Runden zu kommen. Bestimmt nicht viel mehr.«

Joe neigte den Kopf zur Seite und lächelte den kleinen Mann mit dem großen Komplex an. Um nichts in der Welt wollte er es sich mit Kevin verderben. Ganz im Gegenteil. Er musste den Kerl dazu bringen, dass er ihm vertraute, ihn überzeugen, dass sie Freunde waren. »Ach ja? Das wissen Sie, nachdem Sie mich seit fünf Minuten kennen?«

»Nun, sagen wir mal so: Als Aushilfskraft kann man nicht das große Geld verdienen. Und wenn Ihre Geschäfte gut laufen würden, hätte Gabrielle nicht diesen Job hier für Sie ersonnen.« Kevin rollte in seinem Schreibtischstuhl ein Stück zurück und stand auf. »Keiner ihrer früheren Freunde hat je einen Job gebraucht. Dieser Philosophieprofessor, mit dem sie letztes Jahr zusammen war, hatte zwar keine Persönlichkeit, aber immerhin Geld.«

Joe sah Kevin nach, der zu einem Aktenschrank ging und

eine Schublade öffnete. Er hielt den Mund und überließ es Kevin zu reden.

»Im Augenblick glaubt sie, in Sie verliebt zu sein«, fuhr er fort, während er das Formular abheftete. »Und Mädchen denken nicht an Geld, wenn sie scharf auf einen Typen sind.«

Joe stand auf und verschränkte die Arme vor der Brust. Das entsprach nicht ganz dem, was die betroffene Dame ihm erzählt hatte. Mit ihrer Beteuerung, dass sie niemals log, war es also nicht weit her.

»Ich war ein bisschen überrascht, als Sie heute Morgen hier rein kamen. Sie sind nicht der Typ, mit dem sie sich gewöhnlich einlassen würde.«

»Was für ein Typ wäre das?«

»Normalerweise steht sie auf den verhuschten New-Age-Typ. Die Sorte, die rumsitzt, meditiert, über das kosmische Bewusstsein des Menschen und anderen Blödsinn diskutiert.« Kevin schob die Schublade zu und lehnte sich mit der Schulter dagegen. »Sie sehen nicht aus wie der Typ, der gern meditiert.«

Das war nun endlich mal was Erfreuliches.

»Worüber haben Sie draußen auf der Gasse mit ihr gesprochen?«

Er fragte sich, ob Kevin womöglich an der Hintertür gelauscht hatte, aber dann hätten sie vermutlich jetzt nicht dieses Gespräch geführt. Joe verzog langsam die Mundwinkel zu einem trägen Lächeln. »Wer sagt, dass wir gesprochen haben?«

Kevin lächelte ebenfalls, dieses Ich-bin-auch-im-Jungs-Club-Lächeln, und Joe verließ das Büro.

Das Erste, was Joe auffiel, als er in den vorderen Teil des Ladens kam, war der Duft. Es roch wie in einem Kiffernest, und er hätte gern gewusst, ob seine geheime Informantin etwa öfter mal einen Trip einwarf. Das würde eine ganze Menge erklären.

Joe ließ den Blick durch den Raum schweifen und das merkwürdige Sortiment aus Alt und Neu auf sich wirken. In einer Ecke waren ausgefallene Schreibgeräte, Brieföffner und Schachteln mit Papier in die Fächer eines Schreibtisches eingeordnet. Er warf einen Blick auf den Haupttresen und den in einer Glasvitrine neben der Registrierkasse ausgestellten antiken Schmuck. Er speicherte alles sorgfältig in seinem Gedächtnis ab, bevor sich seine Aufmerksamkeit einer Leiter am Schaufenster und der Frau auf der obersten Sprosse zuwandte.

Heller Sonnenschein erhellte ihr Profil, schimmerte in ihrem langen rotbraunen Haar und machte ihren dünnen gelben Rock wie auch die Bluse durchsichtig. Sein Blick wanderte von ihrem Gesicht und Kinn über die schmalen Schultern und die vollen Brüste. Gestern war er stinksauer gewesen, und sein Oberschenkel hatte geschmerzt, aber deshalb war er längst nicht tot. Er war sich ihres weichen Körpers, eng an seinen gepresst, durchaus bewusst gewesen. Und ihrer Brüste, als er sie nach verborgenen Waffen abtastete. Als sie zu seinem Wagen gingen, hatte der kalte Regen ihr T-Shirt durchnässt, sodass ihre Brustwarzen deutlich zu sehen waren.

Sein Blick wanderte weiter zu ihrer Taille und ihren schön geschwungenen Hüften. Augenscheinlich trug sie unter ihrem Rock nichts außer einem Bikinislip. Wahrscheinlich weiß oder hautfarben. Nachdem er sie die gesamte vergangene Woche beschattet hatte, wusste er ihren hübsch gerundeten Hintern und die langen Beine bereits zu schätzen. Ihm war egal, was in ihrem Führerschein geschrieben stand, sie war auf jeden Fall beinahe einsachtzig groß und hatte entsprechend lange Beine. Die Art von Beinen, die sich einfach wie von selbst um die Taille eines Mannes schlangen.

»Brauchen Sie Hilfe?«, fragte er, kam näher und löste den Blick von ihren üppigen weiblichen Formen, um ihr ins Gesicht zu sehen.

»Das wäre prima«, sagte sie, warf sich die Haarmähne über eine Schulter und blickte über die andere hinweg zu ihm herab. Sie nahm einen großen, blauweißen Teller von einem Gestell im Schaufenster. »Einer meiner Kunden kommt irgendwann heute Vormittag, um das hier abzuholen.«

Joe nahm ihr den Teller aus der Hand und trat zurück, als sie von der Leiter stieg.

»Hat Kevin geglaubt, dass Sie meine Aushilfe sind?«, fragte sie beinahe flüsternd.

»Er hält mich für etwas mehr als Ihre Aushilfe.« Er wartete, bis sie vor ihm stand. »Er glaubt, Sie sind scharf auf meinen Körper.« Sie fuhr sich mit den Fingern durchs Haar und verwirrte die weichen Locken, bis sie aussah, als wäre sie gerade aus dem Bett gestiegen. Genauso hatte sie es am Vortag auf dem Polizeirevier schon einmal gemacht. So ungern er es sich eingestand, es war eine verdammt erotische Geste.

»Sie machen Witze.«

Er machte ein paar Schritte auf sie zu und flüsterte ihr ins Ohr: »Er denkt, ich bin Ihr ganz privates Spielzeug.« Ihr Haar roch betörend nach Rosen.

»Hoffentlich haben Sie ihm das ausgeredet.«

»Warum sollte ich?« Er lehnte sich zurück und lächelte in ihr entsetztes Gesicht.

»Ich weiß wirklich nicht, was ich verbrochen habe, um das zu verdienen«, sagte sie, nahm den Teller entgegen und ging um Joe herum. »Ich habe bestimmt niemals etwas so Furchtbares getan, was ein dermaßen gemeines Karma rechtfertigen würde.«

Joes Lächeln erstarb, seine Nackenhaare sträubten sich wie unter einem kalten Luftzug. Er hatte es vergessen. Er hatte sie auf der Leiter stehen sehen, die Sonne hatte ihre weichen Kurven sichtbar gemacht, und da hatte er für ein paar Minuten vergessen, dass sie verrückt war.

Gabrielle Breedlove wirkte ganz normal, aber sie war nicht normal. Sie glaubte an Karma und Aura und daran, dass die Sterne Aufschluss über den Charakter eines Menschen gaben. Wahrscheinlich glaubte sie sogar, Elvis heraufbeschwören zu können. Sie war eine Spinnerin, und eigentlich hätte er ihr dankbar sein sollen, weil sie ihn daran erinnert hatte, dass er nicht in ihrem Laden war, um ihren Hintern anzustarren. Ihr hatte er es zu verdanken, dass seine Karriere bei der Polizei auf dem Spiel stand, weshalb er jetzt einen großen Coup landen musste. Das stand außer Zweifel. Er riss sich von ihrem Anblick los und sah sich im Laden um. »Wo sind diese Regale, die ich umbauen soll?«

Gabrielle stellte den Teller auf dem Verkaufstresen neben der Registrierkasse ab. »Da drüben«, sagte sie und wies auf das Regalsystem aus Metall und Glas, das an der gegenüberliegenden Wand angebracht war. »Ich hätte sie gern an der hinteren Wand.«

Gestern, als sie von Regalen sprach, hatte er an Schaukästen oder Ähnliches gedacht. Dieser Umbau, das Ab- und wieder Anschrauben sowie das Instandsetzen des ursprünglichen Standorts würden mehrere Tage in Anspruch nehmen. Kam noch ein neuer Anstrich hinzu, könnte er die ihm zur Verfügung stehende Zeit der Suche nach irgendetwas, womit er Kevin Carter festnageln konnte, auf zwei, vielleicht drei Tage ausdehnen. Und festnageln würde er ihn. Daran zweifelte er nicht eine Sekunde.

Joe durchquerte den Raum und blieb vor dem Glasregal stehen, froh, dass die Arbeit geraume Zeit dauern würde. Im Gegensatz zu der Darstellung von polizeilichen Ermittlungen im Fernsehen war ein Fall gewöhnlich nicht binnen einer Stunde gelöst. Es dauerte Tage und Wochen, manchmal Monate, bis genug Beweismaterial gesammelt war, um eine Verhaftung vornehmen zu können. Dazu gehörte meistens geduldiges Abwarten. Das Warten darauf, dass jemand aktiv wurde, einen Fehler machte oder aus seinem Schlupfwinkel gelockt wurde.

Joes Blick glitt über buntes Glas und Porzellan, über Bilderrahmen aus Silber und Zinn. Mehrere geflochtene Körbe standen auf einer alten Truhe neben den Regalen, und er griff nach einem kleinen Stofftäschchen und hielt es sich unter die Nase. Ihn interessierte weit mehr, was in der Truhe war als das, was darauf stand. Was nicht bedeutete, dass er tatsächlich glaubte, Mr. Hillards Gemälde so problemlos zu finden. Es stimmte schon, dass er oft genug Rauschgift und Hehlerware in nahe liegenden Verstecken gefunden hatte, aber er ging nicht davon aus, dass er in diesem Fall so viel Glück haben würde.

»Das ist bloß Potpourri.«

Joe warf über die Schulter hinweg einen Blick auf Gabrielle und warf das kleine Täschchen zurück in den Korb. »Das habe ich mir schon gedacht, aber trotzdem danke.«

»Ich hatte Angst, dass Sie es für irgendeine bewusstseinsverändernde Droge halten könnten.«

Er sah in ihre grünen Augen und glaubte, ein Fünkchen Humor zu entdecken, war sich jedoch nicht ganz sicher. Genauso gut konnte es ein Aufblitzen von Wahnsinn sein. Sein

Blick streifte an ihr vorbei ins Leere. Carter war noch immer im Büro, hoffentlich im Begriff, sich auf längere Zeit dort einzurichten. »Ich war acht Jahre lang im Rauschgiftdezernat tätig und glaube, den Unterschied inzwischen zu kennen. Kennen Sie ihn auch?«

»Ich denke, die Frage sollte ich lieber nicht beantworten, um mich nicht selbst zu belasten.« Ihre Mundwinkel bogen sich in einem amüsierten Lächeln aufwärts. Offenbar fand sie sich ausgesprochen toll. »Aber so viel will ich Ihnen schon verraten: Falls ich je Drogen genommen habe, und vergessen Sie dabei nicht, dass ich damit überhaupt nichts zugebe, dann war es vor langer Zeit und allein aus religiösen Gründen.«

Er ahnte, dass es ihm verdammt Leid tun würde, aber er stellte die Frage trotzdem. »Aus religiösen Gründen?«

»Um Wahrheit und Erleuchtung zu finden«, erklärte sie. »Um die Grenzen des Bewusstseins zu überschreiten und höhere Erkenntnisse zu erlangen und spirituelle Erfüllung zu finden.«

Ja, es tat ihm Leid.

»Um die kosmische Verbindung zwischen Gut und Böse zu erforschen. Zwischen Leben und Tod.«

»Um neue Lebensformen, neue Zivilisationen zu suchen. Um kühn den Fuß auf Grund und Boden zu setzen, den kein Mensch zuvor betreten hat«, setzte er mit ausdrucksloser Stimme hinzu. »Sie und Captain Kirk haben anscheinend eine Menge gemeinsam.«

Ihr Lächeln fiel einem Stirnrunzeln zum Opfer.

»Was ist in der Truhe?«, fragte er.

»Weihnachtsbeleuchtung.«

»Wann haben Sie zum letzten Mal nachgesehen?«

»Weihnachten.«

Eine Bewegung in Gabrielles Rücken zog Joes Aufmerksamkeit auf den Ladentisch. Er sah Kevin zur Kasse gehen und sie öffnen. »Ich muss heute Morgen ein paar geschäftliche Dinge erledigen, Gabrielle«, sagte Kevin und füllte Geld in die Kassenschublade. »Gegen drei werde ich wohl zurück sein.«

Gabrielle fuhr herum und sah ihren Geschäftspartner an. Spannung lag in der Luft, was aber außer ihr niemand zu bemerken schien. Sie schnürte ihr die Kehle zu, doch zum ersten Mal seit ihrer Festnahme hob eine gewisse Erleichterung ihre Laune. Ein Ende dieses Wahnsinns war absehbar. Je eher Kevin ging, desto eher konnte der Detective seine Durchsuchung ausführen und desto eher würde er nichts finden. Desto eher würde er aus ihrem Laden und aus ihrem Leben verschwinden. »Oh, in Ordnung. Lass dir nur Zeit. Falls du viel zu tun hast, brauchst du auch gar nicht mehr zurückzukommen.«

Kevins Blick wanderte von Gabrielles Gesicht zu dem Mann, der direkt hinter ihr stand. »Doch, ich komme zurück.«

Kaum war Kevin fort, warf Gabrielle einen Blick über die Schulter. »Tun Sie, was Sie nicht lassen können, Detective«, sagte sie, dann ging sie zum Ladentisch und fing an, den blauen Teller in Seidenpapier zu wickeln. Aus den Augenwinkeln beobachtete sie, wie Joe ein kleines schwarzes Notizbuch aus der Gesäßtasche seiner Levi's zog. Er klappte es auf, blätterte eine Seite um, zögerte kurz und kritzelte dann etwas hinein.

»Wann kommt Mara Paglino zur Arbeit?«, fragte er, ohne den Blick zu heben.

»Um halb zwei.«

Er nahm den Stempel auf der Unterseite einer Wedgwood-Butterdose in Augenschein und schlug das Notizbuch wieder zu. »Falls Kevin früher zurückkommt, halten Sie ihn hier fest«, sagte er, trat ins Büro und schloss die Tür hinter sich.

»Wie?«, fragte sie in den leeren Laden. Falls Kevin früher zurückkommen sollte, wusste sie nicht, wie sie ihn – sofern sie ihn nicht gewaltsam festhalten wollte – daran hindern sollte, den Detective bei der Durchsuchung seines Schreibtisches zu überraschen. Aber im Grunde wäre es auch egal, wenn Kevin früher zurückkäme und Joe auf frischer Tat ertappte. Kevin würde es sowieso merken. Er war so übertrieben ordentlich, dass er es immer gleich sah, wenn jemand seine Sachen angerührt hatte.

Im Verlauf der folgenden zwei Stunden nahm Gabrielles Nervenanspannung mehr und mehr zu. Jedes Ticken der Uhr brachte sie dem völligen Zusammenbruch näher. Sie versuchte, sich in der alltäglichen Routine zu verlieren, doch es gelang ihr nicht. Sie war sich der Anwesenheit des Detectives zu deutlich bewusst, der hinter der geschlossenen Tür ihres Büros nach belastendem Material suchte.

Mehrere Male ging sie zur Bürotür, in der Absicht, den Kopf ins Zimmer zu stecken und nachzusehen, was genau der Detective dort trieb, aber jedes Mal verließ sie wieder der Mut. Jedes noch so kleine Geräusch ließ sie zusammenzucken, ein Kloß bildete sich in ihrem Hals und in ihrem Magen und ließ nicht zu, dass sie zu Mittag die mitgebrachte Broccoli-Suppe aß. Als Joe endlich um ein Uhr wieder aus dem Büro auftauchte, war Gabrielle so angespannt, dass sie am liebsten laut geschrien hätte. Stattdessen atmete sie tief durch und sang im Stillen das beruhigende Sieben-Silben-Mantra vor sich hin, das sie vor achtzehn Jahren komponiert hatte, um den Tod ihres Vaters bewältigen zu können.

»Okay.« Joe störte sie in ihrem Versuch, ihre ruhige Mitte zu finden. »Wir sehen uns morgen früh.«

Offenbar hatte er nichts Belastendes gefunden. Doch das überraschte Gabrielle nicht, schließlich gab es nichts zu finden. Sie folgte ihm ins Hinterzimmer. »Sie wollen gehen?«

Er sah ihr in die Augen und zog einen Mundwinkel hoch. »Sie wollen doch wohl nicht behaupten, dass Sie mich vermissen würden?«

»Natürlich nicht, aber was ist mit den Regalen? Was soll ich Kevin erzählen?«

»Sagen Sie ihm, dass ich morgen damit anfange.« Er zog die Sonnenbrille aus der Brusttasche seines T-Shirts. »Ich muss Ihr Telefon anzapfen. Kommen Sie also morgen ein bisschen früher als gewöhnlich. Es dauert nur ein paar Minuten.«

»Sie wollen mein Telefon anzapfen? Brauchen Sie dazu nicht einen Gerichtsbeschluss oder so was?«

»Nein. Ich benötige lediglich Ihre Erlaubnis, und die werden Sie mir geben.«

»O nein.«

Er zog die dunklen Brauen zusammen, sein Blick wurde kalt. »Warum nicht, zum Teufel? Ich dachte, Sie hätten gesagt, dass Sie mit dem Raub von Hillards Monet nichts zu tun haben.«

»Hab ich auch nicht.«

»Dann führen Sie sich gefälligst nicht auf, als hätten Sie was zu verbergen.«

»Das tu ich nicht. Es ist aber eine scheußliche Verletzung der Privatsphäre.«

Er verlagerte sein Gewicht auf die Fersen und musterte Gabrielle aus schmalen Augen. »Nur, wenn Sie schuldig sind. Ihre Einwilligung könnte dazu beitragen zu beweisen, dass Sie und Kevin unschuldig wie Lämmchen sind.«

»Aber das glauben Sie nicht, stimmt's?«

»Nein«, antwortete er ohne zu zögern.

Es kostete sie große Mühe, ihm nicht zu sagen, wohin er sich seine Telefonwanze schieben sollte. Er war sich seiner Sache so sicher. So vollkommen sicher und doch dermaßen auf dem Holzweg. Ein angezapftes Telefon würde ihm gar nichts einbringen, und es gab nur eine Möglichkeit, ihm seinen Irrtum nachzuweisen. »Schön«, sagte sie. »Machen Sie, was Sie wollen. Bringen Sie eine Überwachungskamera an. Karren Sie den Lügendetektor rein. Legen Sie die Daumenschrauben bereit.«

»Die Wanze dürfte fürs Erste reichen.« Er stieß die Hintertür auf und rückte die Sonnenbrille auf seiner gut geformten Nase zurecht. »Die Daumenschrauben sind den perversen Informanten vorbehalten, die auf solche Dinge stehen.« Seine sinnlichen Lippen verzogen sich zu einem provokativen Lächeln von der Sorte, die eine Frau beinahe dazu brachte, ihm die Festnahme und Abführung in Handschellen zu verzeihen. »Sind Sie interessiert?«

Gabrielle senkte den Blick auf ihre Füße, fort von der hypnotischen Wirkung dieses Lächelns, entsetzt darüber, dass er überhaupt so auf sie wirken konnte. »Nein danke.«

Er legte einen Finger unter ihr Kinn und hob ihr Gesicht, sodass sich ihre Blicke wieder begegneten. Seine verführerische Stimme verursachte ihr eine Gänsehaut. »Ich kann auch richtig zärtlich sein.«

Sie blickte in die Gläser seiner Sonnenbrille und wusste nicht, ob er scherzte oder ob er es ernst meinte. Ob er sie tatsächlich verführen wollte oder ob sie es sich nur einbildete. »Ich verzichte.«

»Feigling.« Er ließ die Hand sinken und trat einen Schritt zurück. »Lassen Sie es mich wissen, wenn Sie es sich anders überlegt haben.«

Nachdem er gegangen war, starrte Gabrielle noch eine Weile auf die geschlossene Tür. Sie spürte ein merkwürdiges Flattern im Bauch und versuchte, es darauf zurückzuführen, dass sie noch nichts gegessen hatte. Aber das glaubte sie nicht wirklich. Sie hätte sich, nachdem der Detective fort war, besser fühlen sollen, aber so war es nicht. Morgen würde er mitsamt seiner Wanze wiederkommen und ihre Telefongespräche belauschen.

Als Gabrielle schließlich Feierabend machte, hatte sie das Gefühl, dass ihr Gehirn angeschwollen war und ihr Kopf im Begriff war zu explodieren. Sie wusste es nicht mit Sicherheit, glaubte aber, dass sie womöglich auf einen stressbedingten Schädelbasisbruch zustrebte.

Die gewöhnlich zehnminütige Heimfahrt bewältigte sie in fünf Minuten. Ihr blauer Toyota schoss in ständigem Spurwechsel durch den dichten Verkehr, und Gabrielle hatte sich noch nie im Leben so sehr darüber gefreut, endlich in der Einzelgarage hinter ihrem Haus den Motor abstellen zu können.

Das Backsteinhaus, das sie vor einem Jahr gekauft hatte, war klein und voll gestopft mit dem Krimskrams ihres Lebens. Vor einem Erkerfenster zur Straße hinaus rekelte sich eine riesige schwarze Katze zwischen pfirsichfarbenen Kissen, zu fett und zu träge, um sich zu einer angemessenen Begrüßung aufzuraffen. Die Sonnenstrahlen fielen durch die Vielzahl kleiner Fensterscheiben und warfen gewürfeltes Licht über den Holzfußboden und die blumengemusterten Brücken. Sofa und Sessel waren in Pastellgrün und Pfirsich bezogen, üppige Pflanzen dekorierten den länglichen Raum. Über einem polierten gemauerten Kamin hing ein Aquarell, das Porträt eines schwarzen Kätzchens in einem Ohrensessel.

Gabrielle hatte sich damals gleich auf den ersten Blick in dieses Haus verliebt. Es war, genauso wie die vorherigen Besitzer, alt und mit der Art von Charakter ausgestattet, die nur die reiferen Jahrgänge zu Stande bringen konnten. Das kleine Esszimmer war mit Einbauschränken versehen und führte in eine Küche mit deckenhohen Schränken. Gabrielle verfügte über zwei Schlafzimmer, eines davon benutzte sie als Atelier.

Die Rohrleitungen ächzten. Die Holzfußböden waren kalt, und im Bad tröpfelte der Wasserhahn. Die Toilettenspülung lief unablässig, es sei denn, sie manipulierte den Abzug, und die Fenster in ihrem Schlafzimmer ließen sich nicht öffnen, weil sie mit Lackfarbe zugeklebt waren. Trotzdem liebte sie ihr Heim, sowohl trotz als auch wegen seiner Mängel.

Gabrielle kleidete sich auf dem Weg in ihr Atelier im Gehen aus. Sie eilte durch das Esszimmer und die Küche, vorbei an den kleinen Schälchen und Fläschchen mit ätherischem Sonnenschutz und anderen Ölen, die sie bereitet hatte. Als sie schließlich vor der Tür zum Atelier angekommen war, trug sie nur ihren weißen Bikinislip.

Ein farbverkleckstes Hemd hing über einer Staffelei mitten im Zimmer. Als sie es bis auf halbe Brusthöhe zugeknöpft hatte, fing sie an, ihre Gerätschaften zusammenzusuchen.

Sie kannte nur eine Möglichkeit, den dämonischen Zorn zu bändigen, der sie umgab und ihre Aura verfinsterte. Sie war längst jenseits von Meditation und Aromatherapie, und es gab nur einen Weg, ihrem Zorn und ihrer inneren Qual Ausdruck zu verleihen. Nur einen Weg, sich davon zu befreien.

Sie machte sich nicht die Mühe, eine Leinwand vorzubereiten oder zuerst eine Skizze anzufertigen. Sie machte sich auch nicht die Mühe, die dicke Ölfarbe zu verdünnen oder die dunklen Farben aufzuhellen. Sie hatte nicht einmal eine genau Vorstellung dessen, was sie malen wollte. Sie malte einfach. Sie nahm sich nicht die Zeit, jeden Pinselstrich sorgfältig zu kalkulieren, und es kümmerte sie auch nicht, dass sie Verheerungen auf ihrem Tropflappen anrichtete.

Sie malte einfach.

Mehrere Stunden später wunderte sie sich keineswegs, dass der Dämon auf ihrem Gemälde erstaunliche Ähnlichkeit mit Joe Shanahan aufwies und dass das arme kleine Lämmchen, mit silbernen Handschellen gefesselt, statt Wolle seidiges rotes Haar auf dem Kopf trug.

Sie trat einen Schritt zurück und betrachtete ihr Werk mit kritischem Blick. Gabrielle wusste, dass sie keine große Künstlerin war. Sie malte nur zum Vergnügen, gestand sich aber durchaus ein, dass dieses Werk nicht zu ihren besten zählte. Die Ölfarben waren zu dick aufgetragen, und der Heiligenschein um den Kopf des Lämmchens sah eher wie ein Marshmallow aus. Die Qualität reichte nicht annähernd an die ihrer anderen Porträts und Gemälde heran, die sie an den weißen Wänden des Ateliers abgestellt hatte. Und wie bei allen anderen Bildern hatte sie auch diesmal das Malen der Hände und Füße auf ein anderes Mal verschoben.

Ihr war schon etwas leichter ums Herz, und sie lächelte. »Mir gefällt's«, verkündete sie dem leeren Raum, tauchte den Pinsel in die schwarze Farbe und stattete den Dämon mit einem Schauder erregenden Paar Fügel aus.

5. KAPITEL

Gabrielles Nackenhaare sträubten sich, als sie zusah, wie Detective Shanahan den Sender in den Telefonhörer einbaute. Dann griff er nach einem Schraubenzieher und brachte alles wieder in die altgewohnte Ordnung.

»War's das?«, flüsterte sie.

Ein Werkzeugkasten lag geöffnet vor seinen Füßen, und er ließ den Schraubenzieher hineinfallen. »Warum flüstern Sie?«

Sie räusperte sich und fragte: »Sind Sie fertig, Detective?«

Er warf ihr über die Schulter hinweg einen Blick zu und legte den Hörer wieder auf die Gabel. »Du solltest mich duzen und Joe zu mir sagen. Wir sind ein Liebespaar. Hast du das vergessen?«

Die gesamte letzte Nacht hatte sie mit dem Versuch zugebracht, es zu vergessen. »Befreundet.«

»Ist das Gleiche.«

Gabrielle mobilisierte all ihre Kräfte, um nicht die Augen zu verdrehen. Es war ihr nicht gelungen. »Also, erzähl mal«, sie hielt inne und stieß den Atem aus, »Joe. Bist du verheiratet?«

Er drehte sich zu ihr um und verlagerte sein Gewicht auf den anderen Fuß. »Nein.«

»Das Objekt der Leidenschaft einer glücklichen Frau?«

Er verschränkte die Arme vor seinem grauen T-Shirt. »Im Moment nicht.«

»Erst vor kurzem Schluss gemacht?«

»Ja.«

»Wie lange wart ihr zusammen?«

Er senkte den Blick auf ihre türkisfarbene Nylonbluse mit

den großen grüngelben Schmetterlingen auf den Brüsten. »Warum interessiert dich das?«

»Ich versuche lediglich, ein ganz unverfängliches Gespräch zu führen.«

Er sah ihr wieder ins Gesicht. »Zwei Monate.«

»Tatsächlich? Wieso hat sie so lange gebraucht, um zur Besinnung zu kommen?«

Seine Augen wurden schmal, und er neigte sich ihr zu. »Bist du verrückt? Ist das dein Problem? Du sitzt in der Tinte, und ich kann dich da rausholen. Statt mich ständig bis aufs Blut zu reizen, solltest du lieber versuchen, freundlichere Gefühle in mir zu wecken.«

Es war kurz nach neun am Morgen, und Gabrielle hatte jetzt schon auf mindestens neun Jahre hinaus die Nase voll von Detective Joe Shanahan. Sie hatte es satt, dass er sie als verrückt bezeichnete und ihre privaten Glaubenssätze lächerlich machte. Sie hatte es satt, sich von ihm herumstoßen zu lassen, gezwungen zu sein, seine Informantin zu spielen, zusehen zu müssen, wie er ihr Telefon anzapfte. Sie blickte ihn starr an und überlegte, ob sie ihn noch weiter provozieren sollte. Gewöhnlich bemühte sie sich, ein netter Mensch zu sein, doch dazu hatte sie an diesem Morgen nicht die geringste Lust. Sie stemmte die Hände in die Hüften und beschloss, ihn bis zur Weißglut zu reizen. »Freundlicher Gefühle bist du gar nicht fähig.«

Sein Blick glitt langsam über ihr Gesicht, dann an ihr vorbei. Als er sie wieder ansah, waren seine dunklen Augen eindringlich, doch seine Stimme klang leise und sexy, als er dann sprach. »Gestern Nacht dachtest du aber anders darüber.«

Gestern Nacht? »Was redest du?«

»Als wir nackt in meinem Bett lagen, uns zwischen den

Laken wälzten und du in einem Atemzug meinen Namen geschrien und Gott gepriesen hast.«

Gabrielle ließ die Hände sinken. »Wie?«

Bevor sie begriff, was er tat, umfasste er mit seinen Handflächen ihre Wangen und zog sie näher zu sich. »Küss mich, Baby«, sagte er, und sein Atem streifte ihre Wange. »Küss mich endlich.«

Küss mich, Baby? Sprachlos vor Verblüffung stand Gabrielle unbeweglich wie eine Schaufensterpuppe. Der Duft seiner Sandelholzseife stieg ihr in die Nase, als er den Kopf senkte und seine Lippen auf ihre legte. Ganz sanft küsste er ihre Mundwinkel und hielt ihr Gesicht in seinen warmen Händen, während sich seine Finger über ihren Ohren in ihr Haar schoben. Gabrielle sah nur noch seine braunen Augen, hart und eindringlich, ein krasser Gegensatz zu seinem heißen, sinnlichen Mund. Mit der Zungenspitze zeichnete er die Konturen ihrer Lippen nach, und ihr stockte der Atem. Ein Ruck ging durch ihren Körper bis hinunter in die Fußsohlen, ein warmes Prickeln ließ sie die Zehen krümmen und nistete sich tief in ihren Unterleib ein. Der Kuss war zart, beinahe liebevoll, und sie hatte Mühe, die Augen offen zu halten, hatte Mühe, nicht zu vergessen, dass die Lippen, die ihren Mund streichelten wie die eines Liebhabers, einem kaltschnäuzigen Bullen mit schwarzer Aura gehörten. Doch in diesem Augenblick kam ihr seine Aura gar nicht schwarz vor. Sie erschien ihr rot, das glutvolle heiße Rot der Leidenschaft, seiner Leidenschaft, umhüllte sie beide und drängte sie, seinen verführerischen Berührungen zu erliegen.

Sie verlor den Kampf. Ihre Augen fielen langsam zu, ihre Lippen öffneten sich. Er brachte sie dazu, ihren Mund noch weiter zu öffnen, und seine Zunge berührte die ihre, heiß und feucht und eine Reaktion einfordernd. Sie presste ihren

Mund an seinen, vertiefte den Kuss und überließ sich den Empfindungen, die sie durchströmten. Er roch so gut. Und er schmeckte noch besser. Sie schmiegte sich an ihn, doch er nahm die Hände von ihrem Gesicht und beendete den Kuss.

»Er ist fort«, sagte er beinahe flüsternd.

»Hmmm …« Ein kühler Lufthauch streifte ihre feuchten Lippen, und sie schlug die Augen auf. »Was?«

»Kevin.«

Sie blinzelte ein paar Mal, bis ihr Kopf wieder klar war. Sie warf einen Blick hinter sich, doch bis auf sie beide war keiner im Raum. Im vorderen Teil des Ladens wurde die Schublade der Registrierkasse geöffnet.

»Er stand eben in der Tür.«

»Oh.« Sie wandte sich ihm wieder zu, konnte ihm jedoch nicht in die Augen schauen. »Ja, das dachte ich mir«, sagte sie leise und fragte sich, seit wann das Lügen ihr so leicht fiel. Doch sie wusste die Antwort – seit der Minute, als Detective Shanahan sie im Julia Davis Park zu Fall gebracht hatte. Sie ging um ihn herum zu ihrem Schreibtisch und setzte sich, bevor ihre Knie ihr den Dienst versagen konnten.

Sie fühlte sich benommen und ein wenig desorientiert, als hätte sie gerade kopfunter hängend meditiert. »Ich treffe mich heute mit dem Vertreter von Silver Winds und bin wahrscheinlich von Mittag bis etwa zwei Uhr nicht im Laden. Dann bist du allein hier.«

Er hob die Schultern. »Das macht mir nichts.«

»Fantastisch!«, sagte sie ein kleines bisschen zu begeistert. Sie griff sich den erstbesten Katalog vom Stapel und schlug ihn in der Mitte auf. Was sie da sah, wusste sie selbst nicht; sie war viel zu sehr damit beschäftigt, die letzten paar demütigenden Momente vor ihrem inneren Auge Revue passieren zu lassen. Er hatte sie geküsst, um sie in Kevins Gegenwart am Reden zu hindern, und sie war an seinen Lippen geschmolzen wie Butter in der Sonne. Ihre Hände zitterten, und sie versteckte sie im Schoß.

»Gabrielle.«

»Ja?«

»Schau mich an.«

Sie zwang sich, den Blick zu ihm zu heben, und war keineswegs überrascht über sein finsteres Gesicht.

»Dieser Kuss hat dich doch hoffentlich nicht ganz aus dem Lot gebracht, oder?«, fragte er so leise, dass seine Stimme im Nebenraum nicht zu hören war.

Sie schüttelte den Kopf und schob sich auf einer Seite das Haar hinters Ohr. »Ich wusste ja, warum du das getan hast.«

»Woher denn? Er stand ja hinter dir.« Er bückte sich nach dem Werkzeugkasten und dem Bohrer und sah sie dann wieder an. »Ach ja, ich vergaß. Du hast ja übersinnliche Fähigkeiten.«

»Nein, hab ich nicht.«

»Na, da bin ich aber froh.«

»Aber meine Mutter besitzt übersinnliche Kräfte.«

Seine Miene verfinsterte sich noch mehr, dann drehte er sich zur Tür um und brummte etwas, das klang wie: »Ach, du liebes Jesulein, beschütze mich.«

Als er aus dem Raum ging, ließ Gabrielle den Blick von den kurzen Löckchen in seinem Nacken über seine breiten Schultern und den Rücken des hellgrauen T-Shirts wandern, das er in den Bund seiner Levi's gesteckt hatte. Eine Brieftasche beulte die rechte Gesäßtasche seiner Jeans, und die Absätze seiner Arbeitsschuhe schlugen dumpf auf dem Linoleumboden auf.

Gabrielle stützte die Ellbogen auf den Schreibtisch und legte das Gesicht in die Hände. Sie glaubte nicht unbedingt an Chakren, dafür aber umso fester an die Notwendigkeit einer harmonischen Beziehung zwischen Körper, Geist und Seele. Und im Moment befanden sich alle drei in absolutem Chaos. Ihr Geist war empört über ihre körperliche Reaktion auf den Detective, ihre Seele war schlicht und einfach verwirrt angesichts der inneren Spaltung.

»Ich schätze, jetzt kann ich es wagen hereinzukommen.«

Gabrielle ließ die Hände sinken und sah Kevin entgegen, der ins Zimmer trat. »Tut mir Leid«, sagte sie.

»Wieso? Du konntest ja nicht wissen, dass ich heute früher kommen würde.« Er stellte seine Aktentasche auf seinen Schreibtisch und versetzte ihrem Gewissen ungewollt einen weiteren Schlag. »Joe ist ein leidenschaftlicher Typ, wie ich sehe.«

Sie hatte nicht nur Kevins Freundschaft verraten, sondern jetzt machte er unwissentlich auch noch alles schlimmer, indem er ihren Auftritt mit dem Mann entschuldigte, der das Telefon angezapft hatte, in der Hoffnung, auf etwas Belastendes zu stoßen. Kevin wusste natürlich nichts von der Wanze, und sie konnte ihn nicht warnen.

»Ach, herrje«, seufzte sie und stützte erneut den Kopf in die Hände. Bis die Polizei sie und Kevin endlich von ihrer Liste der Verdächtigen gestrichen hätte, war sie wahrscheinlich genauso verrückt, wie der Detective sie jetzt schon einschätzte.

»Was ist denn los?«, fragte Kevin, ging um seinen Schreibtisch herum und griff nach dem Telefonhörer.

»Du kannst jetzt nicht telefonieren«, sagte sie, wollte ihn aufhalten, ihn vor dem Lauschangriff bewahren.

Er zog die Hand zurück. »Willst du zuerst?«

Was tat sie denn da? Er war unschuldig. Die Polizei würde nichts zu hören bekommen außer Kevins geschäftlichen

Gesprächen, die in etwa so aufregend waren wie das Zusehen beim Trocknen von Farbe. Seine Anrufe waren so langweilig, wie sie es nicht anders verdient hatten. Aber ... Kevin hatte ein paar Freundinnen, und manchmal, wenn Gabrielle ins Büro kam, kehrte er ihr den Rücken zu und deckte die Hand über die Hörermuschel, als hätte sie ihn bei einem Gespräch über intime Einzelheiten seines Liebeslebens ertappt. »Nein, ich will jetzt nicht telefonieren, aber lass es trotzdem ...« Sie unterbrach sich, fragte sich, wie sie ihn retten konnte, ohne zu vage zu klingen oder zu deutlich zu werden. Wie sie ihn retten konnte, ohne ihm zu verraten, dass die Polizei seine Gespräche abhörte. »Besprich einfach nichts allzu Persönliches«, setzte sie noch einmal neu an. »Wenn du mit einer von deinen Freundinnen etwas wirklich Privates zu bereden hast, dann warte damit lieber, bis du zu Hause bist.«

Er sah sie an in der Art, wie Joe sie immer anzusehen pflegte – als ob sie den Verstand verloren hätte. »Was glaubst du denn, was ich vorhatte? Einen obszönen Anruf?«

»Nein, aber ich finde, du solltest hier mit deinen Freundinnen nicht über Privatangelegenheiten sprechen. Das hier ist schließlich ein Geschäft.«

»Das sagst du mir?« Er verschränkte die Arme vor der Anzugjacke und kniff die blauen Augen zusammen. »Und was ist mit dir? Vor ein paar Minuten hingst du noch wie eine Klette an deiner Aushilfskraft.«

Jetzt war er sauer, aber eines nicht zu fernen Tages würde er ihr dankbar sein. »Ich gehe heute Mittag mit dem Vertreter von Silver Winds essen«, wechselte sie absichtlich das Thema. »Ich werde etwa zwei Stunden weg sein.«

Kevin setzte sich und fuhr seinen Computer hoch, doch er sagte nichts. Er sprach kein Wort mit ihr, während sie die

Lieferbestätigungen prüfte und – in dem Versuch, ihn zu besänftigen – ihren Teil des Raums aufräumte.

Die drei Stunden bis zu ihrer Verabredung zum Essen erschienen ihr endlos lang. Sie gab Lavendel und Salbei in die Duftlampe aus Porzellan, verkaufte einiges und behielt verstohlen immer den Detective im Auge, der an der Wand zu ihrer Rechten die Regale abmontierte.

Sie beobachtete ihn, um sich zu vergewissern, dass er nicht noch mehr Wanzen anbrachte oder einen Revolver aus dem Stiefel zog und jemanden erschoss. Sie sah, wie sein Bizeps sich unter dem T-Shirt wölbte, als er die schweren Glasregale anhob, und sie sah seine breiten, muskulösen Schultern, als er sie einzeln ins Hinterzimmer trug. Er hatte sich den Werkzeuggürtel locker um die Hüften geschnallt wie ein Revolverheld, und immer wieder glitt seine Hand flink in die vordere Tasche, wo er die Holzschrauben verstaute.

Selbst wenn Gabrielle ihn nicht beobachtete, wusste sie, wann er den Raum verließ und wieder betrat. Sie spürte ihn wie den unsichtbaren Sog eines schwarzen Lochs. Wenn sie sich nicht gerade einem Kunden widmete, beschäftigte sie sich mit Staubwischen, einer Arbeit, die niemals ein Ende nahm, und sie vermied es weitestgehend, mit Joe zu reden, sondern beantwortete nur seine direkt an sie gerichteten Fragen.

Als die Uhr zehn schlug, spürte sie Verspannungen im Nacken, um halb zwölf hatte sich ein nervöses Zucken im äußeren Winkel ihres rechten Auges eingestellt. Um Viertel vor zwölf schließlich griff sie nach ihrem kleinen Lederrucksack und trat aus dem stressverseuchten Laden hinaus in den strahlenden Sonnenschein und fühlte sich, als wäre sie gerade aus zehnjähriger Haft entlassen worden.

Sie traf den Vertreter von Silver Winds in einem Restaurant in der Innenstadt, und sie suchten sich auf der Außenterrasse einen Platz und verhandelten über zarte silberne Halskettchen und Ohrringe. Eine leichte Brise ließ die Fransen der grünen Sonnenschirme über ihren Köpfen flattern, etwas unter ihnen auf der Straße floss der Verkehr vorüber. Gabrielle bestellte ihr Lieblingsgericht, Hühnchenragout, und ein Glas Eistee und wartete darauf, dass die Anspannung des Morgens aus ihrem Schädel wich.

Das Zucken in ihrem Auge verschwand, aber trotzdem konnte sie sich nicht richtig entspannen. So sehr sie es auch versuchte, sie konnte ihre Mitte nicht finden, ihren Geist nicht harmonisch stimmen. So sehr sie auch dagegen kämpfte, schweiften ihre Gedanken doch immer wieder zu Joe Shanahan ab und zu den wahrscheinlich vielfältigen Methoden, mit denen er Kevin während ihrer Abwesenheit ein falsches Geständnis entlocken könnte. Sie glaubte nicht, dass Detective Joseph Shanahan auch nur ein Fünkchen Feingefühl in seinem großen, muskulösen Körper hatte, und rechnete schon halb damit, den armen Kevin bei ihrer Rückkehr an einen Stuhl gefesselt vorzufinden.

Was sie dann jedoch begrüßte, als sie zwei Stunden später wieder in ihren Laden trat, war so ziemlich das Letzte, was sie erwartet hätte. Gelächter. Kevins Lachen mischte sich mit Maras, und beide standen neben einer Leiter und grinsten zu Joe Shanahan hinauf, als wären sie alle drei die besten Kumpels.

Ihr Geschäftspartner scherzte freundschaftlich mit dem Bullen, der entschlossen war, ihn ins Gefängnis zu bringen. Und Gabrielle wusste, dass Kevin den Knast noch mehr verabscheuen würde als die meisten Männer. Er würde die Kleidung und den Haarschnitt verabscheuen und die Tatsache, dass er kein Handy haben durfte.

Gabrielles Blick wanderte vom lachenden Gesicht des armen Kevin zu den acht neuen Regalleisten an der hinteren Wand, die vom Boden bis zur Decke reichten. Joe stand oben auf der Leiter, den Bohrer in der einen, eine Wasserwaage in der anderen Hand, und ein Maßband hing hinten an seinem Werkzeuggürtel.

Sie hatte eigentlich nicht erwartet, dass er über ausreichende handwerkliche Kenntnisse verfügte, um den Job zu bewältigen, doch das Regalsystem aus Metallschienen sah ordentlich und gerade aus. Offenbar verstand Joe doch mehr davon, als sie gedacht hatte. Mara kniete vor der Wand und hielt das untere Ende der letzten Schiene, die noch anzubringen war. Der Ausdruck ihrer großen braunen Augen war ein wenig zu ehrfürchtig, als sie jetzt zu dem Detective aufblickte. Mara war unerfahren, und, wie Gabrielle vermutete, äußerst empfänglich für die moschusartigen Duftstoffe, die Joe ausdünstete.

Die drei hatten Gabrielle noch nicht bemerkt, genauso wenig wie den Kunden, der eine Reihe von Porzellanvasen begutachtete.

»So einfach ist das nicht«, sagte Kevin zu dem Detective hoch über ihm. »Man muss ein geschultes Auge und einen gesunden Instinkt haben, um mit Antiquitäten Geld verdienen zu können.«

Das Gespräch wurde unterbrochen, als Joe zwei Schrauben in die obere Halterung der Metallschiene trieb. »Na ja, ich verstehe so gut wie gar nichts von Antiquitäten«, gestand er und stieg von der Leiter. »Meine Mutter ist eine Flohmarktfanatikerin, aber der Trödel, den sie anschleppt, sagt mir nichts.« Er kniete sich neben Mara und brachte die beiden letzten Schrauben an. »Danke für die Hilfe«, sagte er, bevor er wieder aufstand.

»Gern geschehen. Kann ich noch etwas für Sie tun?«, fragte Mara, die aussah, als wäre sie zu jeder Schandtat bereit.

»Ich bin fast fertig.« Mit leicht gespreizten Beinen stand er da und zog noch einige Schrauben nach.

»Manche Leute finden auch auf Flohmärkten Antiquitäten«, sagte Kevin, als der Lärm verstummte. »Aber seriöse Händler kaufen gewöhnlich nur auf Haushaltsauflösungen und Auktionen. So habe ich auch Gabrielle kennen gelernt. Wir boten beide für dasselbe Aquarell. Es war eine Schäferszene, gemalt von einem hiesigen Künstler.«

»Von Kunst verstehe ich auch nicht viel«, gab Joe zu und legte den Unterarm auf eine Leitersprosse, den Bohrer noch in der Hand wie eine 45er Magnum. »Falls ich vorhätte, ein Bild zu kaufen, müsste ich jemanden um Rat fragen, der sich mit solchen Dingen auskennt.«

»Und das wäre auch das Klügste, was Sie tun könnten. Die meisten Leute wissen nicht, was wirklich wertvoll ist, und erkennen nicht mal, ob ihre Kunstgegenstände aus legalen Quellen stammen. Sie würden staunen, wie viele Fälschungen in angesehenen Galerien hängen. Da war dieser Einbruch bei …«

»Es war Trauerkunst«, fiel Gabrielle ihm ins Wort, bevor Kevin sich selbst noch weiter belasten konnte. »Wir haben für Trauerbilder geboten.«

Kevin schüttelte den Kopf, während sie auf ihn zukam. »Das glaube ich nicht. Trauerbilder finde ich schaurig.«

Joe sah sie über die Schulter hinweg an. Ihre Blicke begegneten sich, als er langsam fragte: »Trauerkunst?« Er ließ sich nicht hinters Licht führen. Er wusste genau, was sie im Schilde führte.

Es war ihr jedoch ziemlich gleichgültig. »Das sind Bilder, die aus dem Haar der lieben Verstorbenen hergestellt werden. Im achtzehnten und neunzehnten Jahrhundert erfreuten sie sich großer Beliebtheit, und auch heute noch besteht ein kleiner Markt für Haarkunst. Schließlich hegt nicht jeder eine Abneigung gegen Bilder aus Ur-Ur-Urgroßmutters Haar. Und manche sind sogar wunderschön.«

»Ich finde, das klingt morbid.« Joe drehte sich um und ließ den Bohrer an seinem orangefarbenen Kabel zu Boden gleiten.

Mara rümpfte die Nase. »Ich muss Joe Recht geben. Es ist morbid und abscheulich.«

Gabrielle mochte Haarkunst sehr gern. Sie fand sie seit jeher faszinierend, und ganz gleich, wie irrational ihre Gefühle waren, sie empfand Maras Bemerkung als Schmähung. »Du solltest den Kunden beraten, der sich drüben die Vasen anschaut«, riet sie ihrer Angestellten, und ihr Tonfall klang entschieden unfreundlicher, als sie beabsichtigt hatte. Mara furchte verwirrt die Stirn und ging hinüber in den Laden. Das nervöse Zucken in Gabrielles Auge meldete sich erneut, und sie presste die Finger auf die Stelle. Alles um sie herum zerfiel, und der Grund dafür stand vor ihr, in engen Jeans und T-Shirt, und sah aus wie einer dieser Bauarbeiter in der Diät-Cola-Werbung.

»Fehlt dir was?«, fragte Kevin, und seine offensichtliche Sorge steigerte ihr Unbehagen.

»Nein, ich habe nur ein bisschen Kopfschmerzen und ein komisches Gefühl im Magen.«

Joe streckte den Arm aus und schob ihr das Haar hinters Ohr. Er fasste sie an, als hätte er jedes Recht dazu, als würde sie ihm etwas bedeuten. Das traf natürlich nicht zu. Es war nur Theaterspiel, um Kevin zu täuschen.

»Was hast du zu Mittag gegessen?«, fragte er.

»Vom Mittagessen ist mir nicht schlecht.« Sie sah in seine

braunen Augen und antwortete wahrheitsgemäß: »Es fing schon heute Morgen an.« Das komische Flattern in ihrem Bauch folgte auf einen Kuss. Auf einen Kuss von einem gefühlskalten Bullen, der sie genauso wenig mochte wie sie ihn. Er tätschelte ihre Wange mit seiner warmen Hand, als wollte er sie auffordern, sich zusammenzureißen.

»Ach, das? Also Krämpfe«, schloss Kevin, als wüsste er plötzlich ganz genau, wie er sich ihr Benehmen erklären sollte. »Ich dachte, du hättest ein Kräutermittel für diese Stimmungsschwankungen zusammengebraut.«

Joes Lippen verzogen sich zu einem amüsierten Lächeln, er ließ die Hände sinken und hakte die Daumen in seinen Werkzeuggürtel.

Es stimmte. Sie hatte ein ätherisches Öl gemischt, das bei ihrer Freundin Francis offenbar gegen PMS half. Aber Gabrielle benötigte es nicht. Sie litt nicht unter PMS, und sie war stets ausgesprochen freundlich zu allen und jedem – verdammt. »Ich habe keine Stimmungsschwankungen.« Sie verschränkte die Arme unter der Brust und gab sich redliche Mühe, nicht so wütend auszusehen. »Ich bin immer gleichmäßig freundlich. Frag, wen du willst!«

Die beiden Männer sahen sie an, als hätten sie Angst, auch nur noch ein weiteres Wort zu sagen. Kevin war eindeutig zum Verräter an ihr geworden. Er war ins feindliche Lager übergewechselt – ins Lager seines eigenen Feindes.

»Vielleicht solltest du dir den Rest des Tages frei nehmen«, schlug Kevin vor, doch das konnte sie nicht tun. Sie musste bleiben und ihn vor Joe und vor sich selbst schützen. »Ich hatte mal eine Freundin, die lag dann immer mit einem Heizkissen auf dem Sofa und aß Schokolade. Sie sagte, das wäre das Einzige, was gegen diese Krämpfe und Stimmungsschwankungen hilft.«

»Ich habe weder Krämpfe noch Stimmungsschwankungen!« Angeblich sollten Männer es doch hassen wie die Pest, über diese Dinge zu reden. Angeblich sollte es sie doch total verunsichern. Aber keiner von beiden Männern wirkte verlegen; Joe sah vielmehr aus, als müsste er sich das Lachen verbeißen.

»Vielleicht solltest du Midol nehmen«, setzte Joe lächelnd hinzu, obwohl er nur zu gut wusste, dass das, was sie quälte, nicht mit Midol zu heilen war.

Kevin nickte. Gabrielles Kopfschmerz verlagerte sich in ihre Schläfen, und inzwischen verspürte sie keinerlei Drang mehr, Kevin vor Joe Shanahan oder vor dem Gefängnis zu bewahren. Falls er eines Tages als der spezielle Freund irgendeines eisenharten Knastbruders endete, hatte sie ein reines Gewissen. Gabrielle presste die Hände an ihre Schläfen, als wollte sie ihren Kopf am Platzen hindern.

»So wütend habe ich sie noch nie erlebt«, sagte Kevin, als stünde sie nicht direkt vor ihm, als wäre sie gar nicht da.

Joe neigte den Kopf auf die Seite und gab vor, sie zu mustern. »Ich hatte mal eine Freundin, die mich regelmäßig einmal pro Monat an eine Gottesanbeterin erinnerte. Ein falsches Wort, und sie riss dir den Kopf ab. Abgesehen davon war sie aber richtig lieb und süß.«

Gabrielle ballte ihre pazifistischen Hände zu Fäusten und ließ sie sinken. Liebend gern hätte sie jemanden verprügelt. Jemanden mit kräftigem Körperbau und dunklem Haar und dunklen Augen. Er zwang ihr böse Gedanken auf. Er zwang sie, schlechtes Karma zu erzeugen. »Welche Freundin war das? Etwa die, die nach ganzen zwei Monaten Schluss mit dir gemacht hat?«

»Sie hat nicht mit mir Schluss gemacht. Ich habe die Beziehung beendet.« Joe griff nach Gabrielle und schlang den

Arm um ihre Taille. Er zog sie fest an seine Seite und streichelte ihre Haut durch den dünnen Nylonstoff ihrer Bluse hindurch. »Himmel, ich liebe es, wenn du eifersüchtig bist«, flüsterte er mit tiefer, sinnlicher Stimme an ihrem Ohr. »Dann kneifst du die Augen zusammen, und das sieht unheimlich sexy aus.«

Sein Atem streifte warm ihre Kopfhaut, und wenn sie nur ein wenig den Kopf wandte, würden seine Lippen ihre Wange berühren. Der wunderbare Duft seiner Haut hüllte sie ein, und sie fragte sich, wie ein so schrecklicher Mann so himmlisch riechen konnte. »Du siehst ziemlich normal aus«, sagte sie, »aber in Wirklichkeit bist du ein Dämon, der geradewegs aus der Hölle kommt.« Sie stieß ihm den Ellbogen in die Rippen. Heftig. Die Luft entwich aus seinen Lungen, und sie löste sich aus seinem Arm.

»Das heißt dann wohl, dass ich heute Nacht leer ausgehe«, stöhnte Joe und hielt sich die Seite.

Kevin der Verräter lachte, als wäre der Detective ein Komiker.

»Ich gehe nach Hause«, sagte Gabrielle und stapfte aus dem Raum, ohne sich noch einmal umzublicken. Sie hatte es versucht. Falls Kevin sich in ihrer Abwesenheit belastete, hatte sie ein reines Gewissen.

Kevin hörte die Hintertür knallen und wandte sich Gabrielles Freund zu. »Sie ist richtig wütend auf Sie.«

»Sie kommt drüber weg. Sie wird nur immer fuchsteufelswild, wenn ich von früheren Freundinnen spreche.« Joe verlagerte sein Gewicht auf den anderen Fuß und verschränkte die Arme vor der Brust. »Sie hat mir erzählt, sie wäre ein- bis zweimal mit Ihnen ausgegangen.«

Kevin forschte nach Hinweisen auf Eifersucht, entdeckte aber keine. Er hatte gesehen, wie besitzergreifend Joe Gabrielle behandelte, und er war am Morgen Zeuge geworden, wie sie sich küssten. Solange er Gabrielle kannte, hatte sie große, dünne Männer bevorzugt. Dieser Typ war anders. Dieser Typ bestand nur aus eisenharten Muskeln und brutaler Kraft. Sie musste wohl verliebt sein. »Wir sind ein paar Mal ausgegangen, aber rein freundschaftlich kommen wir besser miteinander aus«, beteuerte er. In Wahrheit hatte er sich entschieden mehr für Gabrielle interessiert als sie sich für ihn. »Sie brauchen sich keine Sorgen zu machen.«

»Ich mache mir keine Sorgen. Ich wollte es nur wissen.«

Kevin war schon immer ein großer Bewunderer von Selbstvertrauen gewesen, und Joe besaß mehr als genug davon. Hätte der Mann zusätzlich zu seinem guten Aussehen auch noch über ein gutes Einkommen verfügt, dann hätte Kevin ihn wohl auf den ersten Blick gehasst. Aber er war ein solcher Versager, dass Kevin sich ihm in keiner Weise unterlegen fühlte. »Ich schätze, Sie werden Gabrielle gut tun«, sagte er.

»Wieso?«

Weil er wollte, dass sie in den nächsten paar Tagen ein wenig Ablenkung fand, und Joe schien sie voll und ganz mit Beschlag zu belegen. »Weil keiner von euch beiden zu viel erwartet«, antwortete er und ging hinüber zu seinem Büro. Kopfschüttelnd trat er ein und setzte sich an seinen Schreibtisch. Gabrielles Freund war ein Versager mit niedrigsten Erwartungen an das Leben, der völlig zufrieden damit war, so eben über die Runden zu kommen.

Ganz anders Kevin. Er war nicht reich auf die Welt gekommen wie Gabrielle, auch nicht gut aussehend wie Joe. Nein, er war als Kind Nummer sechs einer Mormonenfamilie mit elf Kindern geboren worden. Wenn so viele Kinder in einem kleinen Farmhaus zusammengepfercht sind, wird leicht eines übersehen. Bis auf geringfügige Abweichungen hinsichtlich der Haarfarbe und der Unterscheidungsmerkmale der Geschlechter hatten alle Kinder der Carters gleich ausgesehen.

Ausgenommen an einem Tag im Jahr, nämlich dem jeweiligen Geburtstag, erfuhr keines der Kinder besondere Beachtung. Sie wurden als Einheit behandelt. Als Clan. Die meisten seiner Brüder und Schwestern hatten es toll gefunden, in einer so großen Familie aufzuwachsen. Sie hatten sich den Geschwistern eng verbunden, ganz nah gefühlt. Nicht so Kevin. Er kam sich höchstens unsichtbar vor. Und das hatte er gehasst.

Sein Leben lang hatte er hart gearbeitet. Vor der Schule, nach der Schule, den ganzen Sommer hindurch. Ihm war nichts geschenkt worden außer abgelegter Kleider und jeden Herbst ein Paar neue Schuhe. Er arbeitete immer noch hart, doch jetzt hatte er verdammt viel mehr Spaß. Und wenn er irgendetwas haben wollte, wofür er das nötige Geld nicht auf legalem Weg heranschaffen konnte, dann fand er andere Wege. Es gab immer einen anderen Weg.

Geld war Macht. Unbedingt. Ohne Geld war ein Mensch weniger als nichts. Ohne Geld war er unsichtbar.

6. KAPITEL

Auf einem durchsichtigen aufblasbaren Floß mitten im Pool in ihrem Garten treibend, fand Gabrielle schließlich den inneren Frieden, den sie den ganzen Tag gesucht hatte. Kurz nachdem sie an diesem Nachmittag aus dem Laden nach Hause gekommen war, hatte sie das Becken voll laufen lassen und ihren silberfarbenen Bikini angezogen. Das Becken hatte einen Durchmesser von drei Metern, war etwa neunzig Zentimeter tief und war an den Rändern mit orangefarbenen und blauen Dschungeltieren verziert. Wildblumen, Rosenblütenblätter und Zitronenscheiben schwammen auf dem Wasser und vertrieben auf sanfte Weise mit ihrem Blumen- und Zitrusduft die nervöse Anspannung in ihrem Innern. Joe restlos aus ihrem Kopf zu verbannen war natürlich unmöglich, aber es gelang ihr immerhin, genug positive Energie aus dem Universum in sich aufzunehmen, um ihn in einen entfernteren Winkel ihres Bewusstseins drängen zu können.

An diesem Tag ergab sich zum ersten Mal die Gelegenheit, ihren neuen Sonnenschutz auszuprobieren. Deshalb hatte sie die der Sonne ausgesetzte Haut mit einer Mischung aus Sesam-, Weizenkeim- und Lavendelöl eingerieben. Der Zusatz von Lavendelöl war aufgrund einer Inspiration in letzter Minute erfolgt, als eine Art Absicherung. Lavendel bot zwar keinen Schutz vor Sonnenbrand, hatte jedoch heilende Wirkung für den Fall, dass sie sich doch einen Sonnenbrand zuzog. Und außerdem überdeckte der Duft den Geruch des Sesam- und Weizenkeimöls, was verhindern würde, dass sie ungewollt die Aufmerksamkeit hungriger Vögel auf der Suche nach Körnern auf sich zog.

In regelmäßigen Abständen hob sie den Saum ihres Bikinioberteils und überprüfte ihre Sonnenbräune. Den ganzen Nachmittag über bräunte sich ihre Haut wunderbar, ohne sich zu röten.

Um halb sechs Uhr abends kam ihre Freundin Francis Hall-Valento-Mazzoni, inzwischen wieder nur noch Hall, vorbei und machte Gabrielle einen Tanga aus roter Spitze und den dazu passenden BH zum Geschenk. Francis war die

Besitzerin von Naughty or Nice, dem Dessousladen in der Nähe von Anomaly, und sie schneite häufig mit ihren neusten Errungenschaften erotischer Slips oder hauchzarter Nachthemdchen bei Gabrielle herein. Gabrielle brachte es nicht übers Herz, ihrer Freundin zu gestehen, dass sie nicht auf aufreizende Wäsche stand. Infolgedessen endeten die meisten Geschenke dieser Art in einem Karton in Gabrielles Schrank. Francis war blond und blauäugig, einunddreißig und zweimal geschieden. Sie hatte mehr Beziehungen hinter sich, als sie zählen konnte oder wollte, und glaubte fest, dass die meisten Probleme zwischen Männlein und Weiblein sich mithilfe von ausgefallener Unterwäsche lösen ließen.

»Wie hat sich das Hauttonikum bewährt, das ich für dich hergestellt habe?« Gabrielle stellte die Frage an ihre Freundin, die unter der Verandamarkise in einem Rattansessel saß.

»Besser als die Weizenkleie-Maske oder das PMS-Öl.«

Gabrielle ließ die Finger durch das Wasser gleiten und brachte dadurch Rosenblütenblätter und Wildblumen in Aufruhr. Sie fragte sich, ob das Scheitern ihrer Behandlung auf ihre Mittelchen oder auf Francis' Ungeduld zurückzuführen wäre. Francis suchte ständig nach einer Blitzheilung, nach dem leichtesten Weg. Sie scheute die Mühe, ihre eigene Seele zu erforschen und den inneren Frieden und das Glück in sich selbst zu finden. Das hatte zur Folge, dass ihr Leben eine ständige Krise war. Wie ein Magnet zog sie Versager-Typen an, und davon hatte sie mehr Ausgaben zu bieten als ein Zeitschriftenkiosk. Francis wies jedoch auch Qualitäten auf, die Gabrielle bewunderte. Sie war witzig und gescheit, nahm sich, was sie wollte, und besaß ein reines Herz.

»Wir haben uns lange nicht mehr gesprochen. Seit letzter

Woche nicht mehr, als du glaubtest, irgendein großer Kerl mit dunklem Haar würde dich verfolgen.«

Zum ersten Mal seit über einer Stunde dachte Gabrielle wieder an Joe Shanahan. Sie dachte an sein Eindringen in ihr Leben und an das schlechte Karma, das sie seinetwegen auf sich gezogen hatte. Er war dominant und unhöflich und so voller Testosteron, dass schon um Viertel nach vier Uhr nachmittags der Fünf-Uhr-Bartschatten nicht zu übersehen war. Und wenn er küsste, wurde seine Aura tiefer rot als die jedes anderen Mannes, den sie je gekannt hatte.

Sie erwog, Francis von dem Morgen zu berichten, als sie einen Undercover-Bullen mit ihrer Derringer bedroht hatte und als seine geheime Informantin endete. Aber das Geheimnis war zu gewaltig, um es teilen zu können.

Gabrielle beschattete die Augen mit der Hand und sah zu ihrer Freundin hinüber. Es war ihr noch selten gelungen, ein Geheimnis für sich zu behalten. »Wenn ich dir jetzt was verrate, musst du mir fest versprechen, es nicht weiterzuerzählen«, begann sie, und dann schickte sie sich an, ihr Geheimnis preiszugeben. Sie malte die Höhepunkte aus, verschwieg aber absichtlich die beunruhigenden Einzelheiten, wie zum Beispiel die Tatsache, dass er harte, geschmeidige Muskeln hatte wie ein Dressman für Unterwäsche und dass er küsste wie einer, der selbst die unterkühlteste Frau aus ihren Stützstrümpfen locken konnte. »Joe Shanahan ist arrogant und unverschämt, und ich habe ihn am Hals, bis Kevin aus diesem ganzen lächerlichen Blödsinn raus ist«, schloss sie und fühlte sich innerlich gereinigt. Ausnahmsweise einmal waren Gabrielles Probleme gewichtiger als die ihrer Freundin.

Francis schwieg eine Weile, gab dann ein leises Murmeln von sich und schob sich die rosa Sonnenbrille höher auf die Nase. »Und wie sieht dieser Typ aus?«

Gabrielle wandte ihr Gesicht der Sonne zu. Sie schloss die Augen und sah Joes Gesicht vor sich, seine wachen Augen und dichten Wimpern, die sinnlichen Konturen seines Mundes und die perfekte Symmetrie seiner ausgeprägten Stirn, der geraden Nase und des kräftigen Kinns. Sein dichtes braunes Haar kräuselte sich leicht an den Ohren und im Nacken und ließ seine kraftvollen, männlichen Züge etwas sanfter erscheinen. Er roch einfach wunderbar. »Er ist nichts Besonderes.«

»So ein Pech. Wenn ich gezwungen wäre, mit einem Bullen zusammenzuarbeiten, dann hätte ich gern einen von diesen muskelbepackten Kalender-Typen.«

Womit sie, Gabrielles Meinung nach, Joe ziemlich treffend beschrieben hatte.

»Ich würde ihn schwere Kisten tragen lassen, damit er ordentlich schwitzt«, spann Francis ihre Fantasie weiter. »Und ich würde mir seinen stahlharten Hintern anschauen, wenn er sich bückt.«

Gabrielle verzog das Gesicht. »Ich schaue aber lieber in die Seele eines Mannes. Sein Äußeres ist mir nicht wichtig.«

»Weißt du was? Das habe ich dich schon so oft sagen gehört, und wenn es stimmt, dann wüsste ich gern, warum du nie mit deinem alten Freund Harold Maddox geschlafen hast.«

Das war ein Punkt für Francis, aber nie im Leben hätte Gabrielle zugegeben, dass das Äußere genauso wichtig ist wie die Essenz der Seele eines Mannes. Das Äußere zählte nun mal nicht. Ein geistig hoch entwickelter erleuchteter Mann wirkte entschieden erotischer als ein Höhlenmensch. Das einzige Problem war nur, dass die Sache mit der körperlichen Attraktivität manchmal durchaus störend war. »Ich hatte meine Gründe.«

»Ja, zum Beispiel, dass er langweilig war und einen fransigen Pferdeschwanz trug und jeder ihn für deinen Vater hielt.«

»So alt war er nun auch wieder nicht.«

»Wenn du meinst.«

Gabrielle hätte einiges zu Francis' Auswahl an Männern und Ehemännern bemerken können, unterließ es aber lieber.

»Mich wundert es nicht übermäßig, dass Kevin in Verdacht geraten ist«, sagte Francis. »Manchmal ist er schon richtig heimtückisch.«

Gabrielle sah ihre Freundin stirnrunzelnd an. Francis und Kevin waren kurze Zeit miteinander gegangen, aber mittlerweile bestand ihre Beziehung aus einer Art Hassliebe. Gabrielle hatte nie gefragt, warum sie sich getrennt hatten oder was passiert war; sie wollte es gar nicht wissen. »Das sagst du nur, weil du ihn nicht leiden kannst.«

»Kann sein, aber versprich mir trotzdem, dass du die Augen offen hältst. Du pflegst deinen Freunden zu oft blindlings zu vertrauen.« Francis stand auf und strich ihr Sommerkleidchen glatt.

Gabrielle war nicht der Meinung, dass sie blind vertraute, glaubte jedoch, dass das Vertrauen, das sie gab, dem Vertrauen entsprach, das man ihr entgegenbrachte. Wenn sie es nicht freizügig verschenkte, würde sie auch keines zurückbekommen. »Willst du gehen?«

»Ja, ich habe einen Termin mit dem Installateur. Dürfte interessant werden. Er hat einen tollen Körper, redet aber nicht viel. Falls er nicht allzu langweilig ist, lasse ich mich von ihm einladen. Dann kann er mir seine Rohrzange zeigen.«

Gabrielle äußerte sich wohlweislich nicht zu letzterer Bemerkung. »Könntest du bitte meinen Kassettenrekorder einschalten?«, fragte sie und deutete auf das veraltete Gerät auf dem Rattantisch.

»Ich verstehe nicht, dass du dir diesen Scheiß anhören kannst.«

»Du solltest es auch mal versuchen. Vielleicht findest du dann den Sinn des Lebens.«

»Na ja, ich höre lieber Aerosmith. Steven Tyler gibt meinem Leben einen Sinn.«

»Träum weiter.«

»Ha, ha«, sagte Francis, und das Klappen der Insektenschutztür verriet, dass sie gegangen war. Gabrielle überprüfte am Bikinisaum ihre Haut auf Anzeichen von Sonnenbrand, schloss dann die Augen und stellte Betrachtungen über ihre Verbindung mit dem Universum an. Sie suchte Antworten. Antworten auf die Fragen, die sie nicht verstand. Zum Beispiel, warum das Schicksal beschlossen hatte, dass Joe mit der Macht eines kosmischen Tornados in ihr Leben einbrechen musste.

Joe warf seine Zigarette in einen Rhododendronstrauch, dann hob er die Hand zu der schweren Holztür. Im selben Augenblick, als er klopfte, öffnete sie sich, und eine Frau mit kurzem blonden Haar und glänzend rosa Lippen blickte ihn durch die Gläser einer rosafarbenen Sonnenbrille an. Obwohl er diese Adresse schon seit Wochen observierte, trat er einen Schritt zurück und sah nach der leuchtend roten Hausnummer an der Seite des Hauses. »Ich suche Gabrielle Breedlove«, sagte er.

»Dann sind Sie wohl Joe.«

Überrascht sah er die Frau an.

Hinter den Gläsern ihrer Sonnenbrille glitt der Blick ihrer blauen Augen über seinen Oberkörper. »Sie hat mir erzählt, dass Sie ihr Freund sind, aber augenscheinlich hat sie mir auch eine Menge verschwiegen.« Sie sah ihm ins Gesicht und lächelte. »Möchte wissen, warum sie die guten Dinge ausgelassen hat.«

Joe hätte gern genau gewusst, wie seine Informantin sich über ihn geäußert hatte. Außerdem wollte er ihr noch ein paar Fragen stellen, doch das war nicht der einzige Grund für seinen Besuch. Er hatte noch niemals mit jemandem zusammengearbeitet, der so verschlossen und feindselig war wie Gabrielle, und er hatte Angst, sie könnte völlig ausflippen und seine Tarnung auffliegen lassen. Für ihn war es immens wichtig, dass sie ruhig und kooperativ blieb. Keine Szenen mehr. Sie durfte sich nicht noch einmal zwischen ihn und seinen neuen Kumpel Kevin drängen. »Wo ist Gabrielle?«

»Im Garten, im Pool.« Die Frau trat nach draußen und schloss die Tür hinter sich. »Kommen Sie. Ich zeige Ihnen den Weg.« Sie führte ihn seitlich um das Haus herum und wies auf einen hohen, von Kletterrosen überwucherten Zaun. Ein Bogen mit einem offenen Tor unterteilte den Zaun in zwei Abschnitte.

»Dort hindurch.« Die Frau zeigte auf das Tor, dann drehte sie sich um und ging.

Joe ging unter dem Torbogen hindurch und machte noch zwei Schritte vorwärts, bevor er wie vom Donner gerührt stehen blieb. Der Garten war erfüllt von einem Aufruhr von Farben und duftenden Blumen. Und Gabrielle Breedlove trieb auf dem Wasser im Pool. Sein Blick erfasste ihren ganzen Körper, doch seine Aufmerksamkeit konzentrierte sich auf den Nabelring, den er schon gefühlt hatte, als er sie vor ein paar Tagen abgetastet hatte. Er hatte nie viel von Frauen mit Körperpiercings gehalten, aber … verdammt. Dieser kleine silberne Ring ließ seinen Gaumen trocken werden.

Ihre Hand streifte die Wasseroberfläche, dann strich sie sich mit nassen Fingern über den Bauch. Ein paar Tropfen rollten über ihren Bauch und seitlich die Hüften hinab. In einem der glasklaren Tropfen fing sich ein Sonnenstrahl, während er langsam den Leib hinunterglitt und dann in ihrem Bauchnabel verschwand. Joe verspürte ein heißes, kitzelndes Gefühl im Innern, Begehren regte sich in seinen Lenden. Er stand wie angewurzelt auf dem Rasen, machtlos gegenüber den unwillkommenen Gedanken, die über ihn herfielen. Gedanken daran, in diesen Pool zu waten, die Arme um Gabrielles Taille zu schlingen und jenes Wassertröpfchen aus ihrem Nabel zu schlürfen, dann die Zunge hineinzutauchen und ihre warme Haut zu spüren. Er versuchte, sich ins Gedächtnis zu rufen, dass sie verrückt war, ausgeflippt, total gaga, doch auch nach neun Stunden erinnerte er sich deutlich an ihre weichen Lippen, die an seine gepresst waren.

Dieser Kuss war Bestandteil seiner Arbeit, hatte dazu gedient, sie zum Schweigen zu bringen, bevor sie seine Tarnung auffliegen lassen konnte. Natürlich hatte sein Körper reagiert, und seine Reaktion auf den Geschmack ihres warmen Mundes und auf ihre eng an ihn geschmiegten Brüste hatte ihn bestimmt nicht verwundert, aber ihm war ein böser Fehler unterlaufen. Er hatte die Zunge in ihren Mund gleiten lassen, und jetzt wusste er, dass sie ein wenig nach Pfefferminz und nach unglaublicher Leidenschaft schmeckte. Jetzt wusste er, wie es sich anfühlte, wenn ihr weiches Haar sich um seine Finger ringelte, er wusste, dass sie nach exotischen Blumen duftete. Sie hatte ihn nicht von sich gestoßen oder sich gewehrt, und ihre Reaktion hatte ihn tief im Innern angerührt und erregt. Nur mit Mühe hatte er sich unter Kontrolle halten können. Nur mit Mühe hatte er es geschafft, die Hände nicht tiefer gleiten zu lassen, um ihre Brüste zu umfassen. Er war Polizist, aber er war auch ein Mann.

Dass er nun in ihrem Garten stand und sein Blick zu dem kleinen Dreieck aus silbernem Material glitt, das ihren Schritt bedeckte, dass seine Gedanken zu dem darunter Verborgenen wanderten, das hatte nichts damit zu tun, dass er Polizist war, aber sehr viel damit, dass er ein Mann war. Sein Blick schweifte zu dem kleinen Mal an der Innenseite ihres rechten Schenkels, glitt dann an ihren langen Beinen hinab bis zu den violetten Zehennägeln und wieder hinauf, vorbei an diesem silbernen Nabelring bis zu ihrem Bikinitop. Der elastische Stoff schob ihre Brüste hoch, sodass sie zwei perfekte sonnenbraune Kugeln bildeten. Der Boden unter seinen Füßen bewegte sich, schien sich in seiner Beschaffenheit zu verändern und unter ihm wegzusacken. Sie war seine Informantin. Sie war verrückt. Sie war aber ausgesprochen schön, und er wünschte sich nichts sehnlicher, als diesen Bikini abzustreifen wie die Aluminiumfolie von einem Schokoriegel und sein Gesicht zwischen ihren Brüsten zu vergraben.

Er betrachtete ihren Hals, ihr Kinn, ihre vollen Lippen. Er sah, wie sich ihre Lippen bewegten, und zum ersten Mal, seit er den Fuß in den Garten gesetzt hatte, vernahm er die ruhige männliche Stimme, die irgendetwas über eine Höhle erzählte. »Das ist deine Höhle«, leierte die Stimme schläfrig, als hätte der Sprecher Schlafmittel genommen. »Du gehörst hierher. An diesem Ort kannst du dich wirklich selbst finden, kannst du deine Mitte finden. Atme tief ein … konzentriere dein Bewusstsein in deinem Unterleib …

Atme aus und sprich mir nach … Ich lebe in Frieden mit mir … Ohm-Nah-Mah-Shee-Vah-Yahh … Hmm.«

Erneut bewegte sich der Boden unter seinen Füßen, wurde wieder fest und sicher. Plötzlich war Joe Shanahans Welt wieder in Ordnung. Stabil. Ihm fehlte nichts. Sie war nach wie vor verrückt, nichts hatte sich geändert. Er verspürte überwältigende Lust zu lachen, so als hätte er gerade dem Tod ein Schnippchen geschlagen. »Ich hätte mir denken können, dass du dir Yanni anhörst«, sagte er laut genug, dass sie ihn über das Band hinweg hören musste.

Gabrielle riss die Augen auf und fuhr hoch. Das durchsichtige Floß kippte, und Joe sah zu, wie sie mit Armen und Beinen um sich schlagend ins Wasser fiel. Als sie wieder auftauchte, klebten rote und roséfarbene Rosenblütenblätter in ihrem Haar. Sie setzte sich auf den Boden des Pools, und um sie herum trieben Zitronenscheiben und Wiesenblumen.

»Was tust du hier?«, stotterte sie.

»Wir müssen reden«, antwortete er mit einem Lächeln, das zu unterdrücken er sich vergeblich bemüht hatte.

»Ich habe dir nichts zu sagen.«

»Dann kannst du zuhören.« Er ging zu dem Kassettenrekorder bei der Hintertür. »Zunächst einmal müssen wir Yanni loswerden.«

»Das ist nicht Yanni, was ich höre. Das ist Meditation mit Raja-Yoga.«

»Aha.« Er schaltete das Gerät aus und drehte sich zu Gabrielle um.

Wasser strömte an ihrem Körper herab, als sie aufstand, und in ihrem Bikinioberteil steckte ein Zweig mit violetten Blüten. »Das ist wieder mal typisch.« Sie holte ihr Haar über eine Schulter nach vorn und wrang das Wasser aus. »Gerade habe ich meine Mitte und meinen inneren Frieden gefunden, und schon brichst du in meinen Garten ein und bringst mich wieder aus dem Gleichgewicht.«

Joe konnte sich nicht vorstellen, dass sie jemals mehr als eine flüchtige Bekanntschaft mit irgendetwas gemacht hatte, was einem Gleichgewicht entsprach. Er nahm ein weißes Badetuch von der Rücklehne eines Rattansessels und ging zum Pool. Aber es zählte nicht, dass sie sich seelisch im Ungleichgewicht befand. Es war sein Los, ihren Freund zu spielen, doch während der vergangenen zwei Tage hatte sie sich aufgeführt, als wäre er ihr so willkommen wie eine Seuche. Kevin mochte jetzt noch keinen Verdacht geschöpft haben, aber Joe konnte ihre Feindseligkeit nicht ständig mit Eifersucht und Menstruationsbeschwerden entschuldigen. »Vielleicht können wir zusammen daran arbeiten«, sagte er und reichte ihr das Badetuch.

Sie hielt mitten in der Bewegung inne und starrte ihn an. Misstrauisch kniff sie die grünen Augen zusammen. »Woran können wir arbeiten?« Sie nahm das Badetuch entgegen und stieg aus dem Pool.

»An unserem Umgang miteinander. Ich weiß, du denkst, ich wäre dein Feind, aber das stimmt nicht.« Wenngleich er seiner Informantin nicht über den Weg traute, musste er sie doch dazu bringen, ihm zu vertrauen. Er war für ihre Sicherheit verantwortlich, und es gehörte auch zu seinem Job, sie zu schützen – vor körperlichem Schaden.

Er würde sie nicht schützen können, falls sie zu Kevin lief, sobald die Situation brenzlig wurde. Er glaubte eigentlich nicht, dass Kevin Gabrielle etwas antun würde, doch er hatte eines gelernt: Er musste stets mit dem Unvorstellbaren rechnen. Auf die Art und Weise erwischte es ihn nie unvorbereitet. »Du musst mich meine Arbeit ausführen lassen. Je eher ich habe, was ich brauche, desto schneller verschwinde ich wieder aus deinem Leben. Wir müssen gewissermaßen ein Abkommen schließen.«

Sie tupfte sich Gesicht und Hals mit dem Badetuch ab und pflückte die violetten Blüten aus ihrem Bikinioberteil. »Du denkst an einen Kompromiss?«

Wohl kaum. Er war vielmehr der Meinung, sie sollte aufhören, sich wie eine Neurotikerin zu benehmen, und stattdessen so tun, als wäre sie scharf auf ihn. Und sie sollte ihn nie wieder als Dämonen aus der Hölle bezeichnen. »Klar.«

Sie musterte ihn und warf den Blütenzweig zurück in den Pool. »Und wie?«

»Nun, zunächst einmal solltest du viel ruhiger werden und dich nicht aufführen, als rechnetest du jeden Augenblick damit, dass ein Einsatzkommando durch deine Schaufenster bricht.«

»Und zweitens?«

»Es gefällt uns wohl beiden nicht, aber angeblich bist du ja meine Freundin. Hör auf, mich zu behandeln, als wäre ich ein Serienmörder.«

Als sie ihren Brustansatz mit dem Badetuch abtupfte, hielt er den Blick absichtlich fest auf ihr Gesicht gerichtet. Auf keinen Fall wollte er tiefer schauen und sich wieder ins Reich der Fantasie entführen lassen.

»Und wenn ich darauf eingehe?«, fragte sie. »Was tust du für mich?«

»Ich sorge dafür, dass du aus der Sache heraus …«

»Aha.« Sie schüttelte den Kopf und wickelte sich das Badelaken um die Taille. »Diese Drohung macht mir keine Angst mehr, denn ich glaube nicht, dass Kevin was verbrochen hat.«

Joe verlagerte das Gewicht auf den anderen Fuß und verschränkte die Arme vor der Brust. Er kannte den Ablauf. An diesem Punkt angelangt, versuchten Informanten gewöhnlich, Geld aus der Sache herauszuschlagen, oder verlangten, dass sämtliche Strafzettel für ihre Parksünden in null Komma nichts in den Papierkorb wanderten, oder gar, dass sie selbst mit einer Dienstmarke ausgestattet wurden. »Was willst du?«

»Ich möchte, dass du dich nicht von Vorurteilen leiten lässt. Dass du Kevin nicht von vornherein als schuldig betrachtest.«

Die Strafzettel hätten es ihm einfacher gemacht. Joe zweifelte nicht eine Sekunde daran, dass Kevin Carter schuldig war, aber als Undercover-Polizist hatte er auch das gottgegebene Talent, ohne jegliche Gewissensregung die eklatantesten Lügen von sich zu geben. »Klar doch. Ich lasse mich nicht von Vorurteilen leiten.«

»Wirklich?«

Mit entspannt hochgezogenen Mundwinkeln schenkte er ihr sein Ich-bin-doch-dein-Freund-Lächeln. »Bestimmt.«

Sie sah ihm so starr in die Augen, als wollte sie seine Gedanken lesen. »Deine Nase wird immer länger, Officer Shanahan.«

Jetzt war sein Lächeln echt. Sie war verrückt, aber nicht dumm. Er verfügte über ausreichend Erfahrung, um den Unterschied zu kennen, und vor die Wahl gestellt, wäre ihm verrückt jederzeit lieber als dumm. Er hob die Hände, die Handflächen nach oben gekehrt. »Ich kann's versuchen«, sagte er und ließ die Arme fallen. »Wie wär's damit?«

Sie seufzte und schlang über der linken Hüfte einen Knoten in das Badetuch. »Das wird wohl das Beste sein, was du tun kannst, und es wird mir reichen müssen.« Sie wandte sich dem Haus zu und sah sich über die Schulter hinweg noch einmal nach ihm um. »Hast du schon zu Abend gegessen?«

»Nein.« Er hatte geplant, auf dem Heimweg beim Lebensmittelladen zu halten und Hühnchen für sich und Möhren für Sam zu kaufen.

»Ich mache jetzt Abendbrot. Du kannst bleiben, wenn du magst.« Ihr Tonfall verriet alles andere als Begeisterung.

»Lädst du mich etwa tatsächlich zum Essen ein? Wie eine richtige Freundin?«

»Ich habe Hunger, und du hast noch nicht gegessen.« Sie hob die Schultern und ging auf die Hintertür zu. »Dabei sollten wir's belassen.«

Sein Blick folgte den Wellen in ihrem nassen Haar und den Wassertröpfchen, die aus den Haarspitzen und über ihren Rücken rannen. »Kannst du kochen?«

»Ich bin eine großartige Köchin.«

Während er hinter ihr her ging, wanderte sein Blick zu ihren schwingenden Hüften, ihrem wohl gerundeten Po, den er in der vergangenen Woche schon schätzen gelernt hatte, und zu der rhythmischen Bewegung des Badetuchs, das ihre Kniekehlen streifte. Ein von einer großartigen Köchin bereitetes Abendessen klang verlockend. Und natürlich bot sich ihm dadurch auch die Gelegenheit, ihr zum einen ein paar Fragen über Kevin zu stellen und sie zum anderen dazu zu bringen, dass sie in seiner Gegenwart endlich etwas lockerer wurde. »Was gibt es zu essen?«

»Stroganoff, Baguette und Salat.« Sie stieg die Stufen zur Insektenschutztür hinauf und öffnete sie.

Joe folgte ihr dicht auf den Fersen, griff über ihren Kopf hinweg nach dem hölzernen Rahmen und hielt die Tür auf.

Sie hielt inne, und hätte er nicht Acht gegeben, hätte er sie zweifellos zu Fall gebracht. Sein Oberkörper streifte leicht ihren bloßen Rücken. Sie drehte sich um, und durch die dünne Baumwolle seines T-Shirts hindurch berührte ihre Schulter seine Brust. »Bist du Vegetarier?«, fragte sie.

»Gott bewahre. Du etwa?«

Aus ihren großen grünen Augen sah sie ihn an, und eine bekümmerte kleine Falte zeigte sich auf ihrer Stirn. Dann tat sie etwas Merkwürdiges – wenngleich er sich wohl über nichts, was sie tat, hätte wundern sollen. Sie atmete ganz tief durch die Nase, als ob sie etwas riechen würde. Joe roch nichts außer dem Blumenduft, der ihrer Haut entströmte. Dann schüttelte sie leicht den Kopf, als wollte sie einen Schwindel verscheuchen, und ging weiter ins Haus, als wäre nichts geschehen. Joe folgte ihr und widerstand dem Drang, in seinen Achselhöhlen zu schnuppern.

»Ich habe es mit Veganismus probiert«, informierte sie ihn, während sie durch einen kleinen Wirtschaftsraum mit Waschmaschine und Trockner in eine leuchtend gelb gestrichene Küche gingen. »Das ist ein viel gesünderer Lebensstil. Aber leider bin ich rückfällig geworden.«

»Du bist eine rückfällige Vegetarierin?« So etwas hatte er noch nie gehört, aber es überraschte ihn nicht wirklich.

»Ja, ich habe versucht, meinen Fleischgelüsten zu widerstehen, aber ich bin schwach. Ich habe Probleme mit der Selbstkontrolle.«

Selbstkontrolle stellte gewöhnlich kein Problem für ihn dar – bis jetzt.

»Ich mag fast alles, was für meine Arterien schlecht ist. Manchmal bin ich schon auf halbem Wege zu McDonald's, bevor ich es überhaupt merke.«

Durch ein bleiverglastes Fenster über der Frühstücksecke drangen Lichtstrahlen in den Raum und auf die kleinen Glasfläschchen, die in Reih und Glied auf einem kleinen Holztisch standen. In der Küche roch es wie in ihrem Antiquitätenladen, nach Rosenöl und Patchouli, aber nach nichts anderem, und Joe begann, ihre Behauptung, eine großartige

Köchin zu sein, in Zweifel zu ziehen. Auf dem Herd stand kein Topf mit köchelndem Stroganoff. Es duftete auch nicht nach frisch gebackenem Brot. Sein Verdacht bestätigte sich, als sie den Kühlschrank öffnete und eine Packung Soße, ein Paket Nudeln und ein Baguettebrot herausnahm.

»Ich dachte, du wärst eine großartige Köchin?«

»Bin ich auch.« Sie schloss die Kühlschranktür und stellte alles neben den Herd. »Würdest du mir einen Gefallen tun und die Schranktür vor deinem linken Bein öffnen? Gib mir bitte zwei Töpfe.«

Als er sich hinunterbeugte und die Tür öffnete, fiel ihm ein Sieb auf den Fuß. In ihren Schränken herrschte noch größere Unordnung als in seinen.

»Oh, gut. Den brauchen wir auch.«

Er ergriff die Töpfe und den Durchschlag und richtete sich auf. Gabrielle stand mit dem Rücken an die Kühlschranktür gelehnt da und hielt ein Stück Baguette in der Hand. Er sah, wie ihr Blick an seinen Jeans hinauf bis zu seiner Brust wanderte. Sie kaute langsam, bevor sie schluckte. Mit der Zungenspitze leckte sie sich einen Brotkrümel aus dem Mundwinkel, und schließlich sah sie ihm ins Gesicht. »Möchtest du?«

Er forschte in ihrer Miene nach einem Hinweis darauf, dass sie nicht von dem Brot sprach, doch er entdeckte nichts Provozierendes in ihren klaren grünen Augen. Wäre sie nicht seine Informantin, sondern irgendeine andere Frau gewesen, hätte er ihr liebend gern gezeigt, was genau er mochte – angefangen bei ihrem Mund, würde er sich ganz langsam vorarbeiten bis zu dem kleinen Mal auf der Innenseite ihres Schenkels. Er würde es über alle Maßen genießen, seine Hände mit ihren großen, weichen Brüsten zu füllen, die sich gegen ihr Bikinioberteil pressten. Aber sie war nicht irgendeine Frau, und er musste sich benehmen wie ein Pfadfinder. »Nein danke.«

»Okay. Ich geh jetzt und zieh mich um. In der Zwischenzeit kannst du die Stroganoff-Soße in den kleinen Topf füllen, und in den großen lässt du bitte Wasser einlaufen. Wenn das Wasser anfängt zu kochen, gib die Nudeln hinein. Lass sie fünf Minuten kochen.« Sie stieß sich vom Kühlschrank ab, und als sie an Joe vorbeiging, hielt sie einen Moment inne und atmete tief durch die Nase. Wie vorhin schon einmal bildete sich eine kleine Falte auf ihrer Stirn, und sie schüttelte den Kopf. »Aber bis dahin bin ich bestimmt zurück.«

Joe beobachtete sie, wie sie ein Stück Brot abbiss und die Küche verließ. Er überlegte, wie genau es so weit gekommen war, dass er von einer Frau im Bikini zum Abendessen eingeladen worden war, von einer Frau, die behauptete, eine großartige Köchin zu sein, das Kochen jedoch ihm überließ, während sie sich zum Umkleiden zurückzog. Und was hatte dieses wiederholte Schnuppern zu bedeuten? Zweimal hatte sie es jetzt getan, und allmählich fühlte er sich dadurch ein wenig verunsichert.

Gabrielle steckte den Kopf noch einmal zur Küchentür herein. »Du willst doch nicht etwa nach diesem Monet suchen, wenn ich nicht hier bin?«

»Nein, damit warte ich, bis du zurückkommst.«

»Schön«, sagte sie mit einem Lächeln und verschwand wieder.

Joe ging zur Spüle und füllte den größeren Topf mit Wasser. Eine dicke schwarze Katze rieb sich an seinen Beinen und schlang den Schwanz um seine Wade. Joe mochte Katzen nicht sonderlich, sie waren seiner Meinung nach ziemlich unnütz. Ganz anders als Hunde, die so abgerichtet werden konnten, dass sie Rauschgift erschnüffelten, oder Vögel, die lernten zu sprechen und kopfunter an einem Fuß zu hängen. Mit der Spitze seines Arbeitsschuhs schob er die Katze weg und wandte sich dem Herd zu.

Sein Blick schweifte zur Tür, und er hätte gern gewusst, wie lange es dauerte, bis Gabrielle zurückkam. Skrupel, in ihrer Abwesenheit Schränke zu durchsuchen, hatte er keineswegs, er hatte lediglich zwei sehr gute Gründe, es trotzdem nicht zu tun. Erstens glaubte er nicht, hier etwas zu finden. Falls Gabrielle in den Raub von Mr. Hillards Gemälde verwickelt war, hätte sie ihn wohl kaum in ihr Haus eingeladen. Sie war viel zu nervös, um beim Stroganoff Smalltalk zu machen, wenn sie einen aufgerollten Monet in ihrem Schrank versteckt hätte. Und zweitens brauchte er ihr Vertrauen, und das würde er nie erhalten, wenn sie ihn beim Durchsuchen ihres Hauses erwischte. Er musste ihr beweisen, dass er gar nicht so schlimm war, was seines Erachtens eigentlich nicht allzu schwer sein dürfte. Zwar war er nicht der Typ, der beim Bier mit seinen Eroberungen prahlte, aber im Allgemeinen kam er bei Frauen gut an. Er wusste, dass er ein guter Liebhaber war. Er achtete immer darauf, dass die Frauen in seinem Bett genauso viel Vergnügen fanden wie er selbst, und im Gegensatz zu Meg Ryans Behauptung konnte er feststellen, wenn eine Frau ihm etwas vorspielte. Er wälzte sich auch hinterher nicht einfach auf die Seite, um schnarchend einzuschlafen, und er brach auch nicht über einer Frau zusammen und erdrückte sie mit seinem Gewicht.

Er gab die Stroganoff-Soße in den Topf auf dem Herd und stellte mittlere Hitze ein. Wenn er auch nicht eines dieser sensiblen Weicheier war, die vor Frauen weinten, war er doch ziemlich sicher, dass Frauen ihn nett fanden.

Etwas saß auf seinem Fuß, und er blickte hinunter auf die Katze, die sich auf seinem Stiefel niedergelassen hatte. »Hau ab, Fellknäuel«, sagte er und versetzte der Katze einen kleinen Stoß, der sie übers Linoleum schlittern ließ.

Gabrielle hakte den Verschluss ihres BHs ein und zog sich ein kurzes blaues T-Shirt über den Kopf. Wenn Joe auch gesagt hatte, er würde ihre Küche nicht durchsuchen, konnte sie ihm doch nicht so recht glauben. Sie traute ihm nicht über den Weg. Himmel, sie traute ihm nicht einmal, wenn er direkt vor ihr stand. Aber er hatte Recht, sie musste einen Weg finden, ihm in ihrem Laden und in ihrem Leben ruhig und gefasst zu begegnen. Sie war Geschäftsfrau, und sie konnte ihren Laden nicht führen, wenn sie jede seiner Bewegungen überwachen oder frühzeitig Feierabend machen wollte.

Sie schlüpfte in eine verblichene Jeans und knöpfte sie bis knapp unter dem Nabel zu. Abgesehen von ihren geschäftlichen Interessen war auch, wie sie wohl wusste, ihre Gesundheit gefährdet. Sie wusste nicht, wie viel länger sie noch mit stressbedingten Kopfschmerzen und entstellenden Zuckungen im Gesicht herumlaufen konnte, bevor sich ernsthafte Probleme einstellten, zum Beispiel ein hormonelles Ungleichgewicht.

Gabrielle nahm eine Bürste vom Frisiertisch und zog sie durch ihr feuchtes Haar. Sie setzte sich auf die mit Spitzen verzierte Tagesdecke ihres Betts und versuchte, sich ins Gedächtnis zu rufen, dass jeder Mensch aus einem bestimmten Grund in ihr Leben trat. Wenn sie ihr Bewusstsein öffnete, würde sie den höheren Sinn in Joes Existenz erfahren. Sein Hinterteil, als er sich bückte, um Töpfe aus dem Schrank zu holen, kam ihr in den Sinn, und sie blickte ihr Abbild im Spiegel finster an. Die Art, wie er seine Jeans ausfüllte, hatte absolut nichts mit spiritueller Sinnsuche zu tun.

Sie warf die Bürste zur Seite, flocht ihr Haar zu einem lockeren Zopf und wickelte ein blaues Band um das Ende. Joe war ein finsterer, mürrischer Bulle, der ihre Nerven strapazierte, ihr Leben auf den Kopf stellte und Disharmonie verursachte. Ein Ungleichgewicht von Körper und Geist. Ein Krieg um die Vorherrschaft. Anarchie. In all dem konnte sie nun wahrhaftig keinen höheren Sinn finden.

Aber er roch tatsächlich gut.

Als sie ein paar Minuten später die Küche betrat, stand Joe an der Spüle und goss die Nudeln in ein Sieb. Sein Kopf war in Dampf gehüllt, während die Katze ihrer Mutter eine Acht zwischen seinen Füßen lief, den Schwanz um seine Waden wickelte und laut miaute.

»Beezer!« Sie hob die Katze hoch und drückte sie an die Brust. »Du lässt den Detective lieber in Ruhe, sonst wirft er dich zu Boden und nimmt dich fest. Das weiß ich aus Erfahrung.«

»Ich habe dich nie zu Boden geworfen«, sagte Joe, als der Dampf sich verzog. »Wenn jemand zu Boden geworfen wurde, dann war ich es.«

»Ach ja!« Sie lächelte angesichts der Erinnerung an ihn, wie er mit verklebten Wimpern auf dem Boden lag. »Ich war dir zuvorgekommen.«

Er sah sich über die Schulter hinweg nach ihr um und schüttelte das Sieb. Ein schwaches Lächeln bog einen Mundwinkel aufwärts, und in der Feuchtigkeit kräuselte sich das Haar an seiner Schläfe. »Aber wer hat dann schließlich gewonnen, Miss?« Er musterte sie von ihrem Haarzopf bis zu den bloßen Füßen und wieder zurück. »Die Nudeln sind fertig.«

»Dann gib sie in den Topf zur Soße.«

»Und was tust du?«

»Ich füttere Beezer, sonst lässt sie dich nicht in Ruhe. Sie weiß, dass du das Abendbrot zubereitest, und sie ist schrecklich verfressen.« Gabrielle ging zu einem Schrank neben der Hintertür und entnahm ihm eine Packung Feuchtfutter. »Wenn ich sie versorgt habe, mache ich den Salat«, sagte sie und nahm den Deckel ab. Sie füllte das Futter auf eine Untertasse aus Porzellan, und als Beezer zu fressen begann, öffnete sie den Kühlschrank und holte einen Beutel fertig geschnittenen Salat heraus.

»Typisch.«

Gabrielle warf einen Blick zu Joe hinüber, der vor dem Herd stand und mit einem Holzlöffel die Nudeln unter die Soße rührte. Bartschatten verdunkelte seine gebräunten Wangen und hob die sinnlichen Konturen seines Mundes hervor. »Was?«

»Dass du fertig geschnittenen Salat nimmst. Weißt du, das ist das erste Mal, dass ich zum Essen eingeladen werde und dann aufgefordert werde, selbst zu kochen.«

Sie hatte ihn eigentlich nicht unbedingt als Gast betrachtet, sondern vielmehr als unvermeidliche Gesellschaft. »Merkwürdig.«

»Ja. Merkwürdig.« Er deutete mit dem Löffel auf die Frühstücksecke. »Was ist das da?«

»Ätherische Öle für das Coeur Festival«, erklärte sie und verteilte den Salat auf zwei Schüsseln. »Ich stelle die Öle selbst her, für Aromatherapie, auch solche mit Heilwirkung. Heute hatte ich zum ersten Mal Gelegenheit, das Sonnenschutzöl zu testen, das ich aus Sesam-, Weizenkeim- und Lavendelöl gemischt habe. Deshalb war ich draußen im Pool.«

»Und hat es die gewünschte Wirkung?«

Sie zog den Ausschnitt ihres T-Shirts herunter und betrachtete die deutlich sichtbare weiße Bikinilinie auf ihrer braunen Haut. »Ich habe keinen Sonnenbrand bekommen.« Sie sah ihn flüchtig an, aber er blickte nicht in ihr Gesicht, auch nicht auf die Bikinilinie. Er starrte auf ihren nackten Bauch, und sein Blick war so heiß und eindringlich, dass die Glut ihre Haut berührte. »Welches Dressing möchtest du zum Salat?«, brachte sie mühsam hervor.

Er hob eine Schulter und konzentrierte sich auf den Topf mit Stroganoff, sodass sie sich fragte, ob sie sich seinen Blick nur eingebildet hatte. »Gartenkräuter.«

»Oh …« Sie wandte sich dem Kühlschrank zu, um ihre Verwirrung zu verbergen. »Ich habe bloß italienisches Dressing und fettfreies.«

»Warum fragst du dann so, als ob ich die Wahl hätte?«

»Hast du doch.« Wenn er so tun konnte, als wäre nichts zwischen ihnen vorgefallen, dann konnte sie es auch, aber trotzdem hatte sie das Gefühl, dass er der bessere Schauspieler war. »Du kannst italienisches Dressing oder fettfreies italienisches Dressing bekommen.«

»Italienisches Dressing.«

»Schön.« Sie machte den Salat an, trug die Schüsseln hinüber ins Speisezimmer und stellte sie auf den mit Arbeitsmaterial bedeckten Tisch. Sie hatte nicht oft Gäste zum Essen und musste zunächst ihre Kataloge und Ölrezepte in die eingebaute Tischschublade schieben. Als der Tisch frei war, stellte sie eine Bienenwachskerze in die Mitte und zündete sie an. Sie holte Platzdeckchen aus Leinen mit den passenden Servietten hervor, ein Paar silberner Serviettenringe und das antike Silberbesteck, das sie von ihrer Großmutter geerbt hatte. Sie griff nach zwei mit roten Mohnblumen bemalten Villeroy & Boch-Tellern und redete sich ein, dass sie keineswegs den Wunsch hatte, den Detective zu beeindrucken. Sie wollte das »gute Service« nur benutzen, weil sie so selten Gelegenheit dazu hatte. Einen anderen Grund dafür gab es nicht.

Mit ihrem besten Porzellan in der Hand ging sie zurück in die Küche. Joe stand, wie sie ihn verlassen hatte, mit dem Rücken zu ihr. Unter der Tür blieb sie stehen und betrachtete sein dunkles Haar, seinen Nacken, die breiten Schultern und den Rücken. Ihr Blick wanderte weiter über die Gesäßtaschen seiner Jeans die langen Beine hinunter. Sie konnte sich nicht entsinnen, wann sie zum letzten Mal einen gut aussehenden Typen zur Gesellschaft beim Abendbrot gehabt hatte. Ihre letzten beiden Freunde zählten nicht, weil sie im Hinblick auf die äußere Erscheinung nicht viel hergaben. Harold war hochintelligent, und sie hatte ihm liebend gern zugehört, wenn er über spirituelle Erleuchtung sprach. Er war dabei aber kein Moralapostel und holte auch nicht zu weit aus. Aber Francis hatte Recht. Harold war zu alt für sie.

Vor Harold war sie mit Rick Hattaway befreundet gewesen, einem netten, durchschnittlich aussehenden Mann, der seinen Lebensunterhalt mit der Herstellung von Zen-Weckern bestritt. Keiner von beiden Männern hatte ihren Puls zum Rasen gebracht oder in ihrem Bauch Schmetterlinge flattern oder mit seinem heißen Blick ihre Haut erglühen lassen. Weder zu Harold noch zu Rick hatte sie sich auf sexuelle Art hingezogen gefühlt, und in beiden Beziehungen war sie nicht übers Küssen hinausgekommen.

Es waren Jahre vergangen seit der Zeit, als sie einen Mann nach seinem Aussehen und nicht nach seiner Seele beurteilte. Das lag noch vor ihrer Konvertierung zur Umweltschützerin, als sie das Geschirrspülen dermaßen verabscheute, dass sie nur Pappteller benutzte. Die Typen, mit denen sie zu jener Zeit gegangen war, hätten den Unterschied zwischen Wegdwood und Wegwerfgeschirr wahrscheinlich nicht einmal bemerkt. Zu diesem Zeitpunkt in ihrem Leben hatte sie sich als ernsthafte Künstlerin betrachtet und ihre Männer nach rein ästhetischen Erwägungen ausgewählt. Keiner von ihnen war erleuchtet gewesen, einige waren nicht einmal besonders intelligent, aber im Grunde war Intellekt auch zweitrangig. Muskeln. Es ging um Muskeln, knackige Hintern und Ausdauer.

Gabrielles Blick wanderte an Joes Rückgrat hinauf, und widerwillig musste sie sich eingestehen, dass es ihr gefehlt hatte, am Abendbrottisch einem gut aussehenden, hormonstrotzenden männlichen Mann gegenüberzusitzen. Joe machte sich weiß Gott keine Gedanken um seine Erleuchtung, aber er wirkte intelligenter als der durchschnittliche Muskelprotz. Da hob er den Arm, neigte den Kopf und roch an seiner Achselhöhle.

Gabrielle betrachtete die Teller in ihrer Hand. Sie hätte Pappteller nehmen sollen.

7. KAPITEL

Gabrielle staunte über seine Tischmanieren. Staunte, weil er nicht mit offenem Mund kaute, sich nicht kratzte und nicht rülpste wie ein Korpsstudent mit einem Sechserpack Old Milwaukee intus. Er hatte tatsächlich die Serviette über seine Schenkel gebreitet und unterhielt Gabrielle mit verblüffenden Geschichten über Sam, seinen Papagei. Wenn sie es nicht besser gewusst hätte, wäre sie vielleicht auf die Idee gekommen, dass er versuchte, sie mit seinem Charme einzuwickeln, oder dass sich womöglich tief im Innern dieses stahlharten Körpers doch eine anständige Seele verbarg.

»Sam hat Gewichtsprobleme«, berichtete er zwischen zwei Bissen Stroganoff. »Er liebt nun mal Pizza und Käsesnacks.«

»Du fütterst deinen Vogel mit Pizza und Käsesnacks?«

»Inzwischen nicht mehr so oft. Ich musste ihm ein Fitnesscenter bauen. Jetzt überrede ich ihn, zusammen mit mir zu trainieren.«

Gabrielle wusste nicht, ob sie ihm glauben sollte oder nicht. »Wie bringt man einen Vogel dazu zu trainieren? Fliegt er denn nicht einfach weg?«

»Ich lege ihn rein, sodass er glaubt, es würde ihm Spaß machen.« Joe brach ein Stück Brot ab und aß es. »Ich stelle sein Fitnesscenter neben meinen Sportgeräten auf«, fuhr er fort, nachdem er geschluckt hatte. »Und so lange ich bei ihm im Zimmer bleibe, klettert er auf seinen Leitern und an seinen Ketten herum.«

Gabrielle nahm ebenfalls einen Bissen Brot und beobachtete Joe über die Bienenwachskerze hinweg. Durch die durchsichtigen Vorhänge vor den Fenstern des Esszimmers fiel gedämpftes Licht und tauchte den Raum und Detective Joe Shanahan in einen weichen Schimmer. Seine kräftigen, männlichen Züge wirkten entspannt und zurückhaltend. Gabrielle vermutete, dass das auf eine optische Täuschung aufgrund des Lichts zurückzuführen war, denn trotz seines gegenwärtigen Charmes wusste sie aus jüngster Erfahrung, dass der Mann ihr gegenüber keine Spur von Zurückhaltung aufzuweisen hatte. Nichts Weiches, andererseits aber konnte ein Mann, der seinen Vogel liebte, auch nicht völlig frei von guten Eigenschaften sein. »Wie lange hast du Sam schon?«

»Noch nicht ganz ein Jahr, aber mir kommt es vor, als wäre er schon immer bei mir. Meine Schwester Debby hat ihn mir gekauft.«

»Du hast eine Schwester?«

»Ich habe vier Schwestern.«

»Wow.« Als Kind und Heranwachsende hatte Gabrielle sich sehnlichst einen Bruder oder eine Schwester gewünscht. »Bist du der Älteste?«

»Der Jüngste.«

»Das Nesthäkchen«, sagte sie, obwohl sie sich Joe nicht anders als einen erwachsenen Mann vorstellen konnte. Er verfügte über zu viel Testosteron, als dass sie sich von ihm ein Bild als einen netten kleinen Jungen mit glänzenden Wangen hätte machen können. »Mit vier Schwestern aufzuwachsen, das war sicher toll.«

»Meistens war es die Hölle.« Er wickelte ein paar Nudeln um seine Gabel.

»Wieso?«

Er schob sich die Nudeln in den Mund und beobachtete Gabrielle, während er kaute. Er machte nicht den Eindruck, als würde er antworten, doch dann schluckte er und gestand: »Sie haben mich in ihre Kleider gesteckt und so getan, als wäre ich die fünfte Schwester.«

Sie bemühte sich, nicht zu lachen, doch ihre Unterlippe zitterte.

»Das ist nicht lustig. Sie wollten mich nicht einmal den Hund spielen lassen. Immer durfte Tanya der Hund sein.«

Dieses Mal lachte sie nicht, sondern zog sogar in Erwägung, ihre Hand auszustrecken und die seine zu tätscheln und ihm zu versichern, dass er darüber hinwegkommen würde, aber sie tat es nicht. »Anscheinend hat deine Schwester ja Wiedergutmachung geleistet. Sie hat dir zum Geburtstag einen Vogel geschenkt.«

»Debby hat mir Sam geschenkt, als ich eine Zeit lang zu Hause ans Bett gefesselt war. Sie meinte, ein Vogel könnte mir Gesellschaft leisten, bis ich wieder auf die Beine käme, und er würde auch nicht so anspruchsvoll sein wie ein junger Hund.« Jetzt lächelte er. »In dem Punkt hat sie sich allerdings getäuscht.«

»Warum warst du zu Hause ans Bett gefesselt?«

Sein Lächeln erlosch, und er hob die kräftigen Schultern. »Ich bin während einer Drogenrazzia, die von Anfang an schief ging, angeschossen worden.«

»Du bist angeschossen worden?« Gabrielle spürte förmlich, wie ihre Brauen in die Höhe fuhren. »Wo?«

»Im rechten Oberschenkel«, sagte er und wechselte unvermittelt das Thema. »Ich habe vorhin, als ich an die Tür klopfte, deine Freundin getroffen.«

Gabrielle hätte für ihr Leben gern nähere Einzelheiten über die Schießerei erfahren, aber er wollte offensichtlich nicht darüber reden. »Francis?«

»Wie sie heißt, hat sie mir nicht verraten, wohl aber, dass du mich ihr gegenüber als deinen Freund bezeichnet hast. Was hast du ihr sonst noch erzählt?«, fragte er, bevor er sich die letzte Gabel voll Nudeln in den Mund schob.

»Mehr eigentlich nicht«, wich Gabrielle aus und griff nach ihrem Eistee. »Sie wusste, dass ich geglaubt hatte, ein Spanner würde mich verfolgen, und heute hat sie danach gefragt. Ich habe ihr erzählt, dass wir jetzt befreundet sind.«

Er schluckte langsam, und über die geringe Entfernung hinweg, die sie trennte, betrachtete er sie ausgiebig. »Du hast ihr erzählt, du würdest jetzt mit dem Typen befreundet sein, den du für einen Spanner gehalten hast?«

Gabrielle trank einen Schluck und nickte. »Mhm.«

»Und sie fand das nicht merkwürdig?«

Gabrielle schüttelte den Kopf und stellte ihr Glas ab. »Francis hat Beziehungsprobleme. Sie weiß, dass eine Frau es manchmal darauf ankommen lassen muss. Und von einem Mann verfolgt zu werden, kann sehr romantisch sein.«

»Von einem Spanner verfolgt zu werden?«

»Nun ja, man muss im Leben auch ein paar Frösche küssen.«

»Hast du schon viele Frösche geküsst?«

Sie spießte mit der Gabel Salatblätter auf und richtete ihre Aufmerksamkeit übertrieben deutlich auf seine Lippen. »Nur einen«, sagte sie und schob sich das Grünzeug in den Mund.

Joe griff seinerseits nach seinem Glas, und sein herzhaftes Lachen erfüllte den Raum. Sie wussten beide, dass sie nicht reagiert hatte, als wäre er ein Frosch. »Erzähl mir, was du sonst so treibst, wenn du nicht gerade Frösche küsst.« Ein Wassertropfen lief sein Glas hinunter, fiel auf sein T-Shirt und hinterließ einen kleinen nassen Fleck auf seiner rechten Brust.

»Soll das ein Verhör werden?«

»Ganz und gar nicht.«

»Hast du denn nicht irgendwo eine Akte voller Informationen über mich, komplett mit Angaben zu der Anzahl meiner Zahnfüllungen und Strafzettel wegen Geschwindigkeitsüberschreitung?«

Über das Glas hinweg begegnete er ihrem Blick, und er musterte sie, während er einen kräftigen Zug tat. Dann stellte er das Glas ab und sagte: »Dein Zahnschema habe ich nicht überprüft, aber im letzten Jahr hast du einen Strafzettel bekommen, weil du in einer Wohngegend zu schnell gefahren bist. Als du achtzehn warst, hast du deinen Volkswagen um einen Telegrafenmasten gewickelt, hattest selbst aber Glück und bist mit ein paar Prellungen und drei Stichen in der Kopfhaut davongekommen.«

Es erstaunte sie nicht, dass er ihr Verkehrssündenregister kannte, aber es war dennoch ein bisschen beunruhigend, dass er so einiges aus ihrem Leben wusste, während sie ihn so gut wie gar nicht kannte. »Faszinierend. Was weißt du sonst noch?«

»Ich weiß, dass du nach deinem Großvater benannt worden bist.«

Auch das wunderte sie nicht sonderlich. »Wir gehören zu den Familien, die ihre Kinder nach den Großeltern zu nennen pflegen. Meine Großmütter hießen Eunuch Beryl Paugh und Thelma Dorita Cox Breedlove. Ich finde, ich habe Glück gehabt.« Sie hob die Schultern. »Was noch?«

»Ich weiß, dass du zwei Universitäten besucht, aber auf keiner einen Abschluss gemacht hast.«

Anscheinend wusste er nichts wirklich Wichtiges. Er wusste nichts über sie selbst. »Ich habe nicht studiert, um ein Diplom zu bekommen«, begann sie, während sie ihre fast leere Salatschüssel auf den Teller stellte und beides von sich schob. Von ihrem Stroganoff hatte sie nur wenig gegessen, aber angesichts der Tatsache, dass Joe ihr am Tisch gegenübersaß, war ihr der Hunger plötzlich vergangen. »Ich wollte ganz einfach mehr über die Dinge erfahren, die mich interessierten. Sobald ich gelernt hatte, worauf es mir ankam, habe ich mich dem nächsten interessanten Thema zugewandt.« Sie stützte den Arm auf den Tisch und legte die Wange in die Hand. »Ein Diplom oder einen Titel für irgendwas kann jeder haben. Was heißt das schon? Ein Stück Papier von irgendeiner Universität definiert keinen Menschen. Es würde nichts darüber aussagen, wer ich wirklich bin.«

Er nahm die Leinenserviette von seinen Schenkeln und legte sie neben sein Glas. »Dann sag mir doch bitte, wer du wirklich bist. Erzähl mir etwas, was ich noch nicht weiß.«

Vermutlich wollte er erreichen, dass sie einiges preisgab und belastende Aussagen machte, aber damit konnte sie nicht dienen. Darüber wusste sie rein gar nichts, also berichtete sie ihm etwas über sich, was er ganz sicher niemals vermutet hätte. »Na ja, ich habe gelesen, was Freud über Trieb und Fetisch zu sagen hatte. Demnach bin ich oral fixiert.«

Ein Lächeln spielte um seinen Mundwinkel, und er senkte den Blick auf ihre Lippen. »Tatsächlich?«

»Freu dich nicht zu früh.« Sie lachte. »Freuds brillanter Verstand stellte auch die Theorie mit dem Penisneid auf, was völlig absurd ist. Nur ein Mann kann sich etwas dermaßen Idiotisches ausdenken. Ich kenne keine einzige Frau, die sich einen Penis wünscht.«

Als er sie über den Tisch hinweg anstarrte, verzogen sich beide Mundwinkel zu einem Grinsen. »Ich kenne ein paar, die sich meinen gewünscht haben.«

Trotz ihrer liberalen Ansichten zum Thema Sex spürte Gabrielle, wie ihr die Glut in die Wangen stieg. »So habe ich das nicht gemeint.«

Joe lachte und kippte seinen Stuhl auf zwei Beine. »Erzähl mir doch mal, wie du Kevin kennen gelernt hast.«

Gabrielle vermutete, dass Kevin Joe längst alles berichtet hatte, und sie fragte sich, ob Joe sie ausfragte, um sie bei einer Lüge zu ertappen. Es gab aber nichts, worüber sie hätte lügen müssen. »Wie Kevin dir sicher schon erzählt hat, haben wir uns ein paar Jahre, bevor wir Anomaly eröffneten, zum ersten Mal auf einer Versteigerung getroffen. Er war gerade von Portland hierher gezogen und arbeitete bei einem Antiquitätenhändler in der City, und ich arbeitete für einen Händler, der Läden in Pocatello, Twin Falls und Boise unterhielt. Nach diesem ersten Mal ist er mir ziemlich häufig über den Weg gelaufen.« Sie unterbrach sich kurz und wischte einen Brotkrümel vom Tisch. »Dann wurde mir gekündigt, und er rief mich an und fragte, ob ich mich mit ihm zusammen selbstständig machen wollte.«

»Einfach so?«

»Er hatte gehört, dass ich gefeuert worden war, weil ich jede Menge Haarkunst eingekauft hatte. Der Besitzer des Ladens stand dieser Richtung nicht sehr aufgeschlossen gegenüber. Ich hatte ihm die Kosten erstattet, aber er hat mich trotzdem gefeuert.«

»Und dann ruft Kevin dich an, und ihr zwei beschließt, ein Geschäft aufzumachen.« Er verschränkte die Arme vor der Brust und schaukelte leicht mit dem Stuhl. »Einfach so?«

»Nein. Er wollte ausschließlich Antiquitäten verkaufen, aber ich hatte den Antiquitätenhandel ein bisschen über, und so schlossen wir einen Kompromiss und einigten uns auf einen Kuriositätenladen. Ich habe sechzig Prozent der Startkosten aufgebracht.«

»Wie?«

Gabrielle redete äußerst ungern über Geld. »Du weißt doch sicherlich, dass ich über einen bescheidenen Trustfonds verfüge.« Und mehr als die Hälfte davon hatte sie in Anomaly investiert. Gewöhnlich vermuteten die Leute, sobald sie ihren Nachnamen hörten, dass sie ein unerschöpfliches Bankkonto hätte, aber das war nicht der Fall. Sollte ihr Laden einmal nicht mehr laufen, wäre sie beinahe pleite. Doch die Vorstellung, ihre Investition in den Sand gesetzt zu haben, beunruhigte sie nicht annähernd so sehr wie der Gedanke, Zeit verloren und Energie verschwendet zu haben. Ganz zu schweigen von dem Verlust der emotionalen Bindung an ihr Geschäft. Die meisten Menschen maßen Erfolg am monetären Gewinn. Gabrielle nicht. Natürlich wollte sie gern ihre Rechnungen bezahlen können, doch ihren Erfolg berechnete sie nach dem Ausmaß ihres Gefühls, glücklich zu sein. Sie hielt sich für sehr erfolgreich.

»Und Kevin?«

Wenn Erfolg für Gabrielle auch Glücklichsein bedeutet, wusste sie doch, dass Kevin es anders betrachtete. Für ihn war Erfolg etwas, das man sehen und anfassen konnte. Etwas, das er in der Hand halten, fahren oder am Körper tragen konnte. Demnach war er zwar rückständig, aber längst kein Krimineller. Und seine Einstellung machte ihn zu einem guten Geschäftspartner. »Er hat einen Kredit aufgenommen, um die restlichen vierzig Prozent beisteuern zu können.«

»Hast du dich denn darum gekümmert, Nachforschungen anzustellen, bevor du ins Geschäft eingestiegen bist?«

»Natürlich. Ich bin doch nicht auf den Kopf gefallen. Der Standort ist der wichtigste Faktor für den Erfolg eines kleinen Geschäfts. In Hyde Park strömen unablässig ...«

»Moment.« Er hob eine Hand und unterbrach sie. »Das meinte ich nicht. Meine Frage war vielmehr, ob du je auf den Gedanken gekommen bist, Kevins Hintergrund zu erforschen, bevor du so viel von deinem eigenen Geld investiert hast.«

»Ich habe mir kein polizeiliches Führungszeugnis vorlegen lassen, aber ich habe mit seinen vorherigen Arbeitgebern gesprochen. Sie alle waren voll des Lobes über ihn.« Was sie noch zu sagen hatte, würde er, so viel wusste sie, sowieso nicht verstehen, aber sie sagte es dennoch – hastig. »Und ich habe eine Weile darüber meditiert, bevor ich ihm meine Antwort gab.«

Er ließ die Hände sinken, seine Stirn furchte sich. »Du hast meditiert? Bist du nie auf den Gedanken gekommen, dass ein wenig mehr als *Meditation* von Nöten ist, wenn du dich mit einem Mann, den du kaum kennst, auf ein Geschäft einlässt?«

»Nein.«

»Warum zum Teufel nicht?«

»Es war Karma.«

Die Stuhlbeine schlugen mit einem dumpfen Geräusch auf den Boden auf. »Sag das noch einmal.«

»Mein Karma hat mich belohnt. Ich war unglücklich und arbeitslos, und Kevin schenkte mir die Möglichkeit, meine eigene Chefin zu sein.«

Er sagte eine ganze Weile gar nichts. »Willst du damit sagen«, setzte er dann von neuem an, »dass Kevins Angebot, mit ihm ein Geschäft zu eröffnen, die Belohnung für eine in einem deiner früheren Leben ausgeführte gute Tat war?«

»Nein, ich glaube nicht an Reinkarnation.« Ihr Glaube an das Karma verwirrte manche Leute, und im Grunde erwartete sie nicht, dass ausgerechnet Detective Shanahan sie verstand. »Die Geschäftsgründung mit Kevin zusammen war eine Belohnung für etwas, was ich in diesem Leben getan habe. Ich bin überzeugt, dass das Gute oder Böse, das jemand tut, noch im gegenwärtigen Leben Auswirkungen zeigt, nicht in einem nachfolgenden. Wenn man stirbt, geht man auf eine völlig anders geartete Bewusstseinsebene über. Die Erleuchtung oder das Wissen, das jemand in diesem Leben erringt, entscheidet, auf welche Ebene die Seele sich aufschwingt.«

»Sprichst du von Himmel und Hölle?«

Sie hatte nichts anderes als solch eine abfällige Frage von ihm erwartet und war deshalb auch nicht überrascht. »Ich bin sicher, du nennst es Himmel.«

»Und wie nennst du es?«

»Gewöhnlich benenne ich es überhaupt nicht. Vielleicht ist es der Himmel. Oder die Hölle. Nirwana. Wie auch immer. Ich weiß nur, dass es der Ort ist, den meine Seele aufsucht, wenn ich sterbe.«

»Glaubst du an Gott?«

An diese Frage war sie gewöhnt. »Ja, aber wahrscheinlich auf eine andere Art als du. Ich glaube, Gott sähe es lieber, wenn ich auf einer Gänseblümchenwiese sitzen würde und mit allen Sinnen die unglaubliche Schönheit in mich aufnehme, die Er geschaffen hat, und dabei Betrachtungen über den inneren Frieden anstelle. Er sähe es lieber, wenn ich tatsächlich und aus innerer Überzeugung nach den Zehn Geboten leben würde, statt in einer muffigen Kirche zu sitzen und mir anzuhören, wie irgendein *Typ* mir erzählt, *wie* ich nach ihnen zu leben habe. Ich glaube, zwischen Religiosität und Spiritualität besteht ein großer Unterschied. Vielleicht ist beides auch gleichzeitig möglich, ich weiß nicht. Ich weiß nur, dass viele Leute ihre Religiosität wie eine Fahne vor sich her tragen und sie gleichzeitig auf ein Abziehbild reduzieren. Aber Spiritualität ist anders. Sie kommt aus dem Herzen und aus der Seele.« Sie rechnete damit, dass er lachte oder sie ansah, als wären ihr plötzlich Hörner und Hufe gewachsen. Endlich überraschte er sie doch.

»Da magst du Recht haben«, sagte er und stand auf. Er stellte seine Salatschüssel auf den Teller, sammelte sein Besteck ein und ging in die Küche.

Gabrielle folgte ihm und sah zu, wie er seinen Teller über dem Becken abspülte. Sie wäre nie auf die Idee gekommen, ihn für den Typ Mann zu halten, der seine eigenen Sachen wegräumte. Vielleicht lag es daran, dass er so sehr wie ein Macho wirkte. Wie einer von den Typen, die Bierdosen an der eigenen Stirn zerquetschen.

»Beantworte mir noch eine Frage«, sagte er, während er den Hahn zudrehte. »War es Karma, dass ich dich im Julia Davis Park festgenommen habe?«

Sie verschränkte die Arme unter der Brust und lehnte sich mit der Hüfte an den Küchentresen neben ihm. »Nein, ich habe nie im Leben etwas so Schlimmes getan, dass ich dich verdient hätte.«

»Könnte doch sein«, sagte er mit leiser, verführerischer Stimme und sah sie über seine Schulter hinweg an, »dass ich deine Belohnung für gutes Benehmen bin.«

Sie achtete nicht auf die kalten Schauer, die ihr über den Rücken liefen, als fühlte sie sich zu emotional ausgetrockneten Polizisten mit falscher Einstellung zum Leben hingezogen. Was nicht der Fall war. »Bleib auf dem Teppich. Du bist in etwa so erleuchtet wie ein Fliegenpilz«, sagte sie und deutete auf die Töpfe auf dem Herd. »Willst du nicht gleich alles abwaschen?«

»Ausgeschlossen. Ich habe schließlich die ganze Kocherei erledigt.«

Sie hatte das Brot geschnitten und den Salat angemacht. Er hatte keineswegs die *ganze* Kocherei erledigt. Ein neues Jahrhundert war angebrochen – Männer wie Joe mussten endlich aus ihrer Steinzeithöhle herauskommen und ihren Teil leisten, doch Gabrielle zog es vor, ihn über dieses Thema nicht aufzuklären. »Dann sehe ich dich wahrscheinlich morgen früh in alter Frische.«

»Ja.« Er schob eine Hand in die Tasche seiner Levi's und zog einen Schüsselring heraus. »Aber am Freitag muss ich als Zeuge vor Gericht aussagen und kann erst irgendwann am Nachmittag in den Laden kommen.«

»Am Freitag und am Sonnabend bin ich auf dem Coeur Festival.«

»Richtig. Dann komme ich an deinem Stand vorbei und sehe mal nach, wie's dir geht.«

Sie hatte sich schon darauf gefreut, kurze Zeit von Joe und dem Stress, den er ihr bereitete, verschont zu bleiben. »Nicht nötig.«

Er hob den Blick von den Schlüsseln in seiner Hand und neigte den Kopf zur Seite. »Ich komme trotzdem vorbei, damit du gar nicht erst anfängst, mich zu vermissen.«

»Joe, ich würde dich ungefähr so sehr vermissen wie ein Krebsgeschwür.«

Er lachte leise und ging zur Hintertür. »Pass lieber auf. Ich habe gehört, dass Lügen schlechtes Karma erzeugt.«

Joes roter Bronco rollte in die letzte Parkbucht auf dem Parkplatz von Albertson's. Der Wagen, Allradantrieb, war noch keine zwei Monate alt, und er hatte keine Lust darauf, dass irgendein junger Schnösel ihm die Türen eindellte. Es war halb acht Uhr abends, und die untergehende Sonne neigte sich knapp über die Berggipfel, die das Tal einfassten.

In dem Lebensmittelladen herrschte kaum Betrieb, als Joe hineinstürmte und im Vorbeigehen einen Beutel von Sams geliebten Baby-Möhren ergriff.

»Hey, bist du das, Joe Shanahan?«

Joe löste den Blick von den Möhren und sah eine Frau, die Kohlköpfe in ihren Einkaufswagen packte. Sie war klein, zierlich und hatte dichtes braunes Haar, das sie zu einem Pferdeschwanz zusammengebunden hatte. Sie war sehr dezent geschminkt und hatte ein ansprechend hübsches Gesicht. Die großen blauen Augen, die ihn anschauten, kamen ihm verschwommen bekannt vor, und er fragte sich, ob er die Frau womöglich schon mal verhaftet hatte.

»Ich bin's. Ann Cameron. Wir sind in derselben Gegend aufgewachsen. Ich habe nur ein paar Häuser von deinen Eltern entfernt gewohnt. Du bist mit meiner älteren Schwester Sherry gegangen.«

Das war vermutlich der Grund, warum sie ihm bekannt vorkam. In der zehnten Klasse hatte er es auf dem Rücksitz des Chevy Biscayne seiner Eltern ziemlich toll mit Sherry getrieben. Sie war das erste Mädchen, das ihm erlaubte, ihre Brüste zu berühren – unter dem BH. Nackte Handflächen an nackter Brust. Ein echter Meilenstein in der Entwicklung eines Jungen. »Klar, jetzt erinnere ich mich. Wie geht's dir, Ann?«

»Gut.« Sie legte noch mehr Kohlköpfe in ihren Einkaufswagen und griff dann nach einem Beutel Möhren. »Wie geht's deinen Eltern?«

»Gut, wie immer«, antwortete er und musterte den Gemüseberg in ihrem Wagen. »Musst du eine große Familie versorgen oder züchtest du Kaninchen?«

Sie lachte und schüttelte den Kopf. »Weder noch. Ich bin nicht verheiratet und habe auch keine Kinder. Mir gehört ein Bistro an der Eighth, und heute sind mir die Vorräte ausgegangen. Die nächste Lieferung von Frischgemüse kommt erst morgen Nachmittag. Das ist zu spät für meine Mittagsgäste.«

»Ein Bistro? Dann kannst du wohl gut kochen?«

»Ich bin eine großartige Köchin.«

Die gleiche Behauptung hatte er vor etwa zwei Stunden schon einmal gehört, von einer Frau in silberfarbenem Bikini, die dann in ihrem Schlafzimmer verschwand und ihm das Kochen überließ. Zuletzt hatte sie ihn noch beleidigt, indem sie in *seinem* Essen appetitlos herumstocherte.

»Du musst mal reinschauen. Dann mach ich dir ein schönes Sandwich, oder du probierst meine Pasta. Ich bin berühmt für meinen Scampi-Cocktail. Alles frisch, versteht sich. Dann können wir über alte Zeiten reden.«

Joe blickte in ihre klaren blauen Augen und bemerkte auch die Grübchen in ihren Wangen, als sie ihn anlächelte. Völlig normal. Keine Anzeichen von Verrücktheit, aber auf den ersten Blick konnte man das nie mit Sicherheit sagen. »Glaubst du an Karma und Auren und hörst du Yanni?«

Ihr Lächeln erlosch, und sie sah ihn an, als wäre er nicht ganz dicht. Joe lachte, warf den Möhrenbeutel in die Luft und fing ihn wieder auf. »Ja, ich schau mal rein. Wo an der Eighth Street ist dein Laden?«

Gabrielle war der Meinung, dass sie einen Putzwahn hatte. Wenn der Wahn sie befiel, dann putzte sie. Leider verspürte sie den Zwang, ihre Schränke und Regale zu reinigen, nur einmal im Jahr, und er dauerte auch nur ein paar Stunden an. Falls der Putzwahn sie außer Haus befiel, mussten ihre Schränke ein volles Jahr warten.

Sie gab Spülmittel mit Zitrusduft ins Spülbecken und ließ warmes Wasser einlaufen. Sobald sie den Stroganoff-Topf gereinigt hatte, würde sie sich aufraffen und Ordnung in die Schränke bringen, damit ihr Sieb nicht noch einmal einem Gast auf den Fuß fiel, wie es Joe zugestoßen war.

Gerade als sie ein paar gelbe Gummihandschuhe überstreifte, klingelte das Telefon. Beim dritten Klingeln hob sie ab, und die Stimme ihrer Mutter klang an ihr Ohr.

»Wie geht's Beezer?«, begann Claire Breedlove ohne ein Wort der Begrüßung.

Gabrielle warf einen Blick auf das große Fellknäuel, das auf der Fußmatte vor der Hintertür offenbar ins Koma gesunken war. »Streckt alle viere von sich vor Glückseligkeit.«

»Schön. Hat sie sich gut benommen?«

»Sie hat vorwiegend gefressen und geschlafen«, antwortete Gabrielle. »Wo bist du? Hier in der Stadt?«

»Yolanda und ich sind bei deinem Großvater. Morgen früh fahren wir nach Boise.«

Gabrielle klemmte sich den Hörer zwischen Schulter und Ohr und fragte: »Wie war's in Cancun?«

»Oh, ganz gut, aber ich muss dir erzählen, was passiert ist. Deine Tante und ich mussten die Reise abbrechen, weil ich von einer anhaltenden Vorahnung geplagt wurde. Ich wusste, dass jemandem hier in der Gegend eine schreckliche Tragödie droht. Ich habe gespürt, dass dein Großvater damit zu tun hat, deshalb bin ich heimgeflogen, um alle Betroffenen zu warnen.«

Gabrielle konzentrierte sich auf die Teller im Spülbassin. Ihr Leben befand sich ohnehin schon in einem Zustand kosmischen Aufruhrs, und sie hatte nun weiß Gott keine Lust, sich die Vorahnungen ihrer Mutter anzuhören. »Was ist passiert?«, fragte sie, obwohl sie wusste, dass ihre Mutter es ihr sowieso erzählen würde.

»Vor drei Tagen, als deine Tante Yolanda und ich noch in Mexiko waren, hat dein Großvater Mrs. Youngermans Pudel überfahren.«

Gabrielle wäre um ein Haar der Hörer heruntergefallen und sie ergriff ihn mit ihrer seifigen Hand. »O nein! Doch nicht den kleinen Murray?«

»Doch, genau den. Hat ihn platt gemacht wie einen Pfannkuchen. Seine Seele ins Pudelparadies geschickt. Das arme Ding! Ich bin nicht wirklich überzeugt, dass es ein Unfall war, und Mrs. Youngerman mag auch nicht daran glauben. Du weißt ja, wie dein Großvater zu Murray stand.«

Ja, Gabrielle wusste, wie ihr Großvater zum Hund der Nachbarn stand. Der kleine Murray hatte nicht nur unablässig gebellt, sondern ebenso unablässig nach jeder Wade geschnappt. Gabrielle mochte nicht glauben, dass ihr Großvater so weit gegangen war, den Hund absichtlich zu überfahren, aber angesichts der Tatsache, dass Murray mehr als einmal die Gelegenheit wahrgenommen hatte, die Waden ihres Großvaters mit seiner glühenden Aufmerksamkeit zu bedenken, konnte sie die Möglichkeit nicht ausschließen.

»Das ist noch nicht alles. Heute Nachmittag haben Yolanda und ich einen Beileidsbesuch abgestattet, und als ich in Mrs. Youngermans Wohnzimmer saß und versuchte, sie zu beruhigen, spürte ich, wie es hinter meiner Stirn ganz leer wurde. Gabrielle, ich sage dir, es war die stärkste hellseherische Vision, die ich je hatte. Ich habe alles ganz deutlich vor mir gesehen. Die dunklen Locken über seinen Ohren. Er ist ein großer Mann …«

»Groß, dunkel, gut aussehend, wie?« Erneut klemmte sie den Hörer zwischen Schulter und Ohr und fuhr fort, die Teller zu bearbeiten.

»O ja. Du glaubst ja nicht, wie aufgeregt ich war.«

»Doch, ich kann's mir vorstellen«, brummte Gabrielle. Sie spülte die Teller unter klarem Wasser ab und stellte sie in den Abtropfer.

»Aber er ist nicht für mich bestimmt.«

»So ein Pech. Gehört er Tante Yolanda?«

»Er ist *dein* Schicksal. Du wirst eine leidenschaftliche Romanze mit dem Mann in meiner Vision erleben.«

»Ich will keine Romanze, Mutter.« Gabrielle seufzte und versenkte die Salatschüsseln und Teegläser im Bassin. »In meinem Leben ist zurzeit kein Platz für derartige Aufregung.« Sie fragte sich, wie viele Mütter ihren Töchtern leidenschaftliche Liebhaber voraussagten. Wahrscheinlich nicht sehr viele, vermutete sie.

»Du weißt, dass du das Schicksal nicht abwenden kannst, Gabrielle«, schimpfte die Stimme am anderen Ende der Leitung. »Du kannst dich auch zur Wehr setzen, aber das Ergebnis wird dadurch doch nicht beeinflusst. Ich weiß wohl, dass du nicht so fest an die Macht des Schicksals glaubst wie ich, und ich würde niemals sagen, dass du Unrecht hast. Ich habe dich stets ermutigt, deinen eigenen spirituellen Standpunkt zu suchen, selbstständig deinen Weg zur Erleuchtung zu wählen. Bei deiner Geburt …«

Gabrielle verdrehte die Augen. Claire Breedlove hatte ihre Tochter nie unterdrückt oder dominiert. Sie hatte sie in die Welt eingeführt und darauf bestanden, dass Gabrielle ihren eigenen Weg fand. Das Leben mit einer Mutter, die an freie Liebe und Freiheit glaubte, war größtenteils toll gewesen, doch dann kamen diese Jahre in den späten Siebzigern und den frühen Achtzigern, als Gabrielle Kinder beneidete, die normale Ausflüge nach Disneyland machten, statt in Arizona mit der Wünschelrute nach indianischen Relikten zu suchen oder an einem Nacktbadestrand im nördlichen Kalifornien mit der Natur zu kommunizieren.

»… als ich dreißig war, wurde mir das Geschenk des Zweiten Gesichts zuteil«, setzte Claire ihre Lieblingsgeschichte fort. »Ich weiß es noch, als wäre es erst gestern gewesen. Du erinnerst dich sicher: Es war während unseres Sommers des spirituellen Erwachens, kurz nachdem dein Vater gestorben war. Ich bin nicht einfach eines Morgens aufgewacht, um mich für eine übersinnliche Fähigkeit zu entscheiden. Ich wurde erwählt.«

»Ich weiß, Mom«, antwortete Gabrielle, spülte die Schüsseln und Gläser und stellte sie auf den Abtropfer.

»Dann weißt du auch, dass das, was ich dir erzähle, keine erfundene Geschichte ist. Ich habe ihn gesehen, Gabrielle, und du *wirst* eine leidenschaftliche Begegnung mit diesem Mann haben.«

»Vor ein paar Monaten hätte ich mich vielleicht über diese Nachricht gefreut, aber nicht heute.« Gabrielle seufzte. »Ich glaube, für Leidenschaft fehlt mir zurzeit die Energie.«

»Ich glaube nicht, dass du die Wahl hast. Er hatte so einen hartnäckigen Ausdruck im Gesicht. Kraftvoll. Im Grunde sah er sogar ziemlich angsteinflößend aus. Diese eindringlichen dunklen Augen und dieser sinnliche Zug um seinen Mund.«

Ein kalter Schauder jagte Gabrielles Rückgrat hinauf bis in den Nacken, und langsam ließ sie den Topf zurück ins Abwaschwasser sinken.

»Wie gesagt, ich dachte, er gehörte mir, und ich war völlig hingerissen. Schließlich überreicht das Schicksal einer Frau in meinem Alter nicht jeden Tag einen jungen Mann in engen Jeans mit Werkzeuggürtel.«

Gabrielle starrte in den weißen Seifenschaum; ihr Gaumen wurde ganz trocken. »Könnte doch sein, dass er für dich bestimmt ist.«

»Nein. Sein Blick ging durch mein Gesicht hindurch, und er hat deinen Namen geflüstert. In seiner Stimme lag ein so unmissverständliches Begehren, dass ich glaubte, ich würde zum ersten Mal in meinem Leben in Ohnmacht fallen.«

Das Gefühl kannte Gabrielle. Sie fühlte sich auch einer Ohnmacht nahe.

»Mrs. Youngerman war so besorgt, dass sie ihren armen Murray völlig vergaß. Ich sag's dir, Liebling, ich habe dein Schicksal gesehen. Du bist mit einem leidenschaftlichen Liebhaber gesegnet. Er ist ein wunderbares Geschenk.«

»Aber ich will ihn nicht. Nimm ihn zurück!«

»Ich kann ihn nicht zurücknehmen, und seinem Gesichtsausdruck nach zu urteilen, gehe ich davon aus, dass das, was du willst, nicht übermäßig ins Gewicht fällt.«

Lächerlich. Nur in einem einzigen Punkt hatte ihre Mutter Recht: Gabrielle glaubte nicht an Schicksalsfügungen. Wenn sie keine leidenschaftliche Affäre mit einem Mann, der einen Werkzeuggürtel trug, haben *wollte*, dann *wollte* sie eben nicht.

Als Gabrielle schließlich den Hörer auflegte, fühlte sie sich wie gelähmt und unter Schock. Im Lauf der Jahre hatte sie sich angewöhnt, die übersinnlichen Weissagungen ihrer Mutter wie ein Spiel, zum Beispiel Topfschlagen, zu betrachten. Manchmal gingen ihre Visionen ins Leere oder in die völlig falsche Richtung, manchmal kamen sie der Wirklichkeit ziemlich nahe, und immer mal wieder trafen sie so genau ins Schwarze, dass es schon unheimlich war.

Gabrielle wandte sich wieder dem Abwasch zu und rief sich in Erinnerung, dass ihre Mutter auch die Versöhnung von Sonny und Cher, Donald und Ivana sowie Bob Dylan und Joan Baez vorausgesagt hatte. Sobald es um Weissagungen über Liebesangelegenheiten ging, pflegte Claire augenscheinlich danebenzutreffen.

Dieses Mal lag ihre Mutter völlig falsch. Gabrielle wollte keinen dunkelhaarigen leidenschaftlichen Lover. In Joe Shanahan wollte sie weiter nichts sehen als einen kaltschnäuzigen Polizisten.

Doch in der folgenden Nacht träumte sie zum ersten Mal von ihm. Sie träumte, dass er ihr Schlafzimmer betrat, sie unter schweren Lidern hervor mit seinen dunklen Augen angesehen hat, mit diesem sinnlichen Lächeln auf den Lippen, mit nichts bekleidet außer seiner tiefroten Aura. Als sie am nächsten Morgen aufwachte, hätte sie nicht sagen können, ob sie gerade den erotischsten Traum ihres Lebens oder ihren schlimmsten Albtraum erlebt hatte.

8. KAPITEL

Kein Zweifel, der Traum war ein Albtraum.

In dem Moment, als Joe am nächsten Morgen den Fuß in den Laden setzte, bekleidet mit an genau den richtigen Stellen abgewetzten Jeans und einem Cactus-Bar-T-Shirt, erglühte Gabrielle am ganzen Körper. Sie hatte absichtlich ihr grünschwarzes spitzenbesetztes Crinkle-Kleid zur Arbeit angezogen, weil es luftig und bequem war, doch in der Sekunde, als ihr Blick dem seinen begegnete, schoss ihre Körpertemperatur in die Höhe, und sie musste das Bad aufsuchen und sich die Wangen mit kaltwassergetränkten Papiertüchern kühlen. Sie konnte ihn nicht einmal ansehen, ohne daran zu denken, wie er sie in ihrem Traum berührt, was er ihr zugeflüstert hatte. Was er mit ihr tun und wo er beginnen wollte.

Sie versuchte, sich zu beschäftigen und sich von Joe abzulenken, aber donnerstags war immer wenig los, und dieser Donnerstag bildete keine Ausnahme. Sie gab ein paar Tropfen Orangen- und Rosenöl in die Duftlampe und zündete das Teelicht darunter an. Als der Laden sich allmählich mit dem Zitrus- und Blumenduftgemisch füllte, räumte sie eine Gruppe von Nymphen und Schmetterlingen aus geschliffenem Kristall aus einer Glasvitrine, staubte sie ab und stellte sie wieder auf. Aus den Augenwinkeln beobachtete sie Joe beim Zuspachteln der Löcher, die nach dem Transport des Regalsystems am Vortag in der Wand gegenüber zurückgeblieben waren. Ihr Blick wanderte seinen Rücken hinauf zu seinem Hinterkopf, und sie erinnerte sich daran, wie sein Haar sich in ihrer Vorstellung zwischen ihren Fingern angefühlt hatte. Es war ihr so wirklich erschienen, aber natürlich war alles nur in ihrer Vorstellung geschehen, und sie kam sich albern vor, weil sie sich dadurch so aus dem Gleichgewicht bringen und am helllichten Tag erschüttern ließ.

Als hätte er ihren Blick im Rücken gespürt, sah Joe sich über die Schulter hinweg nach ihr um und ertappte sie bei ihrer Musterung. Sein wachsamer Blick senkte sich in ihren, und hastig wandte sie sich wieder einer hüpfenden Nymphe zu, nachdem ihr abermals die Glut in die Wangen gestiegen war.

Wie üblich verbrachte Kevin den größten Teil des Vormittags bei geschlossener Tür im Büro, sprach mit Lieferanten oder Einzelhandelsvertretern oder kümmerte sich um andere geschäftliche Angelegenheiten. Donnerstags hatte Mara ihren freien Tag, und so wusste Gabrielle, dass sie höchstwahrscheinlich bis zum Ladenschluss mit Joe allein sein würde. Sie atmete mehrmals tief durch, um sich zu beruhigen, und bemühte sich, nicht an die vielen Stunden zu denken, die sich noch vor ihr ausdehnten. Leere Stunden. Allein. Mit Joe.

Über die Vitrine hinweg beobachtete sie ihn, wie er seinen Spachtel in den Napf mit Spachtelmasse tunkte, und sie fragte sich, welcher Frauentyp wohl Joes Interesse wecken mochte. Schöne athletische Frauen mit sportgestähltem Körper oder weiche, feminine Frauen, die Brot backten und sich über Staubmäuse unterm Bett aufregten? Sie gehörte zu keiner dieser Kategorien.

Gegen zehn Uhr hatten ihre Nerven sich so weit beruhigt, dass sie sich einigermaßen zurechtfand. Die Löcher waren verspachtelt, und Gabrielle musste sich eine neue Beschäftigung für Joe überlegen. Sie entschieden sich für neue Regale im hinteren Lagerraum. Nichts Kompliziertes. Einfach nur stabile Furnierholzbretter, die von schweren L-Trägern gehalten wurden.

Da keine Kunden zu erwarten waren, um die sie sich hätte kümmern müssen, zeigte sie Joe den Lagerraum, kaum größer als das Bad und mit einer einzelnen Sechzig-Watt-Glühbirne an der Decke. Falls ein Kunde den Laden betreten sollte, würde auch hier im Lagerraum eine Klingel anschlagen und sie darüber informieren.

Gemeinsam schoben sie Kisten und Verpackungsmaterial beiseite. Joe schnallte sich den Werkzeuggürtel locker um die Hüften und reichte Gabrielle ein Ende des Maßbands. Sie kniete sich nieder und legte es an der Wandecke an.

»Darf ich dir eine persönliche Frage stellen, Joe?«

Er hockte auf einem Knie und zog sein Ende des Maßbands in die gegenüberliegende Ecke, dann sah er zu ihr hinüber. Sein Blick schaffte es nicht bis in ihr Gesicht. Er glitt an ihren Armen hinauf zu ihren Brüsten und blieb dort haften. Gabrielle schaute an sich herab und sah, dass das Oberteil ihres lockeren Kleides ihm einen tiefen Einblick in ihren Ausschnitt und auf ihren schwarzen Spitzen-BH gewährte. Sie legte die freie Hand auf ihr Oberteil und richtete sich auf.

Ohne ein Zeichen von Scham hob Joe schließlich den Blick zu ihrem Gesicht. »Du darfst fragen, das heißt aber nicht, dass ich auch antworte«, sagte er, dann schrieb er etwas mit Bleistift an die Wand.

Gabrielle hatte es auch in der Vergangenheit schon erlebt, dass Männer sie anstarrten, doch die brachten wenigstens so viel Verstand auf, sich peinlich berührt zu zeigen. Nicht aber Joe. »Warst du schon mal verheiratet?«

»Nein. Einmal war ich nahe dran.«

»Du warst verlobt?«

»Nein, aber ich hätte es beinahe in Erwägung gezogen.«

Sie fand nicht, dass *beinahe in Erwägung gezogen* etwas zu sagen hatte. »Was ist dazwischen gekommen?«

»Ich hatte Gelegenheit, mir ihre Mutter genauer anzusehen, und bin gerannt wie der Teufel.« Er sah wieder zu ihr hinüber und lächelte, als fände er das tatsächlich witzig. »Du kannst jetzt loslassen«, sagte er, und das Maßband schoss an der Wand entlang, dann nach oben und schnippte gegen seinen Daumen. »Scheiße!«

»Oh.«

»Das war doch Absicht.«

»Da irrst du dich. Ich bin Pazifistin, aber ich hätte es beinahe in Erwägung gezogen.« Sie stand auf, lehnte sich mit einer Schulter gegen die Wand und verschränkte die Arme unter der Brust. »Ich möchte wetten, du bist einer von diesen anspruchsvollen Typen, die sich eine Frau wünschen, die kochen kann wie Bocuse persönlich und dazu noch aussieht wie ein Supermodel.«

»Wie ein Supermodel muss sie nicht aussehen, nur einigermaßen attraktiv soll sie sein. Und sie soll nicht so schrecklich lange Fingernägel haben.« Wieder lächelte er sie an, diesmal langsam und betörend. »Nichts jagt einem Mann mehr Angst ein, als solche langen Dolche irgendwo in der Nähe des Familienschmucks zu sehen.«

Sie fragte nicht, ob er aus Erfahrung sprach. Das wollte sie wirklich nicht wissen. »Aber was das Kochen angeht, habe ich Recht, nicht wahr?«

Er hob die Schultern und schob das Maßband an der Wand hinauf bis zur Decke. »Mir liegt viel daran. Ich koche nicht gern.« Er unterbrach sich, um das Maßband abzulesen, und schrieb die Zahl neben die erste. »Ich kaufe nicht gern ein, putze nicht gern und wasche nicht gern. Lauter Arbeiten, an denen Frauen sich nicht stören.«

»Ist das dein Ernst?« Er wirkte so normal, und doch musste er an irgendeinem Punkt in seinem Leben geistig stehen geblieben sein. »Wie kommst du darauf, dass es Frauen nicht stört, wenn sie waschen und putzen müssen? Vielleicht überrascht es dich ja, aber es ist nun mal so, dass wir nicht mit der biologischen Veranlagung zum Sockenwaschen und Toiletteputzen zur Welt kommen.«

Das Maßband schlüpfte reibungslos zurück in sein Metallgehäuse, und er verstaute es in seinem Gürtel. »Mag sein. Ich weiß halt nur, dass es Frauen anscheinend nicht so viel ausmacht wie Männern, wenn sie putzen und waschen müssen. Genauso wie es Männern nichts ausmacht, selbst einen Ölwechsel vorzunehmen, während Frauen zehn Meilen Umweg in Kauf nehmen, um damit eine Werkstatt aufzusuchen.«

Natürlich fahren Frauen zum Ölwechsel in eine Werkstatt. Wer ist schon verrückt genug, selbst das Öl zu wechseln? Sie schüttelte den Kopf. »Ich sage dir voraus, dass du noch eine ganze Weile Junggeselle bleiben wirst.«

»Wie, ist meine Freundin etwa mit übersinnlichen Fähigkeiten ausgestattet?«

»Nein, ich brauche solche Fähigkeiten nicht, um zu wissen, dass keine Frau ihr Leben lang dein Hausmädchen sein will. Es sei denn, dabei springt was für sie raus«, schränkte sie ein und dachte an eine verzweifelte obdachlose Frau.

»Natürlich springt was für sie raus.« Mit zwei langen Schritten überwand er die Entfernung zwischen ihm und ihr. »Ich.«

»Ich dachte eher an etwas Gutes.«

»Ich bin gut. Echt gut«, sagte er so leise, dass er außerhalb des Raums nicht zu hören sein würde. »Soll ich dir zeigen, wie gut ich bin?«

»Nein.« Sie rückte von der Wand ab, und er war ihr so nahe, dass sie den schwarzen Rand seiner Iris sehen konnte.

Joe schob ihr Haar an einer Seite hinters Ohr und streifte dabei mit dem Daumen ihre Wange. »Jetzt bist du dran.«

Sie schüttelte den Kopf, aus Angst, sie würde sich, falls er ihr wirklich zeigen wollte, wie gut er war, nicht sonderlich bemühen, ihn daran zu hindern. »Nein, wirklich. Ich glaub's dir auch so.«

Sein leises Lachen erfüllte den kleinen Raum. »Ich meinte eigentlich, jetzt bist du an der Reihe, mir eine Frage zu beantworten.«

»Oh«, sagte sie und verstand nicht recht, warum sie so enttäuscht war.

»Warum ist eine Frau wie du noch nicht verheiratet?«

Sie fragte sich, wie er das meinte, und kämpfte um wenigstens einen Ansatz von Empörung, doch ihre Antwort fiel dann doch eher atemlos als beleidigt aus. »Wie ich?«

Er strich mit dem Daumen an ihrer Wange entlang bis zum Kinn und berührte dann ihre Unterlippe. »Mit deinem wilden, ungebändigten Haar und diesen großen grünen Augen kannst du einen Mann durchaus dazu bringen, alles um sich herum zu vergessen.«

Die Glut seiner Worte setzte sich tief in ihrem Körper fest und ließ ihre Knie weich werden. »Was denn zum Beispiel?«

»Zum Beispiel, dass es gar nicht ratsam ist, dich zu küssen«, sagte er und senkte langsam seinen Mund auf ihren. »Überall.« Seine Hand streichelte ihre Hüfte, und er zog Gabrielle enger an sich. Die Ledertaschen seines Werkzeuggürtels drückten gegen ihren Unterleib. »Zum Beispiel den eigentlichen Grund meines Hierseins, den Grund, warum wir den Tag nicht so verbringen können, wie wir es tun würden, wenn du wirklich meine Freundin wärst.« Seine Lippen streiften ihren Mund, und sie öffnete ihn leicht, unfähig, ihrer Begierde zu widerstehen, die so heftig war, dass sie die

Zehen krümmte. Seine Zungenspitze berührte ihre, lockte sie dann in seinen warmen Mund. Er ließ sich Zeit beim Küssen, zögerte die Lust hinaus mit langsamen, verlangenden Zärtlichkeiten von Lippen und Zunge. Selbst als er Gabrielle gegen die Wand drückte, seine Finger mit ihren verschränkte und ihre Hände zu beiden Seiten ihres Kopfes festhielt, hafteten ihre feuchten Lippen an seinen, und seine Zunge tauchte zärtlich in ihren Mund und zog sich wieder zurück.

Er reizte sie selbst noch, als er versuchte, sie mit seinem Kuss zu besänftigen. Ihre Körperhaltung gegen die Wand wölbte ihren Rücken und drängte ihre Brüste gegen seinen harten Oberkörper. Als Joe den Kuss vertiefte, drohten ihre Sinne zu schwinden. Heiße Glut sammelte sich tief in ihrem Unterleib und löste ein Stöhnen aus der Tiefe ihrer Brust. Sie hörte es, wurde aber kaum gewahr, dass es ihren Lippen entwich.

Dann vernahm sie etwas wie ein Räuspern, doch selbst im Bann des hypnotischen Einflusses seiner tiefroten Aura fragte sie sich verwundert, wie Joe sich räuspern konnte, obwohl seine Zunge sich in ihrem Mund befand.

»Wenn du mit der Aushilfskraft fertig bist, Gabrielle, brauche ich dich bei der Durchsicht dieser Rechnungen für die Lieferung dieser defekten Sushi-Teller.«

Joe fuhr zurück und sah ebenso benommen aus, wie sie sich fühlte. Ihr wurde klar, dass er gar nicht gesprochen hatte, und sie wandte gerade noch rechtzeitig den Kopf, um zu sehen, dass Kevin den Raum verließ und dem vorderen Teil des Ladens zustrebte. Die Klingel signalisierte einen Kunden, und falls Kevin noch Zweifel gehegt haben sollte, ob Joe wirklich ihr Freund war, so waren sie jetzt mit Sicherheit ausgeräumt.

Joe trat zurück und fuhr sich mit beiden Händen seitlich

durchs Haar. Er stieß den Atem aus, ließ die Hände sinken, und sein Blick war immer noch ziemlich glasig und verdutzt, als hätte eine unsichtbare Macht ihm eins über den Schädel gezogen. »Vielleicht solltest du so was nicht zur Arbeit anziehen.«

Noch immer rauschte die Leidenschaft in ihren Adern, als Gabrielle ihr Gewicht auf die Fersen verlagerte und verwirrt an ihrem Kleid herunterblickte. Der Saum umspielte ihre Waden, das lockere Oberteil gab sehr wenig preis. »Das hier? Was ist daran auszusetzen?«

Er verschränkte die Arme vor der Brust. »Es ist viel zu sexy.«

Vor Verwunderung war sie einen Moment sprachlos, doch als sie ihm in die Augen sah und erkannte, dass er es ernst meinte, brach sie in Lachen aus. Sie konnte es nicht verhindern.

»Was ist so lustig?«

»Kein Mensch, und hätte er noch so eine rege Fantasie, käme auf die Idee, dieses Kleid als sexy zu betrachten.«

Er schüttelte den Kopf. »Vielleicht liegt es auch an diesem schwarzen Spitzen-BH, den du anhast.«

»Wenn du mir nicht in den Ausschnitt geschaut hättest, wüsstest du nichts von meinem BH.«

»Und wenn du mir nicht so offenherzig Einblick gewährt hättest, hätte ich gar nicht hingeschaut.«

»Ich hätte dir Einblick gewährt?« Zorn kühlte die verbliebene Leidenschaft ab, und Gabrielle konnte jetzt nichts Lustiges an der Situation mehr sehen. »Willst du damit sagen, dass du beim Anblick eines schwarzen BHs die Kontrolle verlierst?«

»Gewöhnlich nicht.« Er musterte sie von Kopf bis Fuß. »Was war in dem Zeug, das du im Laden verbrannt hast?«

»Orangen- und Rosenöl.«

»Sonst nichts?

»Nein. Wieso?«

»Ist vielleicht irgendwas Bewusstseinsveränderndes in diesen kleinen Fläschchen, die du mit dir herumträgst? Zaubermittel oder Voodoo oder so?«

»Du glaubst, du hättest mich unter dem Einfluss von einem Voodoo-Öl oder so geküsst?«

»Könnte doch sein.«

Das war mehr als lächerlich. Sie beugte sich vor und stieß ihm ihren Zeigefinger in die Brust. »Bist du als Kind mal auf den Kopf gefallen?« Sie stieß noch einmal zu. »Liegt es daran?«

Er löste die Arme und umfasste ihre Finger mit seiner heißen Hand. »Ich dachte, du wärst Pazifistin.«

»Bin ich auch, aber du treibst mich eben an meine Gren ...« Gabrielle hielt inne und horchte auf die Stimmen aus dem Laden. Sie näherten sich dem Hinterzimmer, und Gabrielle brauchte die Personen nicht erst zu sehen, um zu wissen, wer da in den Laden gekommen war.

»Gabrielle ist da drüben mit ihrem Freund«, sagte Kevin.

»Freund? Gabrielle hat nichts von einem Freund gesagt, als wir gestern Abend telefonierten.«

Gabrielle befreite ihre Hand aus Joes Griff, trat einen Schritt zurück und unterzog ihn einer raschen Musterung vom Scheitel bis zur Sohle. Wie er da vor ihr stand, sah er genauso aus, wie ihre Mutter ihn beschrieben hatte. Hartnäckig und entschlossen und sinnlich. Die Jeans und der Werkzeuggürtel waren das Tüpfelchen auf dem i. »Schnell«, flüsterte sie, »gib mir den Werkzeuggürtel.«

»Was?«

»Nun mach schon.« Ohne den Werkzeuggürtel kam ihre

Mutter vielleicht nicht auf die Idee, Joe für den Mann in ihrer Vision zu halten. »Beeil dich.«

Er griff zu dem breiten Ledergürtel und öffnete die Schnalle. Zögerlich reichte er ihn Gabrielle und fragte: »Sonst noch was?«

Gabrielle riss ihm den Gürtel aus der Hand und warf ihn hinter eine Kiste in der Ecke. Er schlug hart gegen die Wand, und sie fuhr gerade noch rechtzeitig herum, um zu sehen wie ihre Mutter, Tante Yolanda und Kevin das Hinterzimmer betraten. Gabrielle trat mit einem gezwungenen Lächeln aus dem Lagerraum. »Hi«, sagte sie, als wäre nichts Ungewöhnliches vorgefallen. Als hätte sie nicht gerade noch mit einem dunklen, leidenschaftlichen Lover geknutscht.

Joe betrachtete Gabrielles gestraffte Schultern, als sie den kleinen Raum verließ. Er kehrte der Tür rasch den Rücken zu und nahm sich einen Moment Zeit, um sein Äußeres in Ordnung zu bringen. Ganz gleich, was sie behauptete, in dem Zeug, das sie unablässig im Laden verdampfte, musste irgendein bewusstseinsveränderndes Aphrodisiakum enthalten sein. Nur so konnte er sich erklären, dass er so voll und ganz den Verstand verlieren konnte.

Als er aus dem Lagerraum trat, erkannte er die Frauen an Kevins Seite zwar nicht, aber die größere von beiden hatte eine frappierende Ähnlichkeit mit Gabrielle. Sie trug ihr langes kastanienbraunes Haar in der Mitte gescheitelt, an den Seiten zurückgekämmt und mit schmalen, perlenbestickten Lederbändchen gehalten.

»Joe«, sagte Gabrielle und schaute ihn über die Schulter hinweg an. »Das sind meine Mutter Claire, und meine Tante Yolanda.«

Joe reichte Gabrielles Mutter die Hand, und er spürte ihren festen Griff. »Nett, Sie kennen zu lernen«, sagte er und sah in blaue Augen, die sich in seinen Blick hineinbohrten, als wollten sie in seinem Gehirn lesen.

»Ich habe Sie schon irgendwo gesehen.«

Ausgeschlossen. Joe hätte sich an diese Frau erinnert, wenn er sie schon einmal getroffen hätte. Sie hatte eine merkwürdig intensive Ausstrahlung, die er nicht so schnell vergessen hätte. »Ich fürchte, Sie verwechseln mich mit jemandem. Ich glaube nicht, dass wir uns schon mal begegnet sind.«

»Oh, wir sind uns auch nicht begegnet«, erwiderte sie, als wäre das Rätsel damit gelöst.

»Mutter, bitte.«

Claire drehte seine Hand um und betrachtete die Innenfläche. »Genau, wie ich erwartet hatte. Schau dir diese Linie an, Yolanda.«

Gabrielles Tante kam näher und neigte ihren blonden Kopf über Joes Handfläche. »Ausgesprochen hartnäckig.« Sie hob den sanften Blick ihrer braunen Augen zu ihm, sah dann traurig Gabrielle an und schüttelte den Kopf. »Bist du dir sicher, was diesen Mann betrifft, Liebes?«

Gabrielle stöhnte auf, und Joe versuchte, seine Hand aus Claires Griff zu lösen. Zweimal versuchte er, sie ihr zu entziehen, bevor sie sie endlich losließ.

»Wann sind Sie geboren, Joe?«, fragte Claire.

Er wollte nicht darauf antworten. Er glaubte nicht an all diesen Sternzeichen-Blödsinn, doch als sie dann ihren unheimlichen Blick auf ihn richtete, sträubten sich seine Nackenhaare, und er öffnete den Mund, um zu antworten: »Am ersten Mai.«

Jetzt war Claire an der Reihe, ihre Tochter anzusehen und den Kopf zu schütteln. »Und obendrein noch ein Stier.« Sie wandte sich Yolanda zu. »Sehr erdverbunden. Mag gutes Essen und gute Liebe. Stiere sind die Sinnlichsten unter den Tierkreiszeichen.«

»Echte Hedonisten. Haben große Ausdauer und sind unnachgiebig, wenn sie ein bestimmtes Ziel oder Projekt im Auge haben«, setzte Yolanda die Liste fort. »Seiner Partnerin gegenüber zeigt er sich sehr besitzergreifend, und er beschützt seinen Nachwuchs mit Zähnen und Klauen.«

Kevin lachte, und Gabrielle schürzte die Lippen. Wenn die beiden Frauen ihn nicht begutachtet hätten, als wäre er ein potenzieller Deckhengst, dann hätte Joe vielleicht mitgelacht. Gabrielle konnte offensichtlich nichts Lustiges an der Situation finden, konnte andererseits aber auch nicht Mutter und Tante darüber aufklären, dass er nicht ihr Freund war. Nicht, so lange Kevin in der Nähe war. Joe hatte wenig Möglichkeiten, ihr beizustehen, aber vielleicht hätte er das Thema wechseln können, wenn sie nicht den Mund aufgemacht und ihn beleidigt hätte.

»Joe ist *nicht* der dunkle, leidenschaftliche Lover, für den ihr ihn haltet«, sagte sie. »Lasst euch das gesagt sein.«

Joe war ziemlich sicher, dass er ein leidenschaftlicher Typ war. Und er war auch ziemlich sicher, dass er ein guter Liebhaber war. Er hatte noch nie eine Beschwerde gehört. Was Gabrielle da sagte, hörte sich an, als wollte sie ihm vorwerfen, dass er im Bett nichts taugte. Er legte den Arm um ihre Taille und gab ihr einen Kuss auf die Schläfe. »Pass auf, sonst redest du mir noch Potenzprobleme ein«, sagte er und lachte in sich hinein, als wäre allein schon der Gedanke an Potenzprobleme lächerlich. »Gabrielle ist ein bisschen sauer auf mich, weil ich finde, dass Putzen und Kochen Frauenarbeit ist.«

»Und du lebst noch?«, fragte Kevin. »Ich habe mal vorgeschlagen, dass sie hier im Laden die Verantwortung für die wöchentliche Badreinigung übernehmen sollte, weil sie schließlich eine Frau ist, und im nächsten Moment glaubte ich, mein letztes Stündlein hätte geschlagen.«

»Nee, sie ist doch Pazifistin«, sagte Joe. »Bist du doch, oder, Süße?«

Der Blick, mit dem sie ihn bedachte, war alles andere als pazifistisch. »Für dich mache ich jederzeit gern eine Ausnahme.«

Er drückte sie fest an sich und sagte: »So etwas hört ein Mann gern von seiner Frau.« Und dann, bevor sie ein Wort äußern und ihn neuerlich als Dämonen aus der Hölle bezeichnen konnte, drückte er seinen Mund auf ihren, fing ihre Wut in seinem Kuss auf. Ihre Augen weiteten sich, wurden dann schmal, und sie legte die Hände an seine Schultern. Bevor sie ihn von sich stoßen konnte, ließ er sie los, und ihr Versuch, ihn von sich zu schieben, sah eher so aus, als wollte sie ihn festhalten. Er lächelte, und für wenige kurze Sekunden dachte er, ihr Groll auf ihn würde die Oberhand über ihre überzeugte Gewaltlosigkeit gewinnen. Aber als die wahre Pazifistin, die sie zu sein beteuerte, atmete sie nur tief ein und wieder aus. Dann wandte sie sich ihrer Mutter und ihrer Tante zu und ignorierte ihn vollends.

»Seid ihr gekommen, um mich zum Essen einzuladen?«, fragte sie.

»Es ist erst halb elf.«

»Dann eben zum Brunch«, lenkte sie ein. »Ich möchte alles über euren Urlaub erfahren.«

»Wir müssen Beezer abholen«, sagte Claire, dann blickte sie Joe an. »Sie sind natürlich auch eingeladen. Yolanda und ich müssen Ihre Lebensenergie überprüfen.«

»Wir sollten ihn mit deinem neuen Aurameter testen«, schlug Yolanda vor. »Ich glaube, das ist genauer als …«

»Ich bin überzeugt, dass Joe lieber hier bleibt und arbeitet«, fiel Gabrielle ihr ins Wort. »Er liebt seinen Job. Nicht wahr?«

Aurameter? Heiliger Strohsack. Die Verrückte fiel halt nicht weit vom Stamm. »Ganz recht. Trotzdem danke, Claire. Vielleicht ein anderes Mal.«

»Verlassen Sie sich darauf. Das Schicksal hat Ihnen einen ganz besonderen Menschen beschert, und ich will dafür sorgen, dass Sie behutsam mit ihrem sanften Wesen umgehen«, sagte sie, und wieder sträubte ihm ihr Blick die Nackenhaare. Schon öffnete sie den Mund, um weiterzureden, doch Gabrielle nahm ihren Arm und zog sie mit sich nach vorn in den Laden.

»Du weißt, dass ich nicht an Schicksalsfügungen glaube«, hörte Joe Gabrielle sagen. »Joe ist nicht mein Schicksal.«

Kevin schüttelte den Kopf und stieß einen leisen Pfiff aus, als die Tür sich hinter den drei Frauen geschlossen hatte. »Da bist du noch mal haarscharf davongekommen, mein Freund. Gabrielles Mutter und Tante sind wirklich reizende Damen, aber manchmal, wenn sie so reden, rechne ich fast damit, dass sie die Köpfe um dreihundertundsechzig Grad drehen, wie Linda Blair im *Exorzist*.«

»So schlimm?«

»Ja, ich glaube, sie haben sogar mal Kontakt zu Elvis aufgenommen. Gabrielle hoch zehn genommen, das sind ihre Verwandten.«

Ausnahmsweise einmal glaubte Joe nicht, dass Kevin log. Er wandte sich dem Hehler zu und versetzte ihm einen Schlag in den Rücken, als wären sie alte Freunde. »Ihre Verwandtschaft mag ja furchtbar sein, aber ihre Beine sind klasse«, sagte er. Zeit, an die Arbeit zu gehen. Zeit, sich daran zu erinnern, dass er nicht hier war, um seine Informantin an die Wand zu drücken und ihren weichen Körper an seinem zu spüren, sodass er alles vergaß bis auf ihre Brüste an seiner Brust und den süßen Geschmack ihres Mundes. Es war Zeit, die Freundschaft mit Kevin zu vertiefen, um ihn dann für den Diebstahl von Mr. Hillards Monet zu verknacken.

Am folgenden Morgen betrat Detective Joe Shanahan im Gerichtsgebäude des Vierten Distrikts den Saal, hob die rechte Hand und schwor, in der Sache *Der Staat versus Ron und Don Kaufusi* die Wahrheit zu sagen und nichts als die Wahrheit. Die Gebrüder Kaufusi waren Versager-Typen, denen eine lange Haftstrafe drohte, falls sie einer Reihe von Einbruchsdiebstählen für schuldig befunden wurden. Der Fall war einer der Ersten, der Joe kurz nach seiner Versetzung zur Abteilung Eigentumsdelikte zugewiesen wurde.

Er nahm seinen Platz im Zeugenstand ein und rückte gelassen seine Krawatte zurecht. Er beantwortete die Fragen des Staatsanwalts und des Pflichtverteidigers der Jungen, und wenn Joe nicht schon lange ein Vorurteil gegen Verteidiger gehegt hätte, wäre es tatsächlich möglich gewesen, dass ihm der mit diesem Fall betraute Anwalt Leid getan hätte.

Die Kaufusis saßen hinter dem Verteidigungstisch und sahen aus wie Sumoringer, doch Joe wusste aus Erfahrung, dass die Brüder eisenhart und loyal bis zum Gehtnichtmehr waren. Sie hatten einige Monate lang ein wirklich gewagtes Unternehmen verfolgt, bevor sie beim Einbruch in ein Haus am Harrison Boulevard verhaftet wurden. Alle paar Wochen stellten die Jungs einen gestohlenen Lieferwagen vor der Hintertür des Hauses ab, das sie ausgekundschaftet hatten. Sie beluden den Wagen mit Wertgegenständen wie wertvolle Münzen, Briefmarkensammlungen und Antiquitäten. In einem Fall hatten Nachbarn auf der gegenüberliegenden Straßenseite das Ganze beobachtet und geglaubt, die Brüder wären professionelle Möbelpacker.

Als Don durchsucht wurde, fand der Beamte, der ihn verhaftet hatte, in der Tasche seiner derben Arbeitshose ein Brecheisen. Die deutlichen Spuren, die das Werkzeug hinterlassen hatte, stimmten mit Dutzenden von anderen Spuren an hölzernen Tür- und Fensterrahmen im gesamten Stadtgebiet überein. Die Staatsanwaltschaft hatte genug Beweise und Indizien gesammelt, um die Brüder für lange Zeit hinter Schloss und Riegel bringen zu können, und trotzdem weigerten sie sich, im Austausch für ein mildes Urteil den Namen ihres Hehlers zu nennen. Manch einer mochte glauben, ihre fehlende Kooperation hätte etwas mit Gaunerehre zu tun, aber Joe war anderer Meinung. Er glaubte, dass es wahrscheinlich eher mit guten Geschäften zu tun hatte. Die Beziehung zwischen Dieb und Hehler war nun mal symbiotisch. Ein Parasit ernährt sich vom anderen, um überleben zu können. Die Brüder hofften auf einen kurzen Gefängnisaufenthalt und planten bereits ihren Wiedereinstieg ins Geschäft. Einen guten Hehler zu verärgern zahlte sich nie aus.

Zwei Stunden lang kam Joe seiner Zeugenpflicht nach, und als er fertig war, fühlte er sich wie ein Preisboxer nach errungenem Sieg. Es stand günstig für ihn, und die Guten würden diese Runde gewinnen. In einer Welt, in der die Bösen immer häufiger als Sieger dastanden, war es gut, ein paar von ihnen für eine Zeit von der Straße zu holen. Zwei waren ausgeschaltet, zweitausend waren noch im Rennen.

Mit einem leisen Lächeln auf dem Gesicht verließ er den Gerichtssaal und schob sich die Sonnenbrille auf die Nase. Er ließ den klimatisierten Gerichtssaal hinter sich und trat hinaus in den Sonnenschein. Ein endloser blauer Himmel mit Wattewölkchen erstreckte sich hoch über ihm, als er zu seinem Haus in einer Nebenstraße der Hill Road fuhr. Das Haus war in den Fünfzigern im Ranch-Stil erbaut worden, und in den fünf Jahren, die er dort wohnte, hatte er überall die Teppich- und Kunststoffböden durch Holzboden ersetzt. Jetzt musste er nur noch die olivgrüne Badewanne in einem der Badezimmer herausreißen, dann war er wohl für eine Weile fertig. Er mochte das Knarren des Bodens und die alten Backsteine des gemauerten Herds. Am liebsten aber mochte er den heimeligen Charakter seines Hauses.

Kaum war Joe zur Haustür herein, schlug Sam mit den Flügeln und pfiff wie ein Bauarbeiter beim Anblick eines jungen Mädchens.

»Du brauchst eine Freundin«, erklärte er seinem Vogel, als er ihn aus seinem Käfig befreite. Er ging ins Schlafzimmer, um sich umzuziehen, und Sam folgte ihm.

»*Du da, benimm dich*«, kreischte der Vogel von Joes Kommode her.

Joe zog den Anzug aus, und seine Gedanken schweiften um den Fall Hillard. Er war einer Verhaftung noch keinen Schritt näher gekommen, aber der gestrige Tag war zumindest nicht völlig ergebnislos geblieben. Er hatte Kevin Carters Motiv in Erfahrung gebracht. Er hatte erfahren, wie sehr Kevin Carter es hasste, aus einer großen Familie zu stammen. Und mehr noch, wie sehr er es verabscheute, in Armut aufgewachsen zu sein.

»*Benimm dich, du.*«

»Genau das würde ich dir raten, Freundchen.« Joe stopfte den Saum seines blauen T-Shirts in den Bund seiner Levi's und blickte flüchtig zu Sam hinüber. »Ich beiße schließlich nicht ins Holz oder rupfe mir Federn aus, wenn ich sauer bin«, sagte er und stülpte sich eine New York Rangers-Baseballkappe übers Haar. Man wusste ja nie, ob er nicht jemandem begegnete, den er früher mal verhaftet hatte, schon gar nicht auf einer so merkwürdigen Veranstaltung wie dem Coeur Festival.

Es war fast ein Uhr, als er das Haus verließ, und auf dem Weg zum Park hielt er einmal kurz an. Vor Anns Bistro in der Eighth Street stellte er den Wagen ab. Ann stand hinter dem Tresen, und ein herzliches Lächeln erhellte ihr Gesicht, als sie den Blick hob und Joe erkannte. »Hi, Joe. Ich habe gehofft, dass du mal reinschaust.«

So, wie sie ihn ansah, konnte er nicht anders, als ihr Lächeln zu erwidern. »Hab ich doch gesagt.« Ihm gefiel das interessierte Blitzen in ihren Augen. Ein hübsches *normales* Blitzen. Von der Art, wie die Augen einer Frau blitzten, wenn sie einen Mann näher kennen lernen wollte.

Er bestellte Schinken und Salami auf Weißbrot, und da er nicht wusste, was ein rückfälliger Vegetarier bevorzugte, ließ er sich für Gabrielle Pute auf Vollkorn geben – mit viel Sojasprossen.

»Als ich gestern Abend meine Schwester Sherry anrief und ihr sagte, dass ich dich getroffen habe, meinte sie, dass du bei der Polizei bist. Stimmt das?«, fragte sie, während sie das Brot aufschnitt und auf beide Hälften Fleisch häufte.

»Ich ermittle in Eigentumsdelikten.«

»Das wundert mich nicht. Sherry sagte, in der neunten Klasse hättest du sie immer gern einer Leibesvisitation unterzogen.«

»Ich glaube, es war in der zehnten.«

»Nein.« Sie packte die Sandwiches ein und gab sie in eine Papiertüte. »Möchtest du auch Salat oder Chips?«

Joe trat einen Schritt zurück und betrachtete die lang gestreckte Glastheke, in der verschiedene Salate und Desserts zur Auswahl angeboten wurden. »Was kannst du empfehlen?«

»Alles. Ich habe alles heute Morgen frisch zubereitet. Wie wär's mit Käsekuchen?«

»Ich weiß nicht.« Er zog einen Zwanzigdollarschein aus seiner Brieftasche und reichte ihn Ann. »Was Käsekuchen betrifft, bin ich ziemlich heikel.«

»Pass auf«, sagte sie und öffnete die Kasse. »Ich gebe dir ein paar Stücke mit, und wenn du ihn magst, kommst du morgen wieder her und lädst mich in der Pause zu einem Kaffee ein.«

»Wann machst du Pause?«

Wieder ließ ein Lächeln ihre Augen strahlen und Grübchen in ihren Wangen zum Vorschein kommen. »Halb elf«, sagte sie und gab ihm das Wechselgeld heraus.

Um zehn musste er arbeiten. »Sagen wir lieber um neun.«

»Okay.« Sie öffnete die Kühltheke, schnitt zwei Stücke Käsekuchen ab und wickelte sie in Wachspapier. »Dann sind wir also verabredet.«

So weit würde er nun wieder nicht gehen. Aber sie war nett und verstand offensichtlich etwas vom Kochen. Sie sah ihn ganz gewiss nicht so an, als würde nur die Tatsache, dass sie überzeugte Pazifistin war, ihn vor einem ordentlichen Hieb in den Magen bewahren. Er sah zu, wie sie das Kuchenpaket und zwei Plastikgabeln auf die Sandwiches legte, dann reichte sie ihm die Tüte.

»Wir sehen uns also morgen, Joe.«

Vielleicht war Ann genau das, was er brauchte.

9. KAPITEL

Dreißig gestreifte Sonnensegel säumten einen Abschnitt des Julia Davis Parks in der Nähe des Musikpavillons. Eine Ansammlung von Impromptu-Musikern hockte im Schneidersitz unter einer mächtigen Eiche, und sie schlugen mit unermüdlichen Fingern auf das gespannte Leder ihrer Bongos. Mehrere Panflötisten und eine Gruppe nomadisierender Busbewohner, die ihren selbst fabrizierten Instrumenten gespenstische Töne entlockten, hatten sich zu ihnen gesellt. Barfüßige Tänzerinnen bewegten sich mit schwingenden durchsichtigen Röcken und fliegenden langen Zöpfen zu dem hypnotischen Rhythmus, während Amerikas Spießbürger ein wenig ratlos aus der Entfernung zuschauten.

Auf dem Coeur Festival konnte man Heilkristalle und Bücher über die Kunst des Sehens kaufen. Man konnte sich aus der Hand lesen, sein Leben vorzeichnen und sein früheres Leben analysieren lassen. Die Imbissbuden boten organische Köstlichkeiten wie vegetarische Tacos, Gemüseragout, Chili mit Gemüse und Bohnenbratlinge mit Erdnuss-Soße an.

Gabrielles Stand befand sich zwischen Mother Soul, der spirituellen Heilerin, und Organic Dan, dem Meister der Kräuterkunde. Das Festival stellte eine Mischung aus New-Age-Spiritualität und Gewerbe dar, und Gabrielle trug zu diesem Anlass eine weiße, mit goldenen Sonnen und Einhörnern bestickte ärmellose Bauernbluse, die unter der Brust geknotet wurde. Der dazu passende lange Rock saß tief auf den Hüften und war bis zu den Knien geknöpft. Ihre Füße steckten in handgearbeiteten Ledersandalen. Sie trug das Haar offen, und die dünnen goldenen Reifen in ihren Ohren passten zu dem Ring in ihrem Nabel. Ihre Kleidung erinnerte sie ein wenig an die kurze Zeit, als sie Unterricht in Bauchtanz genommen hatte.

Ihre ätherischen Öle und Aromatherapien verkauften sich noch besser, als sie zu hoffen gewagt hatte. Bis jetzt waren die medizinischen Öle noch die Renner, dicht gefolgt von ihren Massageölen. Direkt gegenüber von Gabrielle praktizierte eine Frau Mendi, und neben ihr war Doug Tano, der Dickdarm-Hydrotherapeut.

Zu Gabrielles Pech war Doug nicht an seinem Stand. Er hielt sich an ihrem auf und unterhielt sie mit den Vorzügen der Dickdarm-Hydrotherapie. Gabrielle war stolz auf ihre Aufgeschlossenheit. Sie war erleuchtet. Sie verstand und akzeptierte andere metaphysische Überzeugungen. Sie unterstützte unorthodoxe Heilmethoden und Therapien, aber, lieber Himmel, die Diskussion über *Abfallprodukte* lag jenseits des für sie Erträglichen und grenzte ans Obszöne.

»Du solltest mal reinkommen und dich reinigen lassen«, schlug Doug vor, während sie kleine Fläschchen mit Schönheits- und Badeölen in Reih und Glied aufstellte.

»Ich fürchte, ich finde einfach nicht die Zeit dazu.« Und sie glaubte auch nicht, dass sie jemals Lust hätte, sich die Zeit dafür zu nehmen. Als Beruf stellte sie Dickdarmreinigung auf eine Stufe mit einem Leichenbestatter. Einer dieser Berufe, die irgendwer nun mal ausüben musste, aber sie dankte ihrem glücklichen Karma, dass nicht sie dieser Irgendwer war.

»So etwas Wichtiges darfst du nicht auf die lange Bank schieben«, sagte er in einer Art, die sie ebenso an einen Leichenbestatter erinnerte. Seine Stimme war ein bisschen zu ruhig, seine Fingernägel waren ein bisschen zu gepflegt, und seine Haut war entschieden zu blass. »Ich sag's dir, du fühlst dich einfach unwahrscheinlich erleichtert, wenn all diese Toxine aus dir raus sind.«

Sie würde nicht die Probe aufs Exempel machen. »Ach, ja?« Mehr brachte sie nicht heraus, und dann täuschte sie erhöhtes Interesse an ihren Fläschchen mit Aromatherapien vor. »Ich glaube, jemand ist an deinem Stand«, sagte sie, so verzweifelt bemüht, ihn loszuwerden.

»Nein, die gehen vorbei.«

Aus den Augenwinkeln bemerkte sie, dass eine braune Papiertüte neben ihren Kristall-Duftlampen abgestellt wurde. »Ich habe fürs Mittagessen gesorgt«, sprach eine tiefe Stimme, von der sie nie im Leben erwartet hätte, dass sie sich jemals freuen würde, sie zu vernehmen. »Hast du Hunger?«

Sie ließ den Blick an Joes schlichtem weißem T-Shirt emporwandern, über seinen gebräunten Hals, zu der tiefen Kerbe in seiner Oberlippe. Der Schatten einer blauroten Baseballkappe fiel über die obere Hälfte seines Gesichts, was die sinnlichen Linien seines Mundes noch hervorhob. Nach ihrer Unterhaltung mit Doug wunderte es sie, dass sie tatsächlich hungrig war. »Wie ein Wolf«, antwortete sie und wandte sich dem Mann zu, der neben ihr stand. »Joe, das ist Doug Tano. Doug hat den Stand dort drüben.« Sie wies über den Weg hinweg und konnte nicht umhin, den augenfälligen Unterschied zwischen den beiden Männern festzustellen. Doug war eine stille Seele in enger Beziehung zu seiner spirituellen Natur. Joe strahlte rohe, männliche Energie aus und wirkte in etwa so beruhigend wie die Explosion einer Atombombe.

Joe warf einen Blick über die Schulter und richtete dann sein Augenmerk auf Doug. »Dickdarm-Hydrotherapie? Sind Sie das?«

»Ja. Ich habe eine Praxis an der Sixth. Ich helfe auch bei Gewichtsreduzierung, Entgiftung, Anregung der Verdauung und Steigerung des Energielevels. Hydrotherapie hat eine sehr beruhigende Wirkung auf den Körper.«

»Aha. Kriegt man da nicht einen Schlauch in den Hintern geschoben?«

»Nun, ähm ... äh«, stotterte Doug. »*Geschoben* ist ein ziemlich starker Ausdruck. Wir führen ein ganz weiches, biegsames Röhrchen ...«

»Hier muss ich Sie leider unterbrechen, mein Freund«, fiel Joe ihm ins Wort und hob eine Hand. »Ich will gleich zu Mittag essen, und ich möchte mein Schinken-Salami-Sandwich gern genießen können.«

Dougs Gesicht wurde spitz vor Ablehnung. »Haben Sie jemals gesehen, was behandeltes Fleisch Ihrem Dickdarm antut?«

»Nein«, antwortete Joe und kramte in der Tüte. »Ich schätze, um überhaupt je den Inhalt meines Dickdarms zu sehen zu kriegen, muss ich mir wohl den Kopf in den Hintern stecken. Und wissen Sie was, Doug? Genau das wird niemals geschehen.«

Gabrielle spürte geradezu, wie ihr der Unterkiefer ein wenig nach unten sackte. Er war so grob ... selbst für Joes Verhältnisse ..., aber es zeigte Wirkung. Doug drehte sich um und rannte förmlich fort von ihrem Stand, um Joe zu entkommen. Und obwohl sie es sich höchst ungern eingestand, war sie doch dankbar und sogar ein bisschen neidisch.

»Du liebe Zeit, ich dachte schon, er würde überhaupt nicht mehr gehen.«

»Ich muss mich wohl bei dir bedanken«, bemerkte sie. »Er hörte einfach nicht auf, über meinen Dickdarm zu faseln, und ich konnte ihn nicht loswerden.«

»Das liegt nur daran, dass er deinen nackten Hintern sehen will.« Joe nahm ihre Hand und legte ein in Wachspapier gewickeltes Sandwich hinein. »Was ich ihm nicht mal verübeln kann.«

Er ging an ihr vorbei zum hinteren Teil des Stands, wo er sich in einen der Regiestühle setzte, die sie von zu Hause mitgebracht hatte. Sie war nicht ganz sicher, vermutete aber, dass er ihr gerade ein Kompliment gemacht hatte.

»Hilft Mara dir heute?«, fragte er.

»Sie wird wohl bald kommen.« Gabrielle musterte das Sandwich in ihrer Hand. »Was ist das?«

»Pute auf Vollkorn.«

Sie setzte sich neben ihn und schaute um sich. »Wahrscheinlich hast du es nicht gewusst«, sagte sie geringfügig lauter als im Flüsterton, »aber das Coeur Festival ist eine vegetarische Veranstaltung.«

»Ich dachte, du wärst rückfällig geworden.«

»Bin ich auch.« Sie schlug das Wachspapier auseinander und betrachtete den Berg von Putenfleisch und Sojasprossen zwischen den zwei weichen Brotscheiben. Ihr Magen knurrte, das Wasser lief ihr im Mund zusammen, und sie fühlte sich schuldig und auffällig wie ein Ketzer auf einer Wiedergeburtsfeier.

Joe stieß mit dem Ellbogen gegen ihren Arm. »Mach schon. Ich verrat's auch niemandem«, sagte er, als wäre er der Satan, der sie zur Erbsünde verlockte.

Gabrielle schloss die Augen und grub die Zähne in das Sandwich. Da Joe so ganz und gar nicht typisch für ihn nett war, ihr etwas zum Mittagessen mitzubringen, wäre es unhöflich gewesen, nicht zu essen. Am Morgen war sie ohne Frühstück aus dem Haus gegangen, und jetzt kam sie nahezu um vor Hunger. Bisher hatte sich einfach noch kein Appetit auf Chili mit Gemüse einstellen wollen. Sie seufzte, und ihre Lippen bogen sich zu einem glückseligen Lächeln.

»Hast du Hunger?«

Sie schlug die Augen auf. »Mhm.«

Unter dem Schirm seiner Mütze hervor sah er sie an, beobachtete, wie sie langsam kaute, dann schluckte. »Ich habe auch noch Käsekuchen, falls du möchtest.«

»Du hast Käsekuchen für mich gekauft?« Sie war überrascht, und seine Fürsorglichkeit berührte sie tief.

Er hob die Schultern. »Ja, sicher. Warum auch nicht?«

»Weil ich dachte, du kannst mich nicht leiden.«

Sein Blick senkte sich auf ihren Mund. »Du bist schon okay.« Er nahm einen großen Bissen von seinem Sandwich, dann richtete er seine Aufmerksamkeit auf die Menschenmassen im Park. Gabrielle entnahm einer kleinen Kühlbox neben ihrem Stuhl zwei Flaschen Wasser und reichte Joe eine. Er nahm sie entgegen, und in einvernehmlichem Schweigen aßen sie weiter. Sie wunderte sich darüber, dass sie nicht das Bedürfnis hatte, die Stille durch ein Gespräch zu unterbrechen. Sie fühlte sich wohl, so an Joes Seite zu sitzen, ihr Putensandwich zu essen, nicht zu reden, und das wunderte sie sogar noch mehr.

Sie schlüpfte aus ihren Sandalen und kreuzte die Beine, lehnte sich zurück und beobachtete die Massen, die sich an ihrem Stand vorbeischoben. Es war eine bunte Mischung aus allem, von Benetton-Yuppies bis zu Birkenstock-New-Age-Leuten, von Polyester-begeisterten Rentnern bis zu Möchtegern-Woodstock-Veteranen, die im selben Jahr zur Welt gekommen waren wie das Disco-Fieber. Und zum ersten Mal, seit Joe sie im Park, nicht weit von der Stelle, an der sie jetzt saßen, zu Fall gebracht hatte, fragte sie sich, was er wohl in ihr sehen mochte, wenn er sie in Augenschein nahm. Einige von den Verkäufern sahen ausgesprochen grotesk aus, und sie hätte gern gewusst, ob sie ihm auch so erschien. Wie Mother Soul, die mit ihren wirren Dreadlocks, Nasenring und wallendem Gewand auf ihrem Gebetsteppich meditierte.

Und sie fragte sich, warum das, was er dachte, sie überhaupt interessierte.

Gabrielle war satt, als sie das mächtige Sandwich zur Hälfte verzehrt hatte, und sie wickelte die andere Hälfte wieder ein und legte sie auf einen Eisblock in der Kühlbox. »Ich habe nicht damit gerechnet, dich heute zu sehen«, sagte sie und brach schließlich doch das Schweigen. »Ich dachte, du würdest im Laden bleiben und Kevin im Auge behalten.«

»Ich schau später noch vorbei.« Er spülte den letzten Bissen seines Sandwiches mit der Hälfte seines Wassers hinunter. »Kevin geht heute nirgendwo hin, aber selbst wenn er es doch tut, werde ich es früh genug erfahren.«

Die Polizei ließ Kevin beschatten. Sie erinnerte sich nicht, darüber informiert worden zu sein, aber es wunderte sie auch nicht übermäßig. Sie pulte an dem Etikett ihrer Wasserflasche und beobachtete Joe aus den Augenwinkeln. »Was hast du heute vor? Willst du die Regale im Lagerraum fertig machen?« Am Vortag hatte er bis zum Ladenschluss die Bretter zurechtgesägt und die Halterungen angebracht. Jetzt musste er nur noch die Bretter einpassen. Das würde nicht mehr viel Zeit in Anspruch nehmen.

»Zuerst will ich sie streichen, aber bis Feierabend dürfte das erledigt sein. Für morgen brauche ich eine neue Aufgabe.«

»Wie wär's mit einem Arbeitstisch im Hinterzimmer? Kevin erwähnte mal, dass er nichts gegen einen neuen einzuwenden hätte, und damit dürftest du bis Montag zu tun haben.«

»Hoffen wir, dass Kevin an diesem Wochenende zuschlägt, dann bin ich Montag nicht mehr da.«

Gabrielles Finger hielten still. »Vielleicht sollten wir lieber nicht darüber reden. Du hältst Kevin immer noch für schuldig, ich aber nicht.«

»Im Moment würde ich sowieso lieber nicht über Kevin reden.« Er hob die Wasserflasche und spritzte sich einen Strahl in den Mund. Als er genug getrunken hatte, sog er einen Wassertropfen von seiner Unterlippe und sagte: »Ich möchte dir gern ein paar wichtige Fragen stellen.«

Sie hätte damit rechnen müssen, dass er nur nett zu ihr war, weil er etwas von ihr wollte. »Zum Beispiel?«

»Woher hast du diese *Bezaubernde-Jeannie*-Barbara-Eden-Verkleidung?«

Sie blickte an ihrer knappen Bluse hinunter zu ihrem bloßen Bauch. »Ist das eine von deinen wichtigen Fragen?«

»Nein, ich bin nur neugierig.«

Da er den Blick auf ihren Bauch geheftet hatte, konnte sie nicht erkennen, was er dachte. »Gefällt sie dir nicht?«

»Das habe ich nicht gesagt.« Mit sorgfältig gehüteter Leere in seinen Polizistenaugen sah er sie an, und sie konnte immer noch nicht erkennen, was er dachte. »Nachdem du gestern den Laden verlassen hattest«, fuhr er fort, »was hast du deiner Mutter und deiner Tante über mich erzählt?«

»Ich habe ihnen die Wahrheit gesagt.« Sie verschränkte die Arme unter der Brust und beobachtete, wie er auf die schon gewohnte Weise seinen Unwillen kundtat. Er blickte sie finster an.

»Du hast ihnen gesagt, dass ich Polizist bin und undercover arbeite?«

»Ja, aber sie werden es keiner Menschenseele verraten«, versicherte sie. »Sie haben es mir versprochen, und außerdem sind sie der Überzeugung, dass unsere Begegnung schicksalhaft ist. Sie würden dem Schicksal nie ins Handwerk pfuschen.« Sie hatte versucht, Claire klarzumachen, dass Joe nicht der dunkle leidenschaftliche Lover aus ihrer Vision war, sondern weiter nichts als ein missmutiger Polizeibeamter. Doch je mehr Erklärungen sie abgab, desto sicherer wurde ihre Mutter, dass das Schicksal tatsächlich eine Rolle in Gabrielles Liebesleben spielte. Immerhin war es nach Claires Auffassung durchaus kein alltäglicher Vorfall, nicht einmal im universellen Lauf kosmischer Zufälle, von einem Macho-Undercover-Polizeibeamten verfolgt, zu Boden gerissen und dazu gezwungen zu werden, die Rolle seiner Freundin zu spielen. »Willst du sonst noch was wissen?«, fragte sie.

»Ja. Woher wusstest du, dass ich dich in der vergangenen Woche beschattet habe? Und erzähl mir jetzt nicht irgendeine Scheiße, dass du meine Vibrationen gefühlt hättest oder so.«

»Ich *fühle* keine Vibrationen. Wenn ich nun sage, es lag an deiner schwarzen Aura?«, fragte sie, obwohl sie seine Aura, um der Wahrheit die Ehre zu geben, erst bemerkt hatte, nachdem er sie festgenommen hatte.

Unter seinem Mützenschirm verengten sich seine Augen zu Schlitzen, und Gabrielle beschloss, ihm reinen Wein einzuschenken. »Es war nicht schwer. Du rauchst. Ich kenne keinen einzigen Jogger, der erst einmal eine ordentlich ungesunde Zigarette raucht, bevor er losläuft. Schon gar nicht eine der härtesten Sorte.«

»Verdammt.«

»Als ich dich das erste Mal bemerkte, standest du unter einem Baum, den Kopf in einer Rauchwolke von den Ausmaßen eines Atompilzes.«

Joe verschränkte die Arme vor der Brust, und seine Lippen verzogen sich zu einem schmalen Strich. »Tust du mir bitte einen Gefallen? Falls irgendeiner dich fragen sollte, wie du mir auf die Schliche gekommen bist, bleibe bitte bei der Geschichte mit der schwarzen Aura.«

»Warum? Dürfen die anderen Polizisten nicht wissen, dass eine Zigarette deine Tarnung hat auffliegen lassen?«

»Nicht, wenn ich es verhindern kann.«

Sie neigte den Kopf zur Seite und bedachte Joe mit einem Lächeln, von dem sie hoffte, dass es ihn nervös machen würde. »Okay, ich helfe dir, aber dann schuldest du mir einen Gefallen.«

»Was willst du?«

»Ich weiß es noch nicht. Ich denke darüber nach und lasse es dich dann wissen.«

»Meine früheren Informanten wussten immer, was sie wollten.«

»Und was wollten sie?«

»Gewöhnlich etwas Illegales.« Er sah ihr fest in die Augen und fuhr fort: »Zum Beispiel dass ich ihre Strafregister verschwinden lassen sollte oder beide Augen zudrückte, wenn sie einen Joint rauchten.«

»Und das würdest du tun?«

»Nein, aber du kannst ja mal fragen. Dann hätte ich einen Grund, dich abzutasten.« Jetzt war er an der Reihe zu lächeln. Und das tat er. Ein leichtes Anheben der Mundwinkel, das ein Flattern in ihrem Bauch hervorrief. Sein Blick streifte ihren Mund, dann ließ er ihn über ihre Bluse gleiten. »Vielleicht würde ich mich sogar zu einer Leibesvisitation gezwungen sehen.«

Ihr stockte der Atem. »Das würdest du nicht tun.«

»Natürlich würde ich.« Sein Blick folgte der Reihe von Knöpfen, verharrte auf ihrem Nabel, wanderte weiter bis zu ihrem Rockschlitz, der ihren linken Oberschenkel freigab. »Ich habe einen feierlichen Eid geschworen. Ich bin eingeschworen auf die Pflicht, zu schützen und zu dienen und Leibesvisitationen vorzunehmen. Das ist mein Beruf.«

Das Flattern in ihrem Bauch wurde hitzig. Sie war nie sonderlich begabt im Flirten gewesen, aber trotzdem musste sie unwillkürlich fragen: »Und bist du gut in deinem Beruf?«

»Sehr gut.«

»Das klingt ziemlich selbstbewusst.«

»Lass es mich so ausdrücken: Ich bleibe am Ball, bis die Sache erledigt ist.«

Sie hatte das Gefühl zu schmelzen, und das hatte nichts mit den Temperaturen außerhalb ihres Stands zu tun. »Welche Sache?«

Er beugte sich zu ihr vor und sagte mit leiser Stimme, die über ihre Haut floss und ihre Temperatur um noch ein paar Grad steigen ließ. »Was immer dich zum Rasen bringt, Süße.«

Sie stand hastig auf und strich die Falten in ihrem Rock glatt. »Ich muss ...« Verwirrt zeigte sie auf den Verkaufstisch ihres Stands. Ihr Körper lag im Kampf mit Geist und Seele. Ihr körperliches Verlangen kämpfte um die Vorherrschaft. Anarchie. »Ich sollte rasch mal ...« Sie trat an ein Tischchen mit Massageölen und ordnete die Reihe kleiner blauer Fläschchen neu. Sie wollte keine Anarchie. Es war nicht gut, wenn eine Emotion die anderen beherrschte. Nein, das war schlecht. Ganz schlecht. Sie wollte nicht, dass ihre Haut prickelte, dass es in ihrem Bauch flatterte, dass ihr der Atem stockte. Nicht jetzt. Nicht mitten im Park. Nicht mit *ihm*.

Mehrere Mädchen im College-Alter kamen an ihren Verkaufstisch und stellten Gabrielle Fragen zu ihren Ölen. Sie antwortete und erklärte und versuchte zu verbergen, dass sie Joes Nähe nahezu so deutlich spürte wie eine körperliche Berührung. Sie verkaufte zwei Fläschchen Jasminöl und spürte mehr, als sie es sah, wie er hinter sie trat.

»Soll ich dir dein Stück Käsekuchen hier lassen?«

Sie schüttelte den Kopf.

»Dann stelle ich es dir in den Kühlschrank.«

Sie dachte, er würde jetzt gehen, doch das tat er nicht. Stattdessen fasste er um ihre Taille, legte eine Hand auf ihren bloßen Bauch und zog Gabrielle rücklings an seine Brust. Sie erstarrte.

Er legte das Gesicht an ihr Haar und sprach direkt an ihrem Ohr. »Siehst du den Typen in rotem Tanktop und grünen Shorts?«

Sie blickte über den Weg hinweg zu Mother Souls Stand. Der besagte Mann unterschied sich so gut wie gar nicht von den meisten anderen Besuchern des Festivals. Sauber. Normal. »Ja.«

»Das ist Ray Klotz. Er führt eine Pfandleihe an der Main Street. Letztes Jahr habe ich ihn verhaftet, weil er gestohlene Videorekorder angenommen und verkauft hat.« Er spreizte die Finger oberhalb ihres Bauchs, und sein Daumen streifte den Knoten ihrer Bluse direkt unter ihren Brüsten. »Ray und ich kennen uns schon ewig lange, und vielleicht ist es besser, wenn er mich nicht mit dir sieht.«

Sie versuchte klar zu denken, trotz seiner Finger auf ihrer nackten Haut, doch es fiel ihr nicht leicht. »Warum? Glaubst du, er kennt Kevin?«

»Wahrscheinlich.«

Sie drehte sich um, und da sie keine Schuhe trug, reichte ihr Kopf gerade bis unter den Schirm seiner Baseballkappe. Er schlang die Arme um ihren Rücken und drückte sie so fest an sich, dass seine Nase die ihre berührte und ihre Brüste sich an seinen Oberkörper schmiegten. »Bist du sicher, dass er dich erkennen würde?«

Seine freie Hand glitt ihren Arm entlang bis knapp über den Ellbogen. »Als ich noch im Rauschgiftdezernat gearbeitet habe, hatte ich wegen des Verdachts von Drogenbesitz mit ihm zu tun. Ich musste ihm den Finger in den Hals stecken, damit er die mit Kokain gefüllten Kondome auskotzte, die er verschluckt hatte«, erklärte er, während seine Finger sanft über ihre Wirbelsäule strichen.

»Oh«, flüsterte sie. »Das ist ja widerlich.«

»Das war Beweismaterial«, sagte er dicht über ihrem Mund. »Konnte den Typen doch nicht mit meinen Beweisen entkommen lassen.«

Während sie so dicht bei ihm stand, seine Haut roch, seine volltönende Stimme in ihrem Kopf nachhallen hörte, klang er völlig teilnahmslos. Als wäre es ganz normal, einen Typen zum Erbrechen zu zwingen. Als würde seine heiße Hand auf ihrer nackten Haut überhaupt keine Wirkung auf ihn haben. »Ist er weg?«

»Nein.«

Sie sah ihm in die Augen und fragte: »Was willst du jetzt unternehmen?«

Statt zu antworten, wich er ein paar Schritte in den Schatten des Stands zurück und zog Gabrielle mit sich. Er hob den Blick und betrachtete ihr Haar. »Was will ich wogegen unternehmen?«

»Gegen Ray.«

»Er wird irgendwann weitergehen.« Er blickte ihr in die Augen, seine Finger streichelten ihren Rücken. »Wenn ich dich jetzt küsse, nimmst du das persönlich?«

»Ja. Du etwa nicht?«

»Nein.« Er schüttelte den Kopf, und seine Lippen streiften ihren Mund. »Das gehört zu meinem Beruf.«

Sie hielt ganz still, um zu verhindern, dass sie sich an seine warme, massive Brust schmiegte. »Mich zu küssen gehört zu deinem Beruf?«

»Ja.«

»Genauso wie Leibesvisitationen?«

»Mhm.«

»Würdest du damit nicht Ray auf dich aufmerksam machen?«

»Kommt drauf an«, sagte er an ihrem Mund. »Wirst du stöhnen?«

»Nein.« Sein Herz schlug hart an ihren Brüsten; sie legte ihm die Hände auf die Schultern und spürte die harten Muskeln unter den Handflächen. Ihr inneres Gleichgewicht gab ihrem Wunsch nach, sich völlig dem Verlangen hinzugeben, das ihr die Beherrschung raubte und sie schwach werden ließ. »Wirst du stöhnen?«

»Könnte sein.« Er küsste sie sanft auf den Mund und sagte dann: »Du schmeckst gut, Gabrielle Breedlove.«

Sie musste sich streng ins Gedächtnis rufen, dass der Mann, der sie in seinen starken Armen hielt, ungefähr so erleuchtet war wie ein Stein. Er war nicht ihr Seelenverwandter. Nicht einmal annähernd. Aber er schmeckte gut.

Sein Mund öffnete sich an ihrem und er schob seine Zunge in ihren Mund. Sie stöhnte nicht, wenn sie es auch gern getan hätte. Ihre Finger gruben sich in sein T-Shirt und sein Fleisch, und sie hielt sich an ihm fest. Er neigte den Kopf zur Seite und tauchte tiefer in ihren Mund ein. Seine Hand glitt zu ihren nackten Rippen, er streichelte sie, und sein Daumen versank in ihrem Nabel. Und als sie gerade im Begriff war, in seinem Kuss zu versinken und dort eine Weile zu verharren, zog er sich zurück und nahm die Hände von ihr.

»Ach, du Scheiße«, flüsterte er an ihrem linken Ohr.

»Joey, bist du das?«

»Was machst du da, Joey?«, fragte eine Frauenstimme irgendwo in Gabrielles Rücken.

»Sieht ganz so aus, als knutscht er mit einem Mädchen herum.«

»Wer?«

»Ich wusste gar nicht, dass er eine Freundin hat. Hast du das gewusst, Ma?«

»Nein. Mir hat er kein Wort davon gesagt.«

Joe flüsterte an Gabrielles Ohr: »Geh einfach auf alles ein, was ich sage, dann kommen wir vielleicht davon, ohne dass sie gleich Geschirr aussuchen und unsere Hochzeit planen.«

Gabrielle drehte sich um und blickte in fünf braune Augenpaare, die sie höchst interessiert musterten. Die Frauen waren umringt von einer Gruppe lächelnder, kichernder Kinder, und Gabrielle wusste nicht, ob sie lachen oder sich verstecken sollte.

»Wie heißt deine Freundin, Joey?«

Über die Schulter hinweg warf sie dem Mann an ihrer Seite einen Blick zu. *Joey*? Tiefe Falten hatten sich neben seinem Mund eingegraben, und unter einem merkwürdigen Gefühl von Déjà-vu richteten sich die Härchen auf Gabrielles Armen auf. Dieses Mal allerdings lernte er nicht *ihre* Familie kennen. Sie war mit seiner Familie konfrontiert. Wenn Gabrielle an Schicksalsfügungen geglaubt hätte, wäre sie vielleicht auf die Idee gekommen, dass ihre Mutter Recht hatte, dass diese Erscheinung zu groß war für eine Häufung kosmischer Zufälligkeiten. Nein, sie glaubte nicht an Schicksalsfügungen, aber eine andere Erklärung für die unheimlichen Wendungen in ihrem Leben, seit sie Joe kannte, fiel ihr auch nicht ein.

Nach mehreren endlos ausgedehnten Sekunden holte Joe tief Luft und übernahm die Vorstellung. »Gabrielle«, begann er, »das ist meine Mutter, Joyce.« Er wies auf eine ältere Dame in einem T-Shirt, auf dem Betty Boops Kopf auf Rambos Körper saß. Auf Bettys Stirnband standen die Worte Rambo Boop. »Und das sind meine Schwestern Penny, Tammy, Tanya und Debby.«

»Ich bin auch hier, Onkel Joey.«

»Ich auch.«

»Und das da ist der Großteil meiner Nichten und Neffen«, sagte er und deutete mit dem Zeigefinger auf jedes einzelne Kind: »Eric, Tiffany, Jeremy, Klein-Pete und Christy. Irgendwo müssen noch vier weitere stecken.«

»Die sind entweder im Einkaufszentrum oder spielen Basketball bei der Kirche«, erklärte eine seiner Schwestern.

Gabrielle blickte zuerst Joe, dann dessen Familie an. Es gab noch mehr davon? Die Gruppe vor ihren Augen war schon überwältigend genug. »Wie viele sind es denn insgesamt?«

»Ich habe fünf Kinder«, antwortete Joyce. »Und zehn Enkelkinder. Das wird sich natürlich ändern, wenn Joey heiratet und mir noch ein paar weitere Enkel schenkt.« Sie tat einen kleinen Schritt rückwärts und betrachtete den Tisch voller kleiner Fläschchen. »Was ist das?«

»Gabrielle stellt irgendwelche Öle her«, antwortete Joe.

»Ich stelle ätherische Öle und Aromatherapien her«, korrigierte sie. »Die verkaufe ich in meinem Laden.«

»Wo ist Ihr Laden?«

»Ihr würdet ihn doch nicht finden«, antwortete Joe, bevor Gabrielle den Mund öffnen konnte, als hätte er Angst, sie würde etwas Falsches sagen.

Eine der Schwestern griff nach einem Fläschchen mit Ingwer und Zedernholz. »Sind das Aphrodisiaka?«

Gabrielle lächelte. Es war an der Zeit, Detective Shanahan zur Heimsuchung durch sein Karma zu verhelfen. »Einige von meinen Massageölen haben die chemischen Eigenschaften von Aphrodisiaka. Das, was Sie da in der Hand halten, macht Joe völlig *wild*.« Sie schlang den Arm um seine Hüfte und schmiegte sich eng an ihn. Sie würde es aus vollem Herzen genießen, zur Abwechslung einmal ihn zu sehen, wie er sich vor Verlegenheit wand. »Nicht wahr …, Süßer?«

Seine Augen wurden schmal, und ihr Lächeln wurde noch strahlender.

Die Schwester stellte das Fläschchen zurück und zwinkerte Joe zu. »Wie lange kennt ihr euch schon?«

»Ein paar Tage«, sagte er und zog in Gabrielles Rücken leicht an ihrem Haar, was wohl als Erinnerung daran gemeint war, dass sie ihm das Reden überlassen sollte.

Die Schwestern tauschten Blicke. »Das sah aber nach mehr aus als nur ein paar Tage. Dieser Kuss war eine ernste Sache. Findet ihr nicht auch, dass dieser Kuss verflixt ernst aussah?«

Sämtliche Schwestern nickten einander zu. »Es sah aus, als wollte er sie mit Haut und Haaren verschlingen. Ich würde sagen, so küsst ein Mann eine Frau nach etwa drei Wochen. Auf keinen Fall schon nach ein paar Tagen.«

Gabrielle lehnte ihren Kopf an Joes Kopf und sagte in vertraulichem Ton: »Nun, vielleicht haben wir einander in einem früheren Leben schon gekannt.«

Die Frauen seiner Familie starrten sie nur an.

»Sie nimmt euch hoch«, beruhigte Joe sie.

»Oh.«

»Als du neulich bei uns zu Hause warst«, begann seine Mutter, »hast du kein Wort von einer Freundin erwähnt. Du hast kein Sterbenswörtchen gesagt.«

»Gabrielle ist nur eine Bekannte«, informierte Joe seine Familie. Er zog noch einmal leicht an ihrem Haar. »Nicht wahr?«

Sie lehnte sich zurück, bedachte ihn mit einem absichtsvoll verständnislosen Blick und sagte dann: »Oh! Ach ja! Stimmt.«

Er zog die Brauen zusammen und warnte die Frauen vor ihm: »Macht euch keine Hoffnungen.«

»Was denn für Hoffnungen?«, fragte eine seiner Schwestern mit großen unschuldigen Augen.

»Dass ich in absehbarer Zeit heiraten werde.«

»Du bist fünfunddreißig.«

»Immerhin mag er Mädchen. Wir hatten schon Sorge, dass er sich womöglich als homosexuell erweisen könnte.«

»Früher hat er immer Moms rote Pumps angezogen und sich aufgeführt, als ob er Dorothy aus *Der Zauberer von Oz* wäre.«

»Wisst ihr noch, wie er gegen die Mauer gehüpft ist und an der Stirn genäht werden musste?«

»Das war zum Schreien.«

»Himmel, damals war ich fünf«, stieß Joe zwischen den Zähnen hervor. »Und ihr Mädchen habt mich gezwungen, mich als Dorothy zu verkleiden.«

»Es hat ihm riesigen Spaß gemacht.«

»Mädchen, ihr bringt euren Bruder in Verlegenheit«, ermahnte Joyce.

Gabrielle nahm den Arm von Joes Hüfte und legte ihre Hand auf seine Schulter. Unter der sonnengebräunten Haut wirkten seine Wangen verdächtig rot, und sie hatte Mühe, sich das Lachen zu verbeißen. »Und nachdem du nun kein Transvestit mit roten Pumps mehr bist, giltst du wohl als gute Partie?«

»Und nachdem nun nicht mehr auf ihn geschossen wird«, fügte eine der Schwestern hinzu.

»Er ist ein prima Kerl.«

»Und kinderlieb.«

»Und er mag Tiere.«

»Er ist sehr gut zu seinem Vogel.«

»Und handwerklich geschickt.«

Als dürfte so viel Lob nicht ungestraft vergeben werden, wandte sich eine Schwester den anderen zu und schüttelte den Kopf. »Ist er nicht. Wisst ihr noch, wie er meine Paula Pitter Pat auseinander genommen hat, um ihren Laufmechanismus zu erforschen?«

»Stimmt. Das eine Bein konnte er nicht mehr richtig anbringen. Danach fiel sie immer auf die Seite und krümmte sich so komisch.«

»Ja, danach konnte Paula nicht mehr laufen.«

»Nun«, übertönte eine Schwester die anderen, um alle daran zu erinnern, dass sie Joes Vorzüge anzupreisen hatten, »er macht seine Wäsche selbst.«

»Stimmt, und er färbt inzwischen nicht mal mehr seine Socken rosa ein.«

»Er verdient ganz gut.«

»Und er ...«

»Ich habe noch alle Zähne«, unterbrach Joe, indem er die Worte quasi hervorknirschte. »Ich habe keine Haare auf dem Rücken und kriege auch noch einen Steifen.«

»Joseph Andrew Shanahan«, rief seine Mutter empört und hielt dem Kind, das ihr am nächsten stand, die Ohren zu.

»Habt ihr Weiber denn keinen anderen, den ihr belästigen könnt?«, fragte er.

»Wir gehen jetzt lieber. Wir haben ihm die Laune verdorben.« Als ob die Schwestern etwas Vielversprechendes nicht aufs Spiel setzen wollten, scheuchten sie rasch ihre Kinder davon und verabschiedeten sich, indem sie einander praktisch auf die Füße traten.

»Es war nett, Sie alle kennen zu lernen«, sagte Gabrielle, bevor sie weiter in den Park abrückten.

»Joe soll Sie irgendwann nächste Woche mal zum Abendessen mitbringen«, konnte Joyce gerade noch loswerden, bevor auch sie weiterging.

»Was sollte das denn?«, fragte Joe. »Wolltest du es mir wegen gestern heimzahlen?«

Sie nahm die Hand von seiner Schulter und verlagerte ihr Gewicht auf die Fersen. »Ach, nur ein kleines bisschen.«

»Wie fühlst du dich dabei?«

»Ich gebe es ungern zu, aber es ist ein echt gutes Gefühl, Joe. Wirklich, ich hätte nie gedacht, dass Rache tatsächlich so süß sein kann.«

»Nun, dann genieße es, so lange es anhält.« Jetzt war er an der Reihe zu lächeln. »Heimzahlungen sind mörderisch.«

10. KAPITEL

Joe sah seinen Schwestern und seiner Mutter nach, die rasch in den Massen untertauchten, und seine Brauen zogen sich zusammen. Sie hatten ihm einfach eins ausgewischt. Gewöhnlich gingen sie noch ein ganzes Stück weiter, wenn sie ihm die Laune verdorben hatten. Er verstand nicht, warum sie nicht noch mehr langweilige Weißt-du-noch-Geschichten hervorgekramt hatten, doch er vermutete, dass es mit der Frau an seiner Seite zusammenhing. Offenbar glaubte seine Familie, Gabrielle wäre tatsächlich seine Freundin, ganz gleich, was er dazu zu sagen hatte, und sie hatten einander geradezu überboten, um ihn in ihren Augen als wirklich gute Partie erscheinen zu lassen. Was ihn überraschte, denn seiner Meinung nach hätte ein einziger Blick reichen müssen, um seine Familie davon zu überzeugen, dass Gabrielle nicht sein Typ war.

Er sah sie an, sah ihr schönes Gesicht, ihr wildes Haar, den glatten nackten Bauch, der den Wunsch in ihm weckte, auf die Knie zu fallen und den Mund auf ihren flachen Körper zu pressen. Sie hatte ihren wunderbaren Körper in ein Gewand gehüllt, das er ohne weiteres mit bloßen Händen würde zerreißen können, und er fragte sich, ob sie diese Kleidung absichtlich gewählt hatte, um ihn in den Wahnsinn zu treiben.

»Deine Familie ist nett.«

»Sie waren überhaupt nicht nett.« Er schüttelte den Kopf. »Sie wollten bei dir nur den Eindruck erwecken, dass sie nett wären, für den Fall, dass du ihre Schwägerin wirst.«

»Ich?«

»Fühl dich bloß nicht geschmeichelt. Sie wären mit so ziemlich jeder Frau zufrieden. Was glaubst du denn, warum sie dir solch einen Mist erzählt haben, wie zum Beispiel, ich wäre kinderlieb und gut zu Haustieren?«

»Oh!« Gabrielle riss wie im Erstaunen die großen grünen Augen auf. »Da ging es um dich? Bis auf den Spruch, dass sie dir die Laune verdorben hätten, habe ich nichts von dem, was sie gesagt haben, auf dich bezogen.«

Er griff nach der Papiertüte, die er aus Anns Bistro mitgebracht hatte. »Benimm dich, oder ich sag Doug, dass du dir den Dickdarm reinigen lassen willst.«

Leises Lachen sprudelte über ihre Lippen, was ihn erstaunte. Ihr unverfälschtes Lachen hatte er bisher noch nicht gehört, und der überaus weibliche Ton war so süß und hingehaucht und so hübsch, dass er selbst unwillkürlich die Mundwinkel zu einem unerwarteten Lächeln bog. Wir sehen uns morgen früh.«

»Ich werde hier sein.«

Joe drehte sich um und ging zwischen den Ständen hindurch zu der Stelle, wo er seinen Wagen geparkt hatte. Wenn er nicht aufpasste, konnte es passieren, dass er Gabrielle lieber mochte, als gut für ihn war. Er würde sie als etwas anderes als lediglich ein Mittel zum Zweck betrachten, und er konnte es sich nicht leisten, etwas anderes in ihr zu sehen als seine geheime Informantin. Er konnte es sich nicht leisten, eine begehrenswerte Frau in ihr zu sehen, eine Frau, die er liebend gern nackt ausziehen und mit seiner Zunge erforschen würde. Er konnte es sich nicht leisten, diesen Fall noch mehr zu verpfuschen, als er es bereits getan hatte.

Sein Blick schweifte über die Menschenmenge hinweg, unbewusst auf der Suche nach Drogensüchtigen. Die Cracker, die Haschraucher mit den verquollenen Augen und die nervösen, stets um sich blickenden Heroinsüchtigen. Und alle glaubten, sie hätten sich unter Kontrolle, hätten ihren Trip im Griff, während der Trip so offensichtlich sie im Griff hatte. Seit fast einem halben Jahr arbeitete er nicht mehr im Rauschgiftdezernat, doch es kam immer noch vor, besonders wenn er sich unter vielen Menschen befand, dass er die Welt mit den Augen des Drogenfahnders betrachtete. Dazu war er ausgebildet worden, und er hätte gern gewusst, wie lange dieses Training ihn noch beeinflussen würde. Er kannte Beamte vom Morddezernat, die schon seit zehn Jahren im Ruhestand waren und ihre Umgebung immer noch in potenzielle Mörder oder Opfer unterteilten.

Der beigefarbene Chevy Caprice stand in einer Seitenstraße bei der öffentlichen Bücherei von Boise. Joe schlüpfte hinter das Steuer des neutralen Dienstwagens und ließ einen Minivan passieren, bevor er sich in den Verkehr einfädelte. Er dachte an Gabrielles Lächeln, an den Geschmack ihres

Mundes, an die Beschaffenheit ihrer Haut unter seinen Händen. Er dachte an den schön geformten, glatten Oberschenkel, den er im Schlitz ihres Rocks zu sehen bekam. Der aufdringliche Schmerz des Begehrens erfüllte ihn, und er versuchte, überhaupt nicht mehr an Gabrielle zu denken. Selbst wenn sie nicht verrückt gewesen wäre, bedeutete sie Ärger. Die Sorte Ärger, die dazu führen konnte, dass er zum Streifenpolizisten degradiert wurde. Die Sorte Ärger, die er nicht brauchen konnte; er hatte ja kaum die letzten internen Ermittlungen überlebt. Das wollte er nicht noch einmal durchmachen müssen. Nicht für seinen Beruf. Für überhaupt nichts.

Es war kaum ein Jahr vergangen, aber er wusste, dass er das Verhör vor der Rechtsabteilung und die Befragungen und die Gründe dafür, ihre Fragen wahrheitsgemäß zu beantworten, nie vergessen würde. Er würde nie vergessen, wie er Robby Martin eine schwarze Gasse entlang verfolgt hatte, wie orangerotes Feuer aus Robbys Luger zuckte, wie er selbst mit Schüssen antwortete. Er würde für den Rest seines Lebens nie vergessen, wie er in einer Gasse lag, den kalten Kolben seines 45er Revolvers in der Faust. Die Nacht drohte zu zerreißen vom Kreischen der Sirenen; rotes, weißes und blaues Licht wurde von Bäumen und Hauswänden zurückgeworfen. Aus dem Loch in seinem Schenkel strömte warmes Blut, und zehn Meter entfernt von ihm lag Robby Martins regloser Körper. Seine weißen Nike-Schuhe leuchteten in der Dunkelheit. Er würde nie vergessen, wie seine Gedanken unzusammenhängend in seinem Kopf tickten, während er den Jungen anschrie, der ihn doch nicht hörte.

Erst sehr viel später, als er im Krankenhaus lag, seine Mutter und seine Schwester an seinem Hals weinten, sein Vater ihn vom Fußende des Bettes aus beobachtete und sein Bein von einer Metallschiene unbeweglich gehalten wurde, die aussah wie etwas, das ein Kind mit dem Stabilbaukasten gebastelt hatte, erst da begann es, dass sich die Ereignisse jener Nacht immer und immer wieder wie in Zeitlupe vor seinem inneren Auge abspielten. Er hatte jede seiner Bewegungen infrage gestellt. Vielleicht hätte er Robby nicht diese Gasse entlang verfolgen sollen. Vielleicht hätte er ihn entwischen lassen sollen. Er hatte gewusst, wo der Junge wohnte, vielleicht hätte er auf Verstärkung warten und dann zu seiner Wohnung fahren sollen.

Vielleicht, aber es war sein Beruf, Verbrecher zu jagen. Die Gemeinde wollte keinen Drogenhandel auf ihren Straßen, oder?

Nun ja, vielleicht.

Wenn Robbys Name Roberto Rodriguez gewesen wäre, hätte sich außer der Familie des Jungen wahrscheinlich kein Mensch um den Vorfall gekümmert. Die Geschichte wäre vermutlich nicht einmal groß in den Fernsehnachrichten gebracht worden, aber der Junge hatte ausgesehen wie einer, der eines Tages Senator werden könnte. Ein typisch amerikanischer Junge. Ein typisch amerikanischer *weißer* Junge mit ebenmäßigen weißen Zähnen und dem Lächeln eines Engels. Am Morgen nach der Schießerei hatte der *Idaho Statesman* Robbys Foto auf der Titelseite abgedruckt. Sein Haar glänzte wie das eines Surfers, und seine großen blauen Augen blickten die Leser über ihrem Morgenkaffee an.

Und diese Leser betrachteten das Gesicht und begannen, sich zu fragen, ob es für diesen Undercover-Bullen denn notwendig gewesen war, einen tödlichen Schuss auf den Jungen abzufeuern. Gleichgültig, ob Robby vor der Polizei geflüchtet war, als Erster die Waffe gezogen und ein Strafregister wegen Drogenmissbrauchs hatte. In einer Stadt, die sich mit wachsenden Schwierigkeiten herumschlug, einer Stadt mit der offenkundigen Tendenz, all ihre Probleme dem Einfluss von Ausländern und Zugereisten aus anderen Bundesstaaten anzulasten, passte das Bild eines im städtischen Krankenhaus geborenen Neunzehnjährigen, der mit selbst gezogenem Rauschgift handelte, nicht sonderlich gut in die gängige Vorstellung der Bürger von ihrer Stadt und von sich selbst.

Und so stellten sie ihre Polizei infrage. Sie fragten sich, ob die Stadt einen Bürgerausschuss zur Überwachung der extremen Strategien ihrer Polizeibehörde benötigte, und sie fragten sich, ob sie einen abtrünnigen Undercover-Bullen hatten, der herumlief und ihre jungen Männer tötete.

Der Polizeichef war in den Regionalnachrichten aufgetreten und hatte die Bürgerschaft auf Robbys Strafregister hingewiesen. Die toxologische Untersuchung hatte beträchtliche Spuren von Amphetaminen und Marihuana in Robbys Blut gefunden. Die Rechtsabteilung und die Behörde für Inneres hatten Joe von jedem fehlerhaften Verhalten freigesprochen und entschieden, dass der gezielte Todesschuss unabdingbar war. Doch jedes Mal, wenn Robbys Foto auf dem Bildschirm oder in den Zeitungen erschien, fragten sich die Leute aufs Neue.

Joe hatte den Polizeipsychologen konsultieren müssen, aber nur wenig von sich gegeben. Was hätte er auch sagen sollen? Er hatte einen Jungen getötet, mehr Kind als Mann. Er hatte ein Leben auf dem Gewissen. Was er gezwungenermaßen getan hatte, war offiziell gerechtfertigt worden. Er wusste mit absoluter Sicherheit, dass er tot gewesen wäre, wenn Robby besser hätte schießen können. Er hatte keine Wahl gehabt.

Das sagte er sich selbst immer wieder. Und daran *musste* er festhalten.

Nachdem er zwei Monate lang zu Hause auf seinem Hintern gesessen und weitere vier Monate intensivster Physiotherapie abgeleistet hatte, durfte Joe wieder zur Arbeit gehen. Aber nicht mehr im Rauschgiftdezernat. Ohne weitere Erklärung wurde er in die Abteilung für Eigentumsdelikte versetzt. So hatten sie es bezeichnet, als Versetzung. Ihm war es jedoch ganz eindeutig wie eine Degradierung vorgekommen, wie eine Strafe dafür, dass er seine Arbeit getan hatte.

Joe lenkte den Caprice einen halben Blick von Anomaly entfernt in eine Parkbucht und entnahm dem Kofferraum einen Eimer Farbe und einen Sack mit Pinseln, einen Farbroller und einen Abstreifer. Trotz der Versetzung hatte er das, was in der Gasse mit Robby geschehen war, nie als Fehler betrachtet. Bedauerlich und unglücklich, etwas, woran er nicht denken mochte – etwas, worüber er sich weigerte zu reden –, aber nicht sein Fehler.

Anders sah es mit Gabrielle Breedlove aus. Das war nun *wirklich* sein Fehler gewesen. Er hatte sie unterschätzt, aber wer hätte auch gedacht, dass sie sich solch einen hirnrissigen Plan ausdenken würde, ihn in den Park zu locken mit nichts bewaffnet als mit einer antiken Derringer und einer Dose Haarspray.

Joe ging in den hinteren Teil des Ladens und stellte die Farbe und den Sack mit seinen Utensilien auf einer Arbeitsplatte neben dem Waschbecken ab. Mara Paglino stand am anderen Ende der Platte und packte Ware aus, die am Vortag angeliefert worden war. Offenbar enthielt die Lieferung keine Antiquitäten. »Was hast du da?«

»Gabrielle hat Baccarat-Kristall bestellt.« Ihre großen braunen Augen sahen Joe ein bisschen zu eindringlich an. Sie trug das dichte schwarze Haar in Locken, und ihre Lippen glänzten rot. Seit dem Augenblick, da Joe sie kennen gelernt hatte, wusste er, dass sie für ihn schwärmte. Sie lief ihm ständig hinterher und bot ihm ihre Hilfe an. Er fühlte sich zwar geschmeichelt, aber in erster Linie nervte es ihn. Mara war nur ein, zwei Jahre älter als Tiffany, seine Nichte, und Joe interessierte sich nicht für kleine Mädchen. Er mochte Frauen. Voll entwickelte Frauen, denen er nicht mehr zeigen musste, was sie mit Mund und Händen zu tun hatten. Frauen, die es verstanden, ihren Körper zu bewegen, um genau die richtige Reibung zu erzeugen. »Soll ich helfen?«, fragte sie.

Er zog einen Pinsel aus dem Sack. »Solltest du nicht schon längst im Park sein und Gabrielle helfen?«

»Das wollte ich ja, aber Kevin sagte, ich sollte diesen Kristallkram auspacken und aus dem Weg schaffen, falls Sie heute noch den neuen Tresen ausmessen wollen.«

Seine handwerklichen Fähigkeiten reichten nicht für den Bau eines Tresens. »Dazu komme ich wohl erst nächste Woche.« Ihm blieb nur die Hoffnung, sich in der nächsten Woche keine Gedanken mehr darum machen zu müssen. »Ist Kevin in seinem Büro?«

»Er ist noch nicht vom Mittagessen zurück.«

»Wer ist dann im Laden?«

»Niemand, aber ich höre ja die Glocke, falls ein Kunde kommt.«

Joe ergriff den Pinsel und den Farbeimer und trat in den kleinen Lagerraum. Dies war die Art von Undercover-Polizeiarbeit, die ihn an den Rand des Wahnsinns trieb – dieses Warten darauf, dass der Verdächtige etwas unternahm. Trotzdem war es wohl doch angenehmer, im Laden zu arbeiten, statt draußen in einem neutralen Wagen zu hocken und sich mit Hot Dogs zu mästen. Angenehmer, aber nicht viel.

Er bedeckte den Boden mit Folie und lehnte die Bretter, die er am Vortag für das Regal zurechtgesägt hatte, gegen die Wand. Mara folgte ihm wie ein junger Hund und plapperte unentwegt über die unreifen College-Jungen, mit denen sie ausging. Einmal verließ sie Joe, als die Glocke anschlug, kam jedoch kurz darauf zurück, um ihm zu versichern, dass sie für einen reifen, *älteren* Mann zu haben war.

Als Kevin schließlich zurückkam, hatte Joe gerade die zwei Regale fertig gestrichen und schickte sich an, die Wände des kleinen Raums zu streichen. Kevin warf Mara einen Blick zu und schickte sie zu Gabrielle. Joe war mit Kevin allein.

»Ich glaube, sie ist verknallt in dich«, sagte Kevin, als Mara noch einen letzten Blick über die Schulter warf, bevor sie zur Tür hinausging.

»Ja, kann sein.« Joe legte eine Hand über die Schulter und streckte den Arm über den Kopf. So ungern er es zugab, hatte er doch höllische Muskelschmerzen. Er pflegte sich stets fit zu halten. Also blieb nur eine Erklärung: Er wurde alt.

»Zahlt Gabrielle genug, um dich für den Muskelkater zu entschädigen?« Kevin war von Kopf bis Fuß in Designerstücke gekleidet und hielt in einer Hand eine Tragetasche von einem Partyservice und in der anderen eine Tüte aus dem Dessousladen ein Stück weiter die Straße hinunter.

»Sie zahlt mir genug.« Er stemmte die Arme in die Hüften. »Geld ist mir nicht übermäßig wichtig.«

»Dann bist du wohl nie arm gewesen. Ich war arm, mein Freund, und es ist das Letzte. Es wirkt sich auf dein gesamtes Leben aus.«

»Wie kommst du darauf?«

»Man beurteilt dich nach der Marke deines Oberhemds und nach dem Zustand deiner Schuhe. Geld ist alles. Ohne Geld hält man dich für Abschaum. Und die Frauen, die kannst du vergessen. Frauen wollen nichts mit dir zu tun haben, wenn du kein Geld hast. So ist es nun mal.«

Joe setzte sich auf die Kante einer Truhe und verschränkte die Arme vor der Brust. »Kommt darauf an, welche Art von Frauen du beeindrucken willst.«

»Nur die kostspieligen. Frauen, die einen Toyota von einem Mercedes unterscheiden können.«

»Ahhh.« Joe legte den Kopf in den Nacken und sah Kevin neugierig an. »Solche Frauen kosten einen Haufen Geld. Hast du denn so viel?«

»Ja, und wenn ich mal nicht genug habe, weiß ich, wie ich es bekomme. Ich weiß, wie ich die Dinge bekomme, die ich brauche.«

Bingo. »Und wie?«

Kevin lächelte nur und schüttelte den Kopf. »Du würdest es mir nicht glauben, wenn ich's dir sagte.«

»Lass es drauf ankommen«, drängte Joe.

»Ich fürchte, das kann ich nicht.«

»Spekulierst du an der Börse?«

»Ich spekuliere nicht, ich investiere in mich, in Kevin Carter, und mehr sage ich nicht dazu.«

Joe wusste, wann es Zeit war, sich zurückzuhalten. »Was ist in der Tüte?«, fragte er und deutete auf Kevins Hand.

»Ich gebe eine Geburtstagsparty für China, meine Freundin.«

»Ach ja? Ist China ihr richtiger Name oder ihr Künstlername?«

»Weder noch.« Kevin lachte leise. »Der Name gefällt ihr einfach besser als ihr richtiger, Sandy. Ich habe Gabrielle heute Morgen von der Party erzählt, als ich sie an ihrem Stand besucht habe. Sie sagt, ihr hättet schon andere Pläne.«

Joe hatte geglaubt, deutlich genug geworden zu sein, als er Gabrielle aufforderte, sich seinen Ermittlungen nicht ständig in den Weg zu stellen. Augenscheinlich aber musste er noch einmal mit ihr reden. »Ich denke, wir können es so einrichten, wenigstens für eine Weile zu deiner Party zu kommen.«

»Bist du sicher? Sie schien ziemlich entschlossen zu sein, den Abend zu Hause zu verbringen.«

Gewöhnlich war Joe nicht der Typ, der auf dem Barhocker sitzt und über Frauen redet, sei es nun über seine eigene oder die eines anderen. Doch das hier war etwas anderes, hier ging es um seine Arbeit, und er wusste, was er zu tun hatte. Er beugte sich leicht vor, als wäre er im Begriff, ein Geheimnis zu verraten. »Na ja, unter uns gesagt, Gabrielle ist Nymphomanin.«

»Tatsächlich? Ich habe sie immer für prüde gehalten.«

»Sie ist alles andere als prüde.« Er lehnte sich zurück und grinste, als gehörten Kevin und er einer geheimen Verschwörung an. »Aber ich glaube, ich kann sie wohl für ein paar Stunden hinhalten. Wann fängt deine Party an?«

»Um acht«, antwortete Kevin, schon auf dem Weg in sein Büro, und Joe war für die nächsten zwei Stunden zum Streichen der Wände verdammt. Nach Ladenschluss fuhr er zum Polizeirevier und las den Tagesbericht über den Raub bei Hillard durch. Seit dem Morgenappell hatte sich im Hinblick auf neue Informationen nicht viel getan. Kevin hatte sich zum Mittagessen in einem Restaurant in der City mit einer nicht identifizierten Frau getroffen. Er hatte Partybedarf eingekauft und dann irgendwo angehalten, um etwas zu trinken. Ausgesprochen aufregend.

Joe erstattete Bericht über seine Unterhaltung mit Kevin und ließ Luchetti wissen, dass er zu Kevins Party eingeladen war. Dann nahm er einen Stapel Papierkram von seinem Schreibtisch und fuhr zu Sam nach Hause.

Zum Abendbrot grillte er ein paar Rippchen und aß den Makkaronisalat, den seine Schwester Debbie im Kühlschrank hinterlassen hatte, während er seiner Arbeit nachgegangen war. Sam saß auf dem Tisch neben seinem Teller und weigerte sich, sein Vogelfutter und die Babymöhren zu fressen.

»*Sam liebt Joe.*«

»Meine Rippchen kriegst du nicht.«

»*Sam liebt Joe – braack.*«

»Nein.«

Sam blinzelte mit seinen schwarzgelben Augen, hob den Schnabel und imitierte das Klingeln des Telefons.

»Darauf falle ich schon seit Monaten nicht mehr herein.« Joe spießte mit der Gabel ein paar Makkaroni auf und kam sich vor, als würde er ein zweijähriges Kind mit einer Eiswaffel reizen. »Der Tierarzt sagt, du sollst weniger fressen und dich mehr bewegen, sonst kriegst du Probleme mit der Leber.«

Der Vogel flog auf seine Schulter und legte seinen gefiederten Kopf an Joes Ohr. »*Hübsches Vögelchen.*«

»Du bist fett.« Während des Essens blieb er standhaft und fütterte Sam nicht, doch als der Vogel einen von Joes Lieblingssprüchen aus einem Clint-Eastwood-Film imitierte, ließ er sich erweichen und gab Sam ein paar Bröckchen von Ann Camerons Käsekuchen. Sie hatte nicht übertrieben, der Kuchen war wirklich gut, also war Joe ihr wohl einen Kaffee schuldig. Er versuchte, sich an Ann als Kind zu erinnern, und sah verschwommen ein Mädchen mit Nickelbrille vor sich, das im Haus seiner Eltern auf einem mit smaragdgrünem Samt bezogenen Sofa saß und ihn anstarrte, während er auf ihre Schwester Sherry wartete. Damals musste sie zehn Jahre alt gewesen sein, sechs Jahre jünger als er. Also war sie ungefähr so alt wie Gabrielle.

Der Gedanke an Gabrielle verursachte ihm einen dumpfen Kopfschmerz. Mit Daumen und Zeigefinger massierte Joe seinen Nasenrücken und zerbrach sich den Kopf darüber, was er von ihr zu halten hatte. Er hatte nicht die geringste Ahnung.

Als die untergehende Sonne das Tal in Zwielicht badete, setzte Joe Sam in seinen Vogelbauer und legte *Dirty Harry* in den Videorekorder ein. Abgesehen von Jerry Springers *Too Hot For Television* war dieser Film so ziemlich der Einzige, den Sam mochte. In der Vergangenheit hatte Joe versucht, seinem Vogel Disney-Filme oder die *Sesamstraße* oder eine der Lernkassetten, die er gekauft hatte, schmackhaft zu machen. Doch Sam fuhr auf Jerry ab, und wie die meisten Eltern gab Joe häufig nach.

Er fuhr zu dem kleinen Backsteinhaus am anderen Ende der Stadt und stellte seinen Wagen am Straßenrand ab. Über der Haustür leuchtete ein rosafarbenes Lämpchen. Wenige Abende zuvor war die Veranda grün beleuchtet gewesen. Joe überlegte, ob das eine Bedeutung haben könnte, kam aber zu dem Schluss, dass er es wohl lieber nicht wissen wollte.

Ein Eichhörnchenpaar huschte über den Rasen und den Gehweg und flitzte die raue Rinde einer uralten Eiche hinauf. Auf halber Höhe hielten die Tierchen inne, sahen Joe verärgert an, und ihre Schwanzenden zuckten. Ihr aufgeregtes Gekreische drang ihm an die Ohren; er wurde lauthals beschimpft, als wäre er so gemein gewesen, ihnen ihren Wintervorrat zu klauen. Er mochte Eichhörnchen noch weniger als Katzen.

Joe klopfte dreimal an Gabrielles Tür, bevor sie geöffnet wurde. Gabrielle stand vor ihm, sie trug ein großes weißes Hemd, das bis zum Hals zugeknöpft war. Ihre grünen Augen weiteten sich, ihr Gesicht lief puterrot an.

»Joe! Was willst du hier?«

Bevor er ihre Frage beantwortete, musterte er sie gründlich, von den rotbraunen Locken, die zu einem Pferdeschwanz zusammengefasst waren, bis zu der aus Hanf geflochtenen, mit Perlen verzierten Schnur an ihrem Knöchel. Die Ärmel ihres Hemds hatte sie bis zu den Ellenbogen aufgekrempelt, der Saum umspielte ihre nacken Knie. Soweit er es beurteilen konnte, trug sie außerdem kaum etwas, abgesehen von den Farbflecken in allen Schattierungen. »Ich muss mit dir reden«, sagte er und richtete den Blick wieder auf ihre stark geröteten Wangen.

»Jetzt?« Sie warf einen Blick hinter sich, als hätte er sie gerade in flagranti ertappt.

»Ja. Was treibst du eigentlich?«

»Nichts!« Aber sie wirkte verteufelt schuldbewusst.

»Neulich abends habe ich mit dir über deine Behinderung meiner Ermittlungen geredet, aber für den Fall, dass du mich nicht verstanden hast, wiederhole ich mich gern. Hör auf, Kevin zu decken!«

»Das tu ich nicht.« Das Licht in ihrem Rücken fing sich in ihrem Haar und schien durch ihr weißes Hemd hindurch, sodass ihre vollen Brüste und schmalen Hüften sich deutlich abzeichneten.

»Du hast eine Einladung zu seiner Party abgelehnt, die morgen stattfinden soll. Ich habe in unser beider Namen zugesagt.«

»Ich will aber nicht zu der Party. Kevin und ich sind Freunde und Geschäftspartner, aber wir pflegen keinen gesellschaftlichen Umgang. Ich war schon immer der Meinung, dass wir außerhalb der Arbeitszeit am besten getrennte Wege gehen.«

»Pech.« Joe wartete darauf, dass sie ihn ins Haus bat, doch das tat sie nicht. Stattdessen verschränkte sie die Arme und lenkte damit seine Aufmerksamkeit auf einen schwarzen Schmierstreifen auf ihrer linken Brust.

»Kevins Freunde sind so oberflächlich. Wir würden uns dort nicht wohl fühlen.«

»Wir gehen ja auch nicht hin, um uns wohl zu fühlen.«

»Du willst nach dem Monet suchen, stimmt's?«

»Ja.«

»Gut, aber du darfst mich nicht mehr küssen.«

Er verlagerte sein Gewicht auf die Fersen und sah Gabrielle unter gesenkten Lidern hervor an. Ihre Forderung war durchaus vernünftig, missfiel ihm aber mehr, als er je zugegeben hätte. »Ich habe dir doch geraten, es nicht persönlich zu nehmen.«

»Tu ich ja auch nicht, aber es passt mir nicht.«

»Was passt dir nicht? Mich zu küssen oder es nicht persönlich zu nehmen?«

»Dich zu küssen.«

»Quatsch, du bist dabei ganz anschmiegsam und atemlos.«

»Da irrst du dich.«

Er schüttelte den Kopf und sagte lächelnd: »Ich glaube nicht.«

Sie seufzte. »War das alles, was du von mir wolltest, Detective Shanahan?«

»Ich hole dich um acht Uhr ab.« Er wandte sich zum Gehen, sah sie aber über die Schulter hinweg noch einmal an. »Und ... Gabrielle?«

»Ja?«

»Zieh dich sexy an.«

Gabrielle schloss die Tür und lehnte sich mit dem Rücken dagegen. Ihr war schwindlig und ein bisschen übel; sie hatte das Gefühl, Joe irgendwie heraufbeschworen zu haben.

Sie atmete tief durch und presste eine Hand auf ihr rasendes Herz. Sein Auftauchen auf der Veranda zu just diesem Zeitpunkt war irgendwie ein unheimlicher Zufallstreffer.

Seit er am Nachmittag ihren Stand auf dem Festival verlassen hatte, spürte sie den überwältigenden Drang, ihn noch einmal zu malen. Dieses Mal umgeben von seiner roten Aura. Nackt. Als sie nach einem erfolgreichen Tag auf dem Coeur Festival heimkam, suchte sie unverzüglich ihr Atelier auf und bereitete eine Leinwand vor. Sie skizzierte und malte sein Gesicht und die festen Muskeln seines Körpers. Inspiriert von Vorstellungen von Michelangelos David hatte sie gerade angefangen, Joes Geschlechtsteile zu malen, als er klopfte. Sie öffnete die Tür und sah ihn dort stehen, und ein paar Augenblicke lang hatte sie gefürchtet, er könnte irgendwie wissen, was sie gerade getrieben hatte. Sie fühlte sich schuldig, als hätte er sie dabei erwischt, wie sie ihn im unbekleideten Zustand beäugte.

Sie glaubte nicht an Schicksalsfügungen. Sie glaubte fest an den freien Willen, konnte jedoch das Gefühl böser Vorahnungen nicht ignorieren, und ein Schauer rieselte ihr über den Rücken.

Gabrielle stieß sich von der Tür ab und ging ins Atelier. Was sie gesagt hatte, war ihr voller Ernst: keine Küsse mehr. Während es ihr entschieden leichter fiel, ihn anzulügen, als sie noch vor einer Woche angenommen hatte, konnte sie sich selbst nicht belügen. Aus Gründen, die sie nicht ermessen konnte, war es gar nicht so unangenehm, wenn sie Joe so nahe war, wenn sein Atem ihre Wange streifte und seine Lippen ihren Mund berührten. Nein, das war ganz und gar nicht unangenehm.

Gabrielle bestand darauf, dass Liebe offen und ehrlich zum Ausdruck gebracht werden sollte, aber nicht in einem bevölkerten Park und nicht im Zusammenhang mit Detective Joe Shanahan. Sie war ihm gleichgültig. Er hatte ihr deutlich zu verstehen gegeben, dass er es als Teil seiner Arbeit betrachtete, wenn er sie küsste. Sie hatte über ihre Reaktion auf seinen Kuss nachgedacht und war zu dem logischen Schluss gekommen, dass Joes Berührungen ihren Biorhythmus durcheinander brachten und ihr inneres Gleichgewicht störten.

Falls Kevin sie noch einmal bei einem Streit überraschte, oder falls Joe noch einmal jemandem aus seiner Vergangenheit begegnete, sollte er sich gefälligst etwas anderes ausdenken. Er sollte ihr nicht mehr so nahe kommen, dass ihre Sinne mit dem Duft seiner Haut betört wurden. Keine unpersönlichen Küsse mehr, die sie tief im Inneren berührten und ihr den Atem nahmen. Und unter gar keinen Umständen würde sie sich für ihn sexy anziehen.

Als es am nächsten Abend an der Haustür klingelte, war Gabrielle der festen Meinung, dieses Mal für die Begegnung mit Joe gewappnet zu sein. Keine Überraschungen mehr. Sie hatte alles im Griff, und selbst wenn er mit verschlissenen Jeans und T-Shirt vor ihr stehen sollte, würde sie damit umgehen können. Aber nach einem Blick auf seine Erscheinung verflüchtigte sich ihre friedliche Mitte irgendwo im weiten Kosmos.

Er hatte seinen Fünf-Uhr-Bartschatten rasiert, seine gebräunten Wangen waren glatt. Sein geripptes schwarzes Polohemd war aus Seide und zeichnete seine breite Brust und den flachen Bauch sehr vorteilhaft nach. Zur Bundfaltenhose mit messerscharfen Bügelfalten trug er einen geflochtenen Ledergürtel. Statt abgetragener Laufschuhe oder Arbeitsstiefel trug er Halbschuhe aus Wildleder. Er duftete wunderbar und sah noch besser aus.

Im Vergleich zu Joe hatte sich Gabrielle deutlich weniger Mühe mit ihrer äußeren Erscheinung gegeben. Sie hatte sich der Bequemlichkeit halber für eine schlichte weiße Bluse und einen formlosen blauweiß karierten Latzrock entschieden, der bis knapp über die Knie reichte. Sie trug ein sehr dezentes Make-up und hatte gar nicht erst versucht, ihr Haar besonders zu stylen, sondern ließ es wie immer lockig und offen über Schultern und Rücken fallen. Ihr einziges Zugeständnis an etwas annähernd Modebezogenes waren die silbernen Ohrringe und der silberne Ring am Mittelfinger ihrer rechten Hand. Die Strumpfhose hatte sie in der Schublade gelassen und war lieber mit bloßen Füßen in ihre Segeltuchschuhe geschlüpft. Sie nahm an, dass diese Kleidung das absolute Gegenteil von sexy wäre.

Joe zog, als er sie sah, eine Braue hoch, was wohl bedeutete, dass er der gleichen Meinung war. »Wo ist dein Hündchen Toto?«

So schlimm war ihr Outfit nun auch wieder nicht. »Hey, ich habe nie die roten Pumps meiner Mutter getragen und bin auch nie gegen eine Mauer gehüpft.«

Er sah sie fest an. »Da war ich fünf.«

»Das sagen sie alle.« Sie trat hinaus auf die Veranda und schloss die Tür hinter sich ab. »Außerdem bin ich ziemlich sicher, dass es auf dieser Party nicht sehr förmlich zugeht.« Sie ließ die Schüssel in ihre große Makramee-Handtasche fallen und wandte sich Joe zu. Er hatte sich nicht einen Zentimeter von der Stelle gerührt, und ihr bloßer Arm streifte seine Brust.

»Das bezweifle ich.« Joe ergriff ihren Ellbogen, als würden sie gar nicht dienstlich miteinander ausgehen, und führte sie zu dem grauenhaften beigefarbenen Wagen, an den sie sich nur zu gut erinnerte. Beim letzten Mal, als sie ihn sah, hatte sie mit Handschellen gefesselt auf dem Rücksitz gesessen. »Ich habe Kevin kennen gelernt, und ich glaube nicht, dass er je die Form vergisst, höchstens beim Sex.«

Die Wärme seiner Handfläche schoss ihren Arm hinauf und hinunter bis in die Fingerspitzen. Sie zwang sich, gelassen an seiner Seite zu gehen, und nicht zu zeigen, dass sie sich am liebsten seiner Berührung entzogen hätte. Als wäre sie genauso ruhig und unbeeindruckt wie Joe. Sie versuchte, die Empfindungen nicht zu beachten, die ihre Handflächen feucht werden ließen, und sie unterließ es, Joes Meinung über Kevin zu kommentieren, denn was er gesagt hatte, entsprach weitgehend den Tatsachen. Wodurch Kevin allerdings nicht besser oder schlechter dastand als viele andere Männer.

»Ich meine zu wissen, dass du gestern Abend einen Bronco gefahren hast.«

»Stimmt, aber Kevin hält mich für einen Versager, der ständig pleite ist. Und das soll auch so bleiben«, sagte er und beugte sich nach vorn, um die Beifahrertür zu öffnen. Wieder streifte ihr Arm seine Brust, und sie atmete tief durch die Nase und fragte sich, ob sein Parfüm eine Mischung aus Zeder und Bergamotte oder doch etwas völlig anderes war.

»Was soll das eigentlich?«

»Was denn?«

»Dass du immer an mir schnüffelst, als würde ich stinken.« Er ließ ihren Ellbogen los, und sie glaubte, endlich wieder ein wenig entspannen zu können.

»Das bildest du dir ein«, sagte sie und glitt in den Beifahrersitz. Im Gegensatz zu Joe stank es im Wageninneren noch immer genauso schrecklich wie an dem Tag, als Joe sie verhaftet hatte. Irgendwie nach Motoröl, aber immerhin waren die Sitze sauber.

Die Fahrt zu Kevins Haus dauerte keine zehn Minuten, und Joe nutzte die Zeit, um Gabrielle an die Erklärung zu erinnern, die sie unterzeichnet hatte. »Falls Kevin unschuldig sein sollte«, sagte er, »braucht er deine Hilfe nicht. Und falls er schuldig ist, kannst du ihn sowieso nicht beschützen.«

Kühle Luft streifte ihre bloßen Beine und Arme und ihren Nacken. Sie wünschte, sie wäre zu Hause geblieben. Sie wünschte, sie hätte eine Wahl gehabt.

Gabrielle war natürlich schon zu mehreren Gelegenheiten Gast in Kevins Haus gewesen, aber sie mochte es nicht sonderlich. Das zweistöckige zeitgenössische Bauwerk stand, gestützt von Säulen, an einem Abhang und bot einen spektakulären Ausblick über die Stadt. Die Innenausstattung bestand aus reichlich Marmor, Edelhölzern und Stahl und wirkte so gemütlich wie ein Museum für moderne Kunst.

Gabrielle und Joe gingen Schulter an Schulter, fast ohne sich zu berühren, den Gehsteig entlang. »Was ist, wenn einer von Kevins Freunden dich erkennt? Was machst du dann?«

»Mir wird schon was einfallen.«

Genau davor hatte sie ja Angst. »Was denn zum Beispiel?«

Joe klingelte an der Tür, und dort standen sie Seite an Seite und starrten geradeaus. »Hast du Angst davor, mit mir allein zu sein?«

Ein bisschen. »Nein.«

»Aber du siehst aus, als würde es dir Angst machen.«

»Ich sehe nicht ängstlich aus.«

»Du siehst aus, als würdest du dir selbst nicht trauen.«

»In welcher Hinsicht?«

»Als wärst du nicht sicher, ob du die Finger von mir lassen kannst.«

Bevor sie antworten konnte, wurde die Tür geöffnet, und

die Show begann. Joe legte den Arm um Gabrielles Schultern, und seine heiße Handfläche wärmte ihre Haut durch den dünnen Stoff ihrer Bluse hindurch.

»Ich habe mich schon gefragt, ob ihr zwei es wohl noch schafft.« Kevin machte einen Schritt zur Seite, und sie traten ein. Wie immer sah Kevin aus, als hätte er sich gerade für die Titelseite eines Herrenmagazins ablichten lassen.

»Ich habe doch gesagt, dass ich sie wohl für ein paar Stunden von zu Hause loseisen kann.«

Kevin musterte flüchtig Gabrielles Trägerrock, und eine Falte zog sich über seine Stirn. »Gabrielle, dieser Look ist völlig neu an dir. Hochinteressant.«

»So schlecht ist er wirklich nicht«, verteidigte sie sich.

»Nein, nicht wenn du in Kansas lebst.« Kevin schloss die Tür, und sie folgten ihm ins Wohnzimmer.

»Ich sehe nicht aus wie Dorothy.« Gabrielle blickte an ihrem blauweiß karierten Trägerrock herab. »Oder?«

Joe zog sie enger an seine Seite. »Keine Angst, ich beschütze dich vor fliegenden Affen.«

Sie sah ihm in die Augen mit den dunklen braunen Pupillen und den dichten, stacheligen Wimpern, und es waren keineswegs fliegende Affen, wovor sie Angst hatte.

»Gib doch Kevin diese riesige Handtasche, die du mit dir herumschleppst. Er kann sie sicher irgendwo ablegen.«

»Ich lege sie ins Gästezimmer«, bot Kevin an.

»Ich will sie bei mir behalten.«

Joe nahm ihr den Riemen von der Schulter und reichte Kevin die Tasche. »Sonst kriegst du noch eine Schleimbeutelentzündung.«

»In der Schulter?«

»Bei Schleimbeutelentzündung kann man nie wissen«, unkte Joe, während Kevin mit der Tasche davonging.

Wohnzimmer, Küche und Speisezimmer teilten sich in einen einzigen luftigen Raum mit großartigem Blick über die Stadt. Eine kleine Gruppe von Gästen hatte sich an der Bar versammelt. Mariah Careys Gesang tönte aus verborgenen Lautsprechern und erfüllte das Haus mit jeder Oktave, die sie ihren Stimmbändern abverlangte. Gabrielle hatte nichts gegen Mariah, war aber der Meinung, eine Lektion in Mäßigung würde der Diva sicher gut zu Gesicht stehen. Gabrielle sah sich in dem weitläufigen Raum um, ließ den Blick von dem Zebrafell über einer Sofalehne bis zu den afrikanischen Kunstgegenständen wandern, die den Raum bevölkerten. Auch Kevin hätte eine Lektion dieser Art dringend nötig gehabt.

Als Kevin zurückkam, stellte er Joe und Gabrielle seinen Freunden vor, einer Clique von Unternehmern, die in Gabrielles Augen entschieden mehr Sorge auf den Zustand ihrer Bankkonten verschwendeten als auf ihren Bewusstseinszustand. Joe nahm den Arm nicht von Gabrielles Schultern, als sie einem Mann, der eine Kette erfolgreicher Cafés besaß, und seiner Gattin die Hände schüttelten. Andere verkauften Vitamine, Computer oder Immobilien, und allem Anschein nach fuhren sie sehr gut damit. Kevin stellte sie seiner Freundin China vor, die, wie Gabrielle hätte schwören können, bei ihrem letzten Zusammentreffen noch Sandy geheißen hatte. Welchen Namen auch immer sie jetzt trug, sie war jedenfalls nach wie vor zierlich, blond und makellos, und Gabrielle verspürte einen übermächtigen Drang, in sich zusammenzukriechen.

Neben China stand ihre gleichfalls sehr schöne und zierliche Freundin Nancy, die sich nicht einmal den Anschein gab, als könnte sie Interesse aufbringen für irgendetwas, was Gabrielle womöglich sagen würde. Ihre Aufmerksamkeit galt dem Mann, der Hüfte an Hüfte mit Gabrielle stand. Aus den Augenwinkeln sah sie, wie Joe vor Vergnügen die Mundwinkel zu einem wohlgefälligen Lächeln verzog. Sein Blick streifte Nancys Busen, und er verlagerte sein Gewicht auf den anderen Fuß. Seine warme Hand glitt von Gabrielles Schultern über ihren Rücken, dann schob er beide Hände in die Hosentaschen, und der Körperkontakt war vollends unterbrochen.

Gabrielle hätte froh sein sollen. Sie *war* auch froh. Sie fühlte sich im Stich gelassen und noch ein bisschen darüber hinaus. Sie fühlte etwas Unangenehmes, ähnlich wie Eifersucht, konnte jedoch unmöglich eifersüchtig sein, weil a) Joe nicht ihr *richtiger* Freund war, weil er ihr b) gleichgültig war und weil sie c) nicht auf unerleuchtete Männer stand.

Kevin sagte etwas, was Joe offenbar witzig fand, denn er legte den Kopf ein wenig in den Nacken und lachte, wobei er ebenmäßige weiße Zähne und einen glatten gebräunten Hals vorzeigte. Fältchen erschienen in seinen Augenwinkeln, und der tiefe, weiche Ton seines Lachens berührte sie tief im Innern und ließ sich in ihrer Brust nieder.

Noch jemand sagte etwas, und alle lachten. Alle außer Gabrielle. Sie war nicht der Meinung, dass es irgendetwas zum Lachen gäbe. Nein, dieser kleine Stich unter ihrem Brustbein war wahrhaftig nicht witzig, auch nicht die weiß glühenden anarchistischen Empfindungen, die durch ihre Adern schossen und ein körperliches Begehren weckten, das sie unmöglich ignorieren konnte.

11. KAPITEL

Gabrielle biss in einen Spargel und warf einen Blick auf die silberne Uhr an ihrem linken Handgelenk. Halb zehn. Ihr kam es bedeutend später vor.

»Wenn du nicht Acht gibst, stiehlt Nancy dir deinen Mann.«

Gabrielle sah über die Schulter hinweg Kevin an, dann kehrte ihr Blick wieder zu dem Undercover-Polizisten zurück, der ganz offensichtlich vergessen hatte, dass er angeblich eine Freundin hatte und dass er eigentlich Mr. Hillards Monet aufspüren sollte.

Sofern Nancy das Gemälde nicht unter ihrem Kleid versteckt hatte, würde Joe es wohl kaum finden. Er stand am anderen Ende des Raums, den Unterarm auf die Bar gelegt, in der Hand ein halb leeres Glas. Sein Kopf neigte sich seitlich Nancy zu, als wollte Joe sich um nichts in der Welt auch nur eines der faszinierenden Worte entgehen lassen, die von den roten Lippen der Frau tropften. »Da bin ich gänzlich unbesorgt.« Gabrielle griff nach einer Scheibe gebackenen Brie auf Baguette.

»Du solltest dir aber Sorgen machen. Nancy spannt mit Vorliebe anderen Frauen die Freunde oder Ehemänner aus.«

»Wie ist der Laden heute gelaufen?«, fragte sie, absichtlich das Thema wechselnd, und wandte Kevin ihre volle Aufmerksamkeit zu.

»Wir haben ein paar Stücke von dem Korallenschmuck verkauft und diesen großen Picknickkorb. Insgesamt haben wir etwa vierhundert Dollar eingenommen. Für Juni nicht schlecht.« Er zuckte mit den Achseln. »Und wie ging es dir mit deinen Ölen?«

»Ich war schon gegen zwei Uhr so gut wie ausverkauft. Lediglich ein paar Flaschen Sonnenschutz blieben übrig, und da habe ich eingepackt und den Rest des Tages zu Hause mit Malen und Faulenzen verbracht.«

Sie nahm einen Bissen von ihrem Baguette und ließ den Blick durch den Raum schweifen. Jetzt lächelten die beiden einander an, und Gabrielle hätte gern gewusst, ob sie sich heimlich für später verabredeten. Sie waren ein schönes Paar. Nancy war nicht nur zierlich, sondern erweckte dank ihrer Blässe und Zerbrechlichkeit auch den Eindruck, als brauchte sie einen Mann, der sie beschützte. Einen großen, starken Mann, der sie über seine Schulter werfen und sie aus brennenden Häusern retten konnte. Einen Mann wie Joe.

»Machst du dir wirklich keine Sorgen wegen Joe und Nancy?«

»Nicht die geringsten.« Wie zum Beweis kehrte sie den beiden den Rücken zu, entschlossen, Detective Shanahan aus ihren Gedanken zu streichen. Es wäre ihr vielleicht auch gelungen, doch sein tiefes, volltönendes Lachen war über den Lärm im Raum hinweg zu hören und rief ihr ins Gedächtnis, wo genau an der Bar er stand – neben einer sehr schönen kleinen Blondine in einem winzigen Kleidchen. »Rate mal, wen ich heute getroffen habe?«, fragte sie, bemüht, sich auf andere Dinge zu konzentrieren. »Diesen Typen, mit dem ich letztes Jahr befreundet war, Ian Raney. Er bietet immer noch Reiki-Behandlungen im Gesundheitszentrum an. Auf dem Festival hatte er einen eigenen Stand, an dem er Auren heilte.«

»Das war vielleicht ein komischer Vogel.« Kevin lachte leise.

»Jetzt ist er schwul.« Gabrielle runzelte die Stirn. »Vielleicht war er ja auch früher schon schwul, und ich wusste es nur nicht.«

»Tatsächlich? Woher weißt du denn, dass er jetzt schwul ist?«

»Er hat mich seinem ›speziellen Freund‹, Brad, vorgestellt.« Sie schob den Rest des Bries in den Mund und spülte ihn mit einem Schluck Weißwein hinunter. »An Brads sexueller Orientierung konnte nicht der geringste Zweifel bestehen.«

»Eine echte Tunte?«

»Nicht zu übersehen, so Leid es mir tut. Wie konnte ich mich mit einem Typen anfreunden und nichts merken? Gibt es denn keinerlei Anzeichen?«

»Nun, hat er versucht, mit dir ins Bett zu gehen?«

»*Nein*.«

Kevin legte den Arm um Gabrielles Schulter und drückte sie tröstend. »Siehst du.«

Sie blickte in seine vertrauten blauen Augen und spürte, wie die Spannung allmählich nachließ. Derartige Gespräche hatte sie mit Kevin schon öfter geführt. An Tagen, wenn das Geschäft etwas zäher lief, saßen sie manchmal in seinem Büro, die Füße hochgelegt, vergaßen die vielen Details und Anforderungen, die die Leitung eines Kleinunternehmens fordert, und sprachen über Gott und die Welt. »Nicht alle Männer sind wie du.«

»O doch. Aber die meisten Männer würden dir nicht die Wahrheit sagen, wenn sie glauben, sie könnten zum Zug kommen. Ich weiß, dass es mir nicht vergönnt ist, also hab ich nichts zu verlieren.«

Sie lachte und trank noch einen Schluck Wein. Kevin mochte genauso oberflächlich sein wie seine Freunde, aber ihr gegenüber war er ganz anders. Sie verstand nicht, wie er es schaffte, seine verschiedenen Persönlichkeiten zu vereinen, aber irgendwie schaffte er es eben. Er war offen, ehrlich, überaus unterhaltsam und konnte sie den Mann am anderen Ende des Raums und den Grund ihres Hierseins beinahe vergessen lassen. »Du sagst mir also nur deshalb die Wahrheit, weil wir niemals miteinander schlafen werden?«

»Das trifft es so ungefähr.«

»Und wenn du glauben würdest, dass die Möglichkeit doch immerhin bestünde, dann würdest du lügen?«

»Dass sich die Balken biegen.«

»Und du meinst, alle Männer sind so?«

»Davon bin ich überzeugt. Wenn du mir nicht glaubst, frag doch deinen Freund.« Er nahm die Hand von ihrer Schulter.

»Was soll sie mich fragen?«

Gabrielle fuhr herum und blickte in Joes wachsame Augen. Irgendetwas lag ihr plötzlich schwer im Magen, und sie versuchte, sich einzureden, es wäre der Käse. Sie wollte nicht einmal den Gedanken zulassen, dass es etwas anderes als zu fettes Essen sein könnte. »Nichts.«

»Gabrielle will nicht glauben, dass Männer lügen, um Frauen ins Bett zu kriegen.«

»Ich habe nur angezweifelt, dass *alle* Männer lügen«, erklärte sie.

Joe warf Kevin einen Blick zu und sah dann Gabrielle an. Er legte die Hand auf ihren Rücken. »Das ist eine dieser Fangfragen, wie? Ich bin geliefert, ganz egal, wie ich antworte.«

Ein warmes Prickeln fuhr ihr Rückgrat hinauf, und sie trat aus seiner Berührung heraus. Sie wollte um nichts in der Welt daran denken, wie leicht dieser Mann sie mit weiter nichts als mit einem Blick oder einer Berührung in seinen Bann zog.

»Sieht so aus, als wärst du ohnehin der Dumme. Vielleicht

sollltest du dich mehr um Gabrielle statt um Nancy kümmern«, sagte Kevin, der ihre Reaktion bemerkt und sie fälschlicher Weise für Eifersucht gehalten hatte. Und Eifersucht war es natürlich nicht.

»Gabrielle weiß, dass sie sich wegen anderer Frauen keine Sorgen zu machen braucht.« Er nahm ihr das Weinglas aus der Hand und stellte es auf den Tisch. »Ich bin ganz vernarrt in dieses Mal an der Innenseite ihres Schenkels.« Er hob ihre Hand an den Mund und hauchte einen Kuss auf ihre Fingerknöchel. »Man könnte sogar sagen, ich bin besessen von diesem Mal.«

Über ihren Handrücken hinweg sah er sie an. Ihre Finger zitterten, und sie versuchte, sich zu erinnern, ob sie ein solches Mal hatte, doch es gelang ihr nicht.

»Hast du genug zu essen bekommen?«, fragte er an ihren Fingerknöcheln.

»Wie bitte?« Fragte er etwa tatsächlich nach Essen? »Ich habe keinen Hunger.«

»Wollen wir heim?«

Sie nickte langsam.

»Ihr zwei wollt wirklich schon gehen?«, erkundigte sich Kevin.

»Wir feiern unser einmonatiges Jubiläum«, erklärte Joe und ließ ihre Hand sinken, ohne sie jedoch loszulassen. »In dieser Hinsicht bin ich sentimental. Komm, wir verabschieden uns und holen rasch noch deine Handtasche.«

»Ich mach das schon«, bot Kevin an.

»Nein danke, wir holen sie selbst«, beharrte Joe.

Die Verabschiedung von Kevins Freunden dauerte etwa drei Minuten, die größtenteils darauf verwendet wurden, Nancy zu überzeugen, dass sie tatsächlich so früh schon gehen mussten. Joe verschränkte seine Finger mit Gabrielles, und Hand in Hand verließen sie den Raum. Wären sie ein echtes Pärchen gewesen, hätte sie vielleicht ihren Kopf gegen seinen gelehnt, und er hätte sich vielleicht ihr zugewandt und einen zärtlichen Kuss auf ihre Wange gedrückt oder ihr etwas Liebes ins Ohr geflüstert. Doch Joe hatte keinen Sinn für Zärtlichkeit oder etwas Liebes, und sie waren auch kein echtes Pärchen. Sie lebten eine Lüge, und Gabrielle fragte sich, wieso die Leute, die sie so sahen, nicht hinter die Fassade blicken konnten.

Das warme Gefühl seiner Berührung löste ein noch wärmeres körperliches Verlangen aus, doch dieses Mal hatte sie Geist und Seele unter Kontrolle. Für alle Fälle ließ sie trotzdem seine Hand los und legte ein paar Zentimeter Abstand zwischen sich und ihn. Sie wunderte sich darüber, dass Kevin sich so leicht hinters Licht führen ließ.

Kevin heftete den Blick auf Gabrielles Rücken, als sie und ihr Freund aus dem Zimmer gingen. Er sah, wie sie Joes Hand losließ, und wusste, dass sie aus irgendeinem Grunde sauer war. Aber was immer es auch sein mochte, Kevin war überzeugt, dass ihr Freund sie ihren Ärger vergessen lassen konnte. Typen wie Joe konnten das nun mal. Selbst wenn sie Versager waren, kriegten sie das, was sie wollten, auf dem Silbertablett serviert. Nicht so Kevin. Er musste sich nehmen, was er haben wollte.

Er schaute sich unter seinen jungen, wohlhabenden Gästen um, die seine Gerichte aßen, seine Getränke schlürften, sich in seinem wunderschönen Haus aufhielten. Sein Heim war geschmückt mit herrlichen Gemälden und erlesenen Antiquitäten und Kunstgegenständen. Die Aussicht von seinem Haus aus zählte zu den besten der ganzen Stadt, und das war nicht eben billig gewesen. Er hatte es zum Gipfel des Berges geschafft, doch nur ein einziger Blick auf einen Typen wie

Joe genügte, und schon erwachte der alte Hunger nach mehr in seinem Bauch, stellte sich dieses alte Dröhnen in seinem Kopf wieder ein, das ihm sagte, dass es nie ausreichen würde, dass er nie genug haben würde. Nie genug Geld, tolle Kleidung, große Häuser und schnelle Autos. Nie genug schöne Frauen, die ihm das Gefühl gaben, anders zu sein als alle anderen Typen auf der Welt. Nicht unsichtbar zu sein. Der innere Hunger war unersättlich, und manchmal hatte Kevin Angst, dass es nie genug gäbe.

»Bleib da stehen«, befahl Joe, sobald sie außer Sicht von Kevins und seinen Freunden waren. »Falls jemand kommt, rede laut und lass ihn nicht ins Zimmer.«

»Was hast du vor?«, fragte Gabrielle, als sie ihn in das erste Zimmer, dessen Tür sie erreichten, hineinschlüpfen sah. Ohne zu antworten, schloss er leise die Tür und ließ Gabrielle allein im Flur stehen.

Sie verhielt sich vollkommen ruhig, hoffte, er würde sich beeilen, und versuchte, über das laute Pochen ihres Herzens hinweg etwas zu erlauschen. Sie kam sich vor wie eine Spionin, allerdings nicht wie eine gute. Ihre Hände zitterten, ihre Kopfhaut zog sich zusammen. Sie war nicht dafür geschaffen, ein Bond-Girl zu spielen. Irgendwo im Haus wurde eine Schranktür zugeknallt, und Gabrielle fuhr zusammen, als hätte jemand sie mit dem Betäubungsgewehr getroffen. Sie fuhr sich mit den Fingern durchs Haar und schöpfte tiefe, reinigende Atemzüge. Sie hatte keine Nerven wie Drahtseile. Sie warf einen Blick auf ihre Armbanduhr und verbrachte die längsten fünf Minuten ihres Lebens mit Warten.

Als Joe wieder auftauchte, zeichneten tiefe Furchen seine Stirn und ließen ihn finster aussehen. Da er enttäuscht wirkte und keine Verstärkung herbeirief oder die Handschellen zückte, nahm Gabrielle an, dass er nichts gefunden hatte. Sie entspannte sich ein wenig. Jetzt würden sie endlich gehen.

Joe drückte ihr die Tasche in die Hand, ging dann weiter und schlüpfte lautlos in ein weiteres Zimmer. Die Tür hatte sich kaum hinter ihm geschlossen, als sie seinen bereits vertrauten Spruch hörte.

»Ach, du liebes Jesulein!«

Gabrielle erstarrte innerlich. Er hatte etwas gefunden. Sie schlich sich in das Zimmer und zog die Tür hinter sich zu. Beinahe erwartete sie, Hillards Monet an der Wand hängen zu sehen. Was sie dann allerdings sah, war schockierend. Spiegel. Überall. An den Wänden, den Türen des begehbaren Kleiderschranks und an der Decke. Mitten im Raum stand ein rundes Bett, bedeckt mit einer schwarzweißen Lammfelldecke mit einem großen orientalischen Ornament in der Mitte. Weder Kommoden noch Nachttische behinderten den Blick auf die Spiegel. Neben dem Bogendurchgang zum Bad stand ein kleiner einbeiniger Tisch mit einem Schachspiel aus Elfenbein darauf. Selbst über die Entfernung der halben Zimmergröße hinweg erkannte Gabrielle, dass es eine Antiquität orientalischen Ursprungs war, und die nackten Figuren waren, typisch für die Epoche, in ihrer Anatomie nicht ganz korrekt proportioniert. Gabrielle hatte das Gefühl, in ein Zimmer des Playboy-Hauptquartiers geraten zu sein. Dort, wo Hugh Hefner seine Häschen vernaschte.

»Schau dir das an. Man fragt sich, was er in diesen Spiegeln wohl sieht«, bemerkte Joe im Flüsterton.

Gabrielle legte den Kopf in den Nacken und schaute nach oben. »Und welche Mengen an Glasreiniger er dafür braucht!«

Sein Blick begegnete ihrem in dem Spiegel an der Decke. »Ja, das war auch mein zweiter Gedanke.«

Sie hängte sich den Riemen ihrer Tasche über die Schulter und sah zu, wie er leise durch den Raum schritt. Der dicke weiße Teppich dämpfte die Tritte seiner Lederschuhe. Ganz gleich, wohin sie sich wandte, sie war umgeben von seinem Spiegelbild: im Bann seiner dunklen eindringlichen Augen und der sinnlichen Konturen seines Mundes; seiner geraden Nase und seines eckigen, eigensinnigen Kinns; der Locken in seinem Nacken und der breiten Schultern, die sich wunderbar unter seinem gerippten Polohemd abzeichneten. Ihr Blick wanderte seinen Rücken hinunter bis zum Bund seiner Gabardinehose, dann verschwand er im Schrank, und Gabrielle war allein mit ihrem eigenen Spiegelbild. Sie bedachte es mit einem finsteren Blick und straffte sich ein wenig.

Also ist Kevin pervers, dachte sie und schob sich die Locken hinters Ohr. Das ging sie nichts an. Dadurch, dass er sein Schlafzimmer mit Spiegeln auskleidete, verstieß er gegen kein Gesetz. Sie fuhr mit der Hand am Latz ihres Rocks entlang, neigte den Kopf zur Seite und betrachtete sich mit kritischem Blick. Sie war ganz anders als Nancy. Sie war nicht zierlich und blond und stets zum Flirten aufgelegt, und wieder einmal fragte sie sich, was Joe in ihr sah, wenn er sie anschaute.

Sie sah jeden kleinen Makel im ganzen Raum vervielfacht und konnte sich nicht vorstellen, sich selbst beim Liebesakt zu beobachten. Völlig nackt. Ganz offensichtlich hatte Kevin in diesem Punkt keine Bedenken, und das war nun doch etwas mehr an Information, als sie über ihn hätte haben wollen.

Sie ging an dem Schachbrett mit seinen Reihen großzügig ausgestatteter und extrem erigierter Bauern vorbei zum Bad. Sie blieb nicht stehen, um die anderen Figuren in Augenschein zu nehmen; sie wollte wirklich nichts Näheres wissen.

Im Bad erwarteten sie noch mehr Spiegel, eine Duschkabine, eine große gekachelte Badewanne. Fenstertüren führten hinaus auf eine kleine Terrasse mit einer weiteren Badewanne. Wären die Spiegel nicht gewesen, hätte sie sich ohne weiteres vorstellen können, sich ein schönes heißes Entspannungsbad einzulassen und vielleicht ein bisschen Ylang-Ylang hineinzugeben, aber ganz bestimmt Lavendel und Rosmarin.

Gabrielle setzte sich auf den Wannenrand und blickte auf ihre Uhr. Wenn Joe sich nicht beeilte, würde ihr keine Erklärung dafür einfallen, dass sie so lange gebraucht hatten, um ihre Tasche zu holen. Sie zog den Rock über ihre Schenkel, schob ihn dann aber wieder hinauf, um nachzusehen, ob sie tatsächlich ein Mal hatte. Sie beugte sich vor und entdeckte ein kreisrundes Mal etwa drei Zentimeter unterhalb ihrer Schenkelbeuge. Es war nicht unbedingt auffällig, und sie fragte sich, wie Joe davon hatte wissen können.

»Was machst du da?«

Sie blickte auf in Joes Gesicht und zerrte hastig ihren Rock herunter. Seine Brauen bildeten eine waagerechte Linie.

»Ich sehe mir mein Mal an. Wieso weißt du davon?«

Er lachte leise und ließ sich vor dem Waschbecken auf ein Knie nieder. »Ich weiß alles über dich«, antwortete er und fing an, den Unterschrank zu durchsuchen.

Schon hatte sie den Mund geöffnet, um ihm zu sagen, dass ihre Male ihrer Meinung nach nichts in einem Polizeibericht zu suchen hätten, als die Schlafzimmertür geöffnet wurde und sie Kevins Stimme erkannte.

»Was wolltest du?«, fragte er.

Gabrielle stockte der Atem, ihr Blick suchte Joe im Spiegel über dem Waschbecken. Langsam erhob er sich und legte einen Finger an die Lippen.

Die Frauenstimme, die Kevin antwortete, war nicht die seiner Freundin. »Ich möchte dir etwas zeigen«, sagte Nancy.

»Was denn?« Eine lange Pause entstand, bevor Kevin reagierte. »Sehr hübsch«, sagte er.

»China hat mir von diesem Zimmer erzählt. Von den Spiegeln.«

»Und da wolltest du es mit eigenen Augen sehen?«

»Ja.«

Joe griff nach Gabrielles Hand und zog sie mit sich zu den Fenstertüren.

»Bist du dir ganz sicher? China könnte davon erfahren.«

»Das ist mir gleich.« Ein Geräusch wie von zu Boden fallenden Kleidungsstücken war zu hören, und Kevin sagte: »Dann komm her und sag Mr. Happy guten Abend.«

Leise schlüpften Gabrielle und Joe hinaus auf die Terrasse und schlossen die Tür hinter sich. Eine kühle Brise hob das Haar in ihrem Nacken und den Saum ihres Rocks. Die letzten rosa-orangefarbenen Strahlen der untergehenden Sonne verschossen ihr Licht über einen glitzernden Himmel, und die Lichter der Stadt unten im Tal leuchteten. Zu jedem anderen Zeitpunkt hätte Gabrielle wohl innegehalten, um den Anblick zu genießen, doch an diesem Abend nahm sie seine Schönheit kaum wahr. Das Blut rauschte ihr in den Ohren, und jetzt hatte sie noch mehr Informationen über Kevin, auf die sie lieber verzichtet hätte.

»Glaubst du, dass Kevin uns gehört hat?«, fragte sie im Flüsterton.

Joe trat an das Metallgeländer und warf einen Blick hinunter. »Nein. Er war anscheinend ziemlich beschäftigt.« Er richtete sich auf und ging zur linken Ecke der Terrasse. »Von hier aus können wir springen.«

»Springen?« Gabrielle trat neben Joe und blickte über das Geländer hinunter. Die hintere Hälfte von Kevins Haus und die gesamte Terrasse hingen an einem Bergabhang und wurden von massiven Säulen getragen. Weiter unten war der Boden gerippt von aufeinander folgenden breiten Terrassen, die zur Vermeidung von Erosion mit Zement befestigt waren. »In dieser Erklärung, die ich unterzeichnen musste, stand aber kein Wort davon, dass ich von Kevins Terrasse springen und mir den Hals brechen müsste.«

»Du wirst dir den Hals schon nicht brechen. Von hier aus sind es ja nur drei oder vier Meter. Wir brauchen nur über das Geländer zu klettern, uns vom Boden der Terrasse hängen zu lassen und dann loszulassen. Dann fallen wir höchstens eineinhalb Meter tief.«

Ihre Schulter streifte seine, als sie sich ein wenig weiter vorbeugte. Wie er es sagte, klang es so einfach. »Es sei denn, man verfehlt die Terrasse, auf der man landen wollte, dann sind es noch einmal eineinhalb Meter mehr.« Sie drehte sich um und betrachtete sein ins Licht der Dämmerung getauchtes Profil. »Es muss doch einen anderen Weg geben.«

»Klar. Wir können auch wieder reingehen und Kevin stören. Ich könnte mir vorstellen, dass es gerade jetzt ziemlich interessant wird.« Er sah sie über die Schulter hinweg an.

»Vielleicht sollten wir noch eine kleine Weile warten und dann durchs Haus zurückgehen.«

»Und was willst du Kevin erzählen, wenn er sich wundert, warum du so lange gebraucht hast, um deine Tasche zu holen? Er wird denken, wir hätten es die ganze Zeit über im Bad getrieben.«

»Vielleicht denkt er das auch gar nicht«, sagte sie, wenngleich sie es selbst nicht glaubte.

»O doch, und ich muss dir einen Riesenknutschfleck am

Hals machen und dein Haar zerzausen, damit er genau das und nichts anderes denkt.« Er lehnte sich weit übers Geländer. »Aber es ist deine Entscheidung. Wenn wir allerdings springen wollen, sollten wir es jetzt tun, bevor es noch dunkler wird. Ich habe keine Lust, die Terrasse da unten zu verfehlen.« Er richtete sich auf, sah Gabrielle an und grinste, als ob er sich köstlich amüsierte. »Bist du bereit?«, fragte er, als hätte er sie nicht gerade vor die Wahl zwischen einem Knutschfleck und dem Sprung in den Tod gestellt.

»Nein!«

»Du hast doch keine Angst, oder?«

»Doch! Jeder Mensch mit halbwegs klarem Verstand hätte Angst.«

Er schüttelte den Kopf und schwang erst ein Bein, dann das andere über das Geländer. »Erzähl mir nicht, du hast Höhenangst!« Er stand am äußersten Rand der Terrasse, ihr zugewandt, mit beiden Händen die Metallstange umfassend.

»Nein. Ich habe nur Angst davor, in den Tod zu stürzen.«

»Wahrscheinlich würdest du nicht sterben.« Er blickte hinunter und sah dann wieder Gabrielle an. »Aber ein Bein könntest du dir vielleicht brechen.«

»Das macht mir auch nicht gerade Mut.«

Sein Lächeln wurde breiter. »Das Letzte war doch nur ein Scherz.«

Sie beugte sich ein wenig vor und blickte hinab. »Scherze sind im Moment nun wirklich fehl am Platz.«

»Da magst du wohl Recht haben.« Er legte die Hand unter ihr Kinn und hob es an, sodass sie ihn ansehen musste. »Ich lasse nicht zu, dass dir etwas zustößt, Gabrielle. Ich passe auf, dass du dir nicht weh tust.«

Sie wussten beide, dass er so etwas nicht versprechen konnte, aber als sie in seine eindringlichen braunen Augen schaute, hätte sie fast geglaubt, dass er die Macht hatte, sie vor Schaden zu bewahren.

»Vertrau mir.«

Ihm vertrauen? Ihr fiel nicht ein einziger plausibler Grund ein, warum sie ihm hätte vertrauen sollen, doch während sie dort hoch oben über der Stadt stand und den Sprung von der Terrasse erwog, stellte sie fest, dass sie ihm tatsächlich vertraute. »Okay.«

»So ist's recht«, sagte er grinsend. Dann umklammerte er mit beiden Händen die untere Sprosse des Geländers und ließ sich hinabgleiten, bis Gabrielle nur noch seine großen Hände sah. Dann waren auch die verschwunden, und kurz darauf folgte ein dumpfer Aufprall.

Gabrielle blickte auf seinen Kopf hinunter, und er schaute zu ihr hinauf. »Du bist dran«, sagte er gerade laut genug, dass sie ihn hören konnte.

Sie holte tief Luft. Sie würde es schaffen. Sie konnte über das nicht stabile Geländer steigen und drei, vier Meter über dem Boden baumeln, sich dann fallen lassen und hoffen, dass sie auf einer einen Meter breiten Terrasse landete. Kein Problem. Sie zog sich den Riemen ihrer Tasche über den Kopf, sodass er quer über ihrem Oberkörper lag, und schob sich die große Tasche auf den Rücken. Sie versuchte, nicht daran zu denken, dass sie in den Tod springen könnte. »Ich kann das«, flüsterte sie und trat auf die unterste Sprosse des Geländers.

»Ich bin ganz ruhig.« Es gelang ihr, die Panik zu kontrollieren, als sie erst das eine, dann das andere Bein über das Geländer schwang. Wieder hob ein kühler Windstoß ihren Rock, als sie am Rand der Terrasse versuchte, das Gleichgewicht zu halten, die Fersen ohne Bodenkontakt. Die Metallsprosse fühlte sich kalt an in ihrer Umklammerung.

»So ist's recht«, ermutigte Joe sie von unten her.

Sie wusste, dass sie jetzt nicht über ihre Schulter blicken durfte, konnte es aber doch nicht lassen. Sie schaute über die Lichter der Stadt hinweg und erstarrte.

»Mach schon, Gabrielle. Los, komm, Baby.«

»Joe?«

»Ich bin hier.«

Sie schloss die Augen. »Ich habe Angst. Ich glaube nicht, dass ich das kann.«

»Klar kannst du das. Du bist immer noch dieselbe Frau, die mich im Park aufs Kreuz gelegt hat. Du kannst alles.«

Sie öffnete die Augen und schaute in seine Richtung, doch es war dunkel und er stand verborgen im Schatten des Hauses. Sie sah nichts von ihm außer einem grauen Umriss.

»Bück dich einfach ein wenig und fass die unterste Sprosse.«

Langsam ließ sie die Hände an den Metallstangen hinabgleiten, bis sie auf der Kante der Terrasse hockte, die Kehrseite über die Stadt hinweg gestreckt. Sie glaubte, nie im Leben solche Angst gehabt zu haben. »Ich kann das«, flüsterte sie und schöpfte einen reinigenden Atemzug. »Ich bin ganz ruhig.«

»Mach schnell, bevor deine Hände feucht werden.«

Himmel, an schwitzende Handflächen hatte sie gar nicht gedacht, doch jetzt war der Gedanke da. »Ich kann dich nicht sehen. Siehst du mich?«

Sein weiches, leises Lachen drang zu ihr hinauf, als sie dort hockte, die Geländersprosse fest umklammert. »Ich habe einen wunderbaren Ausblick auf deinen weißen Slip.«

In diesem Moment war der Umstand, dass Joe Shanahan ihr unter den Rock schielte, ihr geringstes Problem. Sie löste einen Fuß von dem Holzboden.

»Mach schon, Schätzchen«, lockte er von unten.

»Und wenn ich falle?«

»Dann fange ich dich auf. Ich verspreche es dir, aber du musst jetzt loslassen, bevor es so dunkel ist, dass ich deinen Slip nicht mehr sehen kann.«

Langsam löste sie auch den zweiten Fuß vom Boden, und dann baumelte sie über dem dunklen Abgrund. »Joe«, schrie sie, als ihr Fuß auf etwas Festes traf.

»Scheiße!«

»Was war das?«

»Mein Kopf.«

»Oh, tut mir Leid.« Seine kräftigen Hände packten ihre Fußknöchel, glitten an ihren Waden hinauf bis zu den Knien.

»Ich hab dich.«

»Bist du sicher?«

»Lass los.«

»Bist du sicher?«

»Ja, lass los.«

Sie holte tief Luft, zählte bis drei und ließ das Geländer los. Und sie fiel, glitt zu Boden in der Umschlingung seiner starken Arme. Er presste sie an sich, und ihr Rock schob sich hoch bis zur Taille, als sie an seinem Oberkörper herabrutschte. Seine Hände fuhren an ihren Beinen hinauf, und er hielt ihre nackten Oberschenkel in festem Griff. Sie blickte hinunter in sein dunkles Gesicht knapp unter ihrem.

»Ich hab's getan.«

»Ich weiß.«

»Mein Rock ist hochgerutscht«, sagte sie.

Seine Zähne sahen sehr weiß aus, als er lächelte. »Ich weiß.« Langsam ließ er Gabrielle herunter, bis sie wieder Boden unter den Füßen hatte, und legte die Hände um ihre Pobacken. »Du bist nicht nur schön, du hast auch ordentlich Mumm in den Knochen. Solche Frauen finde ich toll.«

Gabrielle konnte guten Gewissens beschwören, dass noch kein Mann jemals zuvor diese Worte gewählt hatte, um ihr ein Kompliment zu machen. Gewöhnlich hielten sie sich an die üblichen Schmeicheleien und äußerten sich wohlwollend über ihre Augen oder ihre Beine.

»Du hattest Angst, bist aber trotzdem übers Geländer gestiegen.« Seine heißen Hände wärmten ihre Haut durch das Spitzenmaterial ihres Slips. »Erinnerst du dich noch daran, dass du gestern Abend gesagt hast, ich dürfte dich nicht mehr küssen?«

»Ja, ich erinnere mich.«

»Meintest du auf den Mund?«

»Natürlich.«

Er senkte den Kopf und küsste sie seitlich auf den Hals. »Dann bleiben mir ja noch zahlreiche interessante Stellen, die ich küssen kann«, sagte er, während er sanft ihren Po knetete.

Gabrielle wollte etwas sagen, schloss den Mund aber gleich wieder. Was hätte sie auch darauf antworten können?

»Soll ich diese Stellen jetzt suchen oder lieber später?«

»Ahh ... später wäre wahrscheinlich besser.« Sie zupfte an ihrem Rocksaum, doch Joe umfasste ihren Po noch fester.

Seine Stimme klang tief und rau, als er fragte: »Bist du ganz sicher?«

Eigentlich nicht. Sie stand auf einem terrassenförmig angelegten Berg, den Rock hochgeschoben bis über den Po, und sie wusste nicht recht, ob sie lieber irgendwo anders gewesen wäre als genau da, wo sie sich jetzt befand. Eingehüllt in Dunkelheit, an Joes harte Brust gepresst. »Ja.«

Er zog ihren Rock hinunter und strich ihn über den Rundungen ihres Hinterteils glatt. »Sag mir Bescheid.«

»Das tu ich.« Sie trat aus dem Bannkreis seiner verführerischen Stimme und aus der Wärme seiner Umarmung heraus. »Wie geht's deinem Kopf?«

»Ich werde es überleben.« Er drehte sich um und stemmte sich auf die nächste Ebene der terrassenförmigen Schutzmauer. Sie blickte zu seinem Umriss auf, und er griff nach ihrer Hand und zog sie zu sich hinauf. Dreimal noch zog er sie zu sich hoch, als bedeutete es nicht die geringste Anstrengung für ihn.

Die Nacht war entschieden kühler geworden, als sie schließlich an seinem alten Chevy ankamen, und Gabrielle freute sich auf ein schönes, ausgedehntes, heißes Bad, sobald sie zu Hause wäre. Doch eine Viertelstunde später fand sie sich auf Joes beige-braunem Sofa wieder, festgenagelt von den gelbschwarzen Augen seines Papageis. Auf der anderen Seite des Wohnzimmers stand Joe mit dem Rücken zu ihr, das Telefon in einer Hand, den Hörer in der anderen. Er sprach so leise, dass sie ihn nicht verstand, dann ging er, das lange Kabel hinter sich herschleifend, ins Esszimmer.

»Du solltest dich mal Folgendes fragen. Meinst du, du hast Glück? Na, Alter, hast du Glück?«

Gabrielle fuhr zusammen und wandte Sam ihre volle Aufmerksamkeit zu. »Wie bitte?«

Der Papagei schlug zweimal mit den Flügeln, dann flog er auf die Armlehne des Sofas. Er trat von einem Fuß auf den anderen, neigte dann den Kopf und musterte Gabrielle.

»Ah … willst du ein Leckerli?«

»Mach schon, gib's mir.«

Ihrer Meinung nach war es durchaus nicht verwunderlich, dass Joes Vogel *Dirty Harry* zitierte. Sie saß vollkommen still, als Sam die Sofalehne entlangtrippelte. Er trug einen blauen Metallring an einem schuppigen Bein. »Lieber Vogel«, sagte sie leise und warf einen Blick in Joes Richtung. Er stand immer noch im Esszimmer mit dem Rücken zu ihr, sein Gewicht hatte er auf ein Bein verlagert. Er hatte den Hörer zwischen Ohr und Schulter geklemmt und massierte die andere Schulter mit der freien Hand. Einen flüchtigen Augenblick lang fragte sie sich, ob er sich verletzt hatte, als er ihr über die Schutzmauern half, doch dann stieß Sam einen schrillen Pfiff aus, und sie vergaß Joe. Der Vogel wiegte sich vor und zurück, dann hüpfte er auf ihre Schulter.

»Benimm dich.«

»Joe«, rief Gabrielle, den Blick auf Sams schwarzen Schnabel geheftet.

Sam legte den Kopf an ihre Schläfe und plusterte sich auf. *»Hübscher Vogel.«*

Gabrielle hatte noch nie mit Vögeln zu tun gehabt, geschweige denn einen auf der Schulter getragen. Sie wusste nicht, was sie tun oder sagen sollte. Sie verstand überhaupt nichts von vogeltypischem Verhalten, wohl aber, dass sie ihn nicht verärgern durfte. Alfred Hitchcocks Klassiker hatte sie viele Male gesehen, und das Bild von Suzanne Pleshette mit ausgehackten Augen schoss ihr durch den Kopf. »Braver Vogel«, sagte sie und sah zum Esszimmer hinüber. »Hilfe.«

Endlich schaute Joe über die Schulter hinweg in ihre Richtung, und sein inzwischen vertrautes Stirnrunzeln zog ihm die Brauen zusammen, während er ein paar Worte in den Hörer sprach. Mit wenigen knappen Sätzen beendete er das Gespräch und kam zurück ins Wohnzimmer. »Sam, was soll das?«, fragte er und stellte das Telefon auf den Kaffeetisch. »Lass sie in Ruhe.«

Der Vogel rieb seinen weichen Kopf an Gabrielles Schläfe, hüpfte jedoch nicht von ihrer Schulter.

»Komm jetzt.« Joe klopfte auf seine eigene Schulter. »Komm hierher.« Sam rührte sich nicht vom Fleck.

Stattdessen senkte er den Kopf und berührte mit dem Schnabel Gabrielles Wange. *»Hübscher Vogel.«*

»Na, hol mich doch der Teufel.« Joe stemmte die Hände in die Hüften und neigte den Kopf zur Seite. »Er mag dich.«

Sie war nicht so recht überzeugt davon. »Tatsächlich? Woran erkennst du das?«

Joe kam näher und blieb direkt vor ihr stehen. »Er hat dich geküsst«, sagte er, beugte sich vor und hielt seine Hand knapp unterhalb von Sams Füßen. »In letzter Zeit sehnt er sich nach einem Weibchen.« Joe schnippte mit den Fingern, und seine Handkante streifte durch die weiße Bluse hindurch ihre Brust. »Ich schätze, er glaubt, er hätte eine Freundin gefunden.«

»Mich etwa?«

»Mhm.« Sein Blick wanderte zu ihrem Mund, dann zurück zu seinem Papagei. »Komm her, Sam. Sei ein braver Vogel.« Endlich gehorchte Sam und hüpfte auf Joes Hand.

»Benimm dich, du.«

»Ich? Ich reibe schließlich nicht meinen Kopf an einem hübschen Mädchen und küsse sie obendrein. Ich benehme mich durchaus. Na ja, heute Abend zumindest.« Er warf ihr ein Lächeln zu und ging dann zu dem riesigen Käfig vor einem großen Panoramafenster.

Gabrielle stand auf und sah, wie er mit behutsamer Hand über Sams Federkleid strich, bevor er ihn in den Käfig setzte. Der große, böse Polizist war wohl doch nicht so böse. »Hält er mich wirklich für eine potenzielle Freundin?«

»Wahrscheinlich. Er hat in letzter Zeit immer die Zeitung zerrissen und fängt wieder an, auf seinen Plüschtieren zu brüten.« Sam hüpfte auf eine Stange, und Joe schloss die Käfigtür. »Aber ich habe noch nie erlebt, dass er sich so verhält wie eben gerade bei dir. Gewöhnlich wird er furchtbar eifersüchtig, wenn ich eine Frau mit nach Hause bringe, und versucht, sie zur Haustür rauszujagen.«

»Da habe ich wohl Glück gehabt«, sagte sie und hätte jetzt gern gewusst, wie viele Frauen er schon mit nach Hause genommen hatte, und fragte sich dann, wieso es sie überhaupt interessierte.

»Ja, er möchte mit dir zusammen brüten.« Er drehte sich um und sah sie an. »Ich kann es ihm nicht verübeln.«

Was Komplimente anging, war er nicht sonderlich begabt. Aber aus irgendeinem merkwürdigen Grund gingen ihr seine Worte unter die Haut und brachten ihren Puls zum Stottern. »Im Schmeicheln bist du eine Null, Shanahan.«

Er lächelte nur, als ob er es besser wüsste, und wies auf die Tür. »Möchtest du auf dem Heimweg noch irgendwas erledigen? Vielleicht etwas zu essen besorgen?«

Sie stand auf und folgte ihm. »Hast du Hunger?«

»Nein, ich dachte nur, du wärst vielleicht hungrig.«

»Nein, ich habe schon vor Kevins Party gegessen.«

»Ach so.« Er blickte sie über die Schulter hinweg an.

Während der Fahrt zu Gabrielles Haus beschäftigten sich ihre Gedanken wieder einmal mit der Frage, welchen Frauentyp Joe mit nach Hause nehmen mochte. Sie fragte sich, wie diese Frauen wohl aussahen, ob sie aussahen wie Nancy. Darauf hätte sie wetten mögen.

Joe wirkte genauso zerstreut wie Gabrielle, und keiner von beiden sprach ein Wort, bis sie drei Häuserblocks von ihrer Wohnung entfernt den Versuch startete, ein Gespräch anzufangen. »Kevin gibt da ja eine hochinteressante Party.« Sie war nicht so sicher, ob er etwas dazu zu sagen hatte.

Er hatte nichts dazu zu sagen. Er gab lediglich ein grunzendes Geräusch von sich und erklärte: »Kevin ist Mittel zum Zweck.«

Sie gab es auf, und den Rest des kurzen Wegs verbrachten sie schweigend. Er sagte nichts, als er sie den Gehsteig entlang begleitete und ihr die Schlüssel aus der Hand nahm. Das rosafarbene Haustürlicht schmeichelte seinem Profil und verweilte auf den weichen Locken über seinem Ohr, als er sich vorbeugte und die Tür aufschloss. Er richtete sich auf und bewegte seine Schulter, als ob sie immer noch schmerzte.

»Hast du dich verletzt, als du mir heute Abend geholfen hast?«, fragte sie.

»Ich habe mir neulich, als ich die Regale in deinem Laden umgebaut habe, einen Muskel gezerrt, aber ich werde es überleben.«

Er straffte sich, und sie sah ihn an, sah in seine müden dunklen Augen, sah die Anfänge eines neuerlichen Fünf-Uhr-Bartschattens und die Stressfalten auf seiner Stirn. »Ich könnte dich massieren«, schlug sie vor, bevor sie noch Zeit hatte, sich das Angebot gut zu überlegen.

»Kannst du das denn?«

»Natürlich.« Vorstellungen von Joe, mit nichts bekleidet als mit einem Handtuch, schwebten durch ihren Kopf und verursachten ein warmes Gefühl im Bauch. »Ich bin beinahe ein Profi.«

»So, wie du auch beinahe Vegetarierin bist?«

»Machst du dich schon wieder über mich lustig?« Sie hatte Kurse in Massage belegt, und wenn sie auch keine diplomierte Masseurin war, betrachtete sie sich doch immerhin als Halbprofessionelle.

Sein leises Lachen erfüllte die stille Nachtluft und hüllte sie ein in die Tiefe des männlichen Tons. »Natürlich«, gab er zu, ohne sich auch nur im Geringsten zu schämen.

Immerhin war er ehrlich. »Ich möchte wetten, ich schaffe es, dass du dich schon nach zwanzig Minuten besser fühlst.«

»Wie viel wettest du?«
»Fünf Dollar.«
»Fünf Dollar? Mach zehn daraus, und die Wette gilt.«

12. KAPITEL

Joe bedachte das kleine Handtuch, das Gabrielle ihm anbot, mit einem geringschätzigen Blick und warf es aufs Sofa. Er zog den lockeren Sitz seiner Boxershorts vor, die ihm mehr Bewegungsfreiheit gewährten.

Er verlagerte sein Gewicht auf einen Fuß und stemmte die Hände in die Hüften. Zur Hölle, er hatte hier, mitten in Gabrielles Wohnzimmer, überhaupt nichts zu suchen! Er hätte längst auf dem Heimweg sein sollen, auf dem Weg ins Bett. Am nächsten Morgen um acht Uhr hatte er einen Termin, musste Bericht erstatten über die gestohlenen Antiquitäten, die er in Kevins Gästezimmer gesehen hatte. Er musste gut ausgeruht sein und einen klaren Kopf haben, wenn er die eidesstattliche Erklärung vorbereitete, mit deren Hilfe er einen Durchsuchungsbefehl beantragen wollte. Sonst riskierte er, dass alles, was bei einer Durchsuchung beschlagnahmt wurde, später beim Gerichtsverfahren hinausgeworfen wurde. Und er musste an diesem Abend auch noch einiges erledigen. Er musste unbedingt Wäsche waschen und Ann Cameron anrufen, um ihr mitzuteilen, dass er sie am nächsten Tag nicht zum Kaffee treffen konnte. Am Morgen vor der Arbeit hatte er wie versprochen bei ihr vorbeigeschaut, und sie hatte ihm Frühstück gemacht. Sie war wirklich nett, und er durfte es nicht versäumen, sie anzurufen und ihr zu sagen, dass aus der Verabredung leider nichts wurde.

Stattdessen stand er jetzt in Gabrielles Haus und sah zu, wie sie Öl in eine flache Schale goss und Kerzen auf dem Kaminsims und auf verschiedenen Glastischen anzündete, als würde sie eine Opfergabe vorbereiten. Statt zu gehen, neigte er den Kopf auf die Seite und beobachtete, wie ihr hässlicher, formloser Rock hinten an ihren glatten Schenkeln hoch rutschte und knapp vor dem Traumland Halt machte.

Sie drehte das Licht kleiner, betätigte dann einen Schalter neben dem Kamin, und orangefarbene Flammen schossen aus den Gasdüsen und leckten an imitierten Holzscheiten. Er sah zu, wie sie ihr langes, lockiges Haar mit einer Schleife zurückband, und er stritt mit sich selbst, ob er ihr erzählen sollte, dass das Schachspiel aus Elfenbein in Kevins Schlafzimmer, das Spiel mit all den kleinen Bauern samt ihrer bedrohlichen kleinen Erektionen, im letzten Monat aus einem Haus am River Run gestohlen worden war.

Seit er zugesehen hatte, wie sie sich von der Terrasse herunterließ, überlegte er, ob er ihr die Wahrheit sagen sollte. Darüber hatte er auf der Fahrt zu ihrem Haus nachgedacht, während er mit Walker telefonierte und auch noch, nachdem er aufgelegt hatte. Er hatte darüber nachgedacht, als er mit ihrem Schlüssel in der Hand auf ihrer Veranda stand und als er in ihre vertrauensvollen grünen Augen blickte. Er hatte immer noch darüber nachgedacht, als er der Massage zustimmte, obwohl er wusste, dass es keine gute Idee war.

Der Captain wollte nicht, dass Gabrielle in irgendeiner Weise informiert wurde, doch Joe war der Meinung, sie hätte es verdient, die Wahrheit über Kevin zu erfahren und aufgeklärt zu werden über die zahlreichen, in den Polizeiakten als gestohlen gemeldeten Antiquitäten.

Bis noch vor etwa einer Stunde wäre Joe völlig einer Meinung mit Captain Walker gewesen. Doch das war, bevor Gabrielle vor der Tür zum Gästezimmer Schmiere gestanden hatte, während er den Raum durchsuchte. Bevor er ihr in die Augen gesehen und sie um ihr Vertrauen gebeten hatte. Bevor sie auf sein Drängen hin über das Geländer gestiegen war. Bis vor einer Stunde war er sich ihrer Unschuld nicht sicher gewesen, und außerdem war es ihm auch völlig egal. Sich darüber Gedanken zu machen gehörte nicht zu seinem Job. Es gehörte auch jetzt nicht zu seinem Job.

»Ich hole meinen Massagetisch, und du kannst es dir inzwischen bequem machen.«

»Ich möchte lieber auf einem Stuhl sitzen. Einer von diesen Esszimmerstühlen ist schon in Ordnung.« Er benötigte einen harten, *unbequemen* Stuhl, der nicht zuließ, dass er sich so weit entspannte, um zu vergessen, dass Gabrielle seine Informantin war, nicht eine Frau, die er sehr viel näher kennen lernen wollte.

»Meinst du wirklich?«

»O ja.« Doch als er sie über das Geländer hatte steigen sehen, eindeutig wie von Sinnen vor Angst, hatte sich etwas in ihm geregt und die Art, wie er sie betrachtete, das, was er tief im Innern für sie empfand, verändert. Als sie über seinem Kopf baumelte und er nichts als diesen kleinen weißen Slip vor sich sah, schlug ihm das Herz bis zum Hals. Als sie so über ihm hing und er zu ihr aufblickte, da hatte er gewusst, dass es ausgesprochen schwer sein würde, sie aufzufangen, falls sie stürzte, aber gleichzeitig hatte er auch gewusst, dass er sie unter gar keinen Umständen würde abstürzen lassen. Und in diesem Augenblick war sie mehr als seine Informantin mit der hinreißenden Figur für ihn geworden; sie wurde zu einem Menschen, den er vor Schaden bewahren wollte. Zu einem Menschen, den er vor allem Übel beschützen wollte.

Und er hatte noch etwas anderes empfunden. Als er sie in seinen Armen hielt und ihren Hals küsste, spürte er ein heftiges Gefühl der Enge in seiner Brust, obwohl die Gefahr längst überstanden war. Vielleicht war es Restangst oder latenter Stress. Ja, vielleicht, aber was immer es war, er wollte es keiner zu gründlichen Prüfung unterziehen. Stattdessen, so beschloss er, wollte er sich lieber auf Gabrielles Vorbereitungen konzentrieren. Sie schleppte jetzt einen Stuhl aus dem Esszimmer heran und stellte ihn vor dem Kamin auf.

Obwohl sie es seiner Meinung nach verdient hatte, über Kevin Bescheid zu wissen, konnte er sie nicht einweihen, weil man ihre Gedanken buchstäblich lesen konnte. Alles, was sie empfand, stand ihr im Gesicht geschrieben. Sie konnte nicht lügen, ohne auszusehen, als rechnete sie damit, im nächsten Moment vom Blitz getroffen zu werden. Er konnte ihr nichts verraten, und er durfte nicht bleiben.

Er trat einen Schritt zurück und überlegte, ob es wirklich klug wäre, sich von Gabrielles Händen behandeln zu lassen. Die Überlegung dauerte nicht lange. Sie neigte den Kopf zur Seite und sah ihn an. »Zieh dein Hemd aus, Joe«, sagte sie, und ihre Stimme floss durch ihn hindurch wie das Öl, das sie auf einem kleinen Brenner erwärmte. Er musste ja nicht jetzt gleich schon gehen. Er war fünfunddreißig Jahre alt und hatte sich im Griff. Es handelte sich um eine Massage. Nicht um Sex. Nachdem er angeschossen worden war, hatte er sich regelmäßig, als Bestandteil seiner Therapie, die Verspannungen aus den Muskeln massieren lassen. Freilich, seine Therapeutin war eine Dame in den Fünfzigern gewesen und hatte nicht die geringste Ähnlichkeit mit Gabrielle Breedlove gehabt.

Ja, er konnte bleiben. Solange er nicht vergaß, dass Gabrielle seine Informantin war, dass er seinen Job vermasselte, wenn er sich zu sehr mit ihr einließ. Und das würde eben nicht passieren. Unter gar keinen Umständen.

»Willst du dich nicht ausziehen?«

»Die Hose behalte ich an.«

Sie schüttelte den Kopf. »Das solltest du lieber nicht tun. Das Öl wird die Hose verderben.«

»Darauf lass ich's ankommen.«

»Ich guck auch nicht hin.« Ihr Tonfall und ihr Gesichtsausdruck verrieten ihm, dass sie ihn albern fand. Dann hob sie wie zum Schwur die rechte Hand. »Ich verspreche es.«

»Das Handtuch ist zu klein.«

»Oh.« Sie ging aus dem Zimmer und kam im nächsten Moment mit einem großen Strandlaken zurück. Sie warf es auf die Sofalehne neben ihm. »Wie wär's damit?«

»Prima.«

Gabrielle beobachtete voller Faszination Joes Hände, als er den Saum seines seidenen Polohemds aus dem Hosenbund zerrte. Wie bei einem aufregend langsamen Striptease zog er den gerippten Stoff gerade weit genug hoch, um ihr einen Blick auf seinen flachen Bauch und die senkrechte Spur von krausem Haar zu gewähren, bevor er das Hemd losließ und es über seine Taille fiel. Sie stieß den Atem aus, den sie unbewusst angehalten hatte, und blickte Joe ins Gesicht. Sie sah in seine braunen Augen, die sie dabei beobachteten, wie sie ihn beobachtete. Er hob eine Hand und ergriff eine Hand voll Stoff seines Hemds zwischen seinen Schultern. Dann zog er es sich über den Kopf und warf es aufs Sofa zu dem Handtuch, das er sich weigerte zu tragen. Seine Hände fuhren an seine Gürtelschnalle, und Gabrielle sah schnell weg.

Sie lenkte ihre Aufmerksamkeit auf das Mandelöl, das sie

in eine flache lotusblütenförmige Schale gegossen hatte und über einem Stövchen erwärmte. Ihr Gaumen war unglaublich trocken, und gleichzeitig lief ihr das Wasser im Mund zusammen. Sie wandte den Blick ab, damit Joe sie nicht dabei ertappte, dass sie ihn in Augenschein nahm, aber erst nachdem sie gerade noch das feine Kraushaar auf seinen gut ausgebildeten Brustmuskeln hatte sehen können, das sich über sein Brustbein und den flachen Bauch erstreckte und in seinem Hosenbund verschwand. Seine Brustwarzen waren von dunklerem Braun, als sie es in ihrem Gemälde verwendet hatte, seine Brustbehaarung weicher und nicht so dicht.

Sie gab drei Tropfen Benzoin und Eukalyptus zu dem Mandelöl und stellte die Schale samt Stövchen auf den kleinen Tisch neben dem Kamin. Joe drehte den Esszimmerstuhl mit der Lehne zum Kamin hin um und setzte sich rittlings darauf. Er verschränkte die Arme auf der Lehne und bot Gabrielle seinen glatten Rücken. Seine straffe Haut spannte sich über harte Muskeln und die Einkerbung seiner Wirbelsäule zwischen den Schultern bis zum Kreuz. Ein Nikotinpflaster klebte an seiner Taille, halb verborgen unter dem flauschigen weißen Badetuch, das er sich um die Hüften geschlungen hatte.

»Meinst du nicht, es könnte zu warm werden, wenn ich so nahe am Feuer sitze?«, fragte er.

»Wenn deine Haut nicht ordentlich erwärmt ist, öffnen sich die Poren nicht der heilsamen Wirkung von Benzoin und Eukalyptus.« Sie stellte sich neben ihn, legte eine Hand auf seine Stirn und die andere in seinen Nacken. »Senk den Kopf«, sagte sie und knetete sanft seine verspannten Muskeln. »Bring dir die Spannung ins Bewusstsein. Und jetzt schöpfe tief und reinigend Atem und halte ihn an, bis ich etwas sage«, wies sie ihn an, während sie mit dem Daumen seine oberen Wirbel bis in das feine Nackenhaar hinein rieb. Sie zählte bis fünf und fuhr mit dem Daumen wieder abwärts. »Atme aus und lass mit der Atemluft die Spannung hinaus, die du in deinem Kopf fühlst. Lass sie hinaus.«

»Du … Gabrielle?«

»Ja, Joe.«

»Ich fühle keine Spannung im Kopf.«

Der beruhigende Duft von Lavendel und Geranien füllte ihr Wohnzimmer, als sie sich hinter ihn stellte. Ihre Hände glitten zu seinen Schläfen, und sie massierte die Spannung fort, die er seiner Meinung nach gar nicht spürte. »Joe, du bist so verspannt, dass du jeden Augenblick zerbrechen könntest.« Langsam fuhr sie mit gespreizten Fingern seitlich an seinem Kopf hinauf; sein seidiges Haar lockte sich um ihre Knöchel, als sie auf seiner Schädeldecke die Finger ineinander verschlang. Mit den Handflächen übte sie Druck aus und rieb. »Wie fühlt sich das an?«

Er stöhnte.

»Das dachte ich mir.« Sie widmete seinem Schädel und seinem Nacken mehr Zeit, als vorgesehen war, doch sein Haar fühlte sich zwischen ihren Fingern so weich an, dass sie gar nicht anders konnte. Ein leises, warmes Prickeln fuhr an ihren Armen hinauf und bewirkte, dass ihre Brüste spannten, aber sie zwang sich, mit der Massage fortzufahren, und auf den Genuss der Berührung seiner Haare zu verzichten.

Sie goss ein wenig von dem Massageöl aus der Lotusschale in ihre Handflächen. »Nimm einen tiefen, reinigenden Atemzug und halt die Luft an.« Sie legte die Hände auf seine Schultern und rollte und drückte die Muskeln. Seine Trapez- und Deltamuskeln waren hart und knotig, und sie bewegte die Hände zum Außenbereich seiner Schultern hin, dann an den Armen herab bis zu den Ellbogen. »Empfinde die Spannung in deinem Hinterkopf. Lass sie raus, während du ausatmest«, wies sie ihn an, obwohl sie das untrügliche Gefühl hatte, dass er seinen Atem nicht zur Entspannung einsetzte. Mit knetenden Bewegungen rückte sie wieder nach oben vor. »Stell dir vor, wie der schlechte Stress aus dir herausfließt, und ersetze ihn durch weiße Prana, das ist saubere Energie aus dem Universum.«

»Gabrielle, du machst mir Angst.«

»Psst.« Sie glaubte nicht, dass ihm je irgendetwas Angst machte, und sie schon gar nicht. Sie tauchte die Finger in das Öl, strich mit den Handflächen an seinem Rücken hinunter und hinauf und wärmte so seine Muskeln und bereitete sie auf eine tiefere Massage vor. Ihre Hände schmiegten sich an die Konturen seines Fleisches, tasteten und erlernten Joes Körperbau. »Tut es hier weh?«, fragte sie, als ihre Hände an seiner rechten Schulter angelangt waren.

»Ein bisschen tiefer.«

Sie knetete und drückte und rieb einen Tropfen Schwarzpfefferöl auf die schmerzenden Muskeln. Die Hitze des Feuers wärmte seine Haut, während der Schein der Flammen Schatten über sein Fleisch jagte und auf seinem dunklen Haar schimmerte. Ein angenehmes Flattern setzte in Gabrielles Bauch ein, und ihr Geist und ihre Seele kämpften darum, ihre Berührungen unpersönlich zu halten. Wenn sie auch keine zugelassene Masseurin war, kannte sie doch den deutlichen Unterschied zwischen einer heilenden Massage und einer erotisierenden Massage.

»Gabrielle?«

»Ja?«

»Was letzte Woche im Park passiert ist, tut mir Leid.«

»Dass du mich zu Boden gerissen hast?«

»Nein, das tut mir nicht Leid. Dazu habe ich es viel zu sehr genossen.«

»Was tut dir dann Leid?«

»Dass du Angst hattest.«

»Und das ist das Einzige, was dir Leid tut?«

»Hm, ja.«

Sanft grub sie die Fingerspitzen in sein Fleisch. Sie hatte das Gefühl, dass er sich nicht allzu häufig zu einer Entschuldigung herabließ, und deshalb gab sie sich mit seinem mühevollen Versuch zufrieden.

»Ich muss zugeben, dass man mich noch nie zuvor für einen Spanner gehalten hat.«

»Wahrscheinlich doch, aber vor mir hat dir noch niemand die Wahrheit gesagt.« Sie lächelte und fuhr fort, über seine Schultern und an seinen Armen entlang zu streichen. »Manchmal hast du eine äußerst bedrohliche Aura. Daran solltest du arbeiten.«

»Ich nehme es mir fest vor.«

Sie ließ die Hände wieder hinaufgleiten und presste die Daumen in die knochige Grube in seinem Nacken. »Tut mir Leid, dass ich dich am Bein verletzt habe.«

Einer ihrer Daumen streifte sein Kinn, als er sie über die Schulter hinweg ansah. Seine dunklen Augen blickten zu ihr auf, der Feuerschein warf einen goldenen Schimmer über sein Gesicht. »Wann?«

»An dem Tag im Park, als ich dich zu Boden gestoßen habe. Hinterher, auf dem Weg zum Wagen, hast du das Bein nachgezogen.«

»Das ist eine alte Verletzung. Du konntest nichts dafür.«

»Oh.«

»Das klingt enttäuscht.«

»Nein.« Sie spreizte die Finger nach außen, und ihre Hände bewegten sich seitlich über seine Rippen. »Nicht unbedingt enttäuscht. Du warst so gemein zu mir, da hat mich die Vorstellung eben gefreut, dass du an diesem Tag auch leiden musstest.«

Er lächelte, bevor er wieder ins Feuer schaute. »O ja, ich leide bis heute unter diesem Tag. Jedes Mal, wenn ich aufs Revier komme, muss ich mir den Spott wegen dir und deinem Haarspray anhören. Wahrscheinlich werde ich noch jahrelang von dir zu hören bekommen.«

»Wenn dieser Fall abgeschlossen ist, wird man mich schnell vergessen.« Unter seinen harten Muskeln wurden seine Rippen zu seinem flachen Leib hin schmaler. »Du wirst mich sicher auch vergessen.«

»Nun, das wird niemals geschehen«, sagte er im Brustton der Überzeugung. »Ich werde dich nie vergessen, Gabrielle Breedlove.«

Seine Worte freuten sie mehr, als sie bereit war, sich einzugestehen. Sie nisteten sich nahe ihrem Herzen in ihrer Brust ein und wärmten sie wie der Schein eines Teelichts. Sie strich mit der Hand an Joes Seiten entlang bis zur Taille, hinauf bis zu den Achselhöhlen und dann wieder hinunter. »Sei dir jetzt deiner Schultern bewusst. Hol tief Luft und halt sie an.« Sie spürte, wie er den Bauch einzog und seine Muskeln hart wurden. »Du hältst gar nicht den Atem an, oder?«

»Nein.«

»Du musst deine Atmung einsetzen, wenn du dich völlig entspannen willst.«

»Unmöglich.«

»Wieso?«

»So ist es eben.«

»Würde ein Glas Wein dir helfen?«

»Ich trinke keinen Wein.« Er hielt kurz inne, bevor er weiter redete. »Es gibt nur eines, was mir helfen könnte.«

»Und was?«

»Eine kalte Dusche.«

»Das hört sich nicht unbedingt nach Entspannung an.«

Er lachte wieder, doch es klang keineswegs erheitert. »Na ja, während ich hier sitze, habe ich über noch etwas nachgedacht.«

»Über was denn?«, fragte sie, obwohl sie es wusste.

Seine Stimme klang tief und heiser, als er antwortete: »Vergiss es. Dazu müssten wir beide nackt sein, und das kann nie geschehen.«

Natürlich wusste sie, dass es nie geschehen konnte. Sie waren so völlig gegensätzlich. Er störte ihr universelles Gleichgewicht. Sie wollte einen erleuchteten Mann. Er war so erleuchtet wie ein Höhlenmensch. Er hielt sie für verrückt, und vielleicht war sie tatsächlich verrückt. Vor knapp einer Woche hatte sie ihn für einen Spanner gehalten, und jetzt saß er in ihrem Wohnzimmer, und sie ölte seinen Körper ein, als wäre er eine Figur auf einer Spieluhr. Vielleicht war sie tatsächlich verrückt. Trotzdem fragte sie: »Warum?«

»Du bist meine Informantin.«

Das war ihrer Meinung nach kein ausreichender Grund. Die Erklärung, die sie unterzeichnet hatte, war nichts weiter als ein Stück Papier. Ein Stück Papier, das nicht über das Begehren befehlen konnte. Dagegen wäre die Tatsache, dass sie so völlig verschieden waren, völlig anderen Überzeugungen anhingen, ein sehr guter Grund gewesen, nicht miteinander ins Bett zu fallen, diesen Riesenfehler nicht zu begehen.

Doch während sie den Widerschein des Feuers auf seinem glatten Rücken flackern sah, erschienen ihr die Unterschiede in ihrem jeweiligen Wesen gar nicht mehr so wichtig. Ihre

Handbewegungen wurden weich und fließend und sinnlich. Joe brachte ihr Gleichgewicht dermaßen durcheinander, dass sie völlig vergaß, ihre Berührungen unpersönlich zu halten. Sie tauchte die Finger in das angewärmte Öl und streichelte federleicht sein Rückgrat. »Sei dir deines Zwerchfells und deines Unterleibs bewusst. Atme tief ein und wieder aus.«

Sie schloss die Augen und ließ die Hände über die geschmeidigen Konturen seines unteren Rückens gleiten. Dann folgte sie mit den Fingerspitzen leicht der Linie seiner Wirbelsäule nach oben. Er schauderte, während seine Muskeln sich unter seiner straffen, heißen Haut zusammenzogen und sie mit den Daumen über sein festes Fleisch strich. Plötzlich überkam sie eine ungeheure Lust zu stöhnen oder zu seufzen oder sich vorzubeugen und in ihn hineinzubeißen. »Sei dir deiner Leistengegend bewusst.«

»Zu spät.« Er stand auf und drehte sich zu ihr um. »Das bin ich schon lange.«

Sie sah auf in seine Augen unter den schweren Lidern und betrachtete den Schwung seiner Lippen. Schweiß rann über seine Wange und sein Kinn seitlich am Hals herab und sammelte sich in der Grube an seinem braunen Hals. Sie hob die Hände und legte sie auf seinen flachen Leib. Mit den Daumen streichelte sie die dunklen Härchen, die seinen Nabel umgaben.

Ihr Blick senkte sich auf seine Taille und seine unverkennbare Erektion. Ihre Finger krümmten sich an seinem Bauch, ihr Gaumen wurde trocken. Sie fuhr sich mit der Zunge über die Lippen, und ihr Blick wanderte tiefer zu der Narbe an seinem Oberschenkel, die im Schlitz des Badetuchs gerade noch erkennbar war.

»Setz dich wieder, Joe«, befahl sie und drückte gegen seinen Leib, bis sein Hintern auf dem Stuhl aufschlug. Das Badetuch schob sich hoch und enthüllte den Saum von schwarzen Boxershorts. »Ist das deine Schussverletzung?«, fragte sie und kniete sich zwischen seine Beine.

»Ja.«

Sie tauchte die Daumen ins Öl und fuhr dann mit kreisenden Bewegungen über die Narbe. »Tut es noch weh?«

»Nein. Jedenfalls nicht mehr so wie zu Anfang«, sagte er mit rauer Stimme.

Die Vorstellung derartiger Gewalttätigkeit wollte ihr das Herz brechen, und sie blickte auf in sein Gesicht. »Wer hat dir das angetan?«

Unter gesenkten Lidern hervor schaute er zu ihr hinunter und zögerte so lange mit der Antwort, dass sie schon nicht mehr mit einer Erklärung rechnete. »Ein Polizeispitzel namens Robby Martin. Du hast bestimmt davon gehört. Vor etwa einem Jahr stand die Sache in sämtlichen Zeitungen.«

Der Name kam ihr bekannt vor, aber sie brauchte einen Moment, bis die Erinnerung kam. Dann sah sie das Bild eines blonden Jungen vor ihrem inneren Auge. Der Fall war lange Zeit durch die Presse gegangen. Der Name des Undercover-Beamten, der den tödlichen Schuss abgegeben hatte, wurde nie erwähnt, und Gabrielle hatte vergessen, dass außer auf Robby noch auf einen weiteren Menschen geschossen worden war. »Du warst das?«

Wieder zögerte er seine Antwort hinaus. »Ja.«

Langsam strichen ihre Daumen über die große Narbe und verstärkten allmählich den Druck. Sie erinnerte sich deshalb so gut an den Vorfall, weil sie, wie alle anderen auch, mit Freunden darüber geredet und sich gefragt hatte, ob in Boise nicht vielleicht ein paar schießwütige Polizisten herumliefen, die junge Männer abknallten, nur weil sie Gras geraucht hatten. »Das tut mir Leid.«

»Wieso? Warum sollte dir das Leid tun?«

»Mir tut es Leid, dass du gezwungen warst, so etwas zu tun.«

»Ich habe nur meine Arbeit getan«, sagte er mit hartem Nachdruck.

»Ich weiß.« Sanft grub sie die Fingerspitzen in die Muskeln seines Oberschenkels. »Es tut mir Leid, dass du verletzt worden bist.«

»Du hältst mich nicht für schießwütig?«

Sie schüttelte den Kopf. »Ich glaube nicht, dass du skrupellos oder im Stande bist, jemanden umzubringen, wenn du eine Wahl hättest.«

»Vielleicht bin ich aber genauso kaltblütig, wie die Zeitungen mich dargestellt haben. Wie willst du das wissen?«

Sie antwortete aufrichtig. »Weil ich deine Seele kenne, Joe Shanahan.«

Joe blickte in ihre klaren grünen Augen, und fast hätte er geglaubt, dass sie in ihn hineinschauen konnte und etwas wusste, was er selbst nicht mit letzter Gewissheit wissen konnte.

Sie fuhr sich mit der Zunge über die Lippen, und er sah, wie ihre Zungenspitze zum Mundwinkel glitt. Dann tat sie etwas, was seinen Herzschlag stocken und pure Lust in seinen Lenden auflodern ließ. Sie senkte den Kopf und küsste seinen Schenkel.

»Ich weiß, dass du ein guter Mensch bist.«

Der Atem blieb ihm in der Kehle stecken, und er hätte gern gewusst, ob sie ihn wohl immer noch für einen guten Menschen hielt, wenn er sie nun bitten würde, mit dem Mund ein wenig höher hinaufzuwandern. Er blickte auf ihren Kopf herab, doch als er gerade eine verlockende Vorstellung von ihrem Gesicht in seinem Schoß heraufbeschworen hatte, hob sie den Kopf und verdarb alles. Sie sah ihn an, als könnte sie tatsächlich in seine Seele schauen. Als sähe sie dort einen besseren Menschen, als er seines Wissens war.

Joe sprang auf und kehrte ihr den Rücken zu. »Du weißt überhaupt nichts«, sagte er, ging zum Kamin und hielt sich am Sims fest. Vielleicht hat's mir ja Spaß gemacht, Türen einzutreten und meinen Körper als Rammbock einzusetzen.«

»Oh, das bezweifle ich nicht.« Sie trat neben ihn und fügte hinzu: »Du bist ein sehr körperbewusster Typ. Ich bezweifle allerdings, dass du die Wahl hattest.«

Er sah sie über die Schulter hinweg an und richtete dann den Blick auf die kleinen Kerzen, die auf dem Kaminsims brannten. »Ich hatte durchaus die Wahl, ich war nicht gezwungen, einen Drogendealer durch eine dunkle Gasse zu jagen. Aber ich bin Polizist, und das ist mein Beruf. Ich jage die Bösen, und wenn ich mir etwas vorgenommen habe, dann führe ich es auch aus. Und glaube mir, ich hatte mir fest vorgenommen, Robby zu verknacken.« Er wollte sie schockieren. Sie zum Schweigen bringen. Diesen Ausdruck aus ihren Augen vertreiben. »Ich war stinksauer auf ihn. Er war mein Informant, und er hat mich verraten, und ich wünschte mir nur eines, ihn in die Finger zu bekommen.« Er sah sie wieder an, aber sie wirkte nicht schockiert. Angeblich war sie doch Pazifistin. Männer wie ihn musste sie verabscheuen. Sie sollte ihn nicht anschauen, als ob *er ihr Leid täte*, um Himmels willen.

»Ich sah die Stichflamme aus Robbys Knarre schießen«, fuhr er fort, »und da habe ich mein Magazin in seine Brust entleert, bevor ich auch nur wusste, dass ich die Waffe gezogen hatte. Ich brauchte ihn mir nicht erst anzusehen, um zu wissen, dass ich ihn getroffen hatte. Wenn du so etwas schon einmal gehört hast, weißt du, was es ist. Und du vergisst es nie wieder. Später erfuhr ich, dass ich ihn getötet hatte, bevor er auf den Boden aufschlug. Und ich weiß nicht, wie ich das finden soll. Manchmal fühle ich mich furchtbar, und manchmal bin ich heilfroh, dass ich der bessere Schütze war. Es ist eine scheußliche Sache zu wissen, dass du alles genommen hast, was ein Mann ist und jemals sein wird.« Er stieß sich vom Kaminsims ab. »Vielleicht hatte ich tatsächlich die Beherrschung verloren.«

»Ich glaube nicht, dass du jemals so weit die Beherrschung verlierst.«

Da irrte sie sich. Irgendwie hatte sie ihn dazu gebracht, ihr viel mehr über die Schießerei zu erzählen, als er irgendwem sonst gegenüber je hatte verlauten lassen. Sie brauchte ihn nur mit diesen großen Augen anzusehen, als ob sie wirklich an ihn glaubte, und schon plapperte er wie ein Geisteskranker. Nun, jetzt hatte er genug geredet. Eine gestrichene halbe Stunde hatte er auf diesem unbequemen Stuhl gesessen und sich vorgestellt, wie ihre Brüste in seine hohlen Hände passten.

Er griff nach ihr und presste seinen Mund auf ihren. Sogleich erkannte er den Geschmack ihrer vollen, süßen Lippen, als wären sie ein Liebespaar. Als würde er sie schon lange kennen. Er neigte den Kopf zur Seite, und ihr Mund öffnete sich seinem Drängen, heiß und feucht und willkommen heißend. Er fühlte sie schaudern, als seine Zunge die ihre berührte. Sie schlang die Arme um seinen Nacken und klammerte sich an ihn. Der Latz ihres Rocks streifte seine bloße Brust, ihre Hüften wölbten sich ihm entgegen und pressten sich an sein Glied. Joe umfasste ihre Taille, und statt klug zu sein und sie von sich zu schieben, rieb er sein Becken an ihres. Die Lust war umwerfend und schmerzhaft. Pochende Qual und Ekstase, und er wollte mehr von ihr als einen Kuss.

Er griff nach den Schnallen ihrer Rockträger und hakte sie problemlos auf. Der Latz fiel über ihre Taille, und blitzschnell hatte er die Knöpfe ihrer weißen Bluse geöffnet. Joe schlug die beiden Vorderteile auseinander, und endlich, endlich konnte er seine Hände mit den in Spitzen verhüllten vollen Brüsten füllen. Gabrielles Lippen zitterten, und sie rang nach Luft, als seine Daumen über ihre Brust strichen. Dann wich er ein wenig zurück und sah ihr ins Gesicht. Ihre Lider hoben sich leicht flatternd, und sie flüsterte Joes Namen, und in ihrer Stimme lag das gleiche Sehnen, das so schmerzhaft in seinen Lenden pochte. Hunger blitzte aus ihren Augen, und das Wissen, dass sie ihn genauso begehrte wie er sie, brachte sein Blut in Wallung. Sie war schön, innerlich wie äußerlich. In seinen Händen war sie ganz Leidenschaft, Verlangen und Feuer, und er wollte gern noch ein wenig länger mit dem Feuer spielen.

Joe holte tief Luft und stieß sie langsam wieder aus, während sein Blick von dem rotbraunen Haar, das ihr schönes Gesicht in wilden Locken rahmte, über ihre vom Küssen feuchten und geschwollenen Lippen, den Hals abwärts bis zu den Händen wanderte, in denen ihre runden Brüste lagen. »Jetzt bist du dran«, sagte er und sah ihr wieder ins Gesicht.

Sie blickte ihm fest in die Augen, als er ihr die Bluse von den Schultern schob. Der weiße Stoff glitt von ihren Armen und fiel zu Boden. Sie stand vor ihm, ihr Trägerrock an den Hüften geknöpft, die Brüste mit weißer Spitze verhüllt. Jeweils in der Mitte drängte eine Brustwarze gegen das feine Material, sehr hart und rosig. Joe drehte sich leicht in den Hüften und tauchte seine Finger in das warme Öl. Dann berührte er ihre Halsgrube und fuhr mit den Fingerspitzen zärtlich an ihrem Brustbein entlang und zwischen ihre Brüste. Ihre unglaublich zarte Haut streifte seine Fingerknöchel, als er am Verschluss ihres BHs nestelte. Der Haken sprang auf, und ihre Brüste befreiten sich aus den Körbchen. So schön und perfekt, dass es ihm die Kehle zuschnürte. Joe hob die Hände an ihre Schultern und streifte die Spitzenträger an ihren Armen herab, bis der BH neben ihrer Bluse auf dem Boden Platz fand. Dann griff er nach der Lotusschale und hob sie zwischen sich und ihr. Langsam kippte er sie, bis die kleine Menge des restlichen Öls sich über ihre weiße Haut ergoss, zwischen ihren vollen Brüsten herabrann und sich seinen Weg über ihren Bauch bis zum Nabel bahnte. Ohne den Blick von Gabrielle zu lösen, leerte er die Schale aus und stellte sie auf dem Holzstuhl ab. Ein klarer Tropfen glitzerte an ihrer Brust, und er berührte ihn mit dem Finger.

Er wollte ihr sagen, dass sie herrliche Brüste hatte, aber alles, was über seine Lippen kam, war ein buntes Gemisch von Flüchen, während er den Öltropfen verrieb.

Gabrielle neigte sich zu ihm und legte eine Hand um seinen Nacken. Sie presste ihre feuchten Lippen auf seine und sog zärtlich seine Zunge in ihren Mund. Joe verteilte das Öl auf ihren weichen Brüsten und ihrem glatten Bauch. Er wollte sie. Er hatte sich nie etwas so sehnlich gewünscht wie in diesem Augenblick, da es ihn drängte, der schmerzhaften Lust, die in seinen Lenden pochte, nachzugeben. Er legte die Hände seitlich an ihren Hals, wich ein wenig zurück, um Gabrielle anzusehen, ihre im Feuerschein glänzenden Brüste, die aussahen, als hätte er sie dort geküsst. Er hatte sich nie etwas so dringend gewünscht, wie er sich jetzt seiner Boxershorts entledigen und Gabrielle gegen eine Wand drängen oder auf das Sofa oder den Boden oder wohin auch immer werfen wollte. Er wollte sich zwischen ihre zarten Schenkel knien und sich, während der süße Duft der Kerzen und ihres Körpers sein Bewusstsein füllten, tief in sie versenken und dort eine Weile bleiben. Sie wollte es genauso sehr wie er. Warum zum Teufel sollten sie nicht beide bekommen, was sie wollten?

Aber er durfte nicht mit ihr schlafen. Selbst wenn sie nicht seine Informantin gewesen wäre, gehörte er doch nicht zu den Typen, die vorsorglich immer Verhütungsmittel in der Brieftasche hatten, und er lachte beinahe vor Erleichterung. »Ich habe kein Kondom dabei.«

»Ich nehme seit acht Jahren die Pille«, sagte sie und führte seine Hand zurück an ihre glitschige Brust. »Und ich vertraue dir.«

Er wünschte sich, sie hätte ihm dieses Geständnis erspart, das ihm grünes Licht gab. Der Schmerz in seinen Lenden pochte, und bevor sein Verstand sich endgültig in seine Boxershorts zurückzog, zwang er sich, daran zu denken, wer sie war und was sie für ihn bedeutete. Er vergrub sein Gesicht in ihrem Haar und ließ die Hände sinken. Er begehrte sie, wie er nie im Leben eine Frau begehrt hatte, und er musste sich eilends etwas einfallen lassen.

»Gabrielle, Liebling, kannst du Kontakt zu Elvis aufnehmen?«, fragte er, nach Luft ringend und nach Strohhalmen greifend.

»Hm?« Ihre Stimme klang heiser, als wäre sie gerade eben aufgewacht. »Was?«

»Kannst du Kontakt zu Elvis Presley aufnehmen?«

»Nein«, flüsterte sie und lehnte sich an ihn. Ihre Brüste streiften seine Brust.

»Himmel«, keuchte er, »kannst du's nicht mal versuchen?«

»Jetzt gleich?«

»Ja.«

Sie lehnte sich zurück und schaute ihn unter schweren Lidern hervor an. »Ich bin kein Medium.«

»Dann kannst du also nicht mit den Toten in Verbindung treten?«

»Nein.«

»Verdammt.«

Sie legte ihm die Hand auf die Schulter und räusperte sich. »Aber ich habe eine Cousine, die mit Walen kommuniziert.«

Seine Mundwinkel zuckten. Eine Cousine, die mit Walen kommunizierte, war nur eine geringfügige Ablenkung, aber er ließ sich gern auf alles ein, was seine Aufmerksamkeit von Gabrielles festen Brüsten ablenken konnte. »Tatsächlich?«

»Nun ja, sie glaubt es zumindest.«

»Erzählst du mir ein bisschen über Wale?« Joe griff hinter sie und streifte die Rockträger wieder über die Schultern.

»Was?«

»Na ja, woran denken sie so?« Er befestigte die Träger am Latz ihres Rocks und deckte die Versuchung so gut er konnte zu.

»Ich weiß nicht. Vielleicht an Krill oder Tintenfische?«

Joe ging zum Sofa, ließ das Badetuch fallen und stieg in seine Jeans.

»Willst du gehen?«

Er sah zu ihr hinüber, sah ihre vor Verwirrung gerunzelte Stirn und ihre schwellenden Brüste, die seitlich unter dem Latz ihres Rocks hervorquollen. »Ich muss morgen früh aufstehen«, sagte er und griff nach seinem Polohemd. Er schob die Arme in die Ärmel und zog es über den Kopf.

Selbst während Gabrielle zusah, wie er den Saum seines Hemds über die Brust zog, konnte sie nicht glauben, dass er tatsächlich gehen wollte. Nicht, so lange sie noch immer seinen Mund auf der Zunge fühlte und schmeckte.

»Ich habe heute den Lagerraum in deinem Laden gestrichen«, sagte er so beiläufig, als stünde sie nicht ohne Bluse da. Als würde ihr Körper nicht noch immer von seinen Berührungen vibrieren. »Falls sich die Ermittlungen noch bis nächste Woche hinziehen, müssen wir uns eine neue Aufgabe für mich überlegen. Kevin sagte etwas von einem neuen Verkaufstresen, aber so weit reichen meine Fähigkeiten als Tischler nicht.«

Sie trat hinter den Esszimmerstuhl, den sie vor den Kamin gestellt hatte, und umklammerte mit beiden Händen die Rückenlehne. Ihre Knie zitterten, und sie konnte einfach nicht glauben, dass sie über seine Fähigkeiten als Tischler redeten, als wäre nichts geschehen. Zum ersten Mal, seit er sie bis zur Taille ausgezogen hatte, fühlte sie sich entblößt und hob die Hände an die Brüste. »Okay«, sagte sie.

Joe zog seine Schlüssel aus der Tasche und ging zur Haustür. »Wir sehen uns dann wohl erst wieder am Montag. Du hast doch die Nummer von meinem Piepser, oder?«

»Ja.« Er würde nicht versuchen, sie am nächsten Tag anzurufen oder zu sehen. Vielleicht war es besser so. Noch vor ein paar Stunden war sie nicht einmal sicher gewesen, ob sie ihn mochte oder nicht, und doch gab ihr der Gedanke, dass sie ihn vorerst nicht sehen würde, ein Gefühl der inneren Leere. Sie sah zu, wie er ihr Haus verließ, als könnte er sich gar nicht schnell genug aus dem Staub machen, und kaum hatte sich die Tür hinter ihm geschlossen, ließ Gabrielle sich auf den Stuhl sinken.

Die Kerzen auf dem Kaminsims flackerten, doch ihr Duft wirkte in keiner Weise beruhigend auf sie. Gabrielle fühlte sich innerlich völlig zerrissen, doch all ihre Sehnsucht schien sich nur auf das eine zu konzentrieren – auf Joe. Das ergab doch überhaupt keinen Sinn. Es gab kein Gleichgewicht in ihrem Leben, sobald Joe in ihrer Nähe war. Keine ruhige Mitte. Doch als er ihr so nahe war, hatte es sich so gut angefühlt, die Wärme seiner nackten Haut zu spüren. So vollständig. So heil. Er hatte sich ihr anvertraut, und sie fühlte sich, als hätten sie sich auf einer mehr oder weniger spirituellen Ebene getroffen.

Sie kannten einander erst so kurze Zeit, und doch hatte sie zugelassen, dass er Öl über ihre Brüste goss und sie berührte, als wären sie ein Liebespaar. Er brachte ihr Herz zum Klopfen und weckte ihre Sinne, bis jede Faser ihres Körpers, ihres Geistes und ihrer Seele sich auf ihn ausrichtete. Sie reagierte auf ihn wie auf noch keinen Mann zuvor, und doch kannte sie ihn nicht. Ihr Herz klopfte, als würde sie ihn erkennen, und dafür gab es nur eine Erklärung. Sie fürchtete sich vor der Bedeutung.

Yin und Yang.

Dunkelheit und Licht. Positiv und negativ. Zwei völlige Gegensätze, die zusammenfanden und ein vollkommen ausgewogenes Ganzes bildeten.

Sie fürchtete, dass es bedeutete, sie wäre im Begriff, sich in Detective Joe Shanahan zu verlieben.

13. KAPITEL

Die späte Morgensonne, die durch die Fenster im Polizeirevier fiel, beleuchtete die Hulatänzerin aus Plastik auf Joes Schreibtisch, als wäre sie eine Heiligenfigur. Joe überflog das Formular vor seiner Nase und unterzeichnete ohne Begeisterung die eidesstattliche Erklärung für seinen Antrag auf einen Durchsuchungsbefehl. Er reichte sie Captain Luchetti und warf seinen Stift auf den Tisch. Der blaue Bic-Kuli rollte über den Tätigkeitsbericht, an dem er vorher gearbeitet hatte, stieß gegen die nackten Füße der Hulatänzerin und löste den Mechanismus aus, der ihre Hüften schwingen ließ.

»Sieht gut aus«, bemerkte der Captain nach einem Blick auf das Formular.

Joe verschränkte die Hände hinter dem Kopf und streckte die Beine von sich. Seit drei Stunden saß er schon auf dem Revier und besprach mit den anderen Beamten den Fall Hillard. Er hatte über seine Entdeckungen in Kevins Haus Bericht erstattet, angefangen bei den gestohlenen Antiquitäten im Gästezimmer über das Schachspiel aus Elfenbein bis zu den Spiegeln im Schlafzimmer. Er hatte geglaubt, Kevin zu diesem Zeitpunkt längst in Untersuchungshaft genommen zu haben, und war jetzt maßlos enttäuscht. »Ja, Pech, dass wir's nicht schon heute erledigen können.«

»Genau das ist dein Problem, Shanahan, du bist zu ungeduldig.« Captain Luchetti warf einen Blick auf seine Uhr und legte die eidesstattliche Erklärung auf Joes Schreibtisch. »Immer willst du alles in einer Stunde fertig haben, wie in diesen seichten Krimis im Fernseher.«

Joes Problem war keineswegs seine Ungeduld. Nun ja, ein bisschen vielleicht auch, aber er hatte Gründe dafür, dass er den Fall so schnell wie möglich abschließen wollte, und die hatten nichts mit Ungeduld zu tun, wohl aber sehr viel mit seiner rothaarigen Informantin.

Der Captain schlüpfte in seine Anzugjacke und rückte seine Krawatte zurecht. »Du hast gute Arbeit geleistet. Wir kriegen den Gerichtsbescheid, dass wir Carters Privattelefon anzapfen dürfen, und wir kriegen unseren Durchsuchungsbefehl. Wir kriegen Carter«, sagte er und ging aus dem Raum. Ganz gleich, wo er sich aufhielt oder was er gerade tat, Vince Luchetti versäumte nie die Sonntagsmesse. Joe fragte sich manchmal, wen der Captain mehr fürchtete, Gott oder Sonja, seine Frau.

Er streckte die Arme über den Kopf und warf einen Blick auf die eidesstattliche Erklärung. Er hatte sorgfältigst auf die Formulierungen geachtet, als er das Dokument verfasste, denn er wusste aus langjähriger Erfahrung, dass Verteidiger mit Vorliebe auf vage oder unzureichende Schilderungen ansprangen und jeden Vorwand nutzten, um Widersprüche geltend zu machen. Doch trotz aller Mühe glaubte er nicht an einen Erfolg. O ja, er würde seinen Durchsuchungsbefehl bekommen; für einen Richter lagen ausreichend plausible Gründe zur Erteilung eines solchen vor, aber Walker und Luchetti wollten noch warten. Da Joe am Vorabend den Monet nicht gefunden hatte, glaubten sie nicht daran, dass sie das Gemälde bei einer Hausdurchsuchung aufspüren würden oder dass Kevin den Namen des Sammlers preisgeben würde, der nach Meinung der Polizei den Diebstahl veranlasst hatte.

Also würde der Durchsuchungsbefehl zu den Akten gelegt werden. Jetzt hatten sie massive Beweise dafür, dass Kevin sich der Hehlerei mit gestohlenen Antiquitäten schuldig gemacht hatte, doch Joes Arbeit vom Vorabend würde nicht zu einer Verhaftung führen. Er hatte ein Schulterklopfen und einen warmen Händedruck dafür bekommen. Doch Joe wollte mehr. Er wollte Kevin in einem Vernehmungszimmer sitzen sehen.

»Hey, Shannie.« Winston Densley, der einzige schwarze Beamte im Raubdezernat und einer von den drei Beamten, die zu Kevins Beschattung abgestellt waren, zog sich einen Stuhl an Joes Schreibtisch heran. »Erzähl mal von diesen Spiegeln in Carters Schlafzimmer.«

Joe lachte leise und verschränkte die Arme vor der Brust. »Das Zimmer ist rundum mit Spiegeln ausgestattet, und er kann sich selbst aus jedem Blickwinkel in Aktion betrachten.«

»Ziemlich pervers, wie?«

»Ja.« Und Joe hatte in diesem perversen Spiegelzimmer gestanden und Gabrielle Breedlove in ihrem hässlichen, sackförmigen Trägerrock aus sämtlichen Blickwinkeln und Perspektiven betrachtet. Er hatte sich vorgestellt, wie sie aussehen würde, wenn sie nichts außer einem durchsichtigen BH und dem dazu passenden Slip am Leibe gehabt hätte. Oder noch lieber einen Spitzentanga, damit er ihre nackten Pobacken in den Händen halten konnte.

Während sie noch über den Verschleiß von Glasreiniger nachdachte, hatte er überlegt, wie sie aussehen würde, wenn sie von der Taille aufwärts nackt wäre. Darüber brauchte er nun nicht mehr zu spekulieren. Er wusste, dass ihre Brüste größer waren, als er vermutet hatte, und dass sie perfekt in seine großen Hände hineinpassten. Er kannte die zarte Beschaffenheit ihrer Haut. Und er kannte noch einiges mehr, zum Beispiel ihr lustvolles Stöhnen und den Sog ihrer verführerischen grünen Augen. Er kannte den Duft ihres Haars, den Geschmack ihres Mundes, und er wusste, dass die Berührung ihrer zärtlichen Hände ihn so erregten, dass er kaum noch denken und atmen konnte.

Und er wusste mit absoluter Sicherheit, dass es entschieden besser für ihn wäre, wenn er all dies nicht gekannt hätte. Joe seufzte und fuhr sich mit der Hand durchs Haar. »Ich will diesen Fall endlich abschließen.«

»So ein Fall braucht nun mal seine Zeit. Warum hast du's denn so eilig?«

Warum hatte er es so eilig? Er war im Begriff gewesen, mit Gabrielle zu schlafen, und er war keineswegs sicher, dass ihm so etwas nicht noch einmal passieren würde. Er konnte sich noch so lange einreden, dass es nie wieder so weit kommen würde, aber gewisse Körperteile gehorchten ihm einfach nicht. Ihretwegen hätte er um ein Haar seine Karriere in Gefahr gebracht. Wenn sie nicht von dieser Verwandten erzählt hätte, die mit Walen kommunizierte, hätte er sie womöglich gleich dort auf dem Fußboden ihres Wohnzimmers genommen. »Ich werde wohl langsam kribbelig«, antwortete er.

»Du denkst immer noch wie ein Rauschgiftfahnder.« Winston stand auf und schob seinen Stuhl quer durch den Raum zurück. »Manchmal liegt der Spaß im Warten, und damit könnten wir noch eine ganze Weile beschäftigt sein«, prophezeite er.

Aber Zeit war genau das, was Joe nicht hatte. Er musste sich unbedingt einen anderen Fall zuweisen lassen, bevor er diesen restlos vermasselte und seinen Job verlor oder zur Motorradstreife degradiert wurde. Das allerdings stellte ihn vor ein großes Problem. Er konnte nicht einfach so ohne triftigen Grund um die Betrauung eines anderen Falls bitten, und die Erklärung »ich fürchte, ich könnte DNA mit meiner geheimen Informantin austauschen«, kam nicht in Betracht. Er musste etwas unternehmen, hatte allerdings nicht die geringste Ahnung, was das sein sollte.

Er ließ den Bericht und die eidesstattliche Erklärung auf seinem Schreibtisch liegen und ging zur Tür. Wenn er sich beeilte, erwischte er Ann Cameron vielleicht noch, bevor der Mittagsbetrieb einsetzte. Sie war genau der Typ Frau, den er sich immer als Freundin gewünscht hatte. Sie war attraktiv, konnte wunderbar kochen, aber was viel wichtiger war: Sie war normal. Unkompliziert. Baptistin. Sie war ganz anders als Gabrielle.

Knapp eine halbe Stunde später saß Joe an einem kleinen Tisch in Annes Bistro und stärkte sich genussvoll mit warmem, knusprigem Brot und einem Teller voll Hühnchen mit einer sahnigen Pestosoße. Er fühlte sich wie im siebten Himmel – wenngleich da etwas war, das ihn daran hinderte, seine Mahlzeit restlos unbeschwert zu genießen. Er wurde das Gefühl nicht los, dass er seine Freundin betrog. Dass er Gabrielle mit Ann betrog. Das war ein völlig irrationales Gefühl. Doch es nagte an ihm, belästigte ihn irgendwo im hintersten Winkel seines Gehirns und ließ ihn nicht in Ruhe.

Ann saß ihm am Tisch gegenüber und plapperte nonstop über ihr Geschäft und ihr Leben und ihre gemeinsame Kindheit in derselben Wohngegend. Es war eine vollkommen normale Unterhaltung, aber er hatte das Gefühl, dass auch das irgendwie nicht ganz richtig war.

»Ich achte darauf, täglich mindestens eineinhalb Liter Wasser zu trinken und drei Meilen zu gehen«, berichtete sie. Ihre Augen strahlten geradezu, als wäre sie ziemlich aufgeregt, doch Joe verstand überhaupt nicht, was an Gehen und Wassertrinken so aufregend sein sollte. »Ich weiß noch, dass du jeden Abend mit dem Hund Gassi gegangen bist«, sagte sie. »Wie hieß er noch gleich?«

»Kratzer«, antwortete er in Erinnerung an den Hund, den er aus dem Teich gerettet hatte. Kratzer war eine Mischung aus Pitbull und Sharpei und der beste Hund, den sich ein Junge wünschen konnte. Jetzt besaß Joe einen Vogel. Einen Vogel, der mit Gabrielle brüten wollte.

»Ich habe einen Spitz, Snicker Doodle. Er ist so süß.«

Lieber Himmel. Er schob seinen Teller von sich und griff nach seinem Glas mit Eistee. Okay, über einen kleinen Kläffer konnte er hinwegsehen. Ann war eine tolle Köchin und hatte schöne Augen. Es lag überhaupt kein Grund vor, warum er sich nicht mit ihr treffen sollte. Er hatte keine Freundin.

Er fragte sich, ob Sam Ann wohl würde leiden mögen oder ob er versuchen würde, sie aus dem Haus zu jagen. Vielleicht war es an der Zeit, sie zu sich einzuladen und es herauszufinden. Und was seine Schuldgefühle betraf, es gab absolut nichts, weswegen er sich hätte schuldig fühlen müssen. Nichts. Nada. Und damit basta.

Gabrielle hatte geplant, einen ruhigen Vormittag zu Hause zu verbringen und ätherische Öle vorzubereiten. Stattdessen malte sie wie ein verrückt gewordener Van Gogh. Sie lehnte das Porträt, an dem sie gearbeitet hatte, gegen die Wand und begann ein neues. Ihre Mutter unterbrach sie zweimal durch einen Anruf, deshalb stöpselte sie das Telefon aus. Gegen Mittag war ihr neustes Gemälde von Joe fertig – bis auf Hände und Füße, versteht sich. Wie auf ihren anderen Bildern stand er inmitten seiner Aura, doch dieses Mal hatte sie sich beim Malen seiner männlichen Attribute etwas mehr kreative Freiheit gestattet. Sie glaubte nicht, dass sie übertrieben hatte. Eher geraten, auf der Grundlage der harten Länge, die sie am Abend zuvor an der Innenseite ihres Oberschenkels gespürt hatte.

Schon der Gedanke an das, was sich in ihrem Wohnzimmer zugetragen hatte, trieb ihr die Röte in die Wangen. Die Frau, die absichtlich aus einer harmlosen Massage etwas Erotisches gemacht hatte, war nicht sie selbst. So etwas tat sie nicht. Dafür musste es eine Erklärung geben, zum Beispiel dass womöglich etwas Merkwürdiges im Kosmos vor sich gegangen war. Oder dass der Vollmond die Durchblutung ihres Kleinhirns beeinträchtigt hatte, und wenn im Kleinhirn keine Ausgewogenheit herrschte, dann herrschte Chaos.

Seufzend tauchte Gabrielle den Pinsel in die rote Farbe. An ihre Vollmondtheorie konnte sie beim besten Willen selbst nicht recht glauben, und auch in Bezug auf die Yin-und-Yang-Theorie war sie nicht mehr ganz sicher. Im Gegenteil, mittlerweile war sie ziemlich sicher, dass Joe *nicht* ihr Yang war. Er war nicht die andere Hälfte ihrer Seele.

Er war lediglich in ihr Leben getreten, um Mr. Hillards Monet wieder herbeizuschaffen und um so zu tun, als würde sie ihm etwas bedeuten, damit er Kevin verhaften konnte. Er war ein knallharter Polizist, der ihre Ideale für idiotisch hielt. Er lachte über sie und zog sie auf, um dann mit den Berührungen seiner Hände und seines Mundes brennende Begierde in ihr zu wecken. Er küsste sie eindeutig nicht wie ein Mann, der Leidenschaft vortäuschte. Am vorangegangenen Abend hatte er ihr einen Teil seiner Vergangenheit anvertraut, ein Stück seines Lebens, und da hatte sie geglaubt, sie wären in Verbindung getreten.

Er hatte ihr mit seinem Begehren ein Schwindelgefühl verursacht und sie dann allein und benommen stehen lassen. Er erregte sie und bat sie dann, Kontakt zu Elvis aufzunehmen, und er bezeichnete *sie* als verrückt?

Gabrielle reinigte ihre Pinsel, tauschte dann ihr Malerhemd gegen ein T-Shirt, das den Namen eines ortsansässigen Restaurants auf der Brust trug, und abgeschnittene Jeans. Schuhe brauchte sie nicht.

Um halb drei reichte Kevin eine Pappröhre mit einigen antiken Filmplakaten herein, die er auf einer Internet-Auktion erstanden hatte. Er wollte ihre Meinung zum Wert der Plakate hören, und die ganze Zeit über, als er in ihrer Küche stand und mit ihr über die Plakate sprach, rechnete Gabrielle damit, dass er sich in irgendeiner Weise zu Joes und ihrem Sprung von seiner Terrasse äußerte. Doch das tat er nicht, und sie musste wohl dankbar sein, dass er zu sehr damit beschäftigt gewesen war, der besten Freundin seiner Freundin Mr. Happy vorzustellen, um etwas zu bemerken. Allerdings musste Gabrielle das schlechte Gewissen anzumerken gewesen sein, denn er fragte sie immer wieder, ob etwas nicht in Ordnung sei.

Als Kevin gegangen war, holte Gabrielle schließlich doch ihre Schachteln mit Öl hervor und stellte sie zu den kleinen Glasschalen und Fläschchen auf den Küchentisch. Sie wollte Gesichtsreiniger und Feuchtigkeitsspender ausprobieren, und sie mischte Tonics und Heilmittel für geplatzte Äderchen und Akne. Gerade als sie aus natürlichem Tonstaub, heißem Wasser und Joghurt eine Gesichtsmaske mischen wollte, klingelte Francis an der Tür.

Ihre Freundin brachte ihr einen blauen Jeans-BH und einen dazu passenden Slip mit. Gabrielle bedankte sich und warb sie als Testperson für ihre Gesichtsmaske an. Sie wickelte ein Badetuch um Francis' Haar und forderte sie auf, sich auf einen Esszimmerstuhl zu setzen und den Kopf zurückzulegen.

»Sag mir, wenn deine Haut anfängt, zu sehr zu spannen«, sagte sie, während sie die Tonmaske auf das Gesicht ihrer Freundin strich.

»Das riecht nach Lakritz«, beschwerte sich Francis.

»Das liegt daran, dass ich Fenchelöl hineingegeben habe.« Gabrielle verteilte den Ton über Francis' Stirn und gab sorgsam Acht, dass sie das Badetuch nicht beschmutzte. Francis hatte reichlich Erfahrungen mit Männern gemacht, nicht immer gute, aber auf jeden Fall entschieden mehr als Gabrielle. Vielleicht konnte ihre Freundin ihr helfen zu begreifen, was mit ihr und Joe geschehen war. »Darf ich dich was fragen? Hast du je einen Mann gekannt, den du nicht mal zu mögen glaubtest, aber trotzdem ständig von ihm geträumt und fantasiert hast?«

»Ja.«

»Wer war das?«

»Steve Irwin.«

»Wer?«

»Der Krokodiljäger.«

Gabrielle sah in Francis' große blaue Augen. »Du träumst von dem Krokodiljäger?«

»Ja, ich finde ihn irgendwie so groß und unbeholfen, und er trägt die Nase wohl ziemlich hoch, aber ich mag seinen Akzent. Und in diesen Safari-Shorts sieht er ganz gut aus. In meiner Fantasie ringe ich manchmal mit ihm.«

»Er ist mit Teri verheiratet.«

»Na und? Ich dachte, wir reden über Fantasien.« Francis unterbrach sich, um sich am Ohr zu kratzen. »Fantasierst du von deinem Detective?«

Gabrielle tunkte die Finger in die Tonpaste und bestrich den Nasenrücken ihrer Freundin damit. »Ist es so leicht zu erraten?«

»Nein, aber wenn er nicht dir gehörte, würde ich mir schon ein paar Fantasien einfallen lassen.«

»Joe gehört nicht mir. Er arbeitet in meinem Laden, und ich finde ihn einigermaßen attraktiv.«

»Quatsch.«

»Okay, er ist Klasse, aber nicht mein Typ. Er glaubt, Kevin hätte mit Kunstdiebstählen zu tun, und wahrscheinlich denkt er, ich stecke auch mit drin.« Sie verstrich den Ton auf

Francis' Wangen und Kinn, bevor sie hinzufügte: »Na ja, und er hält mich für verrückt, obwohl er selbst es schließlich war, der wollte, dass ich mit Elvis Kontakt aufnehme.«

Francis lächelte, und dabei geriet ein wenig Ton in ihren Mundwinkel. »Und? Kannst du das?«

»Red keinen Unsinn. Ich bin doch kein Medium.«

»Das ist kein Unsinn. Du glaubst doch auch an all den anderen New-Age-Kram, und deshalb finde ich es gar nicht so abwegig, dass er dich danach fragt.«

Gabrielle wischte sich an einem feuchten Tuch die Hände ab, beugte sich nach vorn und wickelte ihr Haar ebenfalls in ein Badetuch. »Nun, als er mich danach fragte, haben wir's gerade ziemlich toll getrieben«, erklärte sie, als sie sich wieder aufrichtete.

»Ihr habt's getrieben?«

»Wir haben geknutscht.« Sie und Francis tauschten die Plätze, und Gabrielle blickte ihrer Freundin ins Gesicht, das bis auf Augen und Mund mit weißer Paste bedeckt war. »Und so.«

»Also, das ist wirklich merkwürdig.« Der weiche Ton fühlte sich wunderbar an auf Gabrielles Stirn, und sie schloss die Augen und versuchte, sich zu entspannen. »Wollte er, dass du Elvis *bist*, oder wollte er dem King einfach nur ein paar Fragen stellen?«

»Als ob es darauf ankäme! Es ging schon ziemlich heiß her, und dann hielt er inne und fragte mich, ob ich Kontakt zu Elvis aufnehmen könnte.«

»Es kommt unbedingt darauf an. Falls er bloß ein paar Fragen stellen, sich informieren wollte, dann ist er nichts weiter als leicht verrückt. Aber wenn er wollte, dass du der King of Rock 'n' Roll bist, dann solltest du dir schnellstens einen anderen Mann suchen.«

Gabrielle seufzte und schlug die Augen auf. »Joe ist nicht mein Mann.« Francis' Maske begann, an den Rändern und auf der Nase zu trocknen. »Du bist dran«, sagte Gabrielle, um das Thema zu wechseln. »Erzähl mir, was du gestern Abend getrieben hast.« Sie war verwirrter denn je und verstand überhaupt nicht, wie sie hatte glauben können, dass sie mit Francis' Hilfe Klarheit in ihr Chaos bringen könnte.

Nach der Maske probierten sie Gabrielles Gesichtstonikum und das Feuchtigkeitsöl aus. Als Francis sich schließlich verabschiedete, hatten beide Frauen eine porentief gereinigte und gesund schimmernde Haut. Zum Abendessen backte Gabrielle eine Gemüsepizza, die sie vor dem Fernseher verspeisen wollte. Die Fernbedienung in der Hand, zappte sie durch alle Kanäle, in der Hoffnung, eine Folge vom *Krokodiljäger* zu finden. Sie wollte gern wissen, was Francis an einem Mann, der mit Reptilien rang, so faszinierend fand, doch noch bevor sie alle Sender überprüft hatte, klingelte es an der Tür. Sie stellte ihren Teller auf den Couchtisch und ging zur Eingangstür. Gerade als sie den Türknauf ergriff, stürzte Joe herein und schoss an ihr vorbei wie von der Tarantel gestochen. Er brachte den Duft von Sandelholz und Abendwind mit herein. Er trug schwarze Shorts mit dem Nike-Logo auf der Gesäßtasche. Von seinem übergroßen T-Shirt hatte er die Ärmel abgetrennt, und die Ärmellöcher reichten ihm fast bis zur Taille. Seine weißen Socken waren leicht ausgeleiert, die Laufschuhe alt. Er sah sehr männlich und hartgesotten aus, genauso wie damals, als sie ihn zum ersten Mal sah, an einen Baum im Ann Morrison Park gelehnt, rauchend wie ein Schlot.

»Okay, verdammt, wo ist es?« Mitten in ihrem Wohnzimmer blieb er stehen.

Gabrielle schloss die Tür und lehnte sich mit dem Rücken

dagegen. Ihr Blick wanderte an seinen kräftigen Waden und Schenkeln hinauf bis zu der Narbe, die sich von seiner gebräunten Haut abhob.

»Los, Gabrielle. Rück es endlich raus.«

Sie hob den Blick zu seinem Gesicht. Sein Fünf-Uhr-Bartschatten war etwa drei Stunden überfällig, und er musterte sie mit finsterer Miene. Vor noch nicht allzu langer Zeit hatte sie ihn für bedrohlich gehalten, für furchteinflößend, für einen regelrechten Grobian. Jetzt nicht mehr. »Brauchst du nicht einen Durchsuchungsbefehl oder sonst ein Schreiben, bevor du so unerwartet irgendwo hereinplatzt?«

»Lass die Spielchen.« Er stemmte die Hände in die Hüften und neigte den Kopf ein wenig zur Seite. »Wo ist es?«

»Was?«

»Na gut.« Er warf seine Brieftasche und seine Schlüssel neben ihren Teller auf den Couchtisch und schickte sich an, hinter ihrem Sofa und im Garderobenschrank zu suchen.

»Was soll das?«

»Ich lasse dich nur mal einen Tag aus den Augen, und schon leistest du dir solch ein Unding.« Auf dem Weg zum Esszimmer rauschte er an ihr vorüber, sah sich schnell um und ging dann weiter in den Flur, wobei er nicht aufhörte zu reden. »Gerade fange ich an zu glauben, dass du vielleicht doch über ein wenig Verstand verfügst, und dann erlaubst du dir eine derartige Dummheit.«

»Was?« Dem Geräusch seiner Schritte nach zu urteilen befand er sich auf dem Weg zu ihrem Schlafzimmer, und Gabrielle folgte ihm rasch. Als sie ihn einholte, hatte er bereits die Hälfte ihrer Schubladen geöffnet und wieder geschlossen. »Wenn du mir sagst, wonach du suchst, kann ich dir vielleicht helfen, etwas Zeit zu sparen.«

Statt zu antworten riss er ihre Schranktüren auf und

schob die Kleider beiseite. »Ich habe dich gewarnt. Du hättest ihn nicht decken dürfen.«

Er beugte sich vor und bot Gabrielle eine sehr schöne Ansicht seines wohlgeformten Hinterteils. Als er sich wieder aufrichtete, hielt er einen Karton in der Hand.

»Hey, stell das zurück. Darin bewahre ich meine ganz persönlichen Dinge auf.«

»Das hättest du dir früher überlegen sollen. Von jetzt an hast du keine ganz persönlichen Dinge mehr. Du steckst so tief drin, ich glaube fast, nicht einmal dieser wieselige kleine Anwalt, den du angeheuert hast, kann dir noch helfen.« Er kippte den Inhalt des Kartons auf ihr Bett, und dutzende von BHs, Slips, Bustiers und Tangas ergossen sich über die Bettdecke. Er starrte auf die Dessous und riss die Augen auf.

Wäre Gabrielle nicht so wütend gewesen, hätte sie laut gelacht.

»Was zum Teufel?« Er griff nach einem Slip aus schwarzer Kunstseide – offen im Schritt, versteht sich. Das Wäschestück baumelte von seinem Zeigefinger, während er es von allen Seiten begutachtete. »Du hast Unterwäsche wie eine Nutte.«

Sie riss ihm den Slip vom Finger und warf ihn zu den anderen Teilen aufs Bett. »Francis schenkt mir oft Dessous aus ihrem Laden. Das meiste davon gefällt mir gar nicht.«

Er hob ein kirschrotes, mit schwarzen Rüschen abgesetztes Korsett hoch. Dabei sah er aus wie ein kleiner Junge, vor dessen Augen sich eine Riesenauswahl seiner Lieblingssüßigkeiten ausbreitete. Wie ein kleiner Junge mit blauschwarzem Fünf-Uhr-Bartschatten auf den Wangen. »Das da finde ich gut.«

»Das sieht dir ähnlich.« Sie verschränkte die Arme unter der Brust und verlagerte ihr Gewicht auf einen Fuß.

»Das solltest du mal anziehen.«

»Joe, warum bist du gekommen?«

Nur widerwillig konnte er sich von dem Anblick der Dessous auf ihrem Bett losreißen. »Ich habe einen Anruf bekommen. Man sagte mir, Kevin hätte dir etwas in einer Pappröhre übergeben.«

»Wie bitte? Darum geht es hier? Er wollte, dass ich mir ein paar alte Kinoplakate ansehe, die er übers Internet gekauft hatte.«

»Also war er hier?«

»Ja. Woher weißt du das?«

»Verdammt.« Er warf das Korsett aufs Bett und ging an Gabrielle vorbei aus dem Zimmer. »Warum hast du ihn reingelassen?«

»Himmel, ich weiß nicht. Vielleicht, weil er ein Hehler und in einen Kunstdiebstahl ersten Ranges verwickelt ist. Denk dir selbst was aus.«

Gabrielle hörte kaum, was er sagte. Panik verdrängte alle anderen Gedanken, als sie ihm am Bad vorbei zum Ende des Flurs folgte. Sie packte seinen Arm und versuchte, ihn zurückzuzerren, doch genauso gut hätte sie es mit einem Ochsen aufnehmen können. Sie sprang vor und versperrte ihm mit ausgebreiteten Armen den Zugang zu ihrem Atelier. »Das ist mein ganz privater Raum«, sagte sie. Ihr Herzschlag stolperte, es dröhnte in ihrem Kopf. »Du kannst da nicht rein.«

»Warum nicht?«

»Darum nicht.«

»Du musst dir schon ein anderes Argument einfallen lassen.«

So spontan gelang es ihr nicht. »Weil ich es nicht will.«

Er umfasste ihre Oberarme mit seinen starken Händen und hob Gabrielle einfach aus dem Weg.

»Nicht, Joe!«

Er stieß die Tür auf. Einen ausgedehnten Augenblick lang hing Schweigen in der Luft, währenddessen Gabrielle zu jedem Gott, der bereit war zuzuhören, betete, er möge das Atelier seit ihrem letzten Aufenthalt dort verändert haben.

»Ach, du liebes Jesulein!«

Ihre Gebete waren offenbar nicht erhört worden.

Langsam trat er in den Raum, bis er auf Armeslänge entfernt vor dem lebensgroßen Gemälde stand. In diesem Moment wünschte Gabrielle sich nichts sehnlicher, als wegzulaufen und sich zu verstecken, aber wohin hätte sie sich davonstehlen können? Sie blickte über seine Schulter hinweg auf die Leinwand. Die frühe Abendsonne ergoss sich durch die durchsichtigen Vorhänge, malte einen hellen Fleck auf den Holzfußboden und bestrahlte das Porträt mit einem ätherischen Licht. Gabrielle hoffte, dass Joe sie nicht erkannte.

»Soll das«, sagte Joe und deutete auf das Gemälde, »etwa ich sein?«

Es gab keine Hoffnung mehr. Sie war überführt. Vielleicht hatte sie Schwierigkeiten mit den Proportionen von Händen und Füßen, aber Joes Penis hatte sie vor keinerlei Probleme gestellt. Ihr blieb nur eines: Sie musste sich mutig der Situation stellen und ihre Verlegenheit verbergen, so gut sie konnte. »Ich finde, es ist mir sehr gut gelungen«, sagte sie und verschränkte die Arme unter der Brust.

Er sah sie über die Schulter hinweg an. Seine Augen wirkten leicht glasig. »Ich bin nackt.«

»Unbekleidet.«

»Das ist verdammt noch mal dasselbe.« Er drehte sich um, und Gabrielle trat neben ihn.

»Wo sind meine Hände und Füße?«

Sie hob den Kopf. »Nun, ich hatte noch keine Zeit, sie zu malen.«

»Wie ich sehe, hattest du aber durchaus Zeit, meinen Schwanz zu malen.«

Was sollte sie darauf sagen? »Ich finde, die Form deiner Augen habe ich prima hingekriegt.«

»Und meine Eier auch.«

Noch einmal versuchte sie, seine Aufmerksamkeit auf weiter oben angesiedelte Details zu lenken. »Deinen Mund habe ich perfekt getroffen.«

»Sollen das etwa meine Lippen sein? Sie sehen geschwollen aus«, sagte er, und sie war dankbar, dass er nicht mehr seine Genitalien kritisierte. »Und was zum Teufel soll der große rote Ball? Ist das Feuer oder so?«

»Deine Aura.«

»Aha.« Er lenkte seine Aufmerksamkeit auf die beiden Bilder, die an der Wand gegenüber lehnten. »Du warst ja fleißig.«

Sie nagte an ihrer Oberlippe und sagte nichts mehr. Auf dem Bild, das ihn als Dämon darstellte, war er wenigstens angezogen. Aber das andere, nun …

»Bei diesen hattest du auch keine Zeit, Hände und Füße zu malen?«

»Nein, bis jetzt noch nicht.«

»Soll ich der Teufel sein, oder so?«

»Oder so.«

»Und was hat der Hund zu bedeuten?«

»Das ist ein Lamm.«

»Ach! Sieht aber aus wie ein Welsh Corgi.«

Es sah überhaupt nicht wie ein Welsh Corgi aus, doch Gabrielle widersprach nicht. Zum einen pflegte sie ihre Kunstwerke nicht zu erläutern, zum anderen konnte sie ein paar taktlose Bemerkungen ignorieren, die sie auf seinen Schock zurückführte. Sie konnte sich vorstellen, dass es Bestürzung in einem auslöste, wenn man eine Tür öffnete und plötzlich dem eigenen Aktporträt gegenüberstand.

»Wer ist das?«, fragte Joe und deutete auf das Bild, das seinen Kopf auf Davids Körper zeigte.

»Weißt du das nicht?«

»Das bin nicht ich.«

»Ich habe Michelangelos David-Skulptur als Modell benutzt. Ich wusste nicht, dass du Haare auf der Brust hast.«

»Soll das etwa lustig sein?«, fragte er fassungslos und schüttelte den Kopf. »Die Haltung stimmt nicht. Ich stehe nie so. Er wirkt tuntig.«

»Er bereitet sich auf den Kampf gegen Goliath vor.«

»Verdammt«, fluchte er und zeigte auf Davids Geschlecht, »sieh dir das an. So was Kleines habe ich seit meinem zweiten Lebensjahr nicht mehr in die Hose gepackt.«

»Du bist total auf deine Genitalien fixiert.«

»Ich doch nicht, Verehrteste.« Er drehte sich um und deutete mit dem Finger auf sie. »Du bist es doch, die heimlich und hinter meinem Rücken Bilder von meinem nackten Hintern malt.«

»Ich bin Künstlerin.«

»Ja, und ich bin Astronaut.«

Sie war bereit gewesen, ihm seine unhöfliche Kritik zu verzeihen, allerdings nur bis zu einem gewissen Punkt, und gerade hatte er die Grenze überschritten. »Du solltest jetzt gehen.«

Er kreuzte die Arme vor der Brust und verlagerte sein Gewicht auf einen Fuß. »Du schmeißt mich raus?«

»Ja.«

In unverhohlener Macho-Manier zog er die Mundwinkel hoch. »Meinst du, du bist stark genug?«

»Ja.«

Er lachte. »Auch ohne dein Haarspray, Miss Karate?«

Okay, jetzt war sie sauer. Sie versetzte ihm einen Stoß vor die Brust, sodass er einen Schritt rückwärts machte. Auf den nächsten Schlag allerdings war er vorbereitet; er rührte sich nicht von der Stelle. »Du kannst nicht einfach in mein Haus eindringen und mich drangsalieren. Das muss ich mir nicht gefallen lassen.« Sie stieß ihn erneut, und er packte ihr Handgelenk. »Du bist ein Undercover-Polizist. Du bist nicht mein wirklicher Freund. Nie im Leben möchte ich einen wie dich zum Freund haben.«

Sein Lächeln erlosch, als hätte sie ihn irgendwie tief gekränkt. Was ausgeschlossen war. Um sich gekränkt zu fühlen, müsste er menschlicher Regungen fähig sein. »Warum nicht, zum Teufel?«

»Du bist von negativer Energie umgeben«, sagte sie, während sie verzweifelt darum kämpfte, sich aus seinem Griff zu befreien. »Und ich kann dich nicht ausstehen.«

Er ließ sie los, und sie wich einen Schritt zurück. »Gestern Abend konntest du mich aber durchaus ausstehen.«

Sie verschränkte die Arme, ihre Augen wurden schmal. »Gestern Abend war Vollmond.«

»Und was ist mit all diesen Aktgemälden, die du von mir angefertigt hast?«

»Was soll damit sein?«

»Keine Frau malt den Schwanz eines Mannes, den sie nicht ausstehen kann.«

»Mein einziges Interesse an deinem … äh …« Sie brachte dieses Wort nicht über die Lippen. Sie konnte dieses Wort einfach nicht aussprechen.

»Nenn ihn doch einfach Mr. Happy«, empfahl er ihr. »Oder Penis, das ist auch nicht schlecht.«

»Männliche Anatomie«, sagte sie, »ist rein künstlerischer Natur.«

»Du tust es schon wieder.« Er umfasste ihre Wangen. »Du erzeugst schlechtes Karma für dich selbst.« Mit dem Daumen berührte er leicht ihr Kinn.

»Ich lüge nicht«, log sie. Ihr Atem stockte, und sie ging davon aus, dass er die Absicht hatte, sie zu küssen. Doch er lachte nur, ließ die Hände sinken und wandte sich in Richtung Tür. Sie verspürte eine eigenartige Mischung aus Erleichterung und Bedauern.

»Ich bin eine professionelle Künstlerin«, beteuerte sie, während sie Joe ins Wohnzimmer folgte.

»Wenn du das sagst.«

»Ich bin's wirklich!«

»Dann will ich dir mal was sagen«, sagte er und nahm seine Schlüssel vom Tisch. »Wenn du das nächste Mal den Drang zu malen verspürst, ruf mich an. Du ziehst was von deiner frivolen Wäsche an, und ich zeig dir meine Anatomie. Ganz aus der Nähe und ganz, ganz privat.«

14. KAPITEL

Gegen Mitternacht warf Gabrielle die Dessous, die Joe auf ihre Bettdecke entleert hatte, zu Boden und kroch ins Bett. Sie schloss die Augen und versuchte, nicht an ihn zu denken, wie er in ihrem Zimmer gestanden hatte, wie seine breiten Schultern das T-Shirt mit den ausgetrennten Ärmeln ausfüllte, wie er den schrittfreien Slip vom Finger baumeln ließ. Er war der Zeit zurückgeblieben. Der anachronistische Albtraum eines jeden Mädchens. Er ärgerte sie schlimmer als jeder Mann, den sie jemals gekannt hatte. Sie sollte ihn hassen. Sie sollte ihn wirklich hassen. Er machte sich über ihre Überzeugungen lustig und jetzt auch noch über ihre Kunst, und ganz gleich, wie sehr sie sich anstrengte, sie konnte ihn doch nicht verabscheuen. Er hatte etwas an sich, ein gewisses Etwas, von dem sie sich angezogen fühlte wie ein gläubiger Moslem von Mekka. Sie wollte es nicht, doch ihr Herz gehorchte ihr augenscheinlich nicht.

Wenn es einen Menschen auf der Welt gab, den Gabrielle in- und auswendig kannte, dann war es sie selbst. Sie wusste, was vorteilhaft für sie war und was nicht. Manchmal irrte sie sich, wie damals, als sie glaubte, Masseurin werden zu wollen, um dann festzustellen, dass sie doch ein kreativeres Ventil benötigte. Oder als sie Kurse über Feng Shui belegt hatte und dabei merkte, dass sie stressbedingte Kopfschmerzen bekam, wenn sie die Gestaltung eines Raums so planen sollte, dass er bis zur Perfektion Frieden und Ausgeglichenheit vermittelte.

Als Resultat der verschiedenen Wege, die sie in ihrem Leben eingeschlagen hatte, verfügte sie über ein breites Wissen. Manche Menschen mochten das als wankelmütig bezeichnen, aber sie sah das anders – eher als eine gewisse Risikobereitschaft. Sie hatte keine Angst davor, mitten auf dem Weg eine andere Richtung einzuschlagen. Sie war allem gegenüber ziemlich aufgeschlossen. Abgesehen von dem Gedanken, dass sie ihrem Herzen gestatten könnte, sich auf Joe einzulassen. Eine Beziehung mit ihm würde nie im Leben gut gehen. Sie waren zu verschieden. Tag und Nacht. Positiv und negativ. Yin und Yang.

Bald würde er aus ihrem Leben verschwunden sein. Die Vorstellung, ihn nie wiedersehen zu müssen, hätte sie freuen sollen. Doch sie verursachte nur ein Gefühl der Leere.

Am nächsten Morgen joggte sie die üblichen zwei Meilen, bevor sie sich für die Arbeit zurechtmachte. Nach dem Duschen schlüpfte sie in einen weißen Slip mit kleinen roten Herzen und zog den dazu passenden BH an. Die Garnitur war aus Trikotstoff gefertigt und gehörte zu den wenigen Geschenken aus Francis' Laden, die Gabrielle tatsächlich trug. Sie bürstete ihr Haar aus, und während es trocknete, legte sie Make-up auf und steckte sich perlenverzierten Ohrschmuck ins Ohr.

Montags hatte Kevin seinen freien Tag, und sie würde bis zu Moras Eintreffen zu Mittag allein mit Joe im Laden sein. Der Gedanke, allein mit ihm zu sein, machte ihr Angst und ließ gleichzeitig aufgeregte kleine Schmetterlinge in ihrem Bauch flattern. Sie fragte sich, ob er wieder, wie in der letzten Woche, hinter der geschlossenen Bürotür in Kevins Papieren schnüffeln würde. Oder ob sie sich etwas ausdenken würden, was er noch bauen oder reparieren konnte. Und sie fragte sich, ob er wieder diesen tief auf den Hüften hängenden Werkzeuggürtel tragen würde.

Es klingelte an der Haustür, und darauf folgte ein nachdrückliches Klopfen, das sie auf Anhieb zuordnen konnte. Sie schob die Arme in ihren weißen Frotteebademantel und ging zur Tür. Während sie mit einer Hand ihr Haar im Nacken aus dem Kragenausschnitt befreite, schob sie mit der anderen den Riegel zurück. Statt Jeans und T-Shirt, wie gewohnt, trug er einen blauen Anzug, ein blütenweißes Hemd und eine burgunderrot und blau gemusterte Krawatte. Eine verspiegelte Sonnenbrille verbarg seine Augen, und in der Hand hielt er eine Tüte aus demselben Bistro an der Eighth, in dem er am vergangenen Freitag das Mittagessen gekauft hatte. Die andere Hand hatte er in die vordere Jeanstasche geschoben. »Ich bringe das Frühstück«, sagte er.

»Wie? Hast du etwa ein schlechtes Gewissen, weil du dich gestern über mich lustig gemacht hast?«

»Ich habe mich nicht über dich lustig gemacht«, behauptete er mit völlig ernster Miene. »Lässt du mich rein?«

»Gewöhnlich fragst du doch gar nicht erst.« Sie trat zur Seite, um ihn vorbeizulassen, und schloss dann die Tür hinter ihm. »Sonst platzt du doch auch einfach so herein.«

»Heute war die Tür abgeschlossen.« Er stellte die Papiertüte auf dem Couchtisch ab und nahm zwei Brötchen und zwei Becher Kaffee heraus. »Ich hoffe, du magst Käsebrötchen«, sagte er, nahm die Sonnenbrille ab und schob sie in die Innentasche seines Jacketts. Dann blickte er sie aus müden Augen an und löste die Deckel von den Styroporbechern. »Hier.«

Gabrielle mochte keinen Kaffee, nahm ihn aber trotzdem. Er reichte ihr ein Brötchen, und sie nahm auch das. Zum ersten Mal, seit sie die Tür geöffnet hatte, bemerkte sie die Anspannung um seine Mundwinkel. »Was ist los?«

»Iss lieber erst einmal. Wir reden später.«

»Erst essen? Wie soll ich jetzt essen können?«

Sein Blick glitt über ihre Wangen und ihren Mund und dann zurück zu ihren Augen. »Gestern spät am Abend hat ein Kunsthändler aus Portland Kontakt zu Kevin aufgenommen. Er heißt William Stewart Shalcroft.«

»Ich habe von William gehört. Kevin hat für ihn gearbeitet.«

»Er arbeitet immer noch für ihn. Um drei Uhr heute Nachmittag kommt William Stewart Shalcroft mit dem Delta-Flug zwei-zwanzig nonstop aus Portland. Er und Kevin haben sich in einer Lounge im Flughafen verabredet, wo der Hillard-Monet gegen Bargeld den Besitzer wechseln soll. Dann will Mr. Shalcroft einen Wagen mieten und zurück nach Portland fahren. Er wird es nicht einmal bis zum Autoverleih schaffen. Wir verhaften beide, sobald der Tausch stattgefunden hat.«

Gabrielle blinzelte. »Das soll wohl ein Witz sein, nicht wahr?«

»Ich wollte, es wäre so, aber es ist nun mal Tatsache. Seit der Nacht, in der der Diebstahl stattfand, ist Kevin im Besitz des Gemäldes.«

Sie hatte verstanden. Er hatte sich deutlich genug ausgedrückt, und dennoch ergab das, was er sagte, keinen Sinn. Es war unmöglich, dass sie sich in Kevin, den sie schon so lange Jahre kannte, dermaßen getäuscht haben sollte. »Das muss ein Irrtum sein.«

»Irrtum ausgeschlossen.«

Er wirkte so überzeugt, seine Worte klangen so unerschütterlich, dass eine erste Ahnung von Unsicherheit ihr Bewusstsein streifte. »Bist du absolut sicher?«

»Wir haben das Telefon in seinem Haus angezapft, und wir haben das Gespräch auf Band aufgezeichnet, in dem er das Treffen mit Shalcroft vereinbart.«

Sie blickte Joe an, sah die Erschöpfung und die Belastung in seinen braunen Augen. »Also stimmt das alles?«

»Ich fürchte, ja.«

Und zum ersten Mal, seit er sie in Handschellen abgeführt hatte, gestattete sie sich, ihm zu glauben. »Kevin hat also Mr. Hillards Monet gestohlen?«

»Für die Ausführung des Diebstahls hat er jemanden angeheuert.«

»Wen?«

»Das wissen wir noch nicht.«

Die Antwort stimmte sie zuversichtlich. »Kann es dann nicht sein, dass der ›tatsächliche‹ Dieb der einzige Verantwortliche ist?«

»Nein. Der Diebstahl eines großen Kunstgegenstands wie dieses Monets erfordert Zeit zur Planung; die Ausführung verlangt zudem ein regelrechtes Untergrund-Netzwerk von Kontakten. Das fängt bei einem reichen Sammler an und geht von da aus über zahlreiche Ebenen immer weiter abwärts. Unserer Meinung nach ist dieser Raub mindestens sechs Monate lang vorbereitet worden, und wir glauben nicht, dass dies das erste und einzige Mal ist, dass Kevin und Shalcroft miteinander etwas zu tun haben. Wir glauben, dass die zwei diese Art von Geschäft betreiben, seit Kevin damals in Portland für Shalcroft gearbeitet hat.«

Alles, was Joe sagte, bewegte sich im Rahmen des Möglichen, ließ sich aber so ganz und gar nicht mit dem Bild vereinbaren, das Gabrielle von Kevin hatte. »Wie kann er in so eine Geschichte hineingeraten sein?«

»Es geht um Geld. Um sehr viel Geld.«

Gabrielle betrachtete das Brötchen und den Kaffeebecher in ihren Händen. Einen verwirrenden Moment lang hatte sie vergessen, wie beides dorthin gelangt war. »Hier«, sagte sie und stellte beides auf den Tisch. »Ich habe keinen Hunger.« Joe streckte die Hand nach ihr aus, doch sie wich zurück und ließ sich langsam in die Sofaecke sinken. Dort blieb sie sitzen, die Hände im Schoß gefaltet, den Blick ins Leere gerichtet.

Alles in ihrem Haus sah noch genauso aus wie wenige Augenblicke zuvor. Die Uhr auf dem Kaminsims tickte leise, während in der Küche der Kühlschrank summte. Ein alter Pickup fuhr an ihrem Haus vorbei, unten an der Straße bellte ein Hund. Ganz normale Alltagsgeräusche, und doch war auf einmal alles anders. Ihr ganzes Leben hatte sich verändert.

»Ich habe dich in meinem Laden arbeiten lassen, weil ich

dir nicht glaubte«, sagte sie. »Ich dachte, du würdest dich irren, und ich habe mir in meinem Kopf diese Fantasie zusammengebastelt, dass du zu mir kommen und mir sagen würdest, wie Leid es dir täte, weil ...« Ihre Stimme brach, und sie räusperte sich. Sie wollte nicht weinen oder zusammenbrechen oder eine Szene machen, aber offenbar hatte sie keinerlei Kontrolle über die Tränen, die ihr in die Augen stiegen. Alles verschwamm vor ihren Augen, der Aufdruck auf den Kaffeetassen verwischte sich und lief ineinander. »Dass du dich entschuldigen würdest, weil du mich damals im Park festgenommen und mich dazu gezwungen hattest, Kevin zu verraten. Aber du hast dich nicht getäuscht, was Kevin betrifft.«

»Es tut mir Leid.« Joe setzte sich neben sie, die Füße weit auseinander, und er legte seine große, warme Hand auf ihre. »Es tut mir Leid, dass du so etwas erleben musst. Du hast es nicht verdient, in eine solche Geschichte hineingezogen zu werden.«

»Ich bin nicht perfekt, aber ich habe doch nie etwas getan, was ein dermaßen schlechtes Karma rechtfertigen könnte.« Sie schüttelte den Kopf, eine Träne lief ihr über die Wange bis in ihren Mundwinkel. »Wie konnte ich so blind sein? Gab es denn keine Anzeichen? Wie konnte ich nur so dumm und so ahnungslos sein und nicht wissen, dass mein Geschäftspartner ein Dieb ist?«

Er drückte ihre Hand. »Weil du genauso bist wie achtzig Prozent der Bevölkerung auch. Du verdächtigst nicht gleich jeden, den du triffst, einer kriminellen Handlung. Du begegnest nicht jedem Menschen von vornherein mit Misstrauen.«

»Aber du.«

»Das liegt daran, dass eine solche Einstellung zu meinem Beruf gehört, dass ich mit den zwanzig Prozent zu schaffen habe, die wie Idioten herumlaufen.« Er strich mit dem Daumen über ihre Fingerknöchel. »Ich weiß, dass du im Augenblick wohl keinerlei gute Seiten an dieser Sache siehst, aber es wird dir wieder besser gehen. Du hast einen wirklich klugen Anwalt, der dafür gesorgt hat, dass du deinen Laden behältst.«

»Ich glaube nicht, dass mein Geschäft diesen Schlag überlebt.« Neue Tränen strömten aus ihren Augen. »Der Raub des Gemäldes macht immer noch Schlagzeilen. Wenn über Kevins Verhaftung berichtet wird … Davon werde ich mich nie erholen.« Mit der freien Hand wischte sie sich die Tränen aus dem Gesicht. »Anomaly ist ruiniert.«

»Vielleicht auch nicht«, sagte er, und seine tiefe Stimme klang so zuversichtlich, dass sie ihm beinahe geglaubt hätte.

Doch sie wussten beide, dass ihr Geschäft nie wieder so sein würde wie bisher. Immer würde man sie mit dem Raub des Hillard-Gemäldes in Verbindung bringen. Das hatte Kevin angerichtet. Das hatte er ihr angetan, und es war ihr nahezu unmöglich, Kevin, den Kunsthehler, mit dem Mann in Einklang zu bringen, der ihr, als sie sich nicht gut fühlte, Rosentee gebracht hatte. Wie konnte so etwas Widersprüchliches in einer Person existieren, und wie hatte sie glauben können, Kevin so gut zu kennen, während sie ihn in Wirklichkeit überhaupt nicht kannte? »Glaubt die Polizei, dass er auch diese Antiquitäten gestohlen hat, die man mir bei meiner Vernehmung gezeigt hat?«

»Ja.«

Ein schrecklicher Gedanke schoss ihr durch den Kopf, und sie sah Joe über die Schulter hinweg an. »Glaubst du immer noch, dass ich in die Sache verwickelt bin?«

»Nein.« Er strich mit dem Handrücken über ihre Wange. »Ich weiß, dass du nichts damit zu tun hast.«

»Wieso?«

»Ich kenne dich.«

Ja, genauso, wie sie ihn kannte. Ihr Blick wanderte über sein Gesicht, über die glatt rasierten, ein wenig hohlen Wangen und über das Kinn. »Wie konnte ich so dumm sein, Joe?«

»Er hat viele Leute hinters Licht geführt.«

»Ja, aber ich habe fast täglich mit ihm zusammen gearbeitet. Er war mein Freund, und trotzdem habe ich ihn wohl nie richtig kennen gelernt. Warum habe ich seine negative Energie nicht gespürt?«

Joe legte den Arm um ihre Schultern und zwang sie so, sich mit ihm zusammen in die Polster zurückzulehnen. »Nun, mach dir nichts daraus, die Aura eines Menschen kann eine ganz verzwickte Sache sein.«

»Machst du dich über mich lustig?«

»Ich will nur nett sein.«

Gabrielle unterdrückte einen Schluchzer und sah ihn an. Zuerst Kevin, und jetzt Joe. War denn überhaupt keiner derjenige, für den sie ihn hielt? »Warum bin ich immer so leichtgläubig? Francis sagt mir ständig, ich sei zu vertrauensselig. Das bringt mich in Schwierigkeiten.« Sie schüttelte den Kopf und versuchte, durch Zwinkern die Tränen zurückzuhalten. Joes Gesicht war ihr so nahe, dass sie die Stoppeln des nachwachsenden Barts unter seiner braunen Haut sehen und sein Aftershave riechen konnte. »Manche Menschen glauben, dass man positive oder negative Erfahrungen anzieht, dass man die Leute anzieht, die man verdient.«

»Hört sich an wie großer Quatsch. Wenn das der Fall wäre, würdest du doch nur rückfällige Vegetarier anziehen, die Auren sehen und das Karma fürchten.«

»Versuchst du wieder, nett zu sein?«

Er lächelte. »Wenn du das nicht weißt, muss ich vielleicht noch an mir arbeiten.«

Sie blickte in sein schönes Gesicht, das sie mittlerweile so gut kannte, in seine eindringlichen Augen mit diesen Brauen, die gewöhnlich hochgezogen waren, wenn er sie anschaute. Sie sah seine gerade Nase und die tiefe Kerbe, die seiner Oberlippe den schönen Schwung verlieh. Sah seine glatte Haut, auf der sich gegen Mittag der beginnende Bartschatten zeigen würde. »Mein letzter Freund konnte Auren sehen, fürchtete das Karma und war Vegetarier. Allerdings kein rückfälliger.«

»Klingt total aufregend.«

»Er war langweilig.«

»Siehst du, das liegt daran, dass du eine Frau bist, die rückfällig wird.« Mit dem Daumen wischte er noch eine Träne von ihrer Wange, während er den Blick über ihr Gesicht wandern ließ. »Du brauchst einen Mann, der wilde, ungebärdige Frauen mag. Ich war auf einer kirchlichen Schule und weiß rückfällige Mädchen wirklich zu schätzen. In der vierten Klasse hat Karla Solazabal immer ihren Faltenrock in der Taille umgekrempelt und mir ihre Knie gezeigt. Himmel, dafür habe ich sie geliebt.«

Und sie liebte ihn dafür, dass er versuchte, sie aufzuheitern. »Was passiert jetzt?«, fragte sie.

Seine Miene wurde nüchtern. »Wenn wir Kevin verhaftet haben, kommt er ins …«

»Nein«, fiel sie ihm ins Wort. »Bin ich bis nach der Gerichtsverhandlung immer noch deine geheime Informantin?«

»Nein, du bist aus dem Vertrag entlassen. Da du ja von nichts wusstest, brauchst du sicher nicht einmal vor Gericht als Zeugin auszusagen.«

Seine Antwort versetzte ihr einen Stich ins Herz. Sie würde nicht fragen, ob er sie je wiedersehen wollte oder er sie besuchen würde, nachdem sie nicht mehr seine Freundin spielen musste. Sie würde nicht fragen, weil sie nicht sicher war, wie die Antwort lauten würde. »Wann musst du gehen?«

»Vorerst noch nicht.«

Sie strich an seinem Arm hinauf, über seine Schulter bis zu seinem Kopf. Sie würde nicht über das reden, was vielleicht später kam oder morgen oder nächste Woche. Sie wollte nicht daran denken. Ihre Finger streiften seinen weichen Kragen und fuhren durch sein kurzes, drahtiges Haar. Hunger leuchtete in seinen Augen auf, und er senkte den Blick auf ihren Mund.

»Was ist aus Karla geworden?«, fragte sie.

Er legte die Hand seitlich an ihren Hals und fuhr mit den Fingern unter ihren Frotteemantel. »Sie ist in höchste Regierungskreise aufgestiegen.« Mit dem Daumen hob er ihr Kinn an und senkte den Kopf, um mit den Lippen ihren Mund zu streicheln, einmal, zweimal, dreimal. Die Liebkosung ging in einen zärtlichen Kuss über, der sie umfing wie Sonnenschein im August, sie von der Haarwurzel über das Rückgrat bis tief in den Körper hinein erwärmte. Ein heißes Prickeln breitete sich zwischen ihren Schenkeln aus, setzte sich über ihre Kniekehlen hinweg fort bis in die Fußsohlen. Sein warmer, feuchter Mund schmeckte nach Pfefferminz und Kaffee, und er küsste, als fände er ihren Geschmack süß und sehr, sehr angenehm.

Sie neigte den Kopf ein wenig zur Seite, um ihm den Zugang zu erleichtern, und er drängte sie gegen die Sofalehne und verwöhnte ihren Mund mit seinen Lippen und seiner Zunge. Seine warme Hand glitt unter ihren Bademantel, seine Fingerspitzen fuhren an ihrem BH entlang, seine Berührung streifte ihre Brüste. Ihre Haut begann zu spannen, und sie griff nach seinem Krawattenknoten. Joe hielt sie nicht zurück, und sie nestelte an dem Knoten, bis die beiden gestreiften Enden über seiner Brust hingen. Sie saugte an seiner Zunge, während sie die winzigen Kragenknöpfe öffnete. Ihre Finger setzten die Arbeit nach unten bis zum letzten Knopf fort, dann zog sie den Stoff aus dem Hosenbund. Zwischen ihren beiden Körpern fanden ihre Hände zu seinem harten Unterleib. Er sog scharf den Atem ein. Die feinen Härchen kitzelten ihre Finger, als sie ihrer Spur an seinem Bauch hinauf folgte und schließlich die Hände auf seine männlichen Brustwarzen legte. Seine Muskeln verhärteten sich unter ihrer Berührung, seine Härchen richteten sich auf, und er stöhnte aus tiefer Brust.

So hatte er sich an dem Abend, als sie ihn massierte, auch verhalten. Er benahm sich, als begehrte er sie, und dann hatte er sie nach Elvis gefragt und war kurz darauf gegangen. Er hatte sich den Anschein gegeben, als fiele ihm das Weggehen leicht. »Erinnerst du dich an neulich, als ich dich massiert habe?«, fragte sie.

Er zog sein Jackett aus und warf es zu Boden. »Diese Massage werde ich wohl nicht so schnell vergessen.«

»Ich wollte dich, und ich hatte den Eindruck, du wolltest mich auch. Aber du bist gegangen.«

»Jetzt gehe ich nicht.« Er sah sie an und legte seine Waffe und Halfter behutsam zu seiner Jacke auf den Boden.

»Warum nicht?«

»Weil ich keine Lust mehr habe, dagegen zu kämpfen. Ich will dich so sehr, dass es wehtut. Ich habe keine Lust mehr, wach zu liegen und mir dich nackt vorzustellen, als wäre ich wieder sechzehn Jahre alt. Mir vorzustellen, wie ich mein

Gesicht zwischen deine Brüste schmiege, wie du und ich wilden Sex miteinander haben. Es ist höchste Zeit, dass ich aufhöre, nur daran zu denken, und endlich zur Tat schreite.« Er drehte seine Handgelenke und nestelte an den Manschettenknöpfen. »Du hast mir doch die Wahrheit gesagt, was die Pille angeht, oder?«

»Natürlich.«

Er riss sich das Hemd vom Leib und warf es zu seinem Jackett. »Dann ist es höchste Zeit, dich zu lieben«, sagte er und schloss sie fest in die Arme und senkte den Kopf, um ihren Mund mit einem verzehrenden Kuss in Besitz zu nehmen. Er strich mit der Hand an ihrem Rücken entlang bis zu ihrem Po, dann drückte er sie sanft aufs Sofa. Er schob ein Knie zwischen ihre Schenkel, stützte sich mit dem anderen Fuß auf dem Boden ab und wich mit dem Oberkörper ein wenig zurück, um mit hungrigem Blick auf Gabrielle herunterzusehen. Ihr Bademantel klaffte offen und entblößte ihr rechtes Bein, die Hüfte und die Rundung ihrer linken Brust. Er löste den Knoten des Gürtels und schob den Frotteestoff von ihrem Körper. Sein heißer Blick berührte sie überall. Verweilte auf dem kleinen Dreieck aus Lochstickerei und Herzen über ihrem Venushügel und wanderte dann langsam über ihren Unterleib zu den starren Bügeln ihres BHs, der ihre Brüste zusammenschob.

»Erinnerst du dich an den Abend, als ich in deinen Garten kam und dich treibend im Schwimmbecken vorfand?«

»Mhm.«

»Da schon wollte ich dies hier tun.« Er neigte sich über sie und schob die Handflächen unter ihre Schultern. Er hob sie an und schmiegte sein Gesicht zwischen ihre Brüste. Er hauchte zarte Küsse auf ihren Busen, und sie fuhr mit den Händen über seine bloßen Schultern und an seinem glatten

Rücken herab. Sie schlang ein Bein um seine Taille und presste sich an ihn. Ein dumpfes Stöhnen grollte tief in seiner Kehle, während er sich an sie drückte und seine harte Erektion gegen ihren Unterleib stieß. Ihr gesamtes Bewusstsein konzentrierte sich auf ihn, auf die Lust, die seine Berührungen ihr bereiteten, auf den dumpfen Schmerz zwischen ihren Beinen. Seine zarten Küsse weckten eine verrückte Gier nach mehr, und sie bog den Rücken durch, wölbte ihre vollen Brüste seinen Lippen entgegen. Er hob den Blick, sah ihr in die Augen und lächelte, dann öffnete er den Mund und sog durch den feinen Stoff des BHs an ihrer Brust. Mit den langsamen, wellenartigen Bewegungen seiner Hüften trieb er sie fast zum Wahnsinn. Durch das bisschen Stoff ihres Slips und durch die Wolle seiner Hose hindurch brachte er sie innerlich zum Schmelzen. Ihre Haut glühte, und sie grub die Finger in seine Schultern und presste sich an ihn. Er zog die Hand unter ihrer Schulter hervor und griff an ihren Schenkel. Hielt sie zurück.

»Langsam, Liebling, oder ich bringe mich gleich hier in schreckliche Verlegenheit, bevor der richtig gute Teil beginnt.«

»Ich dachte, das war schon richtig gut.«

Sie spürte sein leises Lachen an den geöffneten Lippen. »Es wird noch besser.«

»Wie denn?«

»Ich zeige es dir, aber nicht auf dem Sofa.« Er stand auf, zog sie auf die Füße und aus dem Zimmer hinaus. »Ich habe gern ein Bett, auf dem ich mich bei der Arbeit richtig ausbreiten kann.« Sie schafften es bis zum Esszimmer, wo sie innehielt, um seinen Hals zu küssen. Sie schmeckte sein Aftershave und strich über seinen flachen Bauch, schob die Hand in seine Hose und fand sein Glied. Und bevor sie begriff, was er vorhatte, hob er sie hoch und setzte sie auf die kalte Tischplatte. Ihre Hand stieß gegen das Telefon, es fiel zu Boden. Es störte keinen von beiden.

»Als ich dich das erste Mal sah, bist du auf dem Grüngürtel an mir vorbeigelaufen, und ich konnte feststellen, dass du die schönsten Beine und den süßesten Po der Welt hast. Ich hielt dich für die schönste Frau, die ich je gesehen hatte.« Er setzte sich auf einen Stuhl mit Sprossenlehne und küsste die Innenseite einer Wade.

»Du hast mich für eine Kriminelle gehalten.«

»Was aber nicht bedeutete, dass ich dich nicht gern nackt sehen wollte.« Er drückte die Lippen auf die Innenseite ihres Knies. »Was nicht bedeutete, dass ich mich nicht auf eine Leibesvisitation freute. Auch nicht, dass ich nicht wüsste, was ich für ein verdammtes Glück habe.«

Gabrielle betrachtete sein Haar und genoss das Lächeln, während er die Innenfläche ihres Schenkels streichelte. Leidenschaft loderte in seinen dunklen Augen, als seine Zungenspitze ihr kleines Mal berührte, nur wenige Zentimeter entfernt von ihrem Slip. Ihr Atem stockte, und Joe verweilte an ihrem Schenkel, erhöhte die Spannung, ließ sie innerlich immer heißer erglühen und weckte Neugier auf das, was er als Nächstes tun würde. »Oder dass ich dich nicht an dieser Stelle schmecken möchte«, sagte er und sog zärtlich ihre Haut in seinen warmen Mund. Jeder Funke der Leidenschaft in ihr flammte heftig auf verursachte einen Brand, sodass sie kaum noch still halten konnte. Mit der Hand strich er ihren Innenschenkel hinauf bis zu der Lochstickerei, die ihren Schritt bedeckte. Sein Daumen streichelte sie durch das dünne Material hindurch, und er hob den Kopf und sah Gabrielle an.

»Wie fühlt sich das an?«

»Gut, Joe.«

Er rückte den Stuhl so dicht wie möglich an den Tisch heran. »Das hat mich fast zum Wahnsinn getrieben.« Er schlang einen Arm um ihre Taille, senkte den Kopf und saugte an ihrem Nabel direkt unter dem Ring. Sein Griff an ihrem Oberschenkel wurde fester, während er sie mit dem Daumen weiterhin durch den feuchten Slip hindurch streichelte. Sie legte den Kopf in den Nacken und schloss die Augen, schloss alles aus bis auf die köstliche Lust, die er ihr mit Hand und Mund bereitete. Seine Küsse zogen eine feuchte Spur über ihren Bauch hinauf bis zu ihrer rechten Brust. Er sog ihre empfindliche Haut in den Mund, schob ein Körbchen ihres BHs zur Seite und nahm die Brustwarze in seinen heißen, feuchten Mund.

Gabrielle stöhnte und bog den Rücken durch, verlor sich in dem erotischen Sog seiner Lippen und seiner weichen, glatten Zunge. Er schob zwei Finger unter das elastische Material ihres Slips und berührte ihr feuchtes Fleisch, liebkoste sie genau dort, wo sie es sich am meisten wünschte, an der Stelle, wo alle Empfindungen zusammenströmen und sich intensivieren. Sie versuchte, die Beine zu schließen, um die Lust zu bewahren, doch Joe stand zwischen ihren Knien. Dann strich kühle Luft über die Spitze ihrer feuchten Brust, und sie hörte ihn ihren Namen flüstern. Ihre Lider hoben sich flatternd, und sein Gesicht war so nahe, dass ihre Nasen sich berührten.

»Gabrielle«, sagte er noch einmal, und dann küsste er sie, so süß und zärtlich wie beim ersten Mal. Sie schlang die Arme um seinen Nacken, und er hielt sie stehend an sich gedrückt. Als sie in seine tiefen braunen Augen sah, schwoll ihr Herz an von so viel Gefühl, dass sie es nicht mehr verbergen konnte. Sie konnte ohnehin schlecht Gefühle verbergen.

Der Hakenverschluss ihres BHs sprang auf, und der dünne Stoff fiel zu Boden. Gabrielle presste ihre bloßen Brüste an seine Brust und strich mit einer Hand an seiner Seite herab und über seinen festen Rücken, über die Rinne seiner Wirbelsäule und über das Nikotinpflaster an seiner Taille. Sie liebte es, ihn zu berühren, seine Haut unter den Händen zu spüren. Ihre Finger folgten dem geflochtenen Ledergürtel und öffneten die Schnalle und die Hosenknöpfe. Dann lehnte sie sich ein wenig zurück und sah Joe an. Mit leichter Hand streifte sie seine Hose über seine Schenkel hinunter und blickte auf weiße Boxershorts, auf deren Bund die Worte JOE BOXER aufgedruckt waren. Er schob mit dem Fuß Hose und Schuhe zur Seite und zerrte sich die Socken von den Füßen. Er nahm Gabrielles Hand, und dieses Mal schafften sie es tatsächlich bis ins Schlafzimmer.

Ihre Füße versanken in dem weißen Teppich, und ihr Blick wanderte an seinen Schienbeinen hinauf bis zu der Narbe, die seinen harten Oberschenkel verunstaltete. »Ich kann sie dir massieren«, bot sie an, und ihre Stimme klang in ihren eigenen Ohren belegt. Sie strich mit den Fingerspitzen über die Narbe.

Joe ergriff ihre Hand, führte sie ein Stückchen weiter hinauf und legte sie ohne Umschweife auf seinen erigierten Penis. »Massiere das da.«

»Nun, ich bin ja beinahe ein Profi«, sagte sie, schob die Hand unter den Bund seiner Shorts und legte die Finger um sein heißes Fleisch. Sie schloss die Hand und strich sanft von der Wurzel seines steinharten Penis bis hinauf zur glatten, abgerundeten Spitze. Mit der anderen Hand zog sie seine Boxershorts hinunter, und nun konnte sie ihn endlich betrachten. Zum ersten Mal sah sie seinen kraftvollen Körper, sah ihn mit den Augen der Künstlerin, die das Schöne liebte, sah ihn mit den Augen der Frau, die mit dem wunderbaren Mann, der ihr Herz übergehen ließ, Sex haben wollte.

Sie ging einen Schritt auf ihn zu, und ihre Brustwarzen streiften seinen Oberkörper. Die heiße Spitze seiner Erektion berührte ihren Bauch, und der Länge nach reibend führte sie seinen Penis an ihren flachen Unterleib. Sie küsste die kleine Grube seiner Kehle, seine Schulter, seinen Hals. Mit einer Hand strich sie an seiner Brust hinauf und blickte in seine Augen unter den schweren Lidern. »Nun, wann bekomme ich denn richtigen guten Teil?«

Er liebkoste mit den Lippen ihren Hals und stöhnte: »Sobald du ihn loslässt.«

In dem Moment, als sie ihn losließ, packte Joe sie unter den Achseln und warf sie auf ihr Bett. »Zieh den Slip aus«, hauchte er und kroch über die Bettdecke zu ihr in die Mitte des Betts. Er half ihr, den Slip an ihren Beinen herunterzuziehen, und hielt inne, um ihre Hüfte zu küssen, bevor er den Slip über seine Schulter hinter sich warf. Dann kniete er sich zwischen ihre Beine. Er sah ihr in die Augen und ließ sich zwischen ihren Schenkeln niedersinken. Mit den Fingern streichelte er ihren Bauch, ihre Hüften und ihr feuchtes, hoch empfindliches Fleisch, brachte sie dem Höhepunkt nahe, um dann aufzuhören und sich auf einen Unterarm aufzustützen. »Bist du ganz sicher, dass du für den richtig guten Teil bereit bist?«, fragte er.

»Ja«, flüsterte sie, und er drang in sie ein. Ihre Augen weiteten sich, ihr Atem stockte, dann schrie sie auf. Joe zog sich zurück und stieß gleich darauf noch tiefer vor.

»Heilige Maria, Mutter Gottes«, stöhnte er und umfasste ihr Gesicht. Er küsste sie, tauchte seine Zunge in ihren Mund und drang langsam in ihren Körper ein. Sie schlang ein Bein um seine Taille, setzte den anderen Fuß neben sein

Knie und bewegte sich mit ihm, passte sich dem Rhythmus seiner Hüften an. Sie grub die Finger in seine Schultern und erwiderte seinen Kuss mit der gleichen Gier und Leidenschaft. Mit jedem Stoß brachte er sich und sie dem Höhepunkt näher. Der Druck wurde stärker, ihr Griff an seinen Schultern heftiger.

»Joe«, flüsterte sie und wollte ihm sagen, wie sie sich fühlte, doch es gab keine Worte. Sie wollte ihm sagen, dass sie noch nie etwas so Wunderbares, Schwindelerregendes empfunden hatte. Sie sah in sein angestrengtes Gesicht, er sollte wissen, dass sie noch nie etwas so Unglaubliches gefühlt hatte, dass er unglaublich war und dass sie ihn liebte. Dass er ihr Yang war, doch dann schob er die Hand unter ihr Gesäß, hob ihr Becken an und steigerte die Empfindung. Ihr Herzschlag dröhnte in ihren Ohren. Körper, Geist und Seele konzentrierten sich mit jeder Faser auf die Körperteile, durch die sie verbunden waren. Gabrielle öffnete den Mund, doch alles, was sie hervorbrachte, war das Wort ja, gefolgt von einem langen, befriedigten Stöhnen.

Ihr Körper spannte sich an und bog sich, als der Orgasmus sie völlig in Besitz nahm, mit einer Macht, die sie erschütterte und die ihn in ihrem Körper fest umfing. Es hörte nicht auf, die Empfindungen überrollten sie, bis schließlich ein tiefes Stöhnen aus seiner Brust drang und sein rauer Atem ihre Schläfe streifte.

Danach blieb es still, bis auf das Atemringen und das Heulen einer fernen Sirene. Überall, wo sich ihre Haut berührte, klebten sie zusammen, und Schweiß rann von Joes Schläfe.

Ein Lächeln spielte in seinen Mundwinkeln.

»Das war umwerfend«, sagte sie.

»Nein«, korrigierte er und küsste ihren Mund, »du bist umwerfend.«

Gabrielle nahm das Bein von seiner Taille.

Er griff nach ihrem Schenkel, als hätte er Angst, sie könnte fortgehen, was er nicht zulassen wollte. »Musst du heute noch irgendwo hin?«

»Nein.«

»Warum bleiben wir dann nicht einfach, wo wir sind?«

»Hier? Und nackt?«

»Mhm.« Er fuhr mit den Fingern durch ihr Haar, seine Hüfte bewegte sich langsam. Er zog sich zurück, drang wieder ein, und die Gefühle bauten sich von neuem auf und wurden heftiger. »Ich will noch mehr von dem richtig guten Teil. Wie steht's mit dir?«

Ja, sie wollte mehr. Sie wollte viel, viel mehr von ihm, aber abgesehen davon, dass sie Joe wollte, war sie nicht bereit, der Welt außerhalb ihres Hauses entgegenzutreten. Noch nicht. Sie schlang erneut das Bein um seine Taille, und sie begannen langsam, mit leichten, behutsamen Berührungen, doch gleich darauf wurde es zu heiß und zu schnell, und irgendwie landeten sie auf dem Boden, wälzten sich auf den frivolen Dessous, die sie am Abend vorher vom Bett geworfen hatte. Schließlich saß Gabrielle rittlings über Joes Hüften.

»Leg die Hände an deinen Hinterkopf«, bat sie.

Misstrauen glomm in seinen Augen, doch er tat, worum sie ihn gebeten hatte. »Was hast du vor?«

»Ich werde dich zum Wahnsinn treiben.«

»Das ist eine kühne Behauptung.«

Gabrielle lächelte nur. Sie hatte sechs Monate lang Unterricht in Bauchtanz genommen, gerade genug, um die rollenden und wellenartigen Bewegungen gut zu beherrschen. Sie hob die Hände hoch in die Luft und ließ unter schwankenden Bewegungen die Hüften kreisen. Sie schloss die Augen und verlor sich ganz an das Gefühl seiner Berührung tief in ihrem Innern. »Gefällt dir das?«

»Oh, verdammt!«

Ihr Lächeln wurde breiter, und während sie ihn tief in sich spürte, trieb sie ihn zum Wahnsinn.

»Meinst du nicht, dass ich rieche wie ein Mädchen?«, fragte Joe zum dritten Mal. Er stand in ihrem Esszimmer und zog seine Boxershorts an.

Gabrielle rieb ihre Nase an seinem Nacken. Nachdem sie sich vom Schlafzimmerboden erhoben hatten, hatte sie Joe in die Dusche geschleift und ihn mit einem Luffahandschuh und ihrer besonderen selbst gemachten Fliederseife wieder zum Leben erweckt. Er klagte nicht mehr über den Mädchenduft, als sie vor ihm niederkniete und ihn wirklich gründlich einseifte. »Finde ich nicht«, sagte sie, während sie ihren Slip überstreifte und den BH schloss. Ihrer Meinung nach roch er einfach nach Joe.

Sie verschränkte die Arme unter der Brust, lehnte sich rücklings gegen den Tisch und sah zu, wie Joe seine Hose zuknöpfte. Das Deckenlicht schmeichelte den braunen Wellen seines nassen Haars.

»Ich möchte nicht, dass du heute ans Telefon gehst«, sagte er auf dem Weg ins Wohnzimmer, wo er nach Hemd und Jackett griff. »Zumindest nicht vor drei Uhr. Kevin könnte nach dem Verhör versuchen, mit dir zu sprechen – ich halte es für besser, wenn du nicht mit ihm redest.« Er schob die Arme in die Hemdsärmel und knöpfte zuerst die Manschetten zu, bevor er das Hemd zuknöpfte. »Und vergiss nicht, etwas Gesundes zu essen. Ich will nicht, dass du krank wirst.«

Wieso hatte er diesen Fimmel in Bezug auf Essen? Gabrielle beobachtete ihn vom Esszimmer aus und liebte ihn so sehr, dass es wehtat. Sie wusste nicht, wie es geschehen war, aber es war geschehen. Er war nicht der Typ Mann, von dem sie geglaubt hätte, dass sie ihn wollte, aber er war der Mann für sie. Das erkannte sie an ihrem rasenden Puls und dem schrecklichen Flattern im Bauch, und sie wusste es tief in ihrer Seele. Es ging um mehr als um tollen Sex. Um mehr als um Wahnsinns-Orgasmen. Er war ihr männlicher Part zu ihrem weiblichen. Positiv und negativ.

Nur eine kleine Befürchtung trübte ihre ansonsten glückselige Euphorie. Sie war nicht sicher, ob er selbst es auch wusste.

Er schob eine Hand in die Tasche seines Jacketts, holte seinen Piepser hervor und warf einen Blick auf das Display. »Vielleicht solltest du für ein paar Tage zu deiner Mutter gehen. Mist. Wo ist das Telefon?«

Gabrielle wies auf den Boden, wo es zu ihren Füßen lag. Joe ergriff seine Jacke und den Schulterhalfter und ging zurück ins Esszimmer. Er hob das Telefon auf, drückte mit dem Daumen die Amtswahltaste, dann gab er sieben Ziffern ein.

»Shanahan«, sagte er und legte Halfter und Jackett auf den Tisch. »Ja, mein Piepser war im Auto ... Was soll ich schon sagen? Ich habe gerade erst festgestellt, dass das Telefon nicht eingestöpselt war.« Er stopfte seinen Hemdsaum in den Hosenbund und griff nach dem Jackett. »Mach keine Witze! Es ist noch nicht mal Mittag!« Den Hörer zwischen Ohr und Schulter geklemmt, schlüpfte er in die Jackenärmel. »Wann war das? ... Bin schon unterwegs«, sagte er und legte den Hörer auf.

»Scheiße!«

»Was ist denn?«

Er warf ihr einen Blick zu, setzte sich dann auf den Stuhl mit der Sprossenlehne und zog sich die Socken an. »Ich kann einfach nicht glauben, dass mir so etwas passiert. Nicht auch noch das zu all dem anderen.«

»Was denn?«

Joe begrub das Gesicht in den Händen und kratzte sich die Stirn, als spannte seine Haut unerträglich. »Verdammt.« Er seufzte und ließ die Hände sinken. »Carter und Shalcroft haben ihren Termin verlegt. Sie sind vor einer Viertelstunde verhaftet worden. Die Zentrale hat versucht, mich zu erreichen, konnte mich aber nicht an die Strippe kriegen.« Er stand auf und schlüpfte in seine Schuhe.

»Oh.«

Er schnappte seinen Halfter und lief im Eilschritt zur Tür. »Rede mit niemandem, bevor ich mich wieder bei dir melde«, sagte er über die Schulter hinweg. Er äußerte noch ein paar lautstarke Obszönitäten, dann rannte er aus dem Haus, ohne sich zu verabschieden.

15. KAPITEL

Joe riss das Steuer herum und wechselte mitten auf der Straße die Fahrtrichtung. Der rechte Reifen sprang über die Bordsteinkante, als Joe sich das Nikotinpflaster vom Leibe riss und es aus dem Fenster warf. Er rückte seine Sonnenbrille zurecht und wühlte im Handschuhfach, bis er eine Schachtel Zigaretten gefunden hatte. Mit den Lippen zog er eine Zigarette aus dem Päckchen und zündete sie mit seinem Zippo an. Eine Rauchwolke zog Richtung Windschutzscheibe, und er nahm einen weiteren tiefen Zug. Er biss die Zähne so fest zusammen, dass er das Gefühl hatte, sie würden zerspringen, und er wusste nicht, wie er die neue Beule in dem Chevy erklären sollte. Die Beule entsprach exakt der Größe seines Fußes. Er hätte sich liebend gern selbst in den Hintern getreten, wenn es denn möglich gewesen wäre.

Die größte Verhaftung seines Lebens, und er hatte sie verpasst. Hatte sie verpasst, weil er zu dem Zeitpunkt gerade mit seiner geheimen Informantin schlief. Es spielte keine Rolle, dass sie in dem Augenblick rein technisch gesehen nicht seine Informantin war; er war im Dienst, und die Zentrale hatte ihn nicht erreichen können. Man würde Fragen stellen. Er hatte keine Antworten. Jedenfalls keine, die zu geben er bereit wäre. Fragen wie zum Beispiel: Wo zum Teufel haben Sie gesteckt, Shanahan?

Und was sollte er sagen? »Tja, Captain, da die Verhaftung erst um drei Uhr stattfinden sollte, glaubte ich, ich hätte noch Zeit genug, um mit meiner Informantin zu schlafen!« Joe kratzte sich am Kopf und nahm noch einen Zug. »Und, Mann, sie hat einen unglaublich tollen Körper, nachdem ich einmal mit ihr geschlafen hatte, bin ich gierig geworden und musste es noch einmal tun. Und dieses zweite Mal war so phänomenal, dass ich glaubte, ich würde eine Herzmassage benötigen, um wieder zu funktionieren. Und, Captain, Sie wissen nicht, was eine Dusche ist, bevor Sie sich nicht von Gabrielle Breedlove haben einseifen und abschrubben lassen.« Und wenn er das gestand, durfte er wahrscheinlich seine Dienstmarke abgeben und Schupo werden.

Eine neuerliche Rauchwolke erfüllte den Wagen, als Joe ausatmete. Immerhin bestand die Chance, dass niemand seine Affäre mit Gabrielle entdeckte. Er spürte ganz gewiss nicht den Drang, den Vorfall breitzutreten oder sein Gewissen zu entlasten. Aber sie vielleicht, und dann saß er in der Tinte. Wenn der Fall vor Gericht kam, konnte er sich nur zu gut vorstellen, wie Kevins Anwalt ihn mit Fragen traktierte, von der Sorte: Trifft es zu, Detective Shanahan, dass Sie sexuelle Kontakte mit Ihrer Informantin, der Geschäftspartnerin meines Klienten, pflegten? Und handelt es sich hier nicht schlicht und einfach um einen Fall von Eifersucht auf meinen Klienten?

Vielleicht brauchte irgendein Supermarkt jemanden, der nachts seine Läden bewachte.

Joe benötigte eine Viertelstunde und eine zweite Zigarette, bevor er den Chevy auf den Parkplatz des Polizeireviers fuhr. Er ballte die Hände zu Fäusten und schob sie in die Hosentaschen, um seine Wut unter Kontrolle zu halten. Der Erste, dem er auf dem Weg zum Verhörzimmer begegnete, war Captain Luchetti.

»Wo zum Teufel haben Sie gesteckt?«, bellte Luchetti, doch seine Worte wiesen nicht sonderlich viel Biss auf. Der Captain wirkte etwa zehn Jahre jünger als am Vortag, und er lächelte tatsächlich, zum ersten Mal seit dem Raub bei Mr. Hillard.

»Sie wissen doch, wo ich war.« Joe und die übrigen Detectives hatten in der vergangenen Nacht und am frühen Morgen stundenlang über jeder Einzelheit und jeden Schritt, den die Abteilung plante, gebrütet. Sie hatten Zuständigkeitspläne aufgestellt. Pläne, die sie offensichtlich ohne ihn ausgeführt hatten. »Ich war bei Ms. Breedlove und habe sie über Carters bevorstehende Verhaftung unterrichtet. Wo ist er?«

»Sowohl Carter als auch Shalcroft berufen sich auf ihre Rechte. Sie reden nicht«, antwortete Luchetti, während sie den Flur entlang zu den Verhörräumen gingen. Während der letzten anderthalb Wochen war die Luft im Gebäude dick vor Anspannung gewesen. Jetzt aber trug jeder, dem Joe begegnete, vom Detective bis zum diensthabenden Leutnant, ein breites Lächeln auf dem Gesicht. Alle konnten wieder durchatmen, nur Joe nicht. Nicht, so lange er so kurz vor der Katastrophe stand.

»Riechen Sie auch diesen Blumenduft?«, fragte Luchetti.

»Ich rieche gar nichts.«

Der Captain hob die Schultern. »Die Zentrale konnte Sie nicht erreichen.«

»Ja, ich hatte meine Piepser nicht bei mir.« Was im Grunde genommen der Wahrheit entsprach. Sein Piepser hatte in seiner Hosentasche gesteckt, und die Hose hatte er nicht angehabt. »Ich weiß auch nicht, wie mir das passieren konnte.«

»Ich auch nicht. Ich begreife nicht, wie ein Detective mit neunjähriger Erfahrung in die Situation geraten kann, dass er nicht erreichbar ist. Als wir erfuhren, dass Carter den Termin verlegt hatte und Sie nicht zu erreichen waren, haben wir einen Streifenwagen zu diesem Laden an der Thirteenth geschickt. Der Beamte meldete, dass er an der Eingangs- und auch an der Hintertür geklopft hätte, aber niemand machte ihm auf.«

»Ich war nicht dort.«

»Wir haben auch jemanden zu ihrem Haus geschickt. Ihr Dienstwagen stand vor der Tür, aber niemand hat die Tür geöffnet.«

Heilige Scheiße. Er hatte niemanden klopfen gehört, aber in gewissen Schlüsselmomenten hätte er sicherlich nicht einmal eine Blaskapelle gehört, und wenn sie einen halben Meter von seinem nackten Hintern entfernt vorbeimarschiert wäre. »Das war dann wohl zu der Zeit, als wir frühstücken gegangen sind«, versuchte er, sich rauszureden. »Wir haben Ms. Breedloves Wagen genommen.«

Luchetti blieb vor der Tür zum Gruppenraum stehen. »Sie haben sie über Carter aufgeklärt, und sie hatte Lust zu frühstücken? Sie fühlte sich in der Lage, Auto zu fahren?«

Zeit, die Taktik zu wechseln. Er sah dem Captain ins Gesicht und ließ die Wut raus, die er bisher in Schach gehalten hatte. »Wollen Sie mir was anhängen? Der Hillard-Raub *ist* der wichtigste Fall, den die Abteilung für Eigentumsdelikte jemals gesehen hat, und ich habe die Verhaftung verpasst, weil ich eine Informantin trösten musste.«

Es tat gut, ein bisschen von seiner Wut abreagieren zu können – verdammt gut. »Ich habe schwer an diesem Fall gearbeitet und eine verdammte Menge Überstunden gemacht. Ich musste mir jeden Tag Carters Mist anhören, und ich wollte ihm eigenhändig die Handschellen anlegen. Ich hatte es verdient, dabei zu sein, und dass ich nicht dabei sein konnte, macht mich verflucht sauer. Wenn Sie also wollen, dass ich mich wie der letzte Dreck fühle, vergessen Sie's. Schlimmer als jetzt kann ich mich gar nicht fühlen.«

Luchetti verlagerte sein Gewicht auf seine Fersen. »Okay, Shanahan, ich lasse das beiseite, es sei denn, es kommt noch einmal aufs Tapet.«

Joe hoffte von Herzen, dass das nicht der Fall sein würde. Es war ihm unmöglich zu erklären, was Gabrielle und ihn verband. Er konnte es sich nicht einmal selbst erklären.

»Riechen Sie wirklich keine Blumen?«, fragte Luchetti und schnupperte. »Riecht wie die Fliederbüsche meiner Frau.«

»Ich rieche verdammt noch mal gar nichts.« Er hatte es gewusst. Er hatte gewusst, dass er wie ein Mädchen duftete. »Wo ist Carter?«

»In Nummer drei, aber er redet nicht.«

Joe ging zu dem genannten Verhörzimmer und öffnete die Tür. Und da saß Kevin, mit einer Handschelle an den Tisch gefesselt.

Kevin hob den Blick und zog einen Mundwinkel zu einem höhnischen Grinsen hoch. »Als einer der Bullen mir erzählte, dass ein Undercover-Bulle im Laden gearbeitet hat, wusste ich gleich, dass du das sein musstest. Ich wusste von Anfang an, dass du ein Versager bist.«

Joe lehnte sich mit einer Schulter an den Türrahmen. »Kann sein, aber ich bin nicht der Versager, der mit Mr. Hillards Monet geschnappt wurde, und nicht der Versager, der sein Haus mit gestohlenen Antiquitäten voll gestopft hat. Und ich bin nicht der Versager, dem jetzt fünfzehn bis dreißig Jahre im Knast bevorstehen. Dieser Versager bist nämlich du.«

Kevins ohnehin schon blasser Teint wurde noch eine Spur bleicher. »Mein Anwalt wird mich da rausboxen.«

»Das glaube ich nicht.« Joe trat zur Seite, um Polizeichef Walker in den Raum zu lassen. »Kein Anwalt der Welt schafft das.«

Der Polizeichef setzte sich Kevin gegenüber an den Tisch und legte eine dicke Mappe mit Dokumenten vor sich hin, von denen einige, wie Joe wusste, nicht das Geringste mit Kevin zu tun hatten. Das war ein alter Trick, der Kriminelle glauben machte, sie hätten eine umfangreiche Polizeiakte. »Shalcroft ist entschieden kooperativer als Sie«, begann Walker, was Joes Vermutung nach ebenfalls eine abgefeimte Lüge war. Er vermutete außerdem, dass Kevin, sobald er mit dem vollen Umfang des Beweismaterials gegen ihn konfrontiert wurde, schneller umkippen würde als ein tanzender Pudel. Wenn Kevin Carter über eine ausgeprägte Eigenschaft verfügte, dann war es sein Selbsterhaltungstrieb. Zweifellos würde er irgendwann den Namen des Diebs, der in seinem Auftrag das Bild gestohlen hatte, sowie die aller anderen Beteiligten preisgeben.

»Du solltest dir ernsthaft überlegen, ob du nicht lieber kooperieren willst, bevor es zu spät ist«, riet Joe.

Kevin lehnte sich auf seinem Stuhl zurück und neigte den Kopf zur Seite. »Ich sage gar nichts. Verzieh dich.«

»Okay, dann denk stattdessen daran, dass ich, während du in einer gemütlichen Gefängniszelle hockst, zu Hause sitze, Steaks grille und feiere.«

»Mit Gabrielle? Weiß sie, wer du wirklich bist? Oder hast du sie nur benutzt, um mich zu überführen?«

Sein schlechtes Gewissen meldete sich. Schuldbewusstsein und dieses Gefühl, Gabrielle beschützen zu müssen, das er schon in der Nacht verspürt hatte, als sie von Kevins Terrasse herabhing. Es überrumpelte ihn so, dass er sich heftig vom Türrahmen abstieß. »Das musst du gerade sagen! Wer von uns hat Gabrielle denn wohl benutzt? Du hast sie jahrelang als Tarnung für deine Hehlerei missbraucht.« Was ihm da den Magen umdrehen wollte, war mehr als eine Art Pflichtgefühl, das ihn zwingen wollte, seine Informantin zu schützen, doch er war nicht in der Stimmung, es näher zu analysieren oder sein Gewissen zu erforschen.

Kevin wandte sich ab. »Sie kommt schon zurecht.«

»Als ich heute Morgen mit ihr gesprochen habe, sah es aber ganz und gar nicht so aus.«

Kevin sah ihn wieder an, und zum ersten Mal leuchtete in seinen Augen etwas anderes als Arroganz oder Streitsucht auf. »Was hast du ihr gesagt? Wie viel weiß sie?«

»Was sie weiß, geht dich nichts an. Es reicht, wenn du weißt, dass ich in eurem Laden meiner Arbeit nachgegangen bin.«

»Ja, prima«, höhnte er. »Als du Gabrielle an die Wand gedrückt und ihr deine Zunge in den Hals gesteckt hast, sah das für mich nach etwas mehr als Arbeit aus.«

Walker hob den Blick, und Joe zwang sich zu einem lässigen Grinsen. »Einige Tage waren halt besser als die übrigen.«

Er hob die Schultern und schüttelte den Kopf, als ob Kevin einfach nur Unsinn redete. »Ich weiß, dass du jetzt stinksauer auf mich bist, aber ich gebe dir trotzdem einen guten Rat. Du kannst ihn beherzigen oder mich zum Teufel wünschen, mir ist beides gleich, aber hör zu: Du bist nicht der Typ, dem etwas an anderen Menschen außer sich selbst liegt, und jetzt ist nicht der richtige Zeitpunkt, um plötzlich Skrupel zu entwickeln. Dein Schiff geht unter, mein Freund, und du kannst entweder deine Haut retten oder mit den anderen Ratten absaufen. Ich rate dir, deine Haut zu retten, bevor es zu spät ist.« Er musterte Kevin ein letztes Mal von Kopf bis Fuß, dann drehte er sich um und ging zu den Arrestzellen.

Im Gegensatz zu der Behauptung des Polizeichefs Kevin gegenüber zeigte William Shalcroft sich in keiner Weise kooperativ. Er hockte teilnahmslos in seiner Zelle, starrte durch die Gitterstäbe, und das Deckenlicht tauchte seinen Glatzkopf in graues Licht. Joe beobachtete den Kunsthändler und wartete auf den Adrenalinstoß. Auf das Aufwallen, das immer einsetzte, wenn es an der Zeit war, einen Betrüger zu betrügen, einen Typen zum Reden zu bringen, obwohl man ihm gerade noch geraten hat, nichts zu sagen, weil man alles, was er von sich gab, gegen ihn verwenden würde. Der Adrenalinstoß blieb aus. Stattdessen fühlte Joe sich nur erschöpft. Psychisch und physisch verausgabt.

Die Hochspannung, die auf dem Revier herrschte, hielt ihn für den Rest des Tages wach. Die Einzelheiten über Kevins und Shalcrofts Verhaftung, die immer wieder von neuem durchgehechelt wurden, hielten seinen Verstand auf Trab und verhinderten, dass er allzu sehr an Gabrielle dachte und daran, wie es nun mit ihr weitergehen sollte.

»Hat jemand Blumen mitgebracht?«, fragte Winston von der anderen Seite des Gangs her.

»Ja, es riecht nach Blumen«, stimmte Dale Parker, ein Neuling auf dem Revier, zu.

»Ich rieche nichts, verdammt noch mal!«, brüllte Joe seine Mitarbeiter an und steckte die Nase wieder in seinen Papierkram. Den restlichen Nachmittag verbrachte er duftend wie ein Fliederbusch damit, darauf zu warten, dass das Fallbeil auf seinen Nacken niedersauste. Um fünf Uhr packte er den Papierstapel auf seinem Schreibtisch ein und machte sich auf den Heimweg.

Sam erwartete ihn auf seinem Plätzchen bei der Haustür.

»Hallo, Joe«, begrüßte er ihn, gleich als Joe eintrat.

»Tag, Freundchen.« Joe warf seine Schlüssel und den Papierstapel auf den Tisch vor dem Sofa und ließ Sam aus dem Käfig. »War was Gutes im Fernseher?«

»Jer-ry, Jer-ry«, kreischte Sam, hüpfte zur Käfigtür hinaus und flog zum Fernseher.

Joe hatte Sam seit einigen Monaten nicht mehr gestattet, Jerry Springer zu sehen. Nicht mehr, seit er durch diese Sendung Gossensprache gelernt und sich angewöhnt hatte, diese im unpassendsten Augenblick auch anzubringen.

»Deine Mama ist eine fette Nutte.«

»Himmel«, seufzte Joe und ließ sich aufs Sofa fallen. Er hatte gedacht, Sam hätte den Spruch inzwischen vergessen.

»Benimm dich«, mahnte der Vogel auf dem Fernseher.

Joe lehnte den Kopf zurück und schloss die Augen. Sein ganzes Leben ging mehr und mehr den Bach runter. Um ein Haar hätte er sich die Karriere verdorben, und noch immer bestand die nicht zu unterschätzende Möglichkeit, dass sein Job gefährdet war. Er steckte bis über beide Ohren in Büroarbeit, und sein Vogel befleißigte sich einer unflätigen Sprache. Alles war außer Kontrolle geraten.

Jetzt, da seine Arbeit ihn nicht mehr so ablenkte, dachte

er an Gabrielle, an den Tag, als er sie festgenommen hatte. In weniger als einer Woche hatte sich seine Meinung von ihr um einhundertundachtzig Grad gedreht. Er achtete sie, und es tat ihm von Herzen Leid, dass sie wahrscheinlich Recht hatte, was ihr Geschäft betraf. Ihr Name und ihr Laden wurden von nun an mit dem spektakulärsten Raub im Lande in Verbindung gebracht. Vermutlich würde sie Anomaly schließen müssen, aber dank ihres geschickten kleinen Anwalts würde sie wenigstens nicht alles verlieren. Das hoffte er zumindest.

Und dann dachte er an ihren weichen Mund auf seinem und an ihre vollen Brüste, die seinen Oberkörper streiften. Ihre Berührung auf seinem Rücken und seinem Bauch. Immer noch sah er ihre Ohrgehänge aus kleinen Perlen in ihr Haar gebettet, als er sich über ihr Gesicht geneigt hatte, immer noch spürte er die Wärme ihres Körpers unter sich.

Voll bekleidet war sie wunderschön. Unbekleidet war sie umwerfend. Sie hatte seine Welt aus den Angeln gehoben, hatte ihn zum Wahnsinn getrieben, und wäre sie irgendeine andere Frau gewesen, hätte er unverzüglich versucht, sie erneut zum Ausziehen zu verführen – immer wieder. Dann hätte er schon längst in seinem Auto gesessen, auf dem Weg zu ihr, um sich von ihr verführen zu lassen.

Er mochte sie. Okay, es war mehr als mögen. Er hatte sie verdammt gern. Aber es war noch nicht Liebe, wenn man eine Frau verdammt gern hatte. Selbst wenn eine Beziehung mit ihr nicht so verteufelt kompliziert sein würde, war sie doch nicht die Sorte Frau, mit der er hätte sesshaft werden wollen. Er wollte ihr nicht wehtun, aber er musste sich von ihr fern halten.

Er atmete tief durch, fuhr sich mit den Fingern seitlich durchs Haar und ließ die Hände in den Schoß fallen. Vielleicht bestand gar kein Grund, sich Sorgen zu machen. Kein Grund für Schuldgefühle. Vielleicht erwartete sie überhaupt nichts von ihm. Sie war erwachsen. Sie war nicht dumm. Wahrscheinlich wusste sie, dass es ein großer Fehler war, es in ihrem Bett, auf dem Boden, unter der Dusche zu treiben. Womöglich quälte sie die Vorstellung, ihn wiedersehen zu müssen. Für ein paar Stunden hatten sie einander ein gutes Gefühl bereitet, ein echt gutes, doch das durfte nicht noch einmal geschehen. Das wusste sie bestimmt auch. Sie musste doch wissen, dass es für sie beide keinerlei Chance auf eine wie auch immer geartete Beziehung gab.

Bei geschlossenen Vorhängen und ohne Licht saß Gabrielle allein in ihrem dunklen Wohnzimmer und verfolgte die Nachrichten im Vorabendprogramm des Lokalsenders. Hauptthema war wieder einmal der Hillard-Raub, doch diesmal erschien ein Foto von Kevin auf dem Bildschirm.

»Ein Ortsansässiger wurde heute im Zusammenhang mit dem größten Raub in der Geschichte unseres Bundesstaats verhaftet. Der Geschäftsmann Kevin Carter ...« So fing der Bericht an. In seinem Verlauf wurden Bilder von Anomaly gebracht. Polizisten trugen Kevins Werke von Nagel heraus, seinen Computer, seine Geschäftsakten. Sie leerten seinen Schreibtisch und durchsuchten den gesamten Laden nach Diebesgut. Sie wusste, was sie in Händen gehabt hatten, denn sie war dort gewesen. Sie hatte sich angezogen und war zum Laden gefahren, und sie hatte der Polizei bei der Arbeit zugesehen. Sie, Mara, Francis und ihr Anwalt Ronald Lowman. Seite an Seite hatten sie dort gestanden und zugesehen. Alle bis auf Joe.

Joe war nicht zurückgekommen.

In einer Ecke des Bildschirms erschien ein Foto von William Stewart Shalcroft, in der anderen eines von Kevin, während ein Polizeisprecher Fragen beantwortete. »Mithilfe einer Informantin«, sagte er, unterließ es aber, ihren Namen zu nennen und anzumerken, dass sie unschuldig war, »konnten wir Mr. Carter schon seit einiger Zeit überwachen …« Er redete und redete, dann wandte sich der Bericht dem Allgemeininteresse zu, und Mr. und Mrs. Hillard traten auf und dankten der Polizei von Boise.

Gabrielle schaltete den Fernseher per Fernbedienung aus und warf sie aufs Sofa zu ihrem schnurlosen Telefon.

Joe hatte auch nicht angerufen.

Ihr Leben brach in Technicolor und vor den Augen der ganzen Welt zusammen. Ihr Geschäftspartner, ein Mann, dem sie dermaßen vertraut hatte, dass sie ihn als sehr engen Freund betrachtete, war ein Dieb. In den Nachrichtensendern war ihr Name nicht genannt worden, doch jeder, der sie kannte, hielt sie vermutlich für eine Mittäterin. Sie und Ronald hatten kurz die Möglichkeiten ihres weiteren Vorgehens besprochen, zum Beispiel dass sie den Laden vorerst schließen und dann unter einem neuen Namen wieder eröffnen könnte, aber sie war nicht sicher, ob sie den Mut aufbringen würde, ganz von vorn anzufangen. Sie wollte darüber nachdenken, sobald der Schock nachließ und sie wieder klar denken konnte.

Neben ihr auf dem Sofa klingelte das Telefon, und ihr Magen krampfte sich zusammen. »Hallo«, meldete sie sich, bevor es ein zweites Mal klingelte.

»Ich habe gerade die Nachrichten gesehen«, begann ihre Mutter. »Ich bin schon fast auf dem Weg zu dir.«

Gabrielle schluckte ihre Enttäuschung hinunter. »Nein, lass nur. Ich komme etwas später rüber zu dir.«

»Wann?«

»Später am Abend.«

»Du solltest jetzt nicht allein sein.«

»Ich warte auf Joe«, sagte sie, dann wäre sie ja nicht allein. Nach dem Gespräch mit ihrer Mutter ließ sie sich ein Bad einlaufen. Sie gab Lavendel und Ylang-Ylang ins Wasser und stellte das Telefon neben die Wanne, doch als es erneut klingelte, war wieder nicht Joe am anderen Ende der Leitung.

»Hast du die Nachrichten gesehen?«, fragte Francis.

»Ja.« Zum zweiten Mal verbarg Gabrielle ihre Enttäuschung. »Hör mal, kann ich dich später zurückrufen? Ich warte auf Joes Anruf.«

»Warum rufst du ihn nicht an?«

Weil sie seine Privatnummer nicht hatte und weil er nicht im Telefonbuch stand. Sie hatte nachgesehen – zweimal. »Nein, er ruft mich bestimmt an, wenn er von der Arbeit kommt. Bis dahin wird er wahrscheinlich keine Möglichkeit finden, mit mir über den Fall zu sprechen.« Oder über ihre Beziehung. Über das, was nun folgen sollte.

Als Francis aufgelegt hatte, stieg Gabrielle aus der Wanne und schlüpfte in neue Khaki-Shorts und ein weißes T-Shirt. Sie ließ ihr Haar offen hängen, weil sie dachte, so würde es Joe am besten gefallen. Sie versuchte nicht einmal, sich einzureden, dass sie nicht auf das Klingeln des Telefons wartete. Ganz gleich, wie sehr sie sich anstrengte, im Lügen würde sie niemals gut sein. Mit jedem Ticken der Uhr spannten ihre Nerven sich mehr an.

Um halb acht Uhr abends hatte ein behinderter Mann, der Glühbirnen verkaufte, das Pech, Gabrielle anzurufen. »Nein!«, schrie sie in den Hörer. »Ich hatte heute einen grauenhaften Tag!« Sie trennte die Verbindung und ließ sich aufs Sofa sinken, überzeugt, dass sie gerade das denkbar schlechteste Karma für sich erzeugt hatte. Welche anständige Frau schrie schon einen Behinderten an?

Das taten Frauen, deren Leben in Scherben lag und die sich besser um ihr Geschäft statt um ihr Liebesleben hätten kümmern sollen. Frauen, deren Nerven bloß lagen. Die Sorte Frau, die tief im Herzen und in der Seele wusste, dass, wenn sie Joe nur halten könnte, alles wieder gut würde.

Sie kannte nicht einmal seine Telefonnummer. Falls sie ihn dringend sprechen wollte, musste sie auf dem Polizeirevier anrufen oder eine Nachricht auf seinem Piepser hinterlassen. Sie hatte mit ihm geschlafen, und er hatte an ihr Herz gerührt, wie es kein Mann je zuvor getan hatte. Er hatte ihren Körper berührt und eine Reaktion ausgelöst, die alles bisher Gekannte übertraf. Es war mehr als nur Sex. Sie liebte ihn, aber der Umstand, dass sie nicht wusste, was er für sie empfand, verursachte ihr Magenkrämpfe. Die Unsicherheit trieb sie an den Rand des Wahnsinns und war schlimmer als alles, was sie bisher erlebt hatte.

Sie hatten sich geliebt, und dann war er aus dem Haus gelaufen, als könnte er gar nicht schnell genug von ihr fort kommen. Klar, sie wusste, er hatte keine Wahl gehabt. Ihr Verstand sagte ihr, dass es nicht seine Entscheidung gewesen war, sie auf diese Art zu verlassen, aber er hatte ihr keinen Abschiedskuss gegeben. Er hatte sich nicht einmal umgeschaut.

Es klingelte, und sie fuhr zusammen. Als sie durch den Spion sah, blickte Joe ihr durch seine verspiegelte Sonnenbrille entgegen. Ihr stockte der Atem, ein Schmerz erfasste ihre Brust, als ob sie Luft geschluckt hätte.

»Joe«, sagte sie und öffnete die Tür. Dann brachte sie keinen weiteren Ton hervor, so sehr hämmerte der Schmerz gegen ihre Brust. Ihr hungriger Blick umfasste ihn von seinem dunklen Haar über das schwarze T-Shirt und die Jeans bis zu den schwarzen Stiefelspitzen. Dann sah sie langsam wieder an ihm hinauf und in sein so ausgesprochen männliches Gesicht mit dem charakteristischen Fünf-Uhr-Bartschatten und den feinen Konturen seines sinnlichen Munds. Dieses sinnlichen Munds, den er vor nicht einmal vierundzwanzig Stunden auf die Innenseite ihres Schenkels gepresst hatte.

»Hast du die Nachrichten gesehen?«, fragte er, und etwas in seiner Stimme, etwas in seiner Haltung ließ alle Alarmglocken in ihrem Kopf schrillen. »Hast du schon mit deinem Anwalt gesprochen?«

Endlich war sie ihrer Stimme wieder mächtig. »Ja. Willst du nicht hereinkommen?«

»Nein, das wäre keine gute Idee.« Er trat einen Schritt zurück bis an den Rand der Treppe. »Aber ich muss mit dir reden, über das, was heute Morgen zwischen uns passiert ist.«

Sie wusste, was er sagen würde, noch bevor er den Mund geöffnet hatte. »Sag jetzt nicht, dass es dir Leid tut«, warnte sie ihn, denn sie fürchtete, ihr Herz würde es nicht verkraften, mit seiner Reue konfrontiert zu werden, als wäre alles, was sie gemeinsam erlebt hatten, ein Irrtum gewesen. Sag nicht, dass es niemals hätte geschehen dürfen.«

»Dadurch, dass ich es nicht ausspreche, wird es nicht besser, Gabrielle. Was passiert ist, war meine Schuld. Du warst meine geheime Informantin, und es gibt strenge Vorschriften und Regeln dafür, wie ich mich dir gegenüber zu verhalten habe. Ich habe diese Regeln gebrochen. Falls du mit jemandem von der Abteilung für innere Angelegenheiten sprechen möchtest, kann ich dir sagen, an wen du dich wenden musst.«

Sie senkte den Blick auf ihre nackten Zehen und sah dann wieder auf ihr Spiegelbild in den Gläsern seiner Sonnenbrille. Wieder einmal redete er über Regeln. Regeln und Vorschriften interessierten sie nicht, und sie wollte mit niemandem sprechen außer mit ihm. Er redete über das, was sie getan hatten, aber nicht über seine Gefühle. Vielleicht liebte er sie nicht, aber er musste doch immerhin das Band zwischen ihnen spüren.

»Ich habe einen Fehler gemacht, und es tut mir Leid.«

Das Eingeständnis tat weh, doch ihr blieb keine Zeit, sich mit dem Schmerz zu befassen. Wenn sie es ihm nicht sagte, würde er gehen, ohne zu erfahren, wie es in ihrem Herzen aussah. Wenn er dann trotzdem ging, müsste sie sich wenigstens nicht immerzu fragen, ob sein Wissen um ihre Gefühle etwas geändert hätte. »Mir tut es nicht Leid. Viel weißt du ja nicht von mir, aber ich halte nichts von wahllosem Sex. Nach dem, was heute Morgen geschehen ist, kann ich wohl kaum erwarten, dass du das glaubst, aber ich muss schon sehr viel für jemanden empfinden, um mit ihm schlafen zu können.«

Seine Lippen bildeten einen schmalen Strich, doch sie war schon zu weit vorgeprescht, um jetzt einen Rückzieher machen zu können. »Ich weiß nicht, wie es so weit gekommen ist«, fuhr sie fort. »Bis vor ein paar Tagen wusste ich nicht einmal, dass ich dich sehr gut leiden kann.« Mit jedem Wort, das sie äußerte, wurde sein Stirnrunzeln finsterer. »Ich habe mich vorher noch nie wirklich verliebt. Das heißt, ich habe vor ein paar Jahren geglaubt, in Fletcher Wiseweaver verliebt zu sein, aber was ich für ihn empfand, lässt sich nicht mit meinen Gefühlen für dich vergleichen. Solch tiefer Gefühle war ich bisher nicht fähig.«

Er nahm die Sonnenbrille ab und massierte Stirn und Schläfen. »Du hattest heute einen schweren Tag, und ich glaube, du bist noch ziemlich durcheinander.«

Gabrielle blickte in seine müden braunen Augen, die an

dunkle Schokolade erinnerten. »Behandle mich nicht, als wüsste ich nicht über meine eigenen Gefühle Bescheid. Ich bin erwachsen, und ich verwechsle Sex nicht mit Liebe. Für das, was heute geschehen ist, gibt es nur eine Erklärung. Ich liebe dich.«

Er ließ die Hand sinken, sah sie ausdruckslos an, und ein verlegenes Schweigen stand zwischen ihnen.

»Ich habe dir gerade gestanden, dass ich dich liebe. Willst du denn überhaupt nicht darauf reagieren?«

»Doch, aber nicht so, wie du es dir wünschst.«

»Versuch's.«

»Es gibt noch eine plausiblere Erklärung.« Er rieb sich den Nacken und sagte: »Wir mussten so tun, als wären wir ein Liebespaar. Die Sache wurde verdammt schnell ganz schön heiß, und wir haben uns zu stark mit unseren Rollen identifiziert. Das Drehbuch wurde zweideutig, und wir fingen an, unseren Text für bare Münze zu nehmen. Wir sind zu weit gegangen.«

»Vielleicht hat es dich aus der Fassung gebracht, aber mich nicht.« Sie schüttelte den Kopf. »Du bist mein Yang.«

»Wie bitte?«

»Du bist mein Yang.«

Er stieg rückwärts eine Stufe der Verandatreppe hinunter. »Dein was?«

»Die andere Hälfte meiner Seele.«

Er setzte die Sonnenbrille wieder auf, sodass sie ihm nicht in die Augen sehen konnte. »Das bin ich nicht.«

»Behaupte bloß nicht, du würdest das Band zwischen uns nicht spüren. Du musst es spüren.«

Er schüttelte den Kopf. »Nein. Ich glaube nicht an diesen Kram von wegen Verbundenheit der Seelen, und ich sehe auch keine große rote Aura.« Mit einem weiteren Schritt zurück stand er auf dem Gehsteig. »In ein paar Tagen bist du bestimmt heilfroh, dass ich aus deinem Leben verschwunden bin.« Er atmete tief ein und stieß dann langsam den Atem aus. »Pass auf dich auf, Gabrielle Breedlove«, sagte er und ging.

Sie öffnete den Mund, um ihn zurückzurufen, um ihn zu bitten, sie nicht allein zu lassen, doch schließlich hielt sie an ihrem letzten Rest von Stolz und Selbstachtung fest, trat zurück ins Haus und schloss die Tür vor dem Anblick seiner breiten Schultern, als er von ihr fort und aus ihrem Leben ging. Sie hatte das Gefühl, als würde ihre Brust ihr Herz eindrücken, und während sie die Finger über der linken Brust in ihr T-Shirt krallte, entrang sich ihr der erste Schluchzer. So hätte es nicht geschehen dürfen. Wenn sie ihr Yang gefunden hatte, hätte er es merken, hätte er sie erkennen müssen. Doch das tat er nicht, und sie hatte nie erwartet, dass ihr Seelenverwandter ihre Liebe nicht erwidern würde. Sie hatte sich nie vorstellen können, wie weh das tat.

Alles verschwamm vor ihren Augen, und sie lehnte sich mit dem Rücken an die Tür. Sie hatte sich geirrt. Nichts zu wissen war besser, als zu wissen, dass er sie nicht liebte.

Was sollte sie jetzt tun? In ihrem Leben herrschte das totale Chaos – ein regelrechter Aufruhr. Ihr Geschäft war ruiniert, ihr Partner saß im Gefängnis und ihr Seelenverwandter wusste nicht, dass er ihr Seelenverwandter war. Wie sollte sie weiterleben, mit dem Gefühl, dass sie innerlich sterben würde? Wie sollte sie weiterhin in derselben Stadt wohnen, wenn sie doch wusste, dass er irgendwo in ihrer Nähe war und sie nicht wollte?

In einem anderen Punkt hatte sie sich ebenfalls geirrt: Unsicherheit war bei weitem nicht das Schlimmste, was sie je in ihrem Leben empfunden hatte.

Das Telefon schrillte, und beim vierten Klingeln hob sie ab. »Hallo«, sagte sie, und ihre Stimme klang hohl und weit entfernt in ihren Ohren.

Erst nach einer kurzen Pause meldete sich ihre Mutter. »Was ist seit unserem letzten Gespräch passiert?«

»Du bist doch das Medium, also sag du's mir.« Ihre Stimme brach, und sie schluchzte. »Als du mir sagtest, dass ich einen leidenschaftlichen dunkelhaarigen Geliebten finden würde, warum hast du mir da nicht gleich auch gesagt, dass er mir das Herz brechen würde?«

»Ich hol dich ab, bin schon auf dem Weg. Pack ein paar Sachen in deinen Koffer, dann fahr ich dich rauf zu Franklin. Deine Gesellschaft wird ihm gut tun.«

Gabrielle war achtundzwanzig Jahre alt, wurde im Januar neunundzwanzig, aber nie zuvor hatte der Vorschlag, nach Hause zu ihrem Großvater zu kommen, so gut in ihren Ohren geklungen.

16. KAPITEL

Gabrielle kniete neben dem alten Lederlehnstuhl ihres Großvaters und rieb seine schmerzenden Hände mit warmem Ingweröl ein. Franklin Breedloves Knöchel waren entzündet, seine Finger von Arthritis verkrümmt. Die täglichen sanften Massagen brachten ihm anscheinend ein gewisses Maß an Linderung.

»Wie ist das, Großvater?«, fragte sie und blickte in sein zerfurchtes Gesicht, in seine blassgrünen Augen, auf seine buschigen weißen Brauen.

Langsam beugte er die Finger, so gut er konnte. »Besser«,

antwortete er und tätschelte Gabrielles Kopf, als wäre sie sein alter krummbeiniger Beagle Molly. »Du bist ein liebes Mädchen.« Seine Hand glitt an ihrer Schulter herab auf die Sessellehne, die Augen fielen ihm zu. Das passierte ihm immer öfter. Am Vorabend war er während des Essens eingeschlafen, als er gerade im Begriff war, die Gabel zum Mund zu führen. Er war achtundsiebzig Jahre alt, und sein unkontrollierter Schlafdrang war inzwischen so schlimm, dass er nur noch im Pyjama umherlief. Jeden Morgen zog er einen frischen an, bevor er den Flur entlang zu seinem Büro ging. Sein einziges Zugeständnis an den Tag waren die Hausschuhe an seinen Füßen.

Solange Gabrielle denken konnte, hatte ihr Großvater bis zur Mittagszeit in seinem Büro gearbeitet und dann noch einmal spät am Abend. Was genau er dort tat, hatte sie bis vor kurzem nie so recht gewusst. Als Kind hatte man sie in dem Glauben gelassen, er sei ein Risikokapitalist. Doch seit sie zu Hause war, hatte sie Anrufe entgegengenommen von Männern, die fünf Dollar auf solche Favoriten wie Eddie »Der Hai« Sharkey oder Greasy Dan Muldoon setzen wollten. Jetzt hatte sie ihren Großvater im Verdacht, Buchmacher zu sein.

Gabrielle hockte sich auf ihre Fersen und drückte leicht die knochige Hand des alten Mannes. Während des größten Teils ihres Lebens war er ihre Vaterfigur gewesen. Er trat barsch und streitsüchtig auf, und er machte sich nichts aus anderen Menschen, Kindern und Haustieren. Doch wenn jemand zu ihm gehörte, war er bereit, Himmel und Hölle in Bewegung zu setzen, damit der Betreffende glücklich war.

Gabrielle stand auf und ging aus dem Zimmer, in dem es stets nach Büchern, Leder und Jahrzehnten von Pfeifentabak roch – tröstliche und vertraute Düfte, die ihre geistig-körperlich-seelische Heilung förderten seit dem Abend vor einem Monat, als ihre Mutter und Tante Yolanda sie auf der hinteren Terrasse ihres Hauses aufgelesen und sie gestrichene vier Stunden nach Norden bis zum Haus ihres Großvaters gefahren hatten. Diese Nacht schien jetzt so weit zurückzuliegen, und doch erinnerte sie sich an jede Einzelheit, als wäre alles erst gestern geschehen. Sie erinnerte sich an die Farbe von Joes T-Shirt und an sein ausdrucksloses Gesicht. Sie erinnerte sich an den Rosenduft in ihrem Garten und an den kühlen Luftzug, der ihre nassen Wangen streifte, als sie im Toyota ihrer Mutter auf dem Beifahrersitz saß. Sie erinnerte sich an Beezers weiches Fell unter ihren Fingern, an das unablässige Schnurren der Katze, an die Stimme ihrer Mutter, die sagte, ihr Herz würde wieder heilen, und mit der Zeit würde ihr Leben wieder in Ordnung kommen.

Sie ging den langen Flur zu dem Salon entlang, den sie sich als Atelier eingerichtet hatte. Schachteln und Kisten voller ätherischer Öle und Aromatherapien stapelten sich an den Wänden und versperrten der septemberlichen Morgensonne den Weg. Seit dem Tag, an dem sie mit wenig mehr als einer Tasche voller Kleidung und ihren Ölen angekommen war, war sie ununterbrochen beschäftigt. Sie hatte sich in die Arbeit gestürzt, sich abgelenkt, sodass sie hin und wieder vergessen konnte, dass sie an einem gebrochenen Herzen litt.

Seit sie zu ihrem Großvater gekommen war, hatte sie nur einmal den Weg nach Boise auf sich genommen, um die Papiere zu unterzeichnen, in denen sie ihren Laden zum Kauf anbot. Sie hatte Francis besucht und sich vergewissert, dass ihr Rasen gemäht wurde. Sie hatte die Zeitschaltuhr für den Rasensprenger auf vier Uhr morgens eingestellt, damit sie nicht fürchten musste, dass ihr Rasen vertrocknete. Während ihres Aufenthalts in der Stadt hatte sie ihre Post abgeholt, den Staub von ihren Möbeln gewischt und die Nachrichten auf ihrem Anrufbeantworter abgehört.

Von dem einen Menschen, auf dessen Nachricht sie so sehr hoffte, war kein einziges Wort gespeichert. Einmal glaubte sie, das Kreischen eines Papageis auf dem Anrufbeantworter gehört zu haben, doch dann ertönte vom Band das ferne Klingeln eines Telefons, und sie tat ihre Vermutung als dummen Streich oder Werbung irgendeines Telefondienstes ab.

Seit dem Abend, als Joe auf ihrer Veranda gestanden und ihr erklärt hatte, dass sie Sex mit Liebe verwechselte, hatte sie nichts mehr von ihm gehört. Seit dem Abend, als sie ihm ihre Liebe gestanden hatte und er vor ihr zurückgeschreckt war, als hätte sie eine ansteckende Krankheit. Der Schmerz in ihrem Herzen war ständig präsent; er war bei ihr, wenn sie morgens aufwachte, und abends, wenn sie zu Bett ging. Selbst im Schlaf konnte sie ihn nicht aus ihrer Erinnerung verbannen. Auch in ihren Träumen kam er immer zu ihr. Doch jetzt fühlte sie sich hohl und einsam beim Aufwachen und verspürte nicht mehr den Drang, ihn zu malen. Sie hatte nicht mehr zum Pinsel gegriffen, seit er damals in ihr Haus gestürmt war und nach Mr. Hillards Monet gesucht hatte.

Gabrielle betrat den Salon und ging zum Arbeitstisch, auf dem all ihre ätherischen Öle und Grundstoffe standen. In diesem Zimmer waren die Jalousien gegen die zerstörerischen Sonnenstrahlen heruntergelassen, doch Gabrielle konnte, auch ohne etwas zu sehen, auf Anhieb das Fläschchen mit Sandelholzöl finden. Sie zog den Stopfen und schnupperte daran. Unverzüglich sah sie Joes Bild vor ihrem inneren Auge. Sein Gesicht, seine heißen, hungrigen Augen unter den schweren Lidern, seine Lippen, feucht von ihrem Kuss.

Genau wie schon die Tage zuvor überwältigte sie der Kummer, bevor sie das Fläschchen wieder verschließen und auf den Tisch stellen konnte. Nein, sie hatte Joe noch nicht überwunden. Bis jetzt noch nicht. Es tat immer noch weh, aber morgen war es vielleicht schon besser. Vielleicht war sie morgen bereit, zurück nach Boise in ihr Haus zu fahren und sich dem Leben wieder zu stellen.

»Ich bringe dir deine Post«, sagte ihre Mutter, die geschäftig in den Raum gefegt kam. Claire Breedlove hielt einen Korb mit frisch geschnittenen Kräutern und Blumen im Arm und einen großen braunen Umschlag in der Hand. Sie trug ein bunt besticktes mexikanisches Gewand, darüber einen Umhang gegen die Morgenfrische und um den Hals eine Kette aus Glücksbringer-Püppchen, um Unheil abzuwenden. Irgendwann während ihrer Mexikoreise war sie unwiderruflich zur Eingeborenen geworden. Ihr langer kastanienbrauner Zopf reichte bis in ihre Kniekehlen und war großzügig mit grauen Fäden durchsetzt. »Heute Morgen habe ich ein überdeutliches Zeichen empfangen. Etwas Gutes steht bevor«, prophezeite Claire. »Yolanda hat einen Chrysippusfalter auf den Lilien gefunden, und du weißt ja, was das bedeutet.«

Nein, Gabrielle wusste nicht, was es bedeutete, wenn man einen Schmetterling im Garten sah, abgesehen davon, dass das Tierchen Hunger hatte und sich auf Nahrungssuche befand. Seit ihre Mutter ihr einen dunklen, leidenschaftlichen Geliebten prophezeit hatte, waren ihre medialen Voraussagen ein heikles Thema. Gabrielle erkundigte sich nicht eingehender nach dem Schmetterling.

Claire gab trotzdem keine Ruhe. Sie reichte ihrer Tochter

den Umschlag und sagte: »Heute erhältst du gute Nachrichten. Chrysippusfalter bringen bekanntlich immer gute Nachrichten.«

Gabrielle erkannte Francis' Handschrift, als sie den Umschlag entgegennahm und ihn aufriss. Darin befanden sich ihre monatlichen Nebenkostenabrechnungen für ihr Haus in Boise und allerlei Reklamesendungen. Zwei Briefe allerdings ließen sie aufmerken. Der eine trug Mr. und Mrs. Hillards Absender, der andere kam von der Haftanstalt des Staates Idaho. Gabrielle brauchte gar nicht erst nachzusehen, wer der Absender war, um zu wissen, von wem der Brief stammte. Sie hatte die Handschrift auf Anhieb erkannt. Kevin.

Einige unbedachte Augenblicke erfüllte sie Freude, so als ob sie Nachricht von einem alten Freund bekommen hätte. Doch genauso schnell wich diese Freude dem Zorn und einer gewissen Traurigkeit.

Seit dem Tag vor seiner Verhaftung hatte sie nicht mehr mit Kevin gesprochen, doch von ihrem Anwalt hatte sie erfahren, dass Kevin drei Tage nach seiner Verhaftung sich auf einen Handel mit dem Büro des Staatsanwalts eingelassen hatte. Er hatte gesungen wie der sprichwörtliche Kanarienvogel, Informationen gegeben, Namen genannt und im Gegenzug eine Minderung der gegen ihn erhobenen Anklagen ausgehandelt. Er hatte jeden Sammler und jeden Händler verraten, für den er je gehehlt hatte, und er hatte die Diebe genannt, die in seinem Auftrag den Raub in Hillards Haus ausgeführt hatten. Laut Ronald Lowman hatte Kevin zwei Brüder aus Tonga angeheuert, die unter Bewährung standen und ihre Gerichtsverhandlung wegen mehrerer Einbruchdiebstähle erwarteten, die ihnen jetzt nachgewiesen werden konnten.

Für seine Kooperationsbereitschaft wurde Kevin zu einer

fünfjährigen Gefängnisstrafe verurteilt, von der er lediglich zwei Jahre absitzen musste.

Gabrielle reichte ihrer Mutter den Brief der Hillards. »Wenn es dich interessiert, kannst du ihn lesen«, sagte sie, nahm Kevins Brief und ging über den Flur hinüber ins Frühstückszimmer. Sie setzte sich auf ein ausgebeultes Sofa und öffnete mit zitternden Händen den dicken Umschlag. Ein auf Anstaltspapier geschriebener vierseitiger Brief kam zum Vorschein, und im Licht, das durch das Fenster fiel, überflog sie die geschriebenen Zeilen.

Liebe Gabrielle,

wenn du diese Zeilen liest, besteht Hoffnung, dass du mir die Gelegenheit gibst, dir zu erklären, was ich getan habe. Lass mich zuerst versichern, dass es mir außerordentlich Leid tut, dir Kummer bereitet zu haben, was wohl unweigerlich der Fall sein wird. Das lag nie in meiner Absicht, und ich habe auch nie damit gerechnet, dass meine anderen Geschäfte negative Auswirkungen für dich haben könnten.

Gabrielle hielt inne. *Geschäfte*? So nannte er seine Hehlerei mit gestohlenen Gemälden und Antiquitäten? Sie schüttelte den Kopf und las weiter. Er schrieb über ihre Freundschaft, schrieb, wie sehr er sie mochte und über die schöne gemeinsam verbrachte Zeit. Schon fing sie an, Mitleid mit ihm zu haben, doch dann schlug der Brief einen anderen, skrupellosen Ton an.

Ich weiß, dass viele Menschen das, was ich getan habe, als kriminell bezeichnen, und vielleicht ha-

ben sie Recht. Gestohlene Dinge anzunehmen und zu verkaufen ist ungesetzlich, aber mein einziges WIRKLICHES Verbrechen besteht darin, dass ich immer mehr haben wollte. Ich wollte die schönen Dinge des Lebens. Und dafür büße ich eine härtere Strafe ab als Leute, die wegen Gewalttätigkeit einsitzen. Männer, die Frau und Kinder misshandeln, werden milder bestraft als ich. Diesen Umstand betone ich so, um zu zeigen, dass mein Verbrechen im Vergleich tatsächlich geringfügig ist. Wer ist zu Schaden gekommen? Reiche Leute mit einer guten Versicherung.

Gabrielle ließ den Brief in den Schoß fallen. *Wer ist zu Schaden gekommen?* War das sein Ernst? Sie überflog den Rest des Briefs, der noch weitere Überlegungen und Rechfertigungen enthielt. Er bedachte Joe mit einigen saftigen Schimpfwörtern, hoffte, dass Gabrielle klug genug war zu erkennen, dass Joe sie nur benutzt hatte, und er hoffte, dass sie inzwischen mit ihm Schluss gemacht hatte. Gabrielle wunderte sich, dass er nichts von ihrer Mitwirkung wusste, und gegen Ende des Briefs bat er sie doch tatsächlich, ihm zu schreiben, so, als wären sie noch immer Freunde. Die Vorstellung wies sie weit von sich. Mit dem Brief in der Hand ging sie zurück in den Salon.

»Was war in deinem Umschlag?«, fragte Claire vom Arbeitstisch aus, wo sie mithilfe von Mörser und Stößel frischen Lavendel und Rosen mischte.

»Ein Brief von Kevin. Er erklärt, dass es ihm Leid tut und dass er im Grunde gar nicht schuldig ist. Außerdem hätte er ja nur reiche Leuten bestohlen.« Sie unterbrach sich, um den Brief in den Papierkorb zu werfen. »Vermutlich hat der

Schmetterling, der dir verraten hat, dass ich heute gute Nachrichten erhalten würde, sich nur einen Scherz erlaubt.«

Ihre Mutter sah sie auf ihre ruhige, gefasste Art an. Ein klares Urteil, und es gab Gabrielle das Gefühl, ein friedfertiges Kind der Liebe getreten zu haben.

So war es wohl auch, aber in letzter Zeit konnte sie einfach nichts ausrichten gegen ihr eigenes Verhalten. Sobald sie den Mund öffnete, quoll der ganze in ihrem Herzen aufgestaute Zorn heraus.

Erst in der vergangenen Woche hatte sich ihre Tante Yolanda über ihr Lieblingsthema, Frank Sinatra, ausgelassen. Gabrielle fuhr sie an: »Sinatra ist das Letzte, und die einzigen Leute, die anderer Meinung sind, sind Frauen, die ihre Augenbrauen nachzeichnen.«

Gabrielle hatte sich unverzüglich bei ihrer Tante entschuldigt, und Yolanda schien die Entschuldigung angenommen und Gabrielles Ausrutscher vergessen zu haben, aber eine Stunde später hatte sie sich im Kaufhaus versehentlich einen Truthahnbräter angeeignet.

Gabrielle war überhaupt nicht mehr sie selbst, und sie war sich ihrer eigenen Identität nicht mehr im Klaren. Das war früher anders, aber nachdem zwei verschiedene Männer an einem einzigen Tag ihr Vertrauen missbraucht und ihr Herz gebrochen hatten, war ihr Glaube an sich selbst und ihre Welt aus dem Lot geraten.

»Der Tag ist noch nicht vorüber«, sagte Claire und wies mit dem Stößel auf den kleinen Umschlag auf dem Tisch. »Die Hillards geben eine Party. Auf der Einladungskarte steht, dass sie alle, die mit der Wiederbeschaffung ihres Gemäldes befasst waren, gern bei sich begrüßen würden.«

»Ich kann die Einladung nicht annehmen.« Der Gedanke daran, dass sie Joe wiedersehen würde, verursachte ein Flattern in ihrem Bauch, als hätte sie diesen mystischen Schmetterling im Garten ihrer Mutter verschluckt.

»Du kannst dich nicht in alle Ewigkeit hier verstecken.«

»Ich verstecke mich nicht.«

»Du gehst deinem Leben aus dem Weg.«

Natürlich ging sie ihrem Leben aus dem Weg. Ihr Leben war ein schwarzes Loch, das sich vor ihr ausdehnte. Sie hatte meditiert und versucht, sich ihr Leben ohne Joe vorzustellen, aber es wollte nicht gelingen. Sie war in ihrem sonst so ungezwungenen Leben stets entschlussfreudig gewesen. Wenn etwas nicht klappte, machte sie kehrt und ging in einer anderen Richtung weiter. Doch zum ersten Mal erschien ihr das, was sie erwartete, ganz gleich, wohin sie sich auch wandte, schlimmer als das, was sie im Augenblick hatte.

»Du hast Angst davor, einen Schlussstrich unter die Sache zu ziehen.«

Gabrielle griff nach einem Minzezweig und drehte ihn zwischen den Fingern.

»Vielleicht solltest du Kevin einen Brief schreiben. Und du solltest dich entschließen, doch zu der Party der Hillards zu gehen. Du musst dich den Männern stellen, die dich so gekränkt und wütend gemacht haben.«

»Ich bin überhaupt nicht wütend.«

Claire sah sie lediglich an.

»Okay, ein bisschen wütend bin ich schon.«

Den Vorschlag, Kevin zu schreiben, tat sie auf der Stelle ab, doch vielleicht hatte ihre Mutter Recht. Vielleicht sollte sie ihm gegenübertreten, damit sie danach weitergehen konnte. Aber nicht Joe. Sie war noch nicht bereit, Joe wiederzusehen, in seine vertrauten braunen Augen zu schauen und zu bemerken, dass er ihren Blick nicht erwiderte.

Als sie vor einem Monat zu ihrem Großvater gekommen

war, hatten sie, ihre Mutter und Tante Yolanda über Kevin gesprochen, doch vorrangig hatte sie ihre Gefühle für Joe thematisiert. Sie hatte allerdings nicht erwähnt, dass Joe ihr Yang war, und das würde sie auch nicht tun. Ihre Mutter wusste es ohnehin.

Ihre Mutter glaubte, dass Seelenverwandtschaft und Schicksal Hand in Hand arbeiteten, unzertrennlich waren. Gabrielle wollte gern glauben, dass ihre Mutter sich irrte. Claire hatte den Verlust ihres Mannes dadurch bewältigt, dass sie ihr Leben rigoros änderte. Gabrielle wollte ihr Leben nicht ändern. Sie wollte ihr altes Leben zurück, oder doch wenigstens so viel davon wie eben möglich.

In einem Punkt allerdings mochte ihre Mutter Recht haben. Vielleicht war es an der Zeit, nach Hause zurückzukehren. Zeit, einen Schlussstrich zu ziehen. Zeit, die Scherben aufzusammeln und sich wieder dem Leben zuzuwenden.

Joe schob die Kassette in den Videorekorder und drückte die Play-Taste. Ein Surren und Klicken erfüllte das stille Verhörzimmer, als er sich gegen einen Tisch lehnte und die Arme vor der Brust verschränkte. Der Film flackerte und zuckte, dann füllte Gabrielles Gesicht den Bildschirm aus.

»Ich bin selbst Künstlerin«, sagte sie, und nach einem ganzen Monat ihre Stimme wieder zu hören war wie schmeichelnder Sonnenschein auf dem Gesicht nach einem langen, kalten Winter. Der Ton drang in alle Ritzen und Winkel und wärmte ihn.

»Dann verstehen Sie sicher, dass Mr. Hillard sein Gemälde recht gern zurückhätte«, sagte seine eigene Stimme aus dem Off.

»Das kann ich mir vorstellen.« Ihre großen grünen Augen blickten verstört und scheu. Er erinnerte sich nicht daran, sie je so verängstigt gesehen zu haben, und so bemüht, es nicht zu zeigen. Jetzt sah er es, weil er sie so gut kannte.

»Haben Sie diesen Mann mal gesehen oder getroffen?«, fragte er. »Er heißt Sal Katzinger.«

Sie neigte den Kopf und betrachtete einige Fotos, bevor sie sie über den Tisch zurückschob. »Nein. Ich glaube nicht, dass ich ihn schon mal getroffen habe.«

»Hat Ihr Geschäftspartner, Kevin Carter, den Namen vielleicht mal erwähnt?«, fragte Captain Luchetti.

»Kevin? Was hat Kevin mit dem Mann auf dem Foto zu schaffen?«

Der Captain erklärte die Beziehung zwischen Katzinger und Kevin und dass sie vermutlich in den Raub des Hillard-Monets verwickelt waren. Joe sah, wie Gabrielles Blick zwischen Luchetti und ihm selbst hin- und herhuschte, und jedes nur erdenkliche Gefühl war ihr deutlich von ihrem schönen Gesicht abzulesen. Er sah, wie sie sich das Haar hinters Ohr schob und mit zusammengekniffenen Augen einen Mann verteidigte, der ihrer Freundschaft nicht würdig war. »Ich müsste es doch wohl wissen, wenn er gestohlene Antiquitäten verkaufen würde. Wir arbeiten fast täglich zusammen, und ich würde es merken, wenn er ein derartiges Geheimnis vor mir hätte.«

»Wie denn?«, fragte der Captain.

Joe erkannte den Blick, mit dem sie den Captain bedachte. Es war der Blick, den sie für Nichterleuchtete erübrigte. »Ich würde es eben merken.«

»Sonst noch Gründe?«

»Ja, er ist Wassermann.«

»Ach, du liebes Jesulein«, hörte Joe sich aufstöhnen. Er hörte, wie gereizt er war, und lauschte ihrer Erklärung, dass auch Lincoln Wassermann war, und dieses Mal lachte er. An jenem Tag hatte sie ihn weiß Gott verwirrt. Und jeden darauf folgenden Tag. Er lachte leise, als sie von dem gestohlenen Schokoriegel berichtete, den sie, weil sie sich so schlecht vorkam, nicht hatte genießen können. Dann sah er, wie sie beide Hände vors Gesicht schlug, und das Lachen verging ihm. Als sie den Kopf wieder hob, schwammen Tränen in ihren grünen Augen und netzten die unteren Wimpern. Sie wischte sie ab und schaute in die Kamera. Ihre Augen nahmen einen vorwurfsvollen, gekränkten Ausdruck an, und Joe hatte das Gefühl, einen Schlag in den Magen erhalten zu haben.

»Scheiße«, sagte er in den leeren Raum hinein und betätigte die Auswurftaste des Videorekorders. Er hätte sich die Aufzeichnung nicht ansehen sollen. Einen Monat lang hatte er es vermieden, und das war richtig gewesen. Ihr Gesicht zu sehen, ihre Stimme zu hören brachte alles wieder an die Oberfläche. All das Chaos, die Verwirrung und das Verlangen.

Er steckte die Filmkassette ein und machte sich auf den Heimweg. Er musste noch rasch duschen und dann zur Feier des vierundsechzigsten Geburtstags seines Vaters zu seinen Eltern fahren. Unterwegs wollte er kurz anhalten und Ann abholen.

In letzter Zeit hatte er sich öfter mit Ann getroffen. Meistens in ihrem Bistro. Er frühstückte bei ihr, und ein paar Mal, wenn er sich nicht von seinem Schreibtisch losreißen konnte, hatte sie ihm das Mittagessen gebracht. Und sie hatten geredet. Na ja, sie hatte geredet.

Bisher war er zweimal mit ihr ausgegangen, und beim letzten Mal hatte er sie nach Hause gebracht und sie geküsst. Aber irgendetwas hatte sich nicht richtig angefühlt, und Joe brachte es zu Ende, noch bevor es angefangen hatte.

Ann war nicht das Problem. Es lag an ihm. Sie hatte so ziemlich alles, was er sich von einer Frau nur wünschen konnte. Alles, was er sich zu wünschen geglaubt hatte. Sie war hübsch, intelligent, eine gute Köchin und sie würde seinen Kindern eine gute Mutter sein. Nur, sie war so langweilig, dass er es kaum aushielt. Und das war im Grunde genommen nicht ihre Schuld. Es war nicht ihre Schuld, dass er, wenn er sie ansah, sich wünschte, sie würde etwas total Verrücktes von sich geben, etwas, das ihm die Nackenhaare sträubte. Etwas, das ihn vom Stuhl haute und ihn alles in neuem Licht betrachten ließ. Gabrielle hatte diese Wirkung auf ihn gehabt. Sie hatte seine Ansichten infrage gestellt. Sie hatte alles auf den Kopf gestellt, und sein Leben und seine Zukunft lagen nun nicht mehr so klar und deutlich aufgezeichnet vor ihm. Er wurde das Gefühl nicht los, dass er sich nur noch etwas vormachte. Dass er am falschen Ort stand, doch wenn er dort nur lange genug stehen blieb, lange genug wartete, würde es klick machen, und sein Leben würde den alten vertrauten Rhythmus wieder aufnehmen.

Er wartete immer noch an diesem Abend. Er hätte sich im Kreis seiner Familie wunderbar amüsieren sollen, aber er konnte es nicht. Stattdessen stand er allein in der Küche, starrte hinaus in den Garten und dachte an die Aufzeichnung von Gabrielles Verhör. Er hörte noch ihren angewiderten Tonfall, als sie aufgefordert wurde, sich einem Test mit dem Lügendetektor zu unterziehen. Wenn er die Augen schloss, sah er ihr schönes Gesicht und ihr ungebändigtes Haar vor sich. Wenn er es zuließ, konnte er sich die Berührung ihrer Hände und den Geschmack ihres Mundes ins Bewusstsein bringen. Und wenn er sich ihren Körper eng an seinen gepresst vorstellte, erinnerte er sich an den Duft ihrer Haut, und wahrscheinlich war es ein Segen, dass sie nicht in der Stadt war.

Er wusste natürlich, wo sie war. Er hatte es schon zwei Tage nach ihrem Aufbruch gewusst. Einmal hatte er versucht, Kontakt zu ihr aufzunehmen, doch sie war nicht zu Hause gewesen, und er hatte keine Nachricht hinterlassen. Mittlerweile hasste sie ihn wahrscheinlich, und er konnte es ihr nicht verübeln. Nicht nach jener letzten Nacht auf ihrer Veranda, als sie ihm gestanden hatte, dass sie ihn liebte, worauf er geantwortet hatte, sie wäre verwirrt. Vermutlich hatte er ausgesprochen schlecht reagiert, aber ihr Geständnis – typisch Gabrielle – hatte ihm einen höllischen Schrecken eingejagt. Zu dem Zeitpunkt, und durch die Art, wie sie es sagte. Wie ein Blitz aus heiterem Himmel an einem der schwärzesten Abende seines Lebens. Wenn er noch einmal zurückgehen und die Sache anders angehen könnte, würde er es tun. Er wusste zwar nicht genau, was er sagen würde, aber jetzt war es ja ohnehin egal. Er war ziemlich sicher, dass er inzwischen zu den Menschen zählte, die sie am wenigsten mochte.

Seine Mutter kam durch die Hintertür und schlug das Insektengitter hinter sich zu. »Es ist Zeit für die Torte.«

»Okay.« Er verlagerte sein Gewicht auf nur einen Fuß und beobachtete Ann, die sich mit seinen Schwestern unterhielt. Wahrscheinlich erzählten sie ihr gerade, wie er damals ihre Barbies angezündet hatte. Seine Nichten und Neffen rannten in dem großen Garten umher, spritzten einander mit Wasserpistolen nass und schrien aus Leibeskräften. Ann passte prima in diese Gesellschaft, genauso, wie er es sich vorgestellt hatte.

»Was ist eigentlich aus dem Mädchen im Park geworden?«, fragte seine Mutter.

Er brauchte nicht nachzufragen, welches Mädchen sie meinte. »Sie war nur eine Bekannte.«

»Hmm.« Sie holte eine Schachtel aus dem Schrank, nahm

Kerzen heraus und steckte sie in die Schokoladentorte. »Sie sah nicht aus wie eine Bekannte.« Joe antwortete nicht, und seine Mutter fuhr fort, wie erwartet. »Du siehst Ann nicht so an, wie du sie angesehen hast.«

»Wie denn?«

»So, als könntest du sie für den Rest deines Lebens immerzu ansehen.«

Die Haftanstalt erinnerte Gabrielle in mancherlei Hinsicht an die Schule. Vielleicht lag es an dem gesprenkelten Linoleum oder den Plastikstühlen. Oder an dem Geruch nach Bohnerwachs und verschwitzten Leibern. Doch anders als in der Schule war der große Raum, in dem sie saß, voll von Frauen mit Babys und einem so drückenden Gefühl der Deprimiertheit, dass es ihr die Kehle zuschnürte.

Sie faltete die Hände im Schoß und wartete wie die anderen Frauen auch. Im Verlauf der vergangenen Woche hatte sie mehrmals versucht, Kevin zu schreiben, aber jedes Mal gab sie es nach wenigen Zeilen wieder auf. Sie musste ihn sehen. Sie wollte sein Gesicht sehen, wenn sie ihm die Fragen stellte, auf die sie dringend Antworten benötigte.

Eine Tür zu ihrer Linken wurde aufgestoßen, und Männer in blauen Sträflingsanzügen betraten im Gänsemarsch den Raum. Kevin war der Drittletzte, und als er sie sah, stockte sein Schritt kurz, bevor er sich in den Besucherraum begab. Gabrielle stand auf und blickte ihm entgegen. Der Blick seiner so vertrauten blauen Augen war verhangen, die Röte stieg ihm über den Hals hinauf in die Wangen.

»Es hat mich überrascht, dass du mich sehen willst«, sagte er. »Bisher hatte ich nicht viel Besuch.«

Gabrielle nahm wieder Platz, und er setzte sich ihr gegenüber an den Tisch. »Deine Familie hat dich nicht besucht?«

Er schaute zur Decke hinauf und hob die Schultern. »Ein paar von meinen Schwestern, aber ich bin gar nicht unbedingt versessen darauf, sie zu sehen.«

Sie dachte an China und deren beste Freundin Nancy. »Keine Freundinnen?«

»Machst du Witze?« Er schaute sie wieder an und runzelte die Stirn. »Keiner soll mich so sehen. Beinahe hätte ich auch nicht in deinen Besuch eingewilligt, aber ich dachte mir, dass du wahrscheinlich ein paar Fragen an mich hast, und die Antworten bin ich dir schließlich schuldig.«

»Eigentlich habe ich nur eine einzige Frage.« Sie holte tief Luft. »Hast du mich gezielt als Geschäftspartnerin ausgesucht, um mich dann als Tarnung zu benutzen?«

Er lehnte sich auf seinem Stuhl zurück. »Was? Hast du mit deinem Freund Joe gesprochen?«

Seine Frage und die Wut, die sich dahinter verbarg, überraschten sie.

»Am Tag meiner Verhaftung kam er an und behauptete, ich hätte dich benutzt. Er besaß doch tatsächlich die Unverfrorenheit, darüber stinksauer zu sein. Am nächsten Tag kam er dann in meine Arrestzelle und machte mir die schlimmsten Vorhaltungen darüber, wie ich dich ausgenutzt hätte. Ist das nicht eine Lachnummer, wenn man bedenkt, wie er dich benutzt hat, um mich am Kragen zu kriegen?«

Einen Augenblick lang erwog sie, ihm die Wahrheit über sich und Joe und ihren Anteil an seiner Verhaftung zu sagen, doch letztendlich entschied sie sich dagegen. Der Grund bestand ihrer Meinung nach darin, dass sie nicht die Energie aufbrachte, darüber zu diskutieren, und außerdem war es sowieso nicht mehr wichtig. Sie hatte auch keineswegs das Gefühl, ihm etwas schuldig zu sein. »Du hast meine Frage nicht beantwortet«, erinnerte sie ihn. »Hast du mich in voller Absicht als Geschäftspartnerin ausgesucht, um mich zu deiner Tarnung zu benutzen?«

Kevin neigte den Kopf auf die Seite und musterte sie kurz. »Ja. Ja, am Anfang schon, aber du bist schlauer, als ich ursprünglich angenommen hatte, und außerdem bist du eine gute Beobachterin. Und letzten Endes konnte ich dann doch nicht so viele Geschäfte außerhalb des Ladens tätigen, wie ich anfangs geplant hatte.«

Sie wusste nicht, was sie empfinden sollte. Wut, das Gefühl, verletzt, betrogen zu sein, vielleicht auch ein bisschen von allem, aber in erster Linie verspürte sie Erleichterung. Jetzt konnte sie wieder anfangen zu leben. Ein bisschen älter, ein bisschen klüger. Und entschieden weniger vertrauensselig, was sie dem Mann verdankte, der ihr am Tisch gegenübersaß.

»Eigentlich hatte ich mir überlegt, nur noch legale Geschäfte zu machen, aber dann haben die Bullen sich in mein Leben eingemischt.«

»Du meinst, nachdem du das Geld aus dem Verkauf von Mr. Hillards Monet hattest?«

Er beugte sich vor und schüttelte den Kopf. »Wegen dieser Leute brauchst du keine Tränen zu vergießen. Sie sind reich und gut versichert.«

»Und deshalb ist das alles in Ordnung?«

Er zuckte mit den Schultern, zeigte keine Spur von Reue. »Sie hätten sich nicht so ein wertvolles Gemälde in ihr Haus hängen sollen, wenn ihre Alarmanlage nichts taugt.«

Ein verdutztes Lachen brach aus ihr heraus. Kevin zeigte nicht das geringste Unrechtsbewusstsein, und selbst in einer Gesellschaft, die Zigarettenhersteller für Lungenkrebs und Waffenfabrikanten für den Tod durch Handfeuerwaffen verantwortlich machte, erschien es ihr nicht nur ausgesprochen widerlich, sondern geradezu soziopathisch, den Hillards die Schuld am Raub ihres eigenen Gemäldes zuzuschieben. Wirklich beängstigend daran war allerdings, dass es ihr nie zuvor aufgefallen war.

»Du brauchst psychiatrische Hilfe«, sagte sie und stand auf.

»Weil ich wegen ein paar reicher Leute, denen ihre Kunstwerke und Antiquitäten gestohlen wurden, kein schlechtes Gewissen habe?«

Sie hätte versuchen können, es ihm zu erklären, doch sie nahm an, dass ihre Worte auf taube Ohren stoßen würden, und so verzichtete sie einfach darauf.

»Und du bist gar nicht so schlecht davongekommen. Der Staat hat mir alles genommen, was ich hatte, aber du darfst den Laden behalten und kannst damit machen, was du willst. Wie gesagt, nicht schlecht.«

Gabrielle zog ihre Schlüssel aus der Rocktasche. »Bitte schreib mir nicht und versuche auch nicht, auf andere Art Kontakt mit mir aufzunehmen.«

Als sie durch das Gefängnistor ging, überkam sie ein Gefühl von Befreiung, das nichts mit dem Maschen- und Natodraht zu tun hatte, den sie hinter sich gelassen hatte. Sie hatten ein Kapitel ihrer Vergangenheit abgeschlossen, jetzt war sie bereit, sich auf die Zukunft einzulassen. Bereit, eine neue Richtung einzuschlagen und zu sehen, wohin das Leben sie führte.

Anomaly verloren zu haben, das würde sie immer schmerzen. Sie hatte ihren Laden geliebt und hart daran gearbeitet, ihn zum Erfolg zu führen, doch schon kam sie von einer neuen Idee nicht los, die sie des Nachts aus dem Schlaf riss und nach ihrem Schreibblock greifen ließ. Zum ersten Mal seit langer Zeit war sie aufgeregt und energiegeladen. Ihr Karma hatte sich zum Besseren gewendet, und es war weiß Gott an der Zeit. Sie hatte die Häufung von Strafen für vergangene Sünden gründlich satt.

Die Gedanken an ihr neues Leben führten unweigerlich zu Joe Shanahan. Sie versuchte nicht einmal, sich selbst zu täuschen. Ihre Gefühle für ihn würde sie niemals vollständig überwinden, doch mit jedem Tag wurde die Erinnerung weniger quälend. Sie würde irgendwann seine Gemälde in ihrem Atelier anschauen können, ohne das Gefühl zu haben, dass es ihr das Herz aus der Brust riss. Gelegentlich hatte sie noch immer ein gewisses Gefühl der Leere, aber der Schmerz hatte nachgelassen. Inzwischen gelang es ihr, über Stunden hinweg nicht an ihn zu denken. Vermutlich war sie übers Jahr sogar in der Lage, nach einem neuen Seelenverwandten Ausschau zu halten.

17. KAPITEL

Geräuschlose Wischblätter streiften die Regentropfen von der Windschutzscheibe, als sich die Limousine durch die kurvenreiche Strecke über die nasse Bergstraße hinauf zum Anwesen der Hillards wand. Mit jedem Spritzer, den die Reifen verursachten, mit jedem Meter Asphalt, den die Reifen schluckten, verkrampfte sich Gabrielles Magen immer mehr. Aus Erfahrung wusste sie, dass ihr keine Visualisierung, kein tiefes Durchatmen helfen würde. Schließlich hatte beides, sobald es um Joe Shanahan ging, noch nie Wirkung gezeigt. Ein Monat, zwei Wochen und drei Tage waren vergangen, seit sie ihm gesagt hatte, dass sie ihn liebte, woraufhin er gegangen war. Es war an der Zeit, sich ihm noch einmal zu stellen.

Sie war bereit.

Gabrielle faltete die Hände im Schoß und betrachtete die im Lichterglanz erstrahlende Villa. Die Limousine kam vor dem Baldachin, der über dem Eingang an der Zufahrt errichtet worden war, zum Stehen, und ein Portier stand bereit, um Gabrielle behilflich zu sein.

Sie war spät dran.

Vermutlich war sie die Letzte, die kam. So hatte sie es geplant. Alles hatte sie geplant, von dem lose aufgesteckten Zopf in ihrem Haar bis zu dem schwarzen Etuikleid, dessen Saum bis zum halben Oberschenkel reichte. Von vorn betrachtet, wirkte das Kleid konservativ, wie etwas, das Audrey Hepburn tragen würde, aber hinten war es ausgeschnitten bis fast zum Po. Ziemlich sexy.

Sie hatte sich gut vorbereitet.

Von innen ähnelte das Haus der Hillards einem Hotel. Die Türen zu mehreren Zimmern standen offen, sodass ein weitläufiger Raum voller Gäste entstand. Die Parkettböden, Gesimse, bogenförmigen Türdurchgänge, Stuckleisten und Säulen waren bemerkenswert und gleichzeitig überwältigend, aber im Vergleich zur Aussicht des Kartoffelkönigs auf das Tal jedoch uninteressant. Nicht dass jemals Zweifel daran bestanden hätten: Norris Hillard genoss den allerbesten Panoramablick auf die Stadt.

Eine kleine Kapelle erfüllte den Raum mit sanfter Jazzmusik, und ein paar Leute tanzten zu den einlullenden Tönen. Von ihrem Blickwinkel aus konnte Gabrielle eine Bar und ein Büfett an der Stirnwand eines Zimmers links von ihr sehen. Joe sah sie nicht, und sie nahm einen tiefen, reinigenden Atemzug und entließ die Luft dann langsam wieder aus ihrer Lunge.

Aber er war irgendwo auf diesem Fest. Er war hier mit den

anderen Anzüge tragenden Detectives und Lieutenants. An ihren Armen hingen Ehefrauen oder Freundinnen, die plauderten und lachten wie auf einer ganz gewöhnlichen Party. Als hätte sich Gabrielles Magen nicht völlig verkrampft, und als müsste sie sich nicht vor lauter Nervosität zwingen, still zu stehen.

Dann spürte sie seinen Blick, den Bruchteil einer Sekunde, bevor sie ihm in die Augen sah, diesem Mann, der es fertig gebracht hatte, dass sie sich in ihn verliebte, um ihr dann das Herz zu brechen. Er stand bei einer kleinen Gruppe von Leuten, und sein dunkler Blick tauchte tief in sie hinein und berührte ihr wundes Herz. Sie hatte sich auf diese trügerische Reaktion vorbereitet, auch auf die Glut, die ihr in die Wangen stieg. Sie hatte gewusst, dass es geschehen würde, und sie zwang sich, still zu stehen und so viel wie möglich vom Anblick seines Gesichts in sich aufzunehmen. Gedämpftes Licht vom Kronleuchter über seinem Kopf fing sich in den Locken über seinen Ohren. Ihr Blick wanderte zu seiner geraden Nase und zu dem Mund, der sie in ihren Träumen überall geküsst hatte. Absichtlich machte sie sich jedes leise Flattern ihres Pulses, jedes leichte Stocken ihres Atems bewusst. Es gab keine Überraschungen. Sie hatte mit allem gerechnet.

Die Menge teilte sich und gab Gabrielle den Blick frei auf den Sitz seines dunklen Anzugs mit dem weißen Hemd. Auf seine breiten Schultern und die hellgraue Krawatte. Jetzt hatte sie ihn gesehen. Sie war nicht gestorben. Sie würde über ihn hinwegkommen. Dieses Kapitel ihres Lebens konnte sie abschließen. Sie konnte mit ihrer Zukunft beginnen. Doch im Gegensatz zu ihrer letzten Begegnung mit Kevin fühlte sie sich nicht von Joe befreit.

Statt von ihrer Wut befreit zu sein, kochte sie in ihr hoch.

Als sie ihn das letzte Mal sah, hatte sie sich so, so verzweifelt gewünscht, dass er sie lieben möge. Sie war so sicher gewesen, dass er irgendetwas empfinden müsste. Doch er hatte nichts empfunden, und alles, was ihr blieb, war der Schmerz in ihrem Herzen und der Zorn in ihrer Seele. So viel zum Thema wahre Liebe.

Sie ließ den Blick noch einen Moment auf seinem Gesicht verweilen, dann drehte sie sich um und ging zur Bar. Niemals wieder würde sie einen Mann mehr lieben, als er sie liebte. Zum Teufel mit der wahren Liebe.

Sie hatte ihm den Rücken gekehrt. Sie war gegangen, und es war, als hätte ihm jemand einen Tritt vor die Brust versetzt. Sein Blick folgte ihrem rotbraunen Haar, als sie sich ihren Weg durch die Menge bahnte, und mit jedem Schritt, der sie weiter von ihm entfernte, wurde ihm die Brust ein wenig enger. Und doch hatte er sich gleichzeitig noch nie lebendiger gefühlt. Kleine lustvolle Stromschläge zuckten in seinen Nerven und sträubten ihm die feinen Haare auf den Armen. Die Menschenmenge im Haus der Hillards wogte, das Stimmengewirr war ein Summen in seinen Ohren. Alles um ihn herum erschien ihm bedeutungslos und unwichtig. Alles außer ihr.

Es schlug nicht ein wie der Blitz aus heiterem Himmel, auf den er immer gewartet hatte. Nicht als plötzliche Erkenntnis, die ihm sagte, dass er sie für immer in seinem Leben haben wollte. Nicht auf schmerzhafte Weise. Sie zu lieben war mehr wie eine kühle Brise und warmer Sonnenschein auf seinem Gesicht. Wie schlichte Wahrheit. Es war wie Gabrielle selbst. Und um das klar zu erkennen, hatte er lediglich das Durcheinander ordnen und sich selbst aus dem Weg gehen müssen.

»Der Schweinehund hatte sich mit seiner Freundin unter dem Bett versteckt«, erzählte ein Polizist aus der uniformierten Abteilung lachend, der an dem Abend, als das Gemälde gestohlen worden war, als Erster auf Mr. Hillards Anruf reagiert hatte. Die anderen Polizisten und ihre Frauen lachten ebenfalls, Joe jedoch lachte nicht. Seine Gedanken weilten bei jemandem am anderen Ende des Raums.

Gabrielle sah sogar noch besser aus, als er sie in Erinnerung hatte. Was unmöglich war, denn in seiner Erinnerung sah sie aus wie eine Art sonnenanbetende Göttin. Er hatte sich gefragt, ob sie an diesem Abend wohl kommen würde, und bis zu dem Augenblick, da sie den Raum betrat, war ihm nicht bewusst gewesen, dass er mit angehaltenem Atem auf sie gewartet hatte.

Er entschuldigte sich und schlängelte sich durch das Gedränge, nickte Männern, mit denen er zusammen arbeitete, und ihren Frauen zu, hielt den Blick jedoch fest auf die Rothaarige in dem rückenfreien Kleid gerichtet. Es war nicht schwer, sie im Auge zu behalten. Er brauchte nur in die Richtung zu gehen, in die sich alle die Hälse verdrehten. Er dachte an den Abend, als er sie gebeten hatte, sich zu Kevins Party sexy zu kleiden. Es war halb im Scherz gemeint gewesen, um sie zu ärgern, und dann hatte sie absichtlich dieses schreckliche blau karierte Ding angezogen. Doch heute Abend war sie weiß Gott sexy gekleidet. Er spürte den Drang, ihr sein Jackett um die Schultern zu legen.

Er wurde mehrere Male in seinem Vordringen aufgehalten, wenn er Freunden und Kollegen begegnete, die mit ihm plaudern wollten. Als er Gabrielle schließlich am Ende der Bar erreichen konnte, hatte der einzige ledige Detective, Dale Parker, sich gerade auf sie gestürzt und ein Gespräch begonnen. Gewöhnlich hatte Joe nichts gegen den Grünschnabel, doch die Art von Beachtung, die Dale auf Gabrielles Kleid verwandte, ärgerte ihn maßlos.

»Hey, Shannie«, sagte Dale, während er Gabrielle ein Glas Rotwein reichte. Sie lächelte dem jungen Mann dankend zu, und zum ersten Mal im Leben empfand Joe Eifersucht, sie packte ihn und zerrte ihn herab.

»Parker.« Joe sah, wie Gabrielles Schultern sich versteiften, bevor sie ihn über die Schulter ansah. »Hallo, Gabrielle.«

»Hallo, Joe.«

Eine Ewigkeit war vergangen, seit er ihre Stimme gehört und in ihre grünen Augen geblickt hatte. Sie nicht auf Video, sondern in Fleisch und Blut gesehen hatte. Sie selbst zu hören und zu sehen fügten dem schweren Gewicht auf seinem Herzen noch ein paar Pfunde hinzu, und wieder hatte er das Gefühl, den Atem anhalten zu müssen. Nun, da er ihr so nahe war, wurde ihm bewusst, wie sehr sie ihm gefehlt hatte, doch als er in ihre kalten, gleichgültigen Augen sah, wurde ihm noch etwas anderes bewusst: Womöglich war es zu spät.

Joe hatte schon oft im Leben die Angst im Nacken gespürt. Meistens spürte er sie, wenn er Verbrecher jagte, sie stellte und nicht wusste, was ihn am Ende erwartete. Dann hatte er sie gespürt, und jetzt spürte er sie genauso. In der Vergangenheit war er sich seiner selbst immer sicher, seines Sieges gewiss gewesen. Dieses Mal aber war er nicht so sicher. Dieses Mal war der Einsatz zu hoch. Das hier war eine Verfolgungsjagd, die vielleicht nicht wunschgemäß endete, aber er hatte keine Wahl. Er liebte sie. »Wie ist es dir so ergangen?«

»Gut. Und wie geht's dir?«

Schlecht. »Ganz gut.« Er wurde von hinten angerempelt und rückte einen Schritt näher. »Was machst du jetzt so?«

»Ich spiele mit dem Gedanken, einen neuen Laden zu eröffnen.«

Er war ihr nahe genug, um den Duft ihrer Haut wahrnehmen zu können. Sie roch nach Flieder. »Was willst du verkaufen?«

»Ätherische Öle und Aromatherapien. Auf dem Coeur Festival hatte ich so viel Erfolg, dass ich glaube, solch ein Laden müsste recht gut laufen.«

Sie roch nach der Seife, mit der sie ihn damals unter der Dusche nach ihrem ausgiebigen Sex eingeschäumt hatte. »Willst du diesen Laden auch wieder in Hyde Park aufmachen?«

»Nein. In Old Boise besteht nach demographischen Erhebungen größeres Interesse für Alternativ-Läden. Ich habe mir die Räumlichkeiten schon angesehen. Die Miete ist höher als in Hyde Park, aber wenn ich Anomaly verkauft habe, kann ich sie wohl aufbringen. Ich nehme keinen Angestellten, Inventar habe ich mehr als genug, und die Anfangskosten bewegen sich im Rahmen des Erträglichen. Wenn ich den Vertrag bekomme …«

Ihr so nahe zu sein, ohne sie berühren zu dürfen, verlangte ihm ein unmenschliches Maß an Selbstdisziplin ab. Er senkte den Blick auf ihren Mund, er beobachtete sie, wenn sie sprach, während er doch nichts lieber getan hätte, als ihr die Lippen mit einem Kuss zu verschließen. Er sah sie reden, während er sie am liebsten mit nach Hause genommen und ganz für sich allein gehabt hätte. Seine Mutter hatte Recht. Er konnte sie für den Rest seines Lebens immerzu ansehen. Immer wieder, vom Kopf bis zu den Zehenspitzen. Er wollte sie berühren, lieben und im Schlaf betrachten. Er wollte sie fragen, ob sie ihn noch liebte.

»… stimmt doch, oder, Shannie?«

Er hatte nicht die geringste Ahnung, wovon Dale sprach. Es war ihm auch ziemlich gleichgültig. »Kann ich dich kurz sprechen, Gabrielle?«

»Eigentlich«, antwortete Dale an ihrer Stelle, »habe ich sie gerade, als du kamst, um einen Tanz gebeten. Sie hat ja gesagt.«

Joe hatte keinerlei Erfahrung mit der Eifersucht, die wie Lava in seinem Inneren brodelte. Er sah Gabrielle ins Gesicht und sagte: »Dann kannst du jetzt nein sagen.« Im selben Moment, als er die Worte ausgesprochen hatte, wusste er, dass es ein Fehler war. Sie kniff die Augen zusammen und öffnete den Mund, um es ihm heimzuzahlen.

»Wo ist deine Freundin?«, fragte Dale, bevor Gabrielle Gelegenheit hatte, Joe zum Teufel zu schicken.

Sie schloss den Mund und wurde ganz still.

Du lieber Himmel. Was hatte er bloß getan, um diesen Scheiß verdient zu haben? »Ich habe keine Freundin«, knirschte er zwischen den Zähnen hervor.

»Wer ist dann die Frau, die unten an der Eighth das Bistro hat?«

»Nur eine Bekannte.«

»Nur eine Bekannte, und sie bringt dir das Mittagessen?«

Joe fragte sich, ob der Anfänger-Detective womöglich gern sein Gebiss im Nacken tragen wollte. »Genau.«

Dale wandte sich Gabrielle zu. »Wollen wir?«

»Ja.« Ohne Joe noch eines Blickes zu würdigen, stellte sie ihr Weinglas auf den Tresen und schritt zur Tanzfläche. Dale legte seine Hand tief unten auf ihren bloßen Rücken.

Joe bestellte sich an der Bar ein Bier, dann drehte er sich um und blickte durch einen Türbogen auf die abgedunkelte Tanzfläche im angrenzenden Zimmer. Es fiel ihm nicht schwer, Gabrielle in dem Gewoge zu erkennen. Aufgrund ihrer Größe war sie leicht zu erkennen.

Es war ihm unerträglich, die Frau, die er liebte, in den Armen eines anderen Mannes zu sehen. Ihr Lächeln aufblitzen zu sehen, wenn sie sich über einen dummen Witz amüsierte, und nichts dagegen unternehmen zu können, ohne als eifersüchtiger Esel dazustehen. Er nahm einen großen Schluck von seinem Bier, ohne den Blick von Gabrielle zu lösen. Vielleicht war ihm noch nicht voll bewusst gewesen, wie sehr er sie liebte, bevor er Gabrielle an diesem Abend ins Zimmer treten sah, aber das bedeutete nicht, dass er es nun nicht mit jeder Faser seines Körpers spürte.

Winston Densley und seine Freundin gesellten sich zu Joe an die Bar, und die beiden Detectives sprachen über die Arbeit und über die interessanten Einzelheiten des Bads im Haus der Hillards – zum Beispiel über die goldene Toilette mit dem beheizbaren Sitz. Zu seiner eigenen Überraschung hielt Joe gestrichene fünf Minuten durch, bevor er sein Glas auf den Tresen stellte und sich zur gedrängt vollen Tanzfläche vorarbeitete. Die Sorte Saxophonmusik, die Joe sonst mied wie die Pest, setzte gerade aus, als er Detective Parker die Hand auf die Schulter legte. »Jetzt bin ich dran.«

»Später.«

»Jetzt.«

»Das muss Gabrielle entscheiden.«

Über die dämmerige Entfernung zwischen ihnen hinweg sah Gabrielle Joe an und sagte: »Schon gut, Dale. Ich höre mir an, was er zu sagen hat, und dann lässt er mich für den Rest des Abends in Ruhe.«

»Ganz sicher?«

»Ja.«

Dale blickte Joe an und schüttelte den Kopf. »Du bist ein Mistkerl, Shanahan.«

»Gut, verklag mich doch.« Die Musik setzte wieder ein, und Joe nahm Gabrielles Hand und legte seinen anderen Arm um ihre Taille. Sie stand starr wie eine Statue in seiner

Umarmung, aber allein das Gefühl, sie wieder zu halten, war wie eine Heimkehr nach langer Abwesenheit.

»Was willst du?«, fragte sie dicht an seinem Ohr.

Dich, dachte er, vermutete jedoch, dass sie sich im Augenblick nicht unbedingt über eine solche Antwort freuen würde. Zunächst mussten sie dafür sorgen, dass alles, was zwischen ihnen stand, bereinigt wurde, erst dann konnte er ihr sagen, was er für sie empfand. »Ich treffe mich seit über einer Woche nicht mehr mit Ann.«

»Was ist passiert, hat sie Schluss gemacht?«

Sie war verletzt. Er würde alles wieder gut machen. Er zog sie zärtlich an seine Brust. Ihre Brüste streiften seine Jackettaufschläge, und er schob die Hand über ihren bloßen Rücken. Ein schon vertrauter Schmerz erwachte tief in seinem Körper und breitete sich bis in sein Geschlecht aus. »Nein, Ann war nie richtig meine Freundin.«

»Sie auch nicht? Hast du mit ihr auch nur Theater gespielt?«

Sie war sauer. Er hatte es nicht anders verdient. »Nein. Sie war nicht meine geheime Informantin, wie du es warst. Ich kenne sie schon, seit wir Kinder waren.« Er ließ die Hand über ihre seidige Haut gleiten und begrub die Nase in ihrem Haar. Er schloss die Augen und atmete ihren Duft, der ihn an den Tag erinnerte, als er sie auf dem kleinen Floß treiben gesehen hatte. »Damals ging ich mit ihrer Schwester.«

»War ihre Schwester tatsächlich deine Freundin oder war das auch wieder nur gespielt?«

Joe seufzte und öffnete die Augen. »Du bist wild entschlossen, sauer auf mich zu sein, ganz gleich, was ich sage.«

»Ich bin nicht sauer.«

»O doch.«

Sie bog sich zurück und sah ihn an, und er hatte Recht.

Ihre Augen glühten hitzig, waren überhaupt nicht mehr kalt und gleichgültig. Und dieser Umstand war wohl ebenso als gut wie auch als schlecht zu werten, je nachdem, wie er es betrachtete.

»Sag mir, warum du so wütend bist«, drängte er und rechnete fest damit, dass er zu hören bekäme, wie sehr er sie an jenem Abend auf der Veranda gekränkt hatte, und wenn sie sich dann alles von der Seele geredet hatte, würde er die Sache wieder in Ordnung bringen.

»An dem Morgen, als wir uns geliebt haben, hast du mir ein Brötchen aus dem Bistro deiner Freundin mitgebracht!«

Das war nicht ganz das, was er zu hören erwartet hatte. Nein, mit allem Möglichen hätte er gerechnet, aber nicht damit. »Was?«

Sie blickte über seine linke Schulter hinweg ins Ungewisse, als täte sein Anblick ihr zu sehr weh. »Du hast mir ...«

»Ich habe schon verstanden«, fiel er ihr ins Wort und sah sich hastig um, um sich zu vergewissern, ob von den anderen Paaren jemand ihre Worte gehört hatte. Sie hatte nicht eben leise gesprochen. Er verstand nicht, in welchem Zusammenhang die Tatsache, dass er ihr ein Brötchen gekauft hatte, mit dem Morgen stand, an dem sie sich geliebt hatten. Er hatte ihr vorher auch schon mal ein Putensandwich aus Anns Bistro mitgebracht. Na und? Aber er erwähnte das Sandwich vorsichtshalber nicht, denn er ahnte, dass es sich hier um eine dieser Diskussionen handelte, deren Sinn er nie verstand und aus denen er nie als Sieger hervorgehen würde. Stattdessen zog er Gabrielles Hand an die Lippen und küsste ihre Fingerknöchel. »Komm mit mir nach Hause. Dort können wir reden. Du hast mir gefehlt.«

»Wie sehr ich dir gefehlt habe, spüre ich an meinem Oberschenkel«, sagte sie, weigerte sich aber, ihn anzusehen.

Falls sie glaubte, seine unübersehbare Erregung würde ihn in Verlegenheit bringen, hatte sie sich getäuscht. »Ich schäme mich nicht dafür, dass ich dich begehre. Und, ja, mir hat es sehr gefehlt, dich berühren zu dürfen, dich im Arm zu halten, und das möchte ich wieder haben. Aber das ist nicht alles, was mir fehlt, seit du die Stadt verlassen hast.« Er umfasste mit den Handinnenflächen ihre Wangen und zwang Gabrielle, ihn anzusehen. »Mir hat es gefehlt, wie du dich umschaust, wenn du denkst, im nächsten Moment würde dein Karma zuschlagen. Mir hat es gefehlt, deinen Gang zu betrachten und die Art, wie du dir das Haar hinter die Ohren schiebst. Mir fehlt der Klang deiner Stimme und dass du versuchst, Vegetarierin zu sein, und es nicht schaffst. Mir fehlt, dass *du* dich im selben Moment, wenn du mir einen Hieb auf den Arm versetzt, noch für eine Pazifistin hältst. *Alles* an dir hat mir gefehlt, Gabrielle.«

Sie blinzelte zweimal, und er glaubte schon, sie ließe sich erweichen. »Wusstest du, wo ich mich aufhielt, als ich nicht in der Stadt war?«

»Ja.«

Sie befreite sich aus seinen Armen. »Wie sehr habe ich dir dann wirklich gefehlt?«

Es fiel ihm nicht leicht, darauf eine Antwort zu finden.

»Misch dich nicht mehr in mein Leben ein«, sagte sie und ließ ihn auf der Tanzfläche stehen.

Er folgte ihr nicht. Zuzusehen, wie sie dieses Mal von ihm fortging, war die reinste Hölle, schlimmer als alles, was er je erlitten hatte, doch er arbeitete seit acht Jahren als Detective. In dieser Zeit hatte er gelernt, wann er die Verfolgung einstellen und warten musste, bis sich die Wogen geglättet hatten.

Aber er würde nicht endlos warten. Er hatte schon genug

Zeit damit verschwendet, sich die Frau, die er wollte und in seinem Leben brauchte, zu versagen. Es würde ihn nicht glücklich machen, wenn er allabendlich pünktlich um sechs sein Essen serviert bekäme und stets zwei gleiche Socken tragen würde. Gabrielle machte ihn glücklich. Jetzt verstand er, was sie ihm an jenem Abend auf der Veranda erklärt hatte. Sie war seine Seele. Er war ihre Seele. Er liebte sie, und sie liebte ihn. So etwas würde nicht einfach verschwinden, schon gar nicht innerhalb eines Monats.

Joe war nicht gerade mit Geduld gesegnet, doch was ihm an Geduld fehlte, glich er durch Hartnäckigkeit aus. Während er ihr Zeit ließ, wollte er romantisch um sie werben. Sicher, auf diesem Gebiet hatte er nicht allzu viel Erfahrung, aber Frauen standen auf so was. Er war sich ganz sicher, dass er es schaffen würde.

Er war sich ganz sicher, dass er wie ein Besessener um Gabrielle Breedlove kämpfen würde.

18. KAPITEL

Um neun Uhr am nächsten Morgen traf das erste Dutzend Rosen ein. Sie waren herrlich und schneeweiß, und sie waren von Joe. Er hatte seinen Namen auf die beigefügte Karte geschrieben, mehr nicht. Einfach nur seinen Namen. Gabrielle hatte nicht die geringste Ahnung, was das bedeuten sollte, doch sie hatte auch nicht vor, irgendetwas in diesen Blumengruß hineinzuinterpretieren. Das war ihr schon einmal passiert. Sie hatte der Art, wie Joe sie küsste und sie liebte, zu viel Bedeutung beigemessen, und dafür hatte sie teuer bezahlt.

Das zweite Dutzend bestand aus roten Rosen. Das dritte aus rosa. Ihr Duft erfüllte das ganze Haus. Noch immer weigerte sie sich strikt, nach der Bedeutung zu forschen, doch als sie sich bewusst wurde, dass sie auf seinen Anruf wartete, genauso wie an dem Tag von Kevins Verhaftung, da zog sie ein T-Shirt und Shorts an und ging joggen.

Sie wollte nicht mehr warten. Sie musste einen klaren Kopf bekommen. Sie musste sich überlegen, was sie jetzt tun sollte, denn sie glaubte, eine Neuauflage des Vorabends nicht ertragen zu können. Ihn zu sehen tat zu weh. Sie hatte geglaubt, sie wäre stark genug, um sich der anderen Hälfte ihrer Seele zu stellen, aber das war ein Irrtum. Sie konnte ihm nicht in die Augen sehen, diesem Mann, den sie liebte und der sie, wie sie wusste, nicht liebte. Schon gar nicht jetzt, nachdem sie erfahren hatte, dass er an dem Morgen, als sie sich geliebt hatten, zuvor bei seiner Freundin gewesen war. Das Wissen um die Frau, der das Bistro gehörte, war ein weiterer Stich in ihr ohnehin schon wundes Herz. Eine Bistrobesitzerin war bestimmt eine leidenschaftliche Köchin. Sie hatte sicher auch nichts dagegen einzuwenden, dass sie putzen und Joes Wäsche waschen musste. All die Dinge zu tun, die er an jenem Tag im Lagerraum als für ihn wichtig aufgeführt hatte, bevor er sie gegen die Wand gedrängt und geküsst hatte, bis sie kaum noch Luft bekam.

Gabrielle joggte an St. John's, ein paar Straßen von ihrem Haus entfernt, vorbei. Das Portal stand offen, und Orgelmusik strömte aus der alten Kathedrale. Gabrielle fragte sich, ob Joe Katholik, Protestant oder Atheist war. Dann fiel ihr ein, dass er erwähnt hatte, er wäre zur Gemeindeschule gegangen, und sie schloss daraus, dass er katholisch war. Als ob das jetzt noch wichtig wäre.

Sie joggte an der Highschool von Boise vorbei und lief vier

Runden auf dem Sportplatz, bevor sie sich wieder auf den Heimweg begab. Zurück zu ihrem Haus, voll von Blumen, die Joe ihr geschickt hatte. Zurück zu der Verwirrung, die sie empfand, seit sie ihn kannte. Jetzt spürte sie sie stärker denn je. Die frische Luft hatte überhaupt nicht dazu beigetragen, einen klaren Kopf zu bekommen, und sie wusste nur das eine mit absoluter Sicherheit: Falls Joe tatsächlich anrufen sollte, würde sie ihm sagen, dass er damit aufhören sollte. Keine Anrufe oder Blumen mehr. Sie wollte ihn nicht sehen.

Vermutlich waren die Chancen, dass sie einander zufällig über den Weg liefen, sehr gering. Er war Kriminalbeamter im Dezernat für Eigentumsdelikte, und ein Einbruch war in ihrer Zukunft nicht vorgesehen. Sie plante die Eröffnung eines Ladens, in dem sie ihre Öle verkaufen würde, und sie konnte sich Joe auch nicht als potenziellen Kunden für Aromatherapien vorstellen. Es gab keinen Grund, warum sie sich noch einmal wiedersehen sollten.

Abgesehen davon, dass er auf ihrer Veranda auf sie wartete. Er saß auf einer Stufe, die Unterarme hatte er auf den Schenkeln gekreuzt. Seine Sonnenbrille baumelte an der zwischen seinen Knien herabhängenden Hand. Als Gabrielle sich näherte, hob er den Blick und stand langsam auf. Trotz all ihrer Vorsätze ging ihr bei seinem Anblick das Herz auf. Dann hob er, als fürchtete er, sie würde etwas sagen, was er nicht hören wollte, Einhalt gebietend die Hand. Dabei wusste sie überhaupt nicht, was sie hätte sagen sollen, da sie bislang noch keinen zusammenhängenden Gedanken hatte fassen können.

»Bevor du mich wegschickst«, begann er, »muss ich dir etwas sagen.«

Er trug Khakihosen und ein Baumwollhemd. Die langen Ärmel hatte er bis zu den Ellbogen hochgekrempelt. Er sah so umwerfend gut aus, dass sie die Hand nach ihm ausstrecken, ihn anfassen wollte, was sie natürlich vermied. »Was du mir zu sagen hast, habe ich schon gestern Abend gehört«, sagte sie.

»Ich weiß nicht, was gestern Abend passiert ist, wohl aber, dass ich ganz bestimmt nicht alles gesagt habe, was ich dir sagen muss.« Er verlagerte sein Gewicht auf nur einen Fuß. »Willst du mich nicht ins Haus lassen?«

»Nein.«

Er sah sie eine Weile an. »Hast du die Rosen bekommen?«

»Ja.«

»Oh. Oh, gut.« Er öffnete den Mund, schloss ihn wieder und versuchte es erneut. »Ich weiß nicht, wie ich anfangen soll. Ich habe Angst, wieder etwas Falsches zu sagen.« Nach kurzem Innehalten fuhr er fort: »Es tut mir so Leid, dass ich dir wehgetan habe.«

Sie konnte ihn nicht ansehen und senkte den Blick auf ihre Füße. »Hast du mir deshalb die Rosen geschickt?«

»Ja.«

In dem Moment, als sie seine Antwort hörte, wusste sie, dass sie die Frage nicht hätte stellen dürfen. Und sie wusste, dass sie sich in einem verborgenen Winkel ihres masochistischen Herzens an die Hoffnung geklammert hatte, er hätte ihr die Blumen geschickt, weil er sie genauso liebte wie sie ihn. »Es ist vorbei. Ich bin darüber hinweg.«

»Das glaub ich dir nicht.«

»Glaub doch, was du willst.« Sie drängte sich an ihm vorbei, um sich im Haus in Sicherheit zu bringen, bevor sie in Tränen ausbrach. Das Letzte, was sie sich wünschte, war, dass Joe sie weinen sah.

Er griff nach ihrem Arm. »Bitte lass mich nicht wieder einfach stehen. Ich weiß, dass ich dir an dem Abend sehr wehgetan habe, als du mir gesagt hast, dass du mich liebst, und ich einfach weggegangen bin. Aber, Gabrielle, du bist jetzt schon zweimal von mir weggegangen.«

Sie blieb stehen. Nicht, weil er sie am Arm festhielt, sondern weil irgendetwas in seiner Stimme sie aufmerken ließ und sie bannte. Etwas in der Art, wie er ihren Namen ausgesprochen hatte. »Wann bin ich jemals von dir weggegangen?«

»Gestern Abend, und jedes Mal hat es höllisch wehgetan. Wie gesagt, ich weiß wohl, dass ich dir schrecklich wehgetan habe, aber meinst du nicht, dass wir vielleicht einen Waffenstillstand schließen könnten? Dass wir jetzt vielleicht quitt sind?« Er glitt mit der Hand an ihrem Arm herab und ergriff ihre Hand. »Meinst du nicht, es wäre langsam an der Zeit, dass du mich das wieder gutmachen lässt?« Er zog etwas aus seiner Tasche und drückte ihr eine Metallscheibe in die Hand. »Ich bin die andere Hälfte deiner Seele«, sagte er. »Und du bist die andere Hälfte meiner Seele. Zusammen machen wir uns gegenseitig vollständig.«

Gabrielle öffnete die Hand und betrachtete den flachen schwarzweißen Anhänger an einem Silberkettchen. Yin und Yang. Er hatte verstanden.

»Wir gehören zusammen.« Er drückte einen Kuss auf ihren Scheitel. »Ich liebe dich.«

Sie hatte ihn gehört, doch sie brachte kein Wort hervor, da sich Emotionen in ihrer Brust ausbreiteten wie ein Ballon. Sie betrachtete die Halskette und verstand, was sie bedeutete. Wenn sie ihm glaubte, wenn sie ihm vertraute, dann hatte er ihr gerade alles gegeben, wonach ihr Herz verlangte.

»Und für den Fall, dass du mir noch einmal nahe legen willst, aus deinem Leben zu verschwinden, solltest du dir noch eines genau überlegen. Denk doch nur, wie viel gutes Karma du dir schaffen kannst, wenn du mich bekehrst.«

Sie hob den Blick zu seinem Gesicht, sah es aber nur verschwommen durch die Tränen in ihren Augen. »Ist das dein Ernst?«

»Ja. Du kannst mich bekehren. Nun ja, du kannst es *versuchen.*«

Sie schüttelte den Kopf, und eine Träne rann über ihre Wange. »Ich meine, liebst du mich wirklich, Joe?«

»Mit jedem Atemzug«, sagte er ohne zu zögern. »Ich möchte den Rest meines Lebens damit verbringen, dich glücklich zu machen.« Mit dem Handrücken wischte er ihre nasse Wange ab und fragte: »Liebst du mich noch, Gabrielle?«

Es klang so verunsichert, und sein Blick war so eindringlich, dass sie ein Lächeln nicht unterdrücken konnte. »Ja, ich liebe dich noch.« Maßlose Erleichterung ließ seine Züge weicher werden, und sie fügte hinzu: »Obwohl ich der Meinung bin, dass du mich nicht verdienst.«

»Ich *weiß,* dass ich dich nicht verdiene.«

»Möchtest du trotzdem ins Haus kommen?«

Er stieß hörbar den Atem aus. »Ja.«

Er folgte ihr ins Haus und wartete, bis sie die Tür geschlossen hatte, bevor er die Arme nach ihr ausstreckte. Er umfasste ihre Schultern und zog Gabrielle an seine Brust. »Du hast mir so gefehlt«, sagte er, und seine Küsse bedeckten ihr Gesicht und ihren Hals. Dann wich er ein Stückchen zurück, sah ihr in die Augen und neigte das Gesicht, um sie erneut zu küssen. Seine Zunge tauchte in ihren Mund ein, und Gabrielle schlang die Arme um seinen Nacken. Seine Hände waren überall zur gleichen Zeit. Mit gierigen Berührungen streichelte er ihren Rücken, ihren Po, umfasste ihre Brüste. Sie fühlte sich gänzlich umhüllt. In seinen Armen geborgen. In seiner Umarmung. In ihm. Sie liebte ihn so sehr, wie er sie liebte.

Sie löste sich aus dem Kuss, um Atem zu schöpfen. »Ich bin ganz verschwitzt. Ich muss duschen.«

»Ist mir gleich.«

»Mir aber nicht.«

Er sog tief die Luft in die Lungen und ließ die Arme sinken. »Okay. Ich bin nicht gekommen, um dich zu irgendetwas zu drängen, wozu du nicht bereit bist. Ich weiß, ich habe dich gekränkt, und ich weiß auch, dass du im Augenblick wohl kaum Lust hast, mit mir zu schlafen. Ich kann warten.« Er stieß den Atem aus und fuhr sich mit gespreizten Fingern durchs Haar. »Ja, ich warte dann eben auf dich. Ich kann ja so lange ...« Er hielt inne und schaute sich um. »Irgendeine Zeitschrift durchblättern oder so.«

Sie versuchte, nicht zu lachen. »Das könntest du tun. Du könntest mir aber auch Gesellschaft leisten.«

Er hob ruckartig den Kopf und sah sie an, und Gabrielle griff nach seiner Hand. Sie führte ihn ins Bad, und irgendwo auf dem Weg verlor sie ihr Hemd und er das seine. Er blieb einmal kurz stehen und drückte den offenen Mund seitlich auf ihren Hals. Sie öffnete die Haken ihres engen Sport-BHs und befreite ihre Brüste, die sich in seine wartenden Hände schmiegten. Seine tiefrote Aura hüllte sie beide ein. Umhüllte Gabrielle mit seiner Leidenschaft und mit etwas, das vorher nicht da gewesen war. Mit seiner Liebe. Sie ergoss sich über und durch Gabrielle wie eine Glutwelle, und die feinen Härchen auf ihren Armen richteten sich auf.

»Ich finde dich so wunderschön«, sagte er an ihrer Halsgrube. »Ich möchte mein restliches Leben damit verbringen, dich anzusehen, bei dir zu sein, dich glücklich zu machen.«

Gabrielle küsste ihn lange und heftig; ihre Zunge berührte und verfolgte die seine. Er strich mit den Handflächen über ihre harten Brustwarzen und drückte dann sanft ihre

Brüste. Verlangen ergriff sie, und sie schob die Hand vorn in seine Hose und umfasste seinen erregten Penis, der sich wie ein mit seidenglatter Haut überzogener Stein anfühlte. Sie fühlte ihn, entdeckte seine Form und seine Beschaffenheit neu, bis Joe einen Schritt zurücktrat und ihre Hand aus seiner Hose zog.

Seine Lider waren so schwer, dass sie seine strahlenden Augen kaum sehen konnte. »Bist du ganz sicher, dass du jetzt duschen willst?«, fragte ein über alle Maßen erregter Joe Shanahan.

Sie nickte, und er hob sie praktisch aus den Schuhen. Er schleppte sie ohne Gegenwehr ihrerseits ins Bad, und während sie den Hahn aufdrehte und die Wassertemperatur regulierte, zog er sich aus. Dann zog er sie aus, und sie traten beide in die Duschkabine. Warmes Wasser strömte über ihre Köpfe, und Joe griff nach einem Stück Lavendelseife. Er schäumte seine Hände und dann Gabrielles ganzen Körper ein. Ihren Brüsten ließ er besondere Aufmerksamkeit angedeihen. Er wusch ihren Bauch und er wusch sie zwischen den Schenkeln. Dann küsste er die zuvor behandelten Partien, liebkoste sie lange und nachhaltig. Ihre Brüste, ihren Nabel. Er kniete vor ihr nieder, stellte ihren Fuß auf seine Schulter und legte seine große Hand um ihren Po. Er strich mit den Fingern durch ihr kurzes Schamhaar, wölbte ihr Becken seinem Mund entgegen und küsste sie dort. Sie lehnte den Kopf zurück gegen die Wand der Duschkabine, während sich in ihrem Innern immer stärkere Spannung aufbaute. Dann stand Joe auf und schlang sich ihre Beine um die Hüfte. Sein Glied glitt an ihrem Gesäß entlang, und sie schauderte.

»Das ist mir der liebste Teil an der Sache«, sagte er, hob sie an und senkte sie dann auf seinen gierigen Penis, um sich tief in ihr zu vergraben. »Dich zu berühren, wo es sich so gut anfühlt. Wo du dich so gut anfühlst.«

»Der richtig gute Teil.«

»Ja.«

»Ich liebe dich, Joe.« Er bewegte sich heftiger und schneller, er atmete schwer. Es dauerte nicht lange, bis beide einen so Schwindel erregenden Höhepunkt erlebten, dass Joe fast in die Knie brach. Gabrielle dröhnte das Blut in den Ohren, und Joe brauchte eine Weile, um wieder zu Atem zu kommen. Erst als Gabrielle den Hahn zudrehte, bemerkte sie, dass das Wasser inzwischen kalt geworden war.

»Du liebes Jesulein«, stieß Joe hervor und stellte sie auf die Füße. »Es hat mir gefallen«, flüsterte sie und küsste seinen Hals.

»Ich wollte mich keineswegs beklagen.« Er grinste und gab ihr einen Klaps auf den Po. »Hast du was zu essen? Vielleicht Eier mit Speck? Nach diesem Kraftakt bin ich dem Hungertod nahe.«

Sie bot ihm Cornflakes an. Sie setzten sich an ihren Esszimmertisch und trugen außer Handtüchern und einem breiten Lächeln nichts. Gabrielle schaute den Mann an ihrer Seite, den sie liebte, an und fragte sich, was sie Gutes getan haben mochte, um alles, was sie sich wünschte, verdient zu haben. Sie wusste es nicht, sagte sich aber, es wäre durchaus an der Zeit, dass ihr Karma sie für die vergangenen paar Monate entschädigte.

Als sie in dieser Nacht in Joes Armen im Bett lag, war sie erfüllt von einem Gefühl völlig ausgewogenen inneren Gleichgewichts und äußersten Glücks in Körper, Geist und Seele. Vielleicht hatte sie ein Stückchen Nirwana schon auf Erden erhascht, und doch blieb noch eine Frage offen.

»Joe?«

Seine Hand glitt über ihre Rippen zur Hüfte. »Hmm.«

»Wann hast du gewusst, dass du mich liebst?«

»Vermutlich schon letzten Monat, aber ganz sicher wusste ich es erst, als du gestern Abend auf der Hillard-Party aufgetaucht bist.«

»Wieso hat es so lange gedauert?«

Er blieb eine Weile still, dann sagte er: »Nachdem ich damals angeschossen worden war, hatte ich sehr viel Zeit zum Nachdenken, und da habe ich mir überlegt, dass es an der Zeit wäre, eine Familie zu gründen. Ich hatte eine genaue Vorstellung davon, wie meine Frau sein sollte. Sie sollte eine gute Köchin sein und dafür sorgen, dass ich immer saubere Socken habe.«

»Das bin nicht ich.«

»Ich weiß. *Du* bist das, was ich wollte, bevor ich überhaupt wusste, was ich wirklich will.«

»Ich glaube, ich habe verstanden. Ich habe immer geglaubt, ich würde mich in einen Mann verlieben, der mit mir zusammen meditiert.«

»Das bin ganz bestimmt nicht ich.«

»Ich weiß. *Du* bist das, was ich wollte, bevor ich wusste, was ich wirklich will.« Sie rückte ein Stückchen von ihm ab und sah ihn an. »Glaubst du immer noch, ich wäre verrückt?«

»Ich glaube vielmehr«, sagte er und zog sie in seine Arme, »dass ich verrückt nach dir bin.«

EPILOG

Joe betrat Gabrielles Atelier und musterte das Porträt von Sam, an dem sie zurzeit arbeitete. Ihr Modell hing kopfunter von seiner Stange und beobachtete sie. Der Vogel auf der Leinwand erinnerte eher an ein Rebhuhn als an einen Papagei und trug einen gelben Schein um den Kopf, der aussah wie eine Sonne. Joe wusste, dass es Sams Aura sein sollte, und er wusste auch, dass seine Meinung zu Gabrielles Werk nicht gefragt war.

»Bist du sicher, dass du nicht lieber einen Akt von mir malen willst? Ich bin bereit.« Seine Sitzungen als Gabrielles Modell endeten gewöhnlich damit, dass sie beide zu den Pinseln griffen und einander mit Gabrielles ungiftigen, hautfreundlichen Farben beschmierten. Dadurch gewann Joe ein völlig neues Kunstverständnis.

Mit einem Lächeln tunkte Gabrielle den Pinsel in einen Klecks leuchtend gelber Farbe. »Ich habe schon eine ganze Menge Porträts von deinem Mr. Happy«, sagte sie und deutete auf die zahlreichen Leinwände, die an der Wand lehnten. »Heute will ich Sam malen.«

Verdammt, ein Vogel hatte ihn vom Thron gestoßen.

Er lehnte sich mit einer Schulter gegen die Wand und sah Gabrielle bei der Arbeit zu. Sie waren seit drei Monaten verheiratet, und manchmal ertappte er sich dabei, dass er sie einfach nur betrachtete. In diesem Punkt hatte seine Mutter

Recht gehabt: Er konnte sie für den Rest seines Lebens anschauen, ob sie nun malte, ihre Öle mischte oder schlief. Besonders gern betrachtete er ihre Augen, wenn er mit ihr schlief.

In einer Woche feierten sie das Jubiläum des Tags, an dem sie ihn mit einer Dose Haarspray kaltgestellt hatte. Im Grunde verabscheute er solche konstruierten Jahrestage, und gerade diese Erinnerung brachte ein entschieden heitereres Lächeln auf Gabrielles Lippen als auf seine, doch er feierte mit, um sie glücklich zu machen.

Sein Blick wanderte zu ihrem Leib, und er stellte sich vor, dass er, wenn er nur genau genug hinsah, schon eine sanfte Wölbung entdecken konnte, dort, wo sein Kind heranwuchs. Sie hatten ausgerechnet, dass sie in der Nacht vor zwei Monaten, als sie in ihr neues Heim eingezogen waren, empfangen hatte. Also, *das* war ein Fest gewesen!

Sam gab ein Quaken von sich und flog von seiner Stange auf Joes Schulter. Er warf sich in die Brust und trat von einem Fuß auf den anderen.

»Du solltest dich mal Folgendes fragen. Meinst du, du hast Glück gehabt? Na, sag schon, Bengel.«

Joe warf seiner Frau in ihrem weißen, farbverschmierten Oberhemd einen Blick zu. Alles, was er sich im Leben gewünscht hatte und je brauchen würde, befand sich in diesem Raum. Er hatte eine hinreißend schöne Frau, die er so sehr liebte, dass ihm das Herz wehtat, er hatte ein Baby, das sicher und wohl behütet in ihrem Leib heranwuchs, und er hatte einen ausgesprochen ungezogenen Vogel. Konnte ein Mann sich noch mehr wünschen?

»Ja, das meine ich«, sagte er. »Ich bin ein äußerst glücklicher Bengel.«

DANKSAGUNG

Für ihre Hilfe bei der Entstehung dieses Romans geht mein herzlichster Dank an: Detective Shane Hartgrove vom Dezernat für Eigentumsdelikte, der mir gerade am Anfang sehr geholfen und meine Fragen beantwortet hat, ohne mich allzu sehr auszulachen; Candis Terry, eine begabte Schriftstellerin, für ihre Hilfe in polizeispezifischen Fragen; Officer John Terry, der mich seine Handschellen anfassen ließ und mir seine kugelsichere Weste zeigte; Dr. Paul Collins, der sich die Zeit nahm, mit mir über Schussverletzungen und Luftdruck zu reden; besonderer Dank gilt meiner besten Freundin Stef Ann Holm, die mir die Wahrheit sagt – selbst wenn ich sie nicht hören mag. Und ein riesiges Dankeschön an Lucia Marco, die Verständnis dafür hatte, dass ich mehr Zeit brauchte, die sie mir ohne zu zögern gewährte.